# जीना सिखाती है
# रामकथा

# जीना सिखाती है रामकथा

पं. विजयशंकर मेहता

प्रभात
पेपरबैक्स
www.prabhatbooks.com

*प्रकाशक*
**प्रभात पेपरबैक्स**
4/19 आसफ अली रोड, नई दिल्ली-110002
फोन : 23289555 • 23289666 • 23289777 ❖ फैक्स : 23253233
इ-मेल : prabhatbooks@gmail.com ❖ वेब ठिकाना : www.prabhatbooks.com

*संस्करण*
प्रथम, 2019



अ.मा.पु.स. 978-93-5186-833-0

---

**JEENA SIKHATI HAI RAMKATHA**
*by* Pt. Vijay Shankar Mehta

Published by **PRABHAT PAPERBACKS**
4/19 Asaf Ali Road, New Delhi-110002

ISBN 978-93-5186-833-0

# लेखकीय

भारतीय संस्कृति के चार ग्रंथ बड़े अद्‌भुत हैं—महाभारत रहना सिखाती है, गीता करना सिखाती है, भागवत मरना सिखाती है और श्रीराम कथा जीना सिखाती है। रहने और जीने में बड़ा फर्क है। रहते तो पशु भी हैं, पर जीने की संभावना सिर्फ मनुष्य में होती है। श्रीराम कथा के सभी पात्र जीवन का अद्‌भुत संदेश देते हैं। विशेष तौर पर जब हम गोस्वामी तुलसीदासजी का श्रीरामचरितमानस पढ़ते हैं तो श्रीराम का अद्‌भुत स्वरूप सामने निकलकर आता है। वाल्मीकिजी ने रामायण लिखी और तुलसीजी ने मानस। वाल्मीकिजी के श्रीराम श्रेष्ठ मनुष्य थे, लेकिन तुलसीदासजी ने श्रीराम को भक्तों का भरोसा बनाया। सबसे बड़ा काम यह हुआ कि तुलसीदासजी ने हमें परिवार के श्रीराम सौंपे। इसी के साथ हमारे हनुमान दिए।

इस पुस्तक में श्रीरामकथा को इसी शैली में प्रस्तुत किया गया है। मुझे तो लगता है, किसी के भी जीवन में कोई भी समस्या हो, निदान इस पुस्तक के हर पृष्ठ पर मिल जाएगा। भरोसे के साथ इस पुस्तक को खोलिए और पढ़िए।

22 अप्रैल, 2016
हनुमान जयंती, चैत्र पूर्णिमा
संवत् 2073
उज्जैन

**—पं. विजयशंकर मेहता**
जीवन प्रबंधन गुरु
मो. : 09424015533
Email : humarehanuman@gmail.com

# अनुक्रम

*भाग-1*

# बाल कांड

हम लोग धन्य हैं कि हमने भारत भूमि पर जन्म लिया। हमारे पास यह गौरव है कि हमने वेद, शास्त्र और पुराणों के बीच जन्म लिया है। हमारी धरती, हमारे समाज, हमारे परिवार को साधु-संत और संन्यास का स्पर्श प्राप्त है। हम इस मामले में भाग्यशाली हैं कि हमारे ऊपर गुरु की कृपा होती है।

गोस्वामी तुलसीदासजी ने श्रीरामचरितमानस के रूप में भारतीय संस्कृति को एक ऐसा अद्‍भुत ग्रंथ दिया, साहित्य दिया, शब्द दिए, कथा दी, जिसने वेदों को सरल कर दिया। उपनिषदों के सार को हमें समझा दिया। आज हमारे धर्म-अध्यात्म के मार्ग में जो भी कठिनाइयाँ हैं, श्रीरामचरितमानस ने उनको बहुत सरल बना दिया है।

श्रीरामचरितमानस के रूप में गोस्वामी तुलसीदासजी ने जो दिया, उसमें सबसे अद्‍भुत है—हमें परिवार के राम और हमारे हनुमान दिए। राम संतों के रहे, राम विद्वानों के रहे, देवताओं के रहे; लेकिन तुलसीदासजी ने हमको परिवार के राम दिए हैं।

आप-हम सभी इस बात से भलीभाँति परिचित हैं कि हमारे पास अर्थात् भारतीय हिंदू संस्कृति में चार शास्त्र हैं। रामायण, महाभारत, गीता और भागवत। रामायण हमें जीना सिखाती है, महाभारत रहना सिखाता है, गीता करना सिखाती है और भागवत हमें मरना सिखाती है।

जीने और रहने में बड़ा फर्क है। महाभारत रहना सिखाता है। और रह तो पशु भी सकता है। लेकिन जीने की संभावना सिर्फ मनुष्य में है। जीने के लिए क्या सूत्र होंगे, यह हमें रामायण या रामकथा सिखाती है।

यहाँ मन में एक प्रश्न खड़ा होना स्वाभाविक है कि आखिर वे कौन से सूत्र

हैं, जो हमें जीवन को सही अर्थ में जीना सिखाते हैं? आपके इसी प्रश्न का उत्तर इस पुस्तक के माध्यम से देने का प्रयास किया गया है।

देखिए, कोई चीज पढ़ या सुन लेना ही काफी नहीं है। महत्त्वपूर्ण यह है कि उसमें आपकी रुचि कितनी है। रुचि जितनी अधिक होगी, बात उतनी ही गहराई से समझ आएगी।

रामकथा में गहराई से प्रवेश करने से पहले एक छोटी सी कहानी पढ़-समझ ली जाए। यह कहानी जीवन भर आपके काम आएगी।

एक बादशाह के दरबार में होने वाले संगीत कार्यक्रम के लिए किसी बहुत बड़े संगीतकर को बुलाया गया। उस संगीतकार ने एक शर्त रख दी कि मैं संगीत तो सुनाऊँगा लेकिन मेरा संगीत सुनकर यदि किसी ने गरदन हिला दी तो उसकी गरदन उड़ा दी जाए।

बादशाह ने संगीतकार की शर्त मंजूर कर ली। सभी को सूचना दे दी गई कि कार्यक्रम में वे ही लोग शामिल हों, जो अपनी गरदन पर नियंत्रण रख सकें। अगर किसी ने गरदन हिलाई तो काट दी जाएगी।

कार्यक्रम शुरू होने से पहले जहाँ 50 हजार लोगों के आने की संभावना थी, वहाँ इस घोषणा के बाद कुछ हजार लोग ही शामिल हुए और वे भी प्रयास कर रहे थे कि किसी कारण से गरदन न हिल जाए।

बादशाह के सैनिक खुली तलवार लेकर चारों ओर खड़े हो गए। कार्यक्रम आरंभ हुआ। वास्तव में अद्‌भुत संगीत की प्रस्तुति थी। एक-एक करके धीरे-धीरे 100-200 लोगों की गरदनें हिलने लगीं। बादशाह को आश्चर्य हुआ कि इतने कठोर दंड की घोषणा के बाद भी गरदनें हिल रही हैं।

जब कार्यक्रम समाप्त हुआ तो बादशाह ने सैनिकों से कहा—उन सबको इधर लाओ, जो गरदन हिला रहे थे। सैनिकों ने सभी 100-200 लोगों को बादशाह के सामने हाजिर कर दिया। बादशाह ने संगीतकार को कहा—ये लोग थे, जो गरदन हिला रहे थे। आप कहें तो इनकी गरदन कटवा दी जाएँ?

तब उस संगीतकर ने कहा—मुझे इन्हीं लोगों की जरूरत थी। जो जान हथेली पर लेकर संगीत सुनने को तैयार हों। असल में सुनने लायक तो ये ही लोग हैं। अब मैं इन्हीं चुनिंदा लोगों को संगीत सुनाऊँगा।

जिस दुनिया में हम रहते हैं, वह हमसे छूटती नहीं है। हमें दुनिया छोड़नी भी नहीं है। हमें कथा सुनकर उन कारकों को ढूँढ़ना है, जो हमारी परेशानी, अशांति के कारण हैं।

चलिए, कथा में प्रवेश करते हैं।

गोस्वामी तुलसीदासजी ने श्रीरामचरितमानस की रचना की थी। वाल्मीकिजी रामायण की रचना कर चुके थे और वह देवभाषा संस्कृत में रची गई थी। इसलिए रामायण को समझना आम लोगों के लिए कठिन था।

फिर समय ऐसा आया, जब कि भारतीय संस्कृति पर यवनों द्वारा हमला किया जा रहा था। लोग असुरक्षित थे। लोगों को लगा जिस तरह से बाहरी शक्तियों द्वारा प्रहार किया जा रहा है, ऐसे में कौन है जो हमारी रक्षा कर सकेगा।

कोई ऐसा व्यक्तित्व, कोई ऐसा अवतार जीवन में हो, जो हमारे भ्रम को दूर कर, हमें भय से मुक्ति दिला सके।

उस समय (लगभग पाँच सौ साल पहले) गोस्वामी तुलसीदासजी ने लोकभाषा में रामचरितमानस की रचना की। आज भी हम जीवन के कई जटिल प्रश्नों के उत्तर रामचरितमानस की चौपाइयों में ढूँढ़ते हैं।

तुलसीदासजी कौन थे? आत्माराम दुबे के यहाँ पैदा हुआ एक बालक, जो जन्म से कुछ साल बाद ही अनाथ हो गया। 10-12 साल तक अनाथ होकर अपने गाँव में भटकता रहा। तुलसीदासजी के विषय में एक घटना कही जाती है।

प्रतिष्ठित परिवार का एक बालक माता-पिता, सारे रिश्तेदारों की मृत्यु के बाद मंदिर में रहता, घर-घर भटकता था। एक दिन घूमते-घूमते किसी घर के सामने से निकला तो एक स्त्री ने देखा और उसकी दशा देखकर उसे दया आ गई। बोली—रामबोला···इधर आ बेटा, तुझे भूख लगी है?

बारह साल का वह बच्चा गरदन हिलाता है—हाँ, भूख तो लगी है। माई ने सोचा इसे कुछ खिला दिया जाए। भीतर जाकर गरम-गरम फूली हुई रोटी लेकर आई और बच्चे के सामने रखते हुए बोली—बेटा, रोटी खा ले।

रामबोला चुपचाप बैठा रहा। जब रोटी नहीं खाई तो उस माई ने पूछा—रोटी क्यों नहीं खाता है? बच्चे ने कहा—माई, मुझे रोटी दो तो।

सच बात तो यह थी कि उस बच्चे ने कभी देखी ही नहीं थी कि रोटी ऐसी भी होती है। भीख में जो कुछ बची-खुची जूठन मिल जाया करती थी, वह खा लिया करता था।

देखिए, जिस व्यक्ति को बचपन से इतना विष मिला, वह समाज को रामचरितमानस जैसा अमृत दे गया। तुलसीदासजी ने अपने जीवन के आरंभ में ही हम सभी को यह शिक्षा दे दी कि भगवान् की दुनिया में आपको क्या मिल रहा है, यह नहीं देखा जाएगा। आप दुनिया को क्या दे रहे हैं, ऊपर वाला इसका हिसाब लेगा।

रामचरितमानस जिसका दर्शन, जिसकी फिलॉसफी, इसके विचार, सिद्धांत, नीति, शब्दों का गठन सबकुछ अद्‌भुत। कहते हैं, जिस समय तुलसीदासजी ने रामचरितमानस लिखी, उनके दो ही सहारे थे—एक राम और दूसरे हनुमान। हनुमानजी उनका प्रमुख सहारा थे, गुरु थे उनके।

जब रामचरितमानस लिखना आरंभ किया तो कहते हैं, रामचरितमानस के प्रत्येक दृश्य, प्रत्येक चौपाई, दोहा, सोरठा, छंद को तुलसीदासजी ने लिखे थे। हनुमानजी रामकथा का एक-एक दिव्य दृश्य दिखाते और तुलसीदासजी लिखते चले जाते।

कोई रचनाकार, सृजनकार, साहित्यकार पूरे घटनाक्रम को इस प्रकार अपने सामने देखे और लिखे, तभी उन पंक्तियों में प्राण आते हैं। तुलसीदासजी ने जिया है रामकथा को। इसीलिए रामायण हमें जीना सिखाती है।

देश-काल, परिस्थिति के अनुसार पूरी रामकथा को सात भागों में बाँटते हुए इन्हें सात सोपान या सात कांड नाम दिया गया है। रामायण में सात कांड हैं। बाल कांड, अयोध्या कांड, अरण्य कांड, किष्किंधा कांड, सुंदर कांड, लंका कांड और सातवाँ उत्तर कांड।

**बाल कांड** में भगवान् की बाललीला आती है। यह सोपान हमें सिखाता है कि जीवन में सहजता का क्या मतलब है। मन, वचन और कर्म से सहज कैसे रहें, यह विभिन्न प्रसंगों के माध्यम से बाल कांड से सीख सकते हैं।

भगवान् राम की बाललीला के बाद उनका विवाह होता है। भगवान् सीताजी का वरण कर अयोध्या ले आते हैं और यहीं बाल कांड पूरा होता है।

**अयोध्या कांड** में हम जीवन का दूसरा सूत्र यानी सत्य को देखते हैं। जीवन में पहले सहजता है, उसके बाद सत्य आता है।

**अरण्य कांड** में भगवान् का वनवास आरंभ होता है। पिता की आज्ञा का पालन कर श्रीराम सीता व लक्ष्मण के साथ वन में चले जाते हैं। रावण सीताजी का हरण कर लेता है। यह संतुलन का कांड है। इससे सीखा जा सकता है कि जीवन किस संतुलन का नाम है।

**किष्किंधा कांड** में संघर्ष की कहानी है, जो हमें बताती है कि दुःख या संघर्ष किसके जीवन में नहीं आता। स्वयं भगवान् राम को भी संघर्ष करना पड़ा था।

**सुंदर कांड** सफलता का सोपान है। इसके प्रसंग सिखाते हैं कि जीवन में सफलता कैसे अर्जित की जाए और किस प्रकार उसको बचाकर रखा जाए।

**लंका कांड** में संकल्प की कहानी आती है। श्रीराम और रावण के बीच

युद्ध होता है, राम यानी सत्य की विजय होती है और रावण का अहंकार उसे मौत दे जाता है।

**उत्तर कांड** समर्पण का कांड है। इसमें जीवन के तमाम प्रश्नों के उत्तर मिल जाते हैं।

इन सात सोपानों के आधार पर कथा को सात भागों में बाँटते हुए प्रत्येक भाग से एक-एक सूत्र को जोड़कर जीवन के सात सूत्रों को समझने, उन्हें आत्मसात् करने का प्रयास करेंगे।

आपने रामकथा कई बार सुनी और पढ़ी होगी। अधिकांश लोग इसके अधिकांश प्रसंगों से भलीभाँति परिचित हैं। इसलिए अधिक विस्तार में न जाते हुए पुस्तक में उन्हीं प्रसंगों को लिया जा रहा है, जो हमारे जीवन को सीधे स्पर्श करते हैं।

चूँकि सात भागों की बात की जा रही है, इसलिए आपसे निवेदन है कि जीवन में सात काम जरूर किए जाएँ। प्रयास कीजिए कि इन सात कामों से जरूर गुजरा जाए। कौन से सात काम ? इन्हें समझिए—

1. प्रकृति से जुड़ाव बनाए रखिए। प्रकृति से बातचीत कीजिए।
2. जड़ वस्तुओं से जीवंत निकटता बनाएँ।
3. जिससे भी कोई बात करें, दिल से करें और दिल से ही सुनें।
4. ऐसा प्रयास कीजिए कि बिल्कुल अपेक्षारहित हो जाएँ।
5. अपने भीतर अकर्ता का भाव ले आइए।
6. चौबीस घंटे में कुछ समय मौन साधा जाए, और
7. किसी एक दिन को अपना अंतिम दिन मानकर चलें। इन सात कामों को सप्ताह के सात दिनों से जोड़कर हर दिन एक-एक काम कर सकते हैं। इसको इस प्रकार समझें—

**1. प्रकृति :** कोई एक दिन पूरी तरह प्रकृति के नाम कर दीजिए। सुबह घर से निकलें तो किसी पत्ती को, किसी पेड़ को स्पर्श करके एक मिनट के लिए खड़े रहिए। कुछ देर के बाद आपको लगेगा, प्रकृति आपसे बात कर रही है। उसका रोम-रोम आपको जीवन जीने की कला सिखा रहा है।

**2. जड़ वस्तु :** जब आपको लगे कि जीवन में सबकुछ ठीक नहीं चल रहा है तो जड़ वस्तुओं से बातचीत कीजिए। जो भी जड़ वस्तु सामने आए, उसे इस प्रकार स्पर्श करें, जैसे किसी जीवित वस्तु को कर रहे हों।

यदि आपके पास पेन है तो उसे ऐसे खोलें, ऐसे रखें, जैसे किसी नवजात शिशु को सँभालकर रखा हो। यदि कोई बरतन है तो उसे इतने सलीके से, सावधानी से

रखिए कि आप किसी जीवित व्यक्ति से संपर्क कर रहे हैं। किसी एक दिन प्रयोग करके देखिए, निश्चित रूप से आप अपने भीतर परिवर्तन पाएँगे।

**3. बातचीत :** जिस किसी से भी बातचीत करें, पूरे दिल से करें और उसे सुनें भी। अकसर जब हम किसी को सुन रहे होते हैं, तो उस समय भीतर खुद ही दूसरे से बात कर रहे होते हैं।

विचार कीजिए, सुननेवाला कोई और होता है तथा भीतर बोलने वाला कोई और। प्रयास कीजिए, किसी से बात कर रहे हों तो फिर उसी से करें, उसी को सुनें।

**4. अपेक्षा रहित :** चौथा काम है अपेक्षा रहित हो जाएँ। अपेक्षा अशांति का कारण है। जीवन की सारी झंझटें ही यहाँ से शुरू होती हैं। इसलिए जो हो रहा है, होने दीजिए। पूरी तरह अपेक्षा रहित हो जाइए।

**5. अकर्ता भाव :** अपने भीतर अकर्ता का भाव पैदा कीजिए। ऐसा विचार कीजिए कि जो कुछ भी हो रहा है, वह आप नहीं, भगवान् कर रहा है। आप निमित्त मात्र हैं। किसी एक दिन ऐसा मानकर देखिए। आनंद की एक अलग ही अनुभूति होगी।

**6. मौन :** जीवन में थोड़ा मौन भी साधा जाए। सच है कि बोलना हमारी जरूरत है, परंतु इतना ही बोलें, जितना जरूरी हो। फुरसत के क्षणों में मौन हो जाइए। स्वयं से भी बातचीत बंद कर दीजिए।

**7. अंतिम दिन :** किसी एक दिन को अपना अंतिम दिन मानकर चलिए। सोचिए, यह दिन आपका आखिरी दिन है। कल का कोई भरोसा नहीं कि आप कहाँ रहें या रहें भी नहीं। कहने, सुनने या पढ़ने में कुछ अटपटा लगता है, परंतु प्रयास कीजिए, जीवन का अलग ही आनंद महसूस होगा।

## माहात्म्य

परंपरा के अनुसार किसी ग्रंथ की चर्चा की जाए तो पहले उसके माहात्म्य की बात की जाती है। इसलिए उचित होगा कि रामचरितमानस के माहात्म्य की भी चर्चा कर ली जाए।

श्रीरामचरितमानस कब प्रकट हुआ, कब लिखा गया, क्यों लिखा गया, यह अब तक एक सवाल ही है। काल के मामले में तुलसीदासजी कुछ संकोची रहे।

रामचरितमानस में कालगणना बहुत कम दी। रामचरितमानस कब लिखा गया? उसके लिए उन्होंने लिखा संवत् सोलह सौ इकतीस में लिखा गया। उसके बाद चैत्र मास की नवमी (रामनवमी) को मंगलवार के दिन अयोध्या में प्रकाशित हुआ था।

विद्वानों का मत है कि तुलसीदासजी की उम्र 77 वर्ष हो गई थी, जब उन्होंने रामचरितमानस को पूरा किया और यह ग्रंथ लिखने में उनको दो साल, सात महीने और 26 दिन लगे थे। तुलसीदासजी की आयु और उनके काल में बहुत मतभेद है। लेकिन विद्वानों में जो मान्य है, वह यही है।

माहात्म्य की दृष्टि से देखा जाए तो रामचरितमानस में तुलसीदासजी ने आरंभ में संकेत के लिए कुछ ऐसी बातें लिखी हैं, जो हमारे बड़े काम की हैं।

'रामचरितमानस ऐही नामा, सुनत श्रवन पाइअ बिश्रामा।' शंकरजी ने रचना की तो तुलसीदासजी लिख रहे हैं, इसका नाम रामचरितमानस रखा गया क्यों? इसलिए कि इसको सुनने-पढ़ने से मन को विश्राम मिलता है। मन की निराशा-हताशा दूर होती है। शांति मिलती है, संतोष मिलता है, तुष्टि होती है, पुष्टि हो जाती है।

यहाँ एक बात ध्यान रखने की है। इसको सुनने के बाद विश्राम मिलता है। कथा सुनने से विश्राम मिले यह तो ठीक है, परंतु विश्राम करते हुए कथा सुनी जाए, यह कदापि उचित नहीं। कई बार देखा गया है कि लोग कथा-सत्संग में ही विश्राम करने लग जाते हैं। चलिए, इस किस्से से समझ लिया जाए।

एक महात्माजी सत्संग कर रहे थे। श्रोताओं की पहली पंक्ति में एक पति-पत्नी बैठे थे—माँगीलाल और चंचला। थोड़ी देर बाद कथा सुनते-सुनते चंचला सो गई और कुछ ही देर में खर्राटे लेने लगी। कथावाचक देख रहे थे। वी.आई.पी. जोड़ा था, इसलिए आसपास बैठे लोग भी कुछ कह नहीं पा रहे थे।

थोड़ी देर बाद माँगीलाल उठा और अपनी छड़ी लेकर बाहर चल दिया। जब कथा समाप्त हुई तो पंडितजी ने उन देवीजी (चंचला) से पूछा—बहनजी, कथा तो ठीक थी? वह बोली—हाँ, हाँ, पंडितजी, ठीक थी। बहुत आनंद आया।

संकोच में पंडितजी यह नहीं कह पाए कि आप तो सो रही थीं। फिर पूछा—शायद आपके पति को कथा अच्छी नहीं लगी, इसीलिए वे उठकर बाहर चले गए।

चंचला बोली—नहीं, नहीं पंडितजी, बात क्या है कि उनको तो बचपन से ही नींद में चलने की आदत है।

देखिए, इस तरह लोग कथा में भी सो जाते हैं।

ऐसा विश्राम मत कीजिए। जहाँ भगवान् की कथा हो, दो काम जरूर कीजिए। ताली बजाते रहिए और मुसकराते रहिए। ताली बजाते रहेंगे तो आपको मालूम रहेगा, यहाँ क्यों बैठे हैं। इसलिए जब भी किसी कथा, सत्संग में जाएँ, मन को स्थिर रखें, उसका पूरा आनंद लें।

कई लोग लोक-लाज में कथा में बैठे तो रहते हैं, परंतु उनका मन बार-बार

दौड़-दौड़कर बाहर जाता है। वे भूल ही जाते हैं कि यहाँ क्यों आए हैं।

देखिए, आप अपने मन के विकार स्वयं से तो छुपा लेंगे, लेकिन उससे कैसे छुपाएँगे, जिससे कुछ नहीं छुपता। इसलिए जितनी देर कथा में बैठें, पूरे समय कथा ही सुनें।

आगे तुलसीदासजी लिखते हैं—

'त्रिबिध दोष दुःख दारिद दावन। कलि कुचालि कुलि कलुष नसावन॥'

रामकथा सुनेंगे तो पाँच बातें आपके जीवन में एक साथ घटने लगेंगी। पहली बात आपके तीन दोष दूर होंगे। मनुष्य में तीन प्रकार के दोष होते हैं—मन, वचन और कर्म के दोष।

इन तमाम दोषों का निवारण करती है श्रीरामकथा। मनुष्य के दुःख भी तीन होते हैं—जन्म, जरा और मरण। इन दुखों का भी निवारण करती है श्रीरामचरितमानस।

इसके साथ ही दरिद्रता का भी विनाश करनेवाला है यह ग्रंथ। तीन तरह की दरिद्रता होती है मनुष्य की—तन की, जन की और धन की।

दरिद्रता सिर्फ धन की ही नहीं होती। यह न समझिए कि जिसके पास धन न हो वह दरिद्र। ऐसा नहीं है। तन की भी दरिद्रता होती है। कभी अस्वस्थ हो जाते हैं, कभी और कोई समस्या आ जाती है। इसी प्रकार एक दरिद्रता होती है जन की।

कुछ लोग जन के मामले में दरिद्र होते हैं। जिनके जीवन में अच्छे लोग नहीं होते, शास्त्रों में उनको भी दरिद्र माना गया है। इसलिए यदि आपके जीवन में अच्छे लोग नहीं हैं तो कोशिश कीजिए अपने आसपास, मिलने-जुलने, उठने-बैठने वाले, आपकी स्मृतियों में भले लोग, सरल, सहज और अच्छे लोग होने चाहिए।

चौथी बात आपके पापों का निवारण होगा। तीन तरह के पाप माने गए हैं— दैहिक, दैविक और भौतिक। श्रीरामचरितमानस में इन तीनों ही पापों के निवारण के सूत्र छिपे हैं।

पाँचवीं बात कलयुग की जो कुचाल है, इसको भी समाप्त करता है रामचरितमानस। कलयुग कुचाल मारता है। छलाँग मारकर हमारे सिर में, हमारे मस्तिष्क में, हमारी बुद्धि में कूद जाता है।

यह कलयुग का ही परिणाम है कि हम उल्टा सोचने लगते हैं। सबकुछ उल्टा-उल्टा होता है। हम लोग सक्षम हैं, लेकिन संकट कम नहीं हुए।

हमारे पास जीने का तरीका है, पर जीने का सलीका नहीं है। यह भी कलयुग है। आदमी की जुबान शब्दों से भरी हुई है, लेकिन उसके हृदय सूखे हुए हैं। इसका नाम भी कलयुग है।

लोगों ने बड़ी-बड़ी इमारतें बना लीं, परंतु मन-मंदिर की नींव सूखी की सूखी रह गई। इसका नाम कलयुग है। रामचरितमानस का श्रवण-पठन कलियुग के इन दुष्प्रभावों को मिटा देता है।

'रचि महेश निज मानस राखा। पाई सुसमउ सिवा सन भाषा॥'

रामचरितमानस या रामकथा का सबसे पहला निर्माण शंकरजी ने किया था और अपने मन में रखा। सुअवसर आने पर कथा उन्होंने पार्वतीजी को सुनाई।

तुलसीदासजी कह रहे हैं कि रामकथा को केवल बुद्धि से नहीं सुनिएगा, इसको मन में उतारिए और जब भी सुअवसर आए, दूसरों को सुनाइए।

'तातें रामचरितमानस बर। धरेऊ नाम हियँ हेरि हरषि हर॥'

इसका नाम शिवजी ने रामचरितमानस रखा और यह नाम रखकर वे बहुत प्रसन्न हुए। देखिए, रामचरितमानस को कहते-सुनते और पढ़ते समय मन में खूब प्रसन्नता रखिए।

'करइ मनोहर मति अनुहारी। सुजन सुचित सुनि लेहु सुधारी॥'

जो इस कथा को सुनते हैं, वे सज्जन लोग होते हैं। इस कथा को अपनी पूरी सज्जनता के साथ सुनिए और इसे भीतर उतारने के बाद स्वयं में सुधार कीजिए।

रामकथा के चार वक्ता हैं और चार श्रोता। गरुड़जी को काकभुशुंडजी ने सुनाई, याज्ञवल्क्यजी ने भरद्वाजजी को, शिवजी ने पार्वतीजी को और तुलसीदासजी ने संतों को सुनाई। वही कथा इस पुस्तक के माध्यम से आप पढ़ रहे हैं।

ऐसे चार वक्ता और चार श्रोता हैं और उनके भी अलग-अलग धरातल हैं। ये ज्ञान, भक्ति, कर्म और समर्पण इनके धरातल पर यह कथा प्रस्तुत की गई है। तुलसीदासजी समर्पण के घाट पर बैठे हैं। तो ये कथा चार घाट, चार वक्ता, चार श्रोता हैं।

एक शब्द तुलसीदासजी ने बड़ा मौलिक लिखा है—'राम सीय जस सलिल सम' रामजी और सीताजी का यश सुंदर जल के समान है। तुलसीदासजी कहते हैं, इस जल में अपने मन को धोएँ और उसके बाद रामचरितमानस में उतरें।

बात थोड़ी गहरी है, लेकिन इसके बिना आनंद नहीं आएगा। तो तुलसीदासजी ने कहा, 'मति अनुहारि सुबारि···' ये सुंदर कथा मैं अपने मन को रामजी और सीताजी के यश के जल में डालकर कह रहा हूँ।

सुगंधित प्रसंग और सुंदर होगा और यहीं से सुंदर कथा का नेह किया है। तुलसीदासजी ने कहा, यह कथा बहुत सुंदर है और सचमुच बहुत सुंदर है। इस कथा में तो उन्होंने एक कांड ही सुंदर कांड रख दिया। लगभग 47 दोहे तक

माहात्म्य वंदना क्रम आया है।

कथा में प्रवेश करते हुए चलिए, वहाँ चलते हैं, जहाँ रामकथा के पहले दो पात्र हमारी प्रतीक्षा कर रहे हैं।

भरद्वाज ऋषि के आश्रम में सारे साधु-संत इकट्ठे होकर आपस में वार्त्तालाप किया करते थे। तुलसीदासजी ने लिखा—'भरद्वाज मुनि बसहिं प्रयागा। तन्हहि राम पद अति अनुरागा॥' भरद्वाज मुनि प्रयाग में रहते थे। उनको रामजी में बहुत अनुराग था।

एक बार बहुत से साधु-संत वहाँ एकत्र हुए। जब सभी जाने लगे तो भरद्वाजजी ने याज्ञवल्क्य ऋषि को रोक लिया। बोले—आप रुक जाएँ, मैं आपके मुख से रामकथा सुनना चाहता हूँ। कृपया मुझे सुना दीजिए।

याज्ञवल्क्यजी ने कहा—भरद्वाजजी, आप रामकथा जानते हैं, लेकिन दूसरों को पता लगे, इसलिए पूछ रहे हैं। तो ठीक है, सादर सुनो और इसे अपने मन में उतार लो।

यहाँ फिर मन की बात आती है। मन को नियंत्रित किए बिना भीतर से सहज नहीं हो सकते। सहज होने के लिए रामकथा को मन लगाकर सुनिए-पढ़िए। तुलसीदासजी ने यह कथा बड़े अच्छे से लिखी है। दृष्टांत के साथ-साथ सिद्धांत समझाने की अद्भुत कला थी उनमें। ऐसे-ऐसे गूढ़ सिद्धांत दृष्टांत में पिरोकर हमको समझाया कि यह आसानी से समझ में आ जाए।

रामकथा में प्रवेश करने से पहले इसके एक-एक पात्र, एक-एक घटना से एक-एक संदेश लेकर चलना होगा।

चलिए, पहले शिव के दांपत्य की चर्चा कर ली जाए।

## सतीजी का देह त्याग

त्रेतायुग में एक बार शिवजी पत्नी सतीजी के साथ अगस्त्य ऋषि के आश्रम में कथा सुनने गए। शिवजी गए तो ऋषि खड़े हो गए और शिवजी को प्रणाम किया। सतीजी दक्षराज की बेटी थीं। दक्ष देवताओं के प्रधान थे। दक्ष का मतलब होता है, जो कोई तर्क, चिंतन या बिना विचार के कोई चीज स्वीकार न करे। चूँकि दक्ष की बेटी थी, इसलिए सतीजी भी बिना तर्क के कोई बात स्वीकार नहीं करती थीं।

जैसे ही अगस्त्यजी ने शिवजी को प्रणाम किया तो वे चौंक गईं। सोचने लगीं, यहाँ तो उल्टा हो रहा है। वक्ता श्रोता को प्रणाम कर रहा है, जबकि प्रणाम करवाने का पात्र तो वक्ता होता है। मेरे पति शिवजी श्रोता और अगस्त्यजी वक्ता हैं। अब

वक्ता श्रोता को प्रणाम कर रहा है तो यह कथा क्या सुनाएगा।

मेरे पति तो भोलेनाथ हैं, योग्य-अयोग्य देखे बिना चाहे जिसके सामने बैठ जाते हैं कथा सुनने। पति के आचरण पर मतभेद रखते हुए किसी तरह मन मारकर शंकरजी के साथ बैठ गई।

अगस्त्यजी ने कथा आरंभ की। शंकरजी ने पूरी तन्मयता से सुनी और उन्हें परम सुख प्राप्त हुआ। परंतु सतीजी का जरा भी मन नहीं लगा। इधर-उधर देखती रहीं और कथा नहीं सुनी।

देखिए, कथा सुनने का भी अपना तरीका होता है। कई लोग कथा सुनते समय इधर-उधर देखने और दूसरों के विषय में सोचने में ही पूरा समय निकाल देते हैं। मन को स्थिर रखना उनके लिए बड़ा कठिन होता है।

कौन आया, कौन बैठा, बोलने वाला कौन है ? आरंभ का कुछ समय तो इसी में निकाल देते हैं। इसलिए यहाँ एक बात का जरूर ध्यान रखें कि जब भी कोई कथा, प्रवचन या किसी सत्संग में जाएँ तो पूरे मन से सुनें। बेमन से सुनी गई कथा कभी परिणाम नहीं देगी।

सतीदेवी का मन कथा में नहीं लगा। कथा पूरी हुई, दोनों वहाँ से चले तो शंकरजी समझ गए कि देवीजी ने कथा नहीं सुनी है और इनके मन में कुछ उथल-पुथल चल रही है।

उसी समय चलते-चलते मार्ग में शंकरजी ने देखा कि सीताजी के विरह में रामजी विलाप कर रहे हैं। शिवजी ने दूर से ही उनको प्रणाम किया और सतीजी से बोले—देखो देवी, जिनकी कथा सुनकर आ रहे हैं, उनके दर्शन हो रहे हैं। आप भी प्रणाम कीजिए उन्हें।

सच तो यह है कि कथा ऐसे ही सुनी जाए कि जिसकी कथा सुनकर लौटें तो उनके दर्शन हो जाएँ। शिवजी ने कहा—देवी, ये स्वयं राम हैं, आप उन्हें प्रणाम कीजिए।

सतीजी बोली—ये राम कैसे हो सकते हैं ? ये तो अपनी पत्नी, एक स्त्री के विरह में चिल्ला रहे हैं। मैं इन्हें नहीं मानती। मैं तो परीक्षा लूँगी इनकी।

देखिए, लगातार गलती करती गईं सतीदेवी। कथा नहीं सुनकर संत की प्रतिष्ठा का अपमान किया, पति के निर्णय को मान्य नहीं किया और अब भगवान् राम की परीक्षा लेने की बात करने लगीं।

शिवजी ने कहा—ठीक है, परीक्षा ही लेना चाहती हो तो ले लीजिए। ऐसा कहकर शंकरजी आँखें बंद कर एक शिला पर बैठ गए।

पति-पत्नी के बीच अनबन या पत्नी द्वारा पति की बात नहीं मानना कोई नई बात नहीं है। पाँच हजार साल पहले भी पति समझा रहे हैं और पत्नी नहीं समझ रही है। यदि घरों में आज ऐसी स्थिति बनती है तो इसमें टेंशन वाली बात नहीं है।

दोनों के बीच ऐसा सबकुछ होना सामान्य बात है। आप भी शांत होकर चुपचाप बैठ जाएँ। कुछ देर में स्थिति सामान्य हो जाएगी।

सतीजी चली सीता का वेश बनाकर। सोचती हैं, अगर ये राजकुमार हैं तो मुझे सीता समझकर दौड़ पड़ेंगे और भगवान् होंगे तो परीक्षा हो जाएगी।

भगवान् श्रीराम ने देखा तो दूर से ही प्रणाम कर पूछा—माताजी, आप अकेली इस जंगल में? पिताजी कहाँ हैं। सतीजी समझ गईं कि आज पकड़ी गईं। रामजी ने तो उन्हें दूर से ही पहचान लिया।

भागी···दौड़कर पति के पास आकर चुपचाप बैठ गईं। भगवान् शंकर आँख बंद किए हुए थे। बोले, क्या हुआ? यहाँ फिर एक अपराध कर गई सतीजी। झूठ बोल दिया पति से। 'कीन्ह प्रनाम तुम्हारी नाई···' बोली—आपकी तरह प्रणाम करके लौट आई।

शंकरजी तो जानते थे कि यह इस मिजाज की तो नहीं है कि प्रणाम करके चली आए। उन्हें विश्वास नहीं हुआ। आँखें बंद करके देखा तो घटना कुछ और ही दिखी।

सतीजी से बोले—यह क्या किया आपने? मेरी माँ सीताजी का वेश धर लिया। अब मैं आपके साथ गृहस्थ धर्म का पालन नहीं कर पाऊँगा। आज से आपका मानसिक त्याग करता हूँ।

देखिए, अच्छा भला चल रहा दांपत्य जरा सा मतभेद हुआ और खत्म हो गया। पति-पत्नी का रिश्ता दूध और पानी की तरह होता है। पता ही नहीं लगता, किसने किसको नाम दिया, पहचान दी।

लेकिन यदि इसमें खटाई की, झूठ की, षड्यंत्र की, अहंकार की एक भी बूँद गिर जाए तो दूध और पानी अलग-अलग हो जाता है। देखते-ही-देखते शिव-सती का दांपत्य बिखर गया। भगवान् आँख बंद कर कैलास पर जाकर बैठ गए।

उसी समय आकाश में कुछ विमान उड़ते हुए कहीं जाते दिखे। सतीजी ने शिवजी से पूछा—ये देवताओं के विमान कहाँ जा रहे हैं? भगवान् बोले—आपके पिता ने यज्ञ किया है। सब वहीं जा रहे हैं।

सतीजी ने प्रश्न किया—आप नहीं जा रहे यज्ञ में? शिवजी बोले—हमें आमंत्रण नहीं है उनकी ओर से। सतीजी ने आग्रह किया—मैं चली जाऊँ? भगवान्

ने कहा बिना बुलाए आप मत जाइए। आपका अपमान हो सकता है।

सतीजी नहीं मानीं और पहुँच गईं पिता के यज्ञ में। वहाँ उनका घोर अपमान हुआ, क्रोध में आकर उन्होंने देह त्याग दी। अंतिम समय में उनकी इच्छा थी कि भगवान् शंकरजी की ही पत्नी बनें तो अगले जन्म में पार्वती के रूप में हिमाचलराज की पुत्री बनकर पैदा हुईं और बाद में शंकरजी से ही उनका विवाह हुआ।

हमारी संस्कृति कहती है, अंतिम समय में जो भी हमारी इच्छा हो, वह अगले जन्म में पूरी होती है। इसलिए जब जीवन का अंतिम काल आए तो मन-मस्तिष्क में शुभ विचार उतारना आरंभ कर दीजिए।

## शिव-पार्वती विवाह

सतीजी से दांपत्य टूटने के बाद भगवान् शंकर समाधि में चले गए। इधर राक्षसों के अत्याचार से देवता परेशान हो गए। इन्हें कैसे मारा जाए। ज्ञात हुआ कि शिव और पार्वतीजी की संतान ही उनका वध कर सकती है।

देवता शिवजी से विवाह का आग्रह करते हैं। शिवजी द्वारा इनकार के बाद भी देवताओं ने जिद पकड़ ली। नहीं महाराज, हमारे कल्याण के लिए विवाह तो करना ही पड़ेगा।

इधर पार्वतीजी बड़ी हुईं। गुरु नारदजी के कहने पर उन्होंने तपस्या करते हुए शिवजी को पति के रूप में माना। इधर देवताओं ने शिवजी से कहा—महाराज, जो होना था, हो गया। अब विवाह का प्रस्ताव मान लीजिए।

शिवजी मान गए, विवाह तय हो गया और हिमाचलराज के यहाँ बारात जाने की तैयारी शुरू हो गई।

देखिए, जब किसी की बारात ले जाना हो तो उसके लिए कुछ ठीक-ठाक रिश्तेदारों की भी जरूरत होती है। विष्णुजी और अन्य देवताओं ने शिवजी से पूछा—महाराज, आपके रिश्तेदार कौन और कहाँ हैं ? उन्हें बुला लीजिए।

कैलास पर फकीर की तरह विहार करनेवाले भोलेनाथ का अपना कोई रिश्तेदार तो था नहीं। फिर भी बारात में कोई तो चाहिए। शिवजी ने कहा—आप सभी इतना आग्रह कर रहे हैं तो बुलवा लेते हैं बरातियों को।

अपने गणों को आदेश दिया—बुला लाओ रिश्तेदार। गण गए और सारे भूत-पिशाचों को बारात का आमंत्रण दे आए। ऐसी अद्भुत बारात बनी कि जिसने देखा, दंग रह गया।

किसी का मुख नहीं था, किसी की टाँग नहीं, किसी का हाथ नहीं, किसी का

धड़ नहीं। शिवजी स्वयं भी जब दूल्हा बनकर आए तो पूरे शरीर पर भस्म लपेट ली, जटा बना ली, एक मृगचर्म लपेट लिया और गले में दो-चार साँप लपेट लिये। देवताओं को मन-ही-मन चिंता हुई कि यह कैसी बारात है? कहीं बिना दुलहन के न लौटना पड़ जाए।

बारात आगे बढ़ी तो देवताओं को लगा, दूल्हे शिव का आगे चलना ठीक नहीं। देवराज इंद्र, विष्णुजी आदि देवता आगे-आगे चलने लगे। भगवान् भोलेनाथ जो दूल्हा थे और बाकी बारात को पीछे कर दिया।

जैसे ही दुलहन पार्वतीजी के घर में बारात पहुँची, हिमाचलराज के लोगों ने आगे-आगे चल रहे देवताओं को देखा तो दंग रह गए। किसी ने इंद्र को, किसी ने विष्णु भगवान् को ही दूल्हा समझ लिया। सोचने लगे, क्या बारात आई है, कितना सुंदर दूल्हा है। हमारी पार्वती के तो भाग खुल गए।

बारात द्वार पर पहुँची और पार्वतीजी की माँ मैना स्वागत के लिए थाली लेकर आईं, भगवान् विष्णु ने कहा—अब दूल्हे को आगे कर दिया जाए। दूल्हा शिवजी आगे आए तो उनका रूप देखकर मैनाजी के हाथ से थाली गिर गई।

लोग डरकर भाग गए। ऐसा दूल्हा, ऐसी बरात! यह सब क्या है? 'नाना वाहन नाना बेसा। बिहसे सिर समाज निज देखा।' कहते हैं, उस समय वहाँ का दृश्य देख शिवजी को आनंद आ गया। वे हँस दिए।

यहाँ एक बड़े सूत्र की बात आती है। शिवजी कब हँस रहे हैं? जब विवाह करने जा रहे हैं।

भगवान् शंकर हमें सिखाते हैं कि जब दांपत्य आरंभ करना हो तो मुसकराना सीख जाना चाहिए। कई लोग मुसकराते भी हैं। उनका मानना होता है कि पहले ही मुसकरा लो, बाद का कोई भरोसा नहीं। पता नहीं पत्नी के आने के बाद मुसकराहट बचेगी भी कि नहीं। लेकिन शिवजी कह रहे हैं—मुसकराना सीखिए और सदैव मुसकराइए। विवाह से पहले भी मुसकराइए, जीवन भर मुसकराइए।

बारात पहुँची द्वार पर। दूल्हे का स्वरूप देख मैनाजी अवाक् रह गईं। घबरा गईं, हाथ से थाली गिर गई। नारदजी को कोसने लगीं। उसे क्या सूझा था, जो मेरी बेटी को ऐसा वर बता दिया। मैं पहाड़ से गिर जाऊँगी, जल में प्राण दे दूँगी, पर इससे अपनी बेटी नहीं ब्याहूँगी।

दृश्य समझिए, दूल्हा द्वार पर खड़ा है और सासूजी ऐसा बोल रही हैं। बारात में किसी छोटे-मोटे बराती को न पूछा जाए तो उपद्रव हो जाता है। यहाँ तो सीधे दूल्हे का ही अपमान हो रहा है। देवता लोग घबराए, अब क्या होगा? शंकरजी

बोले—चिंता न करें। सब ठीक हो जाएगा।

यहाँ भी शंकरजी ने बड़ी सूत्र की बात कही। बोले—मैं क्या हूँ, यह मैं ही तय करूँगा। ये तय करनेवाले कौन हैं? मुझे कोई अहंकार, कोई ग्लानि नहीं है। मैं जैसा हूँ, वैसा आ गया।

बिल्कुल ठीक बात है, जो हम सभी पर लागू होती है। हम दूसरों के कहने पर अपने आपको तय न करें। हम क्या हैं, हमें कैसा रहना है, यह हमें ही तय करना है।

शिवजी दूल्हा बनकर खड़े हैं, सास मैनाजी क्रोध में लाल हो रही हैं। उसी समय नारदजी भी प्रकट हो जाते हैं। देखकर लोगों में उत्सुकता बढ़ गई कि अब देखते हैं नारदजी के क्या हाल होते हैं।

उपस्थित लोग बोले—जाइए नारदजी, मैनाजी आप ही को याद कर रही हैं।

नारदजी बोले—हम साधु हैं। यदि कहीं हमारी आलोचना हो रही हो और हम न पहुँचे तो साधु किस मतलब के? आगे बढ़े, मैनाजी के पास पहुँचे और समझाया कि आप जिन्हें दामाद बनाने जा रही हैं, वह कोई छोटा व्यक्ति नहीं है। ये त्रिलोकपति महादेव शंकर हैं।

नारदजी के मुख से सारी स्थिति सुनने-समझने के बाद मैनाजी मान गईं और पार्वतीजी के साथ भगवान् का विवाह हो गया। शिवजी पार्वतीजी को लेकर कैलास पर आ गए।

रामकथा का आरंभ होने जा रहा है। आप-हम उसी में प्रवेश करने जा रहे हैं।

विवाह के बाद शिव-पार्वती कैलास पर जाकर बैठे हैं। तुलसीदासजी ने शंकरजी के रूप-सौंदर्य-श्रृंगार का वर्णन करते हुए अद्‌भुत पंक्तियाँ लिखी हैं—

'जटा मुकुट लोचन नलिन बिसाल, नीलकंठ लावण्य निधि सोह बाल बिधुभाल'।··· जटाओं का मुकुट बनाया है। उसमें से गंगा निकल रही है, विशाल नेत्र हैं। नीले कंठ के साथ आप लावण्य की निधि हो रहे हैं, सौंदर्य का खजाना हो रहे हैं। और चेहरे पर आधा चंद्रमा बड़ा सुंदर लग रहा है।

देखिए, शिवजी जब दूल्हा बनकर गए थे, तब ऐसे ही औघड़, शरीर पर भभूत और साँप लपेटे चले गए और यहाँ अकेले में श्रृंगारित होकर बैठे हैं।

बस दुनिया की और शंकरजी की सोच में यही फर्क है। शंकरजी कहते हैं, संसार में लोग बहुत तैयार होकर ऊपर का आवरण ओढ़कर जाते हैं। मैं संसार में जैसा हूँ वैसा ही जाता हूँ, लेकिन एकांत में संयमित हो जाता हूँ।

हम इसका उल्टा करते हैं। एकांत में असंयमित होते हैं और सार्वजनिक रूप से बड़े संयमित दिखते हैं। इसलिए अपना एकांत सँभालिए, अपने एकांत को दिव्य बनाइए।

शिवजी कैलास पर बैठे हैं और उसी समय पत्नी पार्वतीजी का प्रवेश होता है। वे उन्हें बड़े सम्मान से अपनी बाईं ओर स्थान देते हुए अपने पास बैठाते हैं।

पार्वतीजी प्रश्न पूछती हैं—सती के जन्म में मैंने संदेह किया था भगवान् पर। मैं आपसे पुन: जानना चाहती हूँ, राम कौन हैं ? जो दशरथ के बेटे हैं, जिन्होंने रावण को मारा। वेदों में जिनकी चर्चा आती है। वे राम कौन हैं ? कृपा कर मुझे बताइए।

शिवजी बोले—देवी, आपने बहुत अच्छा प्रश्न पूछा। सुनिए, मैं आपको रामकथा सुनाता हूँ। यहाँ से रामकथा आरंभ होती है।

देखिए, जब पति-पत्नी एकांत में बैठे हों तो कामकथा तो फूटते देखी है, लेकिन यहाँ शंकर और पार्वतीजी के एकांत में रामकथा फूट रही है। इसको कहते हैं दांपत्य की दिव्यता। इसीलिए तो उनके घर कार्तिकेय, गणेशजी और हनुमानजी जैसी संतानें हुईं।

याद रखिए, जिनका एकांत दिव्य है, उस दांपत्य की संतानें निश्चित रूप से संसार में प्रतिष्ठित और मान्य होंगी। दांपत्य या परिवार में वार्त्ता का केंद्र अहंकार नहीं होना चाहिए। तेरा-मेरा नहीं होना चाहिए।

**रामजन्म के कारण—**

**मुनि गति देखि सुरेस डेराना। कामहि बोलि कीन्ह सनमाना॥**
**परम स्वतंत्र न सिर पर कोई। भावइ मनहि करहु तुम्ह सोई॥**
**जब हरि माया दूरि निवारी। नहिं तहं रमा न राजकुमारी॥**

कथा आरंभ करते हुए शंकरजी पार्वतीजी से कहते हैं—देवी, सबसे पहले मैं आपको रामजन्म के कारण बताता हूँ कि रामजी ने जन्म क्यों लिया। इसके पीछे तीन कारण हैं—

**1. जय-विजय :** रामजन्म का पहला कारण था जय-विजय।

जय-विजय भगवान् के द्वारपाल थे। एक बार सनकादि ऋषि भगवान् के दर्शन करने गए। द्वार पर खड़े जय-विजय ने उनको जाने नहीं दिया। सनकादि ऋषि क्रोधित हुए और शाप दे दिया कि तुम तीन जन्मों तक राक्षस बनोगे। शाप फलित हुआ तो दोनों अगले जन्मों में राक्षस बनते गए।

एक बार हिरण्याक्ष-हिरण्यकशिपु बने, उसके बाद के जन्म में रावण और

कुंभकरण बने तथा तीसरे जन्म में शिशुपाल-दंतवक्र बने।

हर जन्म में भगवान् ने अवतार लेकर उनका वध किया। त्रेता युग में भगवान् राम ने रावण और कुंभकर्ण के रूप में उनको समाप्त किया। यह रामजी के जन्म का पहला कारण था।

**2. जलंधर :** जलंधर नाम का एक राक्षस था। पत्नी के सतीत्व के कारण वह मरता नहीं था। भगवान् ने उसके लिए स्त्रीधर्म खंडित किया।

उसने भगवान् को शाप दिया—आपको मनुष्य जन्म लेना पड़ेगा। यह रामजी के जन्म का दूसरा कारण बताया।

**3. नारद :** तीसरा कारण बताते हुए शिवजी बोले—एक बार नारदजी ने भगवान् को शाप दिया''। जैसे ही यह बात पार्वतीजी ने सुनीं, एकदम चौंक गईं। क्योंकि नारद पार्वतीजी के गुरु थे। सोचने लगीं गुरु ने शाप क्यों दिया होगा?

पूछने लगीं—भगवान् ने कौन सा अपराध किया था कि नारदजी को शाप देना पड़ा। भगवान् शंकर मुसकरा दिए कि कमाल करती हो देवी। आपका मतलब है, अपराध किया होगा तो भगवान् ने किया होगा। नारद ने नहीं किया।

कई बार हमारे जीवन में ऊपरी दृश्य देखकर ऐसा भ्रम हो जाता है, लेकिन जब भीतर जाएँगे तो वह सत्य नजर आता है, जो सतह पर दिखाई नहीं देता।

भगवान् शंकर को लगा, ये बार-बार भूल रही हैं। इनको कथा बतानी ही पड़ेगी। बोले—देवी अब आप यह भी सुन लीजिए।

आप भी ध्यान से पढ़कर इसे समझिएगा। बड़ी अच्छी कथा है, जो हमारे जीवन से गुजरती है। शिवजी सुनाना शुरू करते हैं—

एक बार नारदजी हिमालय की तलहटी पर पहुँचे। बड़ा सुंदर, सुरम्य वातावरण था वहाँ का। आँखें बंद कीं, ध्यान लगाया तो समाधि घट गई। नारदजी को दक्षराज का शाप था कि एक जगह रुक नहीं सकते। लेकिन यहाँ समाधि घट गई।

संत की तपस्या से बड़ी-बड़ी सत्ताएँ हिलने लगती हैं। इंद्र चिंतित हो गए। लगा—अगर इनकी तपस्या घट गई तो ऐसा न हो कि मेरा इंद्रासन ही माँग ले। इंद्र ने कामदेव को बुलाया और कहा किसी भी प्रकार से नारद की तपस्या भंग करो।

कामदेव अपने सहयोगियों को लेकर पहुँचा। देखा नारदजी ध्यान लगाए बैठे हैं। कामदेव ने ऋतु बनाई, नृत्यांगनाएँ प्रस्तुत कीं, अपना पूरा वातावरण निर्मित किया, पर नारदजी की तपस्या भंग नहीं कर सका।

कामदेव हार सा गया, लौटकर जाने लगा। तभी उसे कुछ याद आया। सहयोगियों ने कहा—देवता अब हमारे वश में नहीं हैं। कामदेव बोला—कोई बात नहीं।

हर प्रकार के यत्न के बाद भी यदि किसी की तपस्या भंग नहीं हो रही हो तो मैं तीन सूत्र बताता हूँ। इनसे अच्छे-अच्छों की तपस्या भंग हो सकती है। सहयोगियों ने कहा—देर किस बात की महाराज। बताइए।

कामदेव गया नारदजी के पास। उन्हें पुष्प अर्पित किए, प्रणाम किया और प्रशंसा आरंभ कर दी। बोला—आप धन्य हैं महाराज। शंकरजी ने तो मुझे भस्म कर दिया, पर आप हैं कि आपने तो मेरी ओर देखा तक नहीं। क्रोध भी नहीं किया।

शंकरजी ने तो क्रोध भी किया था, काम भी किया। परंतु आपको न तो क्रोध है, न काम है और न ही लोभ है। तीनों बातों में आप अद्‍भुत हैं महाराज। बस नारदजी का ध्यान टूट गया, आँखें खुल गईं।

ध्यान रखें, प्रणाम, पुष्प और प्रशंसा—ये चीज ऐसी हैं, जो मनुष्य को औंधा कर देती हैं। उसका ध्यान भटका देती हैं। किसी को झूठा प्रणाम कर दो, पुष्प या माला पहना दो और थोड़ी सी प्रशंसा कर दो। वह ऊँचाई पर चढ़कर कब और कैसे गिर जाएगा, पता ही नहीं चलेगा।

प्रशंसा वह मदिरा है, जो कानों से पिलाई जाती है। मुँह से पी गई मदिरा के असर से तो आप दो-चार कदम ही लड़खड़ाएँगे, पर प्रशंसा के रूप में कानों से पिलाई जानेवाली मदिरा से पूरा व्यक्तित्व ही लड़खड़ा जाता है। इस मदिरा से सावधान रहिए।

कामदेव का सूत्र काम आया। नारदजी प्रसन्न हो गए। कामदेव के जाने के बाद नारदजी को लगा—चलो, सबसे पहले शंकरजी को बताया जाए। क्योंकि उन्होंने इसको भस्म किया और मैंने इसे क्षमा कर दिया। मैं तो उनसे एक सीढ़ी ऊपर हूँ।

अपनी उपलब्धि जब तक दूसरों को न बता दें, कइयों का स्वास्थ्य बिगड़ जाता है। नारदजी के साथ भी ऐसा ही हुआ।

कैलास पहुँच गए। शंकरजी दूर से ही पहचान गए। सोचा, आज महाराज कुछ ठीक नहीं दिख रहे हैं ? नारद पहुँचे और शुरू हो गए। मैंने काम को इस तरह हरा दिया। मैंने काम को ऐसे पराजित किया। आपने तो उस पर क्रोध भी किया, मैंने क्षमा कर दिया।

शंकरजी समझ गए कि नारद प्रशंसा की मदिरा पीकर आया है। बोले—संत महाराज, लोग आपसे रामकथा सुनने की अपेक्षा करते हैं और आप कामकथा सुनाए जा रहे हैं ? ठीक है, आपने मुझे तो सुना दी, परंतु ध्यान रखना, यह बात वैकुंठ में विराजे विष्णुजी को भूलकर भी मत सुनाना।

दुनिया का नियम है, किसी को कोई काम न करने को बोलो तो वह जरूर

करेगा। उसके मन में विचार जागेगा कि नहीं करने की सलाह के पीछे भी कोई षड्यंत्र काम कर रहा होगा।

नारदजी ने भी कुछ ऐसा ही सोचा। शायद शंकरजी मेरी प्रतिष्ठा से जल रहे हैं। इसीलिए मना किया है कि विष्णु को मत सुनाना। शिवजी पर शक किया और पहुँच गए वैकुंठ।

विष्णुजी ने देखा तो बोले—क्या बात है नारदजी, आज अचानक··· ? नारदजी ने अपनी सारी कथा सुनाई। तब विष्णुजी ने सोचा, मेरा तो प्रण ही है कि सेवक का हित करूँ। उनके भीतर उपजे अहंकार के पौधे को उखाड़कर फेंक दूँ। लगता है, नारद का भी हित करना पड़ेगा।

यह हमारा स्वभाव है। कई बार हम भगवान् से जो माँगते हैं, यदि भगवान् वह नहीं देता तो हमको लगता है या तो भगवान् है नहीं और है तो हमारे लायक नहीं है।

ऐसा नहीं है। भगवान् तो हर प्रकार से भक्त का हित ही चाहते हैं। इसलिए यदि हमारी इच्छा का काम हो जाए तो अच्छा है और यदि न हो तो इससे भी ज्यादा अच्छा है, क्योंकि फिर वह भगवान् की इच्छा का होता है। नहीं होने में भी कहीं-न-कहीं हमारा हित छिपा होता है।

भगवान् का हिसाब विचित्र है। नारदजी ने बताया, मैंने ऐसा कर लिया, वैसा कर लिया···। भगवान् ने कहा, ठीक है, जो भी हो, आपके हित की बात करूँगा।

नारदजी चले गए तो भगवान् ने एक मायानगरी रची। शीलनिधि नाम का राजा और विश्वमोहिनी नाम की उसकी सुंदर कन्या थी। ऐसा राज्य बनाया कि नारदजी वहाँ गए तो देखते ही रह गए।

राजा ने नारदजी को प्रणाम कर सम्मान के साथ बैठाते हुए कहा—यह मेरी पुत्री विश्वमोहिनी है। नारदजी ने विश्वमोहिनी को देखा तो उसी को देखते रहे। सारी तपस्या धरी रह गई। राजा ने कहा—यह विवाह योग्य हो गई है, इसका भाग्य पढ़ दीजिए, महाराज।

देखिए, आदमी के सिर पर माया चढ़ जाए, काम चढ़ जाए, लोभ चढ़ जाए तो उसकी सोच, नीति, चिंतन की गति उल्टी हो जाती है।

नारदजी ने उस कन्या का हाथ अपने हाथ में लिया तो नारदजी को समझना यह था कि इस युवती का पति वह होगा, जो त्रिलोकपति होगा, लेकिन समझ गए उल्टा।

मन पर माया का परदा पड़ा था तो उल्टा पढ़ गए कि जो इससे विवाह करेगा वह त्रिलोक पति हो जाएगा। नारदजी ने सोचा, बहुत हो गई तपस्या, बहुत हो गए साधु। अब विवाह रचा ही लें। भगवान् की माया ने अपना काम शुरू किया और

नारदजी के मन में उससे विवाह करने का भाव जाग गया।

मन में एक ही बात बैठ गई कि किसी भी प्रकार से विश्वमोहिनी मिल जाए। सोचने लगे, स्वयंवर होगा तो एक से एक सुंदर राजा आएँगे। मैं तो साधु हूँ, सुंदर भी नहीं दिखता। कुछ उपाय किया जाए।

वहीं ध्यान किया और भगवान् विष्णु प्रकट हो गए। बोले—कहिए नारदजी, बहुत शीघ्रता में लग रहे हो। बोले—महाराज स्वयंवर होने वाला है। शीलनिधि की कन्या से विवाह की इच्छा है। अपना रूप दे दीजिए।

भगवान् मन-ही-मन मुसकराए। सोचने लगे—मेरा तो काम ही है आपका भला करना। मैं वही करूँगा, जिसमें आपका हित होगा।

देखिए, आदमी के सिर पर जब काम-क्रोध चढ़ जाए तो दूसरे की भाषा भी उल्टी सुनाई देती है। नारदजी भगवान् की भावना नहीं समझ सके और बोले—हाँ भगवान्, ऐसा ही कीजिए।

भगवान् विष्णु ने कहा—ठीक है, जाइए। भगवान् ने उनको विकृत रूप दे दिया मर्कट यानी बंदर का ऐसा रूप दिया, जो केवल विश्वमोहिनी को ही दिख रहा था। बाकी सबको नारद ही लग रहे थे।

तभी शिवजी के गण नारदजी के पास आकर बैठ गए। ठिठोली करते हुए नारदजी से कहते हैं, जरा अपना चेहरा तो देखिए। हमें तो लगता है, यह कन्या आप ही को वरेगी।

नारदजी और ज्यादा प्रसन्न हो गए। सोचने लगे, आज तो विश्वमोहिनी से विवाह हो ही जाएगा। जाकर पहली पंक्ति में बैठ गए।

देखिए, जब मन-मस्तिष्क पर काम चढ़ता है तो साधु भी साधु नहीं रहता। आचरण से गिर जाता है। जो थोड़ी देर पहले तपस्यारत था, वह नारी के सौंदर्य पर मोहित होकर विवाह के स्वप्न देखने लगा।

जब विश्वमोहिनी आई तो देखा, इसका तो मुँह बंदर जैसा है। वह पूरी पंक्ति ही छोड़ दूसरी पंक्ति में चली गई।

यहाँ सूत्र की बात यह निकलती है कि जिस पंक्ति का नेतृत्व करनेवाले का चेहरा विकृत हो, वह पंक्ति की पंक्ति खाली हो जाएगी। इसलिए इस बात का जरूर ध्यान रखें कि आप कैसे नेतृत्व को स्वीकार रहे हैं।

जिनके चेहरे अच्छे न हों, जिनका आचरण विकृत हो, उनके पीछे कभी खड़े मत होना। उनको नेतृत्व मत सौंपना।

विश्वमोहिनी आगे बढ़ी तो देखा, अति सुंदर रूप में भगवान् विष्णु भी दूल्हा

बने बैठे हैं। सारी माया ही तो उन्हीं की रची हुई थी। आगे बढ़ी और भगवान् को वरमाला पहना दी।

नारदजी ने देखा तो सन्न रह गए। सोचने लगे—मेरे साथ धोखा कर खुद ले गए। शुरू हो गए भगवान् पर। आप कपटी हो, दूसरे का सुख नहीं देख सकते। समुद्र मंथन में लक्ष्मी लेकर खुद भाग गए, कौस्तुभ मणि ले गए, शिवजी को बावला बना दिया, देवताओं को ठग लिया, दैत्यों को ठग लिया। जो समझ में आता है, करते रहते हो। किसी का सुख देखा नहीं जाता आपसे।

भगवान् सबकुछ सुनकर भी मुसकराते रहे। किसी ने कहा—बहुत हो गई भगवान्। नारद क्या बोले जा रहे हैं? आप कुछ कहते नहीं?

भगवान् ने कहा—इस मुँह से स्तुति तो बहुत सुनी, अपशब्द आज पहली बार सुन रहा हूँ। बोलने दीजिए इसे।

देखिए, कभी-कभी भगवान् को भक्त की गालियाँ भी अच्छी लगती हैं।

भगवान् मुसकराते हुए सुन रहे हैं, नारदजी सतत बोले जा रहे हैं। जब बहुत बोल लिये तो भगवान् ने सोचा, बहुत हो गया, अब इसको हकीकत बता ही दी जाए।

तब तुलसीदासजी ने लिखा—

'जब हरि माया दूरी निवारी। नहीं तह रमा राजकुमारी।'

भगवान् ने जैसे ही माया हटाई तो वहाँ न राजा था, न राजसभा। न लक्ष्मीजी पास थीं, न विश्वमोहिनी। सबकुछ खाली हो गया।

बस भगवान् खड़े और नारदजी खड़े। नारदजी को ध्यान आ गया कि यह तो माया थी और मैं माया में डूब गया।

नारदजी भगवान् के चरणों में गिरकर क्षमा माँगते हुए कहते हैं, मुझसे बड़ा अपराध हुआ भगवान्। अब मैं क्या करूँ।

भगवान् ने कहा—नारदजी, यह सब मेरी ही माया थी। आपके भीतर उत्पन्न हुए अहंकार को धोने के लिए मैंने यह माया रची थी।

आगे भगवान् कहते हैं—नारदजी, आप सचमुच संत हैं। मैंने जो कुछ आपके साथ किया, इसके लिए मुझे श्राप भी नहीं दे रहे? नारदजी बोले—मैं श्राप देता हूँ। आपने मुझे बंदर की सूरत देकर मेरा तिरस्कार करवाया है तो एक दिन बंदर ही आपकी मदद करेंगे।

आपने मुझे मनुष्य नहीं बनाया, एक दिन आप मनुष्य बनेंगे और जिस प्रकार मैं स्त्री के विरह में दुःखी हुआ, वैसे ही आप भी होंगे। भगवान् ने कहा, आपने मुझे शाप दिया। मैं वरण भी करता हूँ, परंतु आपको शाप देना नहीं आया।

आपने कहा, मैं मनुष्य का अवतार लूँगा, यदि कहते जीवन में कभी मनुष्य नहीं बन पाओगे तो मुझे बहुत बड़ा संकट आ जाता। इस प्रकार आपने तो शाप नहीं, वरदान दे दिया।

दूसरा, आपने कहा बंदर मदद करेंगे। यदि आप कहते कि बंदर काम बिगाड़ेंगे तो समझ में आता, लेकिन वे तो मेरे काम आएँगे। यह भी शाप नहीं, वरदान हो गया।

तीसरा, आपने कहा—स्त्री के विरह में दु:खी होऊँगा। इसका मतलब विवाह तो मेरा होगा ही। अगर आप कहते कि विवाह ही नहीं होगा तो भी मैं संकट में आ जाता। आपने तो हर श्राप के पीछे मुझे वरदान दे दिया है। मैं तो आपका आभारी हूँ।

नारदजी बोले—भगवान्, जो भी हुआ, उसके लिए क्षमा चाहता हूँ। आप तो यह बताइए कि मैंने जो पाप किया है, उसका निवारण कैसे होगा? तब भगवान् कहते हैं, आप शंकरजी के सतनाम जपिए। ॐ नम: शिवाय, ॐ नम: शिवाय का जप कीजिए। आपका श्राप कट जाएगा।

'नारायण, नारायण' करते हुए नारदजी विदा होते हैं।

शिवजी पार्वतीजी को नारदजी के शाप की कहानी सुना रहे हैं। देखिए, हमारे जीवन में कई ऐसी घटना नारदजी जैसी घट जाती हैं। हम जो चाहते हैं, वह होता नहीं और भगवान् अपनी माया से कुछ और करा देता है; क्योंकि अंत में भगवान् हमारा हित देखना चाहता है।

क्षणिक हमको ऐसा लगता है कि हम पश्चात्ताप कर रहे हैं, हम भगवान् के प्रति आक्रोश व्यक्त कर रहे हैं। आज नारद के प्रसंग से सुनें।

**4. मनु-शतरूपा :** रामजन्म का चौथा कारण मनु और शतरूपा का बताया है। मनु और शतरूपा हम मनुष्यों के पहले माता-पिता हैं। जब उन्होंने राजकाज कर लिया तो सबकुछ छोड़ जंगल में चले गए। दोनों ने तपस्या कर भगवान् को प्रसन्न किया। भगवान् ने कहा—बोलिए, आप क्या माँगते हैं? मनुजी तो कुछ नहीं बोले, लेकिन शतरूपाजी थोड़ी चतुर थीं, बोलीं—मुझे आपके जैसा पुत्र चाहिए।

भगवान् ने कहा—मेरे जैसा पुत्र कहाँ से लाऊँगा? इसके लिए तो स्वयं मुझे ही आना पड़ेगा। कहा जाता है, उसके बाद मनु-शतरूपा दशरथ और कौशल्या बने और भगवान् ने राम के रूप में इनके यहाँ जन्म लिया।

**5. प्रतापभानु :** मनु-शतरूपा के बाद शिवजी ने पार्वतीजी को प्रतापभानु की कथा सुनाई। प्रतापभानु एक राजा था। उसका छोटा भाई हरिमर्दन था। प्रतापभानु अच्छा राजा था, लेकिन उसके मन में काम, क्रोध, लोभ एक साथ आ गए और उसे ऐसा लगा कि मेरी सत्ता सतत बनी रहे। उसने कई राजाओं को पराजित किया था।

एक राजा दुष्ट था। उसने साधु का वेश धरकर प्रतापभानु को ठग लिया। बोला—मैं तुम्हारे लिए ऐसा यज्ञ करूँगा कि उसके बाद तुम्हारी सत्ता सतत बनी रहेगी।

प्रतापभानु उसकी बातों में आ गया। दुष्ट राजा ने यज्ञ किया और उसमें ब्राह्मणों को मांसाहार करा दिया। प्रतापभानु को शाप मिला कि अगले जन्म में तुम राक्षस बनोगे और कोई देवपुरुष तुम्हारा वध करेगा। यही प्रतापभानु अगले जन्म में रावण बना और राम के हाथों उसका वध हुआ।

रामजन्म के पहले तुलसीदासजी ने रावण के जन्म का वर्णन किया है। बहुत विस्तार से तो नहीं किया, पर सूक्ष्म बात रावण के लिए लिखी है। तुलसीदासजी तो कथाकार थे। जानते थे कि राम के प्रकाश के आने के पहले रावण के अंधकार की अनुभूति होना आवश्यक है।

जब तक अंधकार की अनुभूति नहीं होगी, तब तक प्रकाश का महत्त्व समझ में नहीं आता। इसलिए रावण जन्म के बारे में भी बताया है। चलिए, जानते हैं रावण जन्म का कब-कैसे हुआ।

रावण के पिता विश्रवा एक संत और माँ कैकसी राक्षसी थीं। चूँकि रावण के नाना सुमाली का भगवान् विष्णु से वैर था, इसलिए अपनी पुत्री को विश्रवा ऋषि के पास भेजा। दोनों पति-पत्नी हुए और संतान उत्पत्ति का क्रम शुरू हुआ। बड़े पुत्र के रूप में रावण का जन्म हुआ। बचपन में एक दिन माँ ने रावण से पूछा—बेटा, क्या बात है, तू कुछ परेशान सा लगता है।

रावण ने कहा—माँ, मैं आपसे एक प्रश्न पूछना चाहता हूँ। मैं प्रातःकाल जब उठता हूँ तो पिता मुझसे कहते हैं, शास्त्र का अध्ययन कर। मुझ पर क्रोधित होते हैं कि तेरा शरीर बलिष्ठ होता जा रहा है। तुझे शब्द स्मरण में नहीं रहते, तू मंत्रों का उच्चारण ठीक से नहीं कर पा रहा है और तेरी भुजाओं पर शस्त्र के निशान हैं। तू देर रात तक क्या करता है? तेरा आचरण ठीक नहीं दिखता। तू ब्राह्मण का पुत्र है। तुझे रात को जल्दी सोना चाहिए और सुबह जल्दी उठना चाहिए।

इधर जब मैं नाना के पास आता हूँ तो वे मुझे देर रात तक शस्त्र विद्या सिखाते हैं। नाना कहते हैं दुनिया शस्त्र से जीती जा सकती है और पिता कहते हैं, शास्त्र से जीती जाएगी। नाना कहते हैं दुनिया को झुकाओ, पिता कहते हैं दुनिया के सामने झुक जाओ। तो सच क्या है माँ? आखिर मुझे करना क्या है? मेरा जीवन क्या है? कोई कहता है शास्त्र, कोई कहता है शस्त्र। रावण इसी दुविधा में पाला गया और इसीलिए दुराचारी हुआ।

जिन घरों में जिन संतानों के साथ, जिन बच्चों के साथ माता और पिता का

आचरण, व्यवहार, नीति, शिक्षा अलग-अलग होगी, वे बच्चे एक दिन रावण बन जाएँगे। एक पक्ष कुछ और सिखा रहा था, दूसरा कुछ और सिखा रहा था। अबोध बालक भ्रमित होकर जीवन-पथ से भटक गया।

जो माता-पिता अपने बच्चों को अपनी महत्त्वाकांक्षा की पूर्ति का खिलौना और शस्त्र बना लेते हैं, वे उनका हित नहीं कर सकते। माँ कैकसी और नाना सुमाली ने रावण को एक बात सिखा दी कि तेरा जन्म किसी विशेष उद्‌देश्य की प्राप्ति के लिए हुआ है। तुझे हमने विष्णु से युद्ध करने के लिए तैयार किया है। तेरा अपना कोई उद्‌देश्य नहीं है। तुझे सिर्फ राक्षस वंश की महत्त्वाकांक्षा को पूरा करना है।

सदाचरण तेरा आवरण होना चाहिए, तेरा स्वभाव नहीं। अपने लक्ष्य की पूर्ति के लिए अपना हो या पराया, उसका वध भी करना पड़े तो कर देना। जो नहीं मिले, उसे लूटकर हासिल कर लेना। माँ ने सिखाया और रावण ऐसा ही आचरण सीख गया।

नाना ने बार-बार रावण को सिखाया, तुझे तपस्या से शस्त्र अर्जित करना है, शक्ति अर्जित करनी है। जा, तपस्या कर। रावण तपस्या करने चला गया। देवी-देवताओं को प्रसन्न कर लिया। भगवान् प्रसन्न हो गए तो पूछा—बोल दास-दासी, हाथी-घोड़े, राज्य, महल, धन, संपत्ति, शस्त्र क्या चाहिए तुझे? रावण ने कहा—ये सबकुछ तो मेरे पास पहले से ही हैं, तुम क्या दोगे? नहीं भी दोगे तो छीनकर प्राप्त कर लूँगा। देना ही है तो एक वर दे दो।

भगवान् ने कहा—बोल क्या चाहता है? रावण बोला—'हम काहु के मरहि न मारे।' अर्थात् मैं किसी के मारे न मरूँ। भगवान् ने कहा—तथास्तु।

उसी समय रावण को अहंकार आ गया और अहंकार आते ही उसकी जुबान फिसल गई। झट से बोल पड़ा—'बानर मनुज जाती द्वयी मारे।' मनुष्य और वानर को छोड़कर मुझे कोई न मार सके। भगवान् ने फिर कहा—तथास्तु।

देखिए, अहंकार वाणी को ध्वस्त कर देता है। रावण को यह बाद वाली पंक्ति बोलने की आवश्यकता ही नहीं थी, लेकिन अहंकार ने उससे बुलवा दी। पहली माँग में तो तथास्तु कहकर भगवान् भी उलझ गए थे, परंतु दूसरी माँग के साथ ही रावण ने स्वयं ही अपनी मौत तय कर दी। भले ही कोई मनुष्य या वानर उसे नहीं मार पाया, लेकिन भगवान् राम के बाणों से वह नहीं बच पाया।

भगवान् से वर मिलने के बाद तो मानो रावण की विजय-यात्रा चल पड़ी। चारों दिग्पाल जीत लिये। यम, कुबेर, वरुण, इंद्र किसी को नहीं छोड़ा। जो सामने आता, रावण समाप्त करता जाता। इसी यात्रा में एक दिन यमराज के पास पहुँच

गया। यमराज भागकर ब्रह्माजी के पास गए, बोले—ब्रह्माजी, मुझे बचाइए। ये तो मृत्यु को जीत लेगा।

रावण ने जब-जब भी युद्ध किया और ऐसा मौका आया कि सामने वाला पराजित नहीं हो रहा तो रावण या तो अपने दादा पुलस्त्य को ले आता या ब्रह्माजी को। बार-बार रावण बड़े लोगों को बीच में ले आता।

यही रावण पद्धति है, जो आज तक चल रही है। आज भी लोग काम निपटाने के लिए कुछ बड़े लोगों को बीच में डाल देते हैं। और इसके लिए सबसे अच्छा क्षेत्र माना जाता है राजनीति।

एक दिन रावण ने दुनिया जीत ली। विश्वविजेता बन गया और घोषणा कर दी कि जाओ राक्षसो, इस धरती पर जहाँ कहीं भी सौंदर्य हो, जो भी सुंदर स्त्री, जो भी धन, जो भी सत्ता पसंद आए, हमारे लिए लेकर आओ। आज के बाद सारे संसार की संपत्ति, सारी सुंदरियाँ रावण की अमानत हैं। नीति और नैतिकता कुछ नहीं होती। आज से वही होगा, जो रावण तय करेगा।

फिर क्या था। टूट पड़े रावण के लोग। धरती काँपने लगी, पहाड़ बीच में टूट गए, समुद्र की दिशाएँ बदल गईं। वनों में शेरों की दहाड़ बंद हो गई, हाथी चिंघाड़ना भूल गए। चारों ओर रावण का आतंक फैल गया। ऋषि-मुनि परेशान हो गए। जिसको चाहे, उसको उठा लेता था रावण। कोई सुरक्षित नहीं था। स्त्री होना अभिशाप बन गया था। कब असुर उठा ले जाएँ, कोई भरोसा नहीं था।

नारी के प्रति इस प्रकार की भावना रखने के कारण ही कई बार वह नारी शक्ति से शापित भी हुआ। पार्वतीजी के प्रति अपराध किया तो शाप मिला। मायावती से शापित हुआ, देवहुति से शापित हुआ। यहाँ तक कि अपनी बहू के प्रति भी घोर अपराध कर शाप भोगना पड़ा।

कई लोग आज भी सोचते और कहते हैं कि सीताजी का अपहरण करने के बाद रावण चाहता तो उनके साथ दुर्व्यवहार कर सकता था, लेकिन उसने ऐसा नहीं किया। वे यह भूल जाते हैं कि रावण शापित था। रावण ने अपने ही भाई की होने वाली पत्नी रंभा के साथ बलात्कार किया था। तब उसे शाप मिला था कि आज के बाद किसी भी स्त्री की इच्छा के विपरीत उसे स्पर्श करेगा तो उसके सौ टुकड़े हो जाएँगे। इसलिए वह सीताजी को स्पर्श नहीं कर पाया था।

भगवान् राम रावण को इसीलिए मारने आए थे कि उन्होंने कहा था, जिसने मातृशक्ति का इतना बड़ा अपमान किया हो, जो रिश्तों को खा गया हो, जो अपनी बहन को विधवा बना दे, जो अपनी बहू का शील भंग कर दे, जो अपनी माता

समान पार्वतीजी को भोगने की आकांक्षा करने लगे, उसके नाश के लिए मुझे आना ही पड़ेगा। मैं केवल एक सीता के लिए नहीं गया था। मैंने समूची मातृशक्ति को उसका सम्मान और गौरव लौटाने के लिए इस दुष्ट से संघर्ष किया था।

शीर्ष पर जाकर जब कोई भूल करता है तो पतन होना ही है। विश्वविजेता रावण अपनी ही भूल के कारण लगातार नीचे गिरता गया और एक दिन श्रीराम के हाथों मारा गया। हमारे साथ भी ऐसा होता है। हम कितनी ही ऊँचाइयाँ हासिल कर लें, अगर आचरण से गिर गए, अहंकार से घिर गए तो पतन की ओर जाना ही है। इसलिए आचरण की श्रेष्ठता बनाए रखिए।

यही रावण की कथा है, जो हमें अच्छे-बुरे, सत्य-असत्य और धर्म-अधर्म की सही परिभाषा और उनके परिणाम बताती है।

यहीं से तुलसीदासजी कथा को अयोध्या की ओर ले जाते हैं, जहाँ राजा दशरथ के घर भगवान् राम का जन्म होता है। एक बार फिर याद कर लें। यह रामकथा शिवजी पार्वतीजी को सुनाते, याज्ञवल्क्यजी भरद्वाजजी को, कागभुशुंडीजी गरुड़जी को, तुलसीदासजी संतों को सुनाते हैं और वही कथा इस पुस्तक के माध्यम से आप पढ़-समझ रहे हैं।

## रामजन्म

**'एक बार भूपति, गुरु गृह गयउ। निज दुःख सुख सब गुरहि सुनायउ॥'**

अयोध्या में दशरथजी का राज था। एक दिन दशरथजी बैठे-बैठे कुछ सोच रहे थे। उनको ग्लानि हुई कि मेरी कोई संतान नहीं है, क्या करूँ? गुरु वसिष्ठजी के पास गए और अपनी पीड़ा बताई।

यहाँ रामकथा संकेत करती है कि यदि आपके जीवन में कोई दुःख आ जाए तो संसार को मत सुनाइएगा। अपने गुरु के पास जाकर उन्हें बताइए। वे अवश्य कोई मार्ग बताएँगे।

वसिष्ठजी ने कहा—महाराज चिंतित मत होइए। यज्ञ कीजिए। आपको एक नहीं, चार पुत्र प्राप्त होंगे। यज्ञ होता है, रानियों के बीच प्रसाद के रूप में पायस, खीर का बँटवारा होता है। भगवान् रानी कौशल्या के गर्भ में प्रवेश कर जाते हैं।

देखिए, वसिष्ठजी चाहते तो वैसे भी आशीर्वाद दे सकते थे। लेकिन उन्होंने यज्ञ करवाया। यहाँ समझने की बात यह है कि संतान पैदा करना एक यज्ञ के समान है। इसे केवल कर्म न मान लिया जाए। पति-पत्नी के मिलन का परिणाम संतान हो तो धरती पर बोझ होगा।

जीवन में कोई ऐसे क्षण होना चाहिए, जिनमें दिव्यता की अनुभूति हो और तब संतान संसार में लाई जाए। इसलिए यज्ञ करवाया और दशरथजी के यहाँ यज्ञ की संतानें उत्पन्न हुईं।

भगवान् श्रीराम का जन्म हुआ। अयोध्या में चार राजकुमार आए।

रामचरितमानस में भगवान् की बाललीला के बहुत सारे प्रसंग हैं। हनुमानजी भी आए, कागभुशुंडीजी भी आए। लेकिन एक घटना बड़ी सुंदर घटती है।

भगवान् को पढ़ाने के लिए गुरुकुल भेजा। भगवान् भी कहते हैं, शिक्षा का जीवन में बहुत महत्त्व है और शिक्षा भी गुरुकुल में ली जाती है। उसके अपने नियम हैं, अपने अनुशासन हैं।

भगवान् गुरुकुल जाते हैं पढ़ने के लिए। भगवान् को किस बात की कमी थी। उनकी शिक्षा-दीक्षा तो राजमहल में भी हो सकती थी, लेकिन वे गुरुकुल में वसिष्ठजी से शिक्षित होते हैं।

भगवान् अपने जीवन में एक मोड़ लाते हैं। इसके माध्यम से हम सबको भी सिखा रहे हैं कि जीवन में शिक्षा दो तरह की होती है। एक सैद्धांतिक, दूसरी व्यावहारिक। जीवन जिस व्यवहार से चलता है, वह कभी-कभी किताबों में नहीं मिलता। भगवान् ने शास्त्र पढ़े, उन्हें योग वसिष्ठ सुना दिया गया। कुल मिलाकर वसिष्ठजी ने भगवान् को ऐसा तैयार कर दिया कि धरती से रावण राज का खात्मा हो गया।

एक दिन राजा दशरथ सहित सभी राजदरबार में बैठे थे और तभी विश्वामित्रजी का प्रवेश हुआ। विश्वामित्रजी दशरथजी से कहते हैं, राक्षस लोग हम ऋषि-मुनियों को बहुत परेशान करने लगे हैं। यज्ञ की रक्षा के लिए आपके दो बेटे चाहिए। मुझे राम और लक्ष्मण को दे दीजिए।

दशरथ उदास हो गए। राजा थे, पर घबरा गए। सोचने लगे, बड़ी मुश्किल से इस आयु में तो संतानें प्राप्त हुई हैं। कैसे दे दूँ? वसिष्ठजी बोले—राजन, दे दो। यज्ञ की संतानें हैं, यज्ञ के लिए ही काम आएँगी।

गुरु की बात मानकर राम और लक्ष्मण विश्वामित्रजी को सौंप दिए गए। विश्वामित्रजी राम-लक्ष्मण को लेकर अपने आश्रम में चले गए। यहीं से रामजी की व्यावहारिक शिक्षा आरंभ होती है।

भगवान् विश्वामित्रजी से गहन वार्त्तालाप करते हैं। कई प्रश्न पूछते हैं। विश्वामित्र हड्डियों के ढेर दिखाते हुए कहते हैं—देखो राम, राक्षसों ने हमारा क्या हाल कर दिया है। तब राम मन-ही-मन शपथ लेते हैं कि जिस दिन मेरा अवसर

आएगा, ऋषि-मुनियों को इस संताप से मुक्त कराऊँगा।

भगवान् के साथ वार्तालाप करते-करते विश्वामित्रजी ने शस्त्र का ज्ञान दिया, जीवन का ज्ञान दिया और रामजी को संपूर्ण राम बना दिया।

इसी दौर में भगवान् अहल्या का उद्धार करते हैं। अहल्या को भगवान् ने यहाँ तारा है, उसमें भी विश्वामित्र की मध्यस्थता थी। अहल्या को तारकर भगवान् ने फिर घोषणा की कि मैं मातृशक्ति के गौरव के सम्मान के लिए ही इस धरती पर आया हूँ।

अहल्या और श्रीराम का प्रकरण बड़ा विस्तृत विषय है। जिन संघर्षों से स्त्रियों को गुजरना पड़ता है, वह संघर्ष अहल्या के जीवन में बहुत आया। अंत में वह श्रीराम के हाथों तार दी गई।

धीरे-धीरे भगवान् जनकपुर की ओर प्रस्थान करते हैं। विश्वामित्रजी भगवान् को लेकर जनकपुर पहुँचते हैं। जनकपुर में भगवान् एक वाटिका में विश्राम करते हैं। यहाँ विश्वामित्रजी उन्हें एक-एक ज्ञान देते हैं। वसिष्ठजी ने शास्त्र सिखाया, पर उसका व्यवहार कैसा करना है, यह विश्वामित्रजी सिखाते हैं। दोनों ही उनके गुरु थे।

जीवन में शिक्षा जहाँ से मिले, ले लेनी चाहिए। व्यावहारिक शिक्षा जीवन में बहुत आवश्यक है। भगवान् विश्वामित्रजी से यही सीखते हैं। हमारा भी दायित्व है कि जितना अधिक-से-अधिक हो सके, बच्चों को जीवन की हर शिक्षा में दक्ष बनाएँ।

चलिए इस घटना से समझते हैं।

मनोविज्ञान के एक प्रोफेसर थे। विषय ही मनोविज्ञान था, इसलिए हर चीज को साइकोलॉजिकल ट्रीटमेंट देने में रुचि थी। उनका विवाह हुआ, एक बच्चा भी हो गया। बच्चा थोड़ा शैतान था। किसी का कहना नहीं मानता, अपने मन की ही करता था। प्रोफेसर पिता उसको मनोविज्ञान से सिखाना चाहते थे।

एक दिन बच्चा जिद पर अड़ गया कि भोजन नहीं करूँगा। माँ ने कहा, कर ले, लेकिन नहीं किया। कभी कोई बहाना, कभी कोई बहाना। माँ ने सोचा, एक चपत जड़ दूँ। पिता मनोवैज्ञानिक थे, बोले—नहीं, बच्चे को मारना ठीक नहीं। इसे मनोवैज्ञानिक ढंग से समझाओ। माताओं को तो एक ही मनोविज्ञान आता है। थोड़ी देर बाद एक चपत रसीद कर दी। पिता ने कहा—ठहरो, हम सिखाते हैं। बच्चे से बोले—चल अपन कुछ एक्टिंग करते हैं। अभिनय करने में तो बच्चों को बड़ा मजा आता है। वह तैयार हो गया। बोला—ठीक है, एक्टिंग करते हैं।

पिता बोले—तू हमारे घर अतिथि बनकर आ। सूट पहन ले, टाई लगा ले और फिर घर के बाहर जाकर मेहमान की तरह घंटी बजाना। हम दरवाजा खोलेंगे, कहेंगे—आइए, आइए… । मेहमान समझकर तुझको अंदर लाएँगे और डाइनिंग टेबल

पर बैठाकर तुझे भोजन ऑफर करेंगे। बच्चा बड़ा खुश हुआ। सूट उठाया, टाई उठाई, छाता लिया और घर के बाहर हो लिया। पिता ने पत्नी से कहा—देखो, मैंने साइकोलॉजिकल ट्रीटमेंट दिया है। तुम इसको डाँट रही थीं, खा ले-खा ले, वह नहीं खा रहा था। पर मैंने उसको गेस्ट बनाया। अब गेस्ट बनाकर घर में लाएँगे, डाइनिंग टेबल पर बैठाकर खाना खिलाएँगे तो वह खा लेगा।

पत्नी ने कहा—चलो, देख लेते हैं। थोड़ी देर बाद बच्चे ने घंटी बजाई। इन्होंने दरवाजा खोला, आइए…आइए…कहकर अभिवादन किया और अंदर ले आए। बच्चे ने कोट निकालकर, टाँगा, छाता रखा और बैठ गया। पिता ने कहा, आप हमारे अतिथि हैं। इधर डाइनिंग टेबल पर बैठिए और भोजन कीजिए। बच्चा बैठ गया। पिता ने सोचा, टैक्निक काम कर गई। कॉलर ऊँची करते हुए पत्नी से कहा—लाओ, जल्दी थाली लाओ, मेहमान भोजन करेंगे। थाली लगाई और दोनों देखने लगे। बच्चे ने तत्काल थाली हटाई और बोला—हम अपने घर से खाकर आए हैं।

देखिए, आपसे ज्यादा चतुर तो बच्चे हो गए। इसलिए अगर आप चाहें कि बच्चों को मनोविज्ञान तरीके से समझाएँ तो नहीं समझने वाले। उनको व्यावहारिक ज्ञान भी देना होगा।

विश्वामित्रजी भी भगवान् को व्यावहारिक ज्ञान देते हैं। जाओ राम, वाटिका में घूम आओ। शायद गुरु जानते थे कि वहाँ सीताजी पूजन कर रही हैं। रामजी जाते हैं। सचमुच सीताजी पूजन कर रही होती हैं। यहाँ पहली बार दोनों एक-दूसरे को देखते हैं। दोनों को बोध होता है।

ब्रह्मांड की बड़ी दिव्य घटना थी यह। सखियाँ सीताजी से कहती हैं। अरे सीते, तुमने आँखें बंद कर लीं। यह झलक तो देखो। सीताजी मन-ही-मन पुजारी बने भगवान् के दर्शन कर रही थीं।

सचमुच भगवान् के दर्शन इसी तरह करने चाहिए। जब किसी मंदिर में जाएँ तो थोड़ी देर प्रतिमा को देखने के बाद आँखें बंद कर लीजिए।

रामजी लौटकर आते हैं और गुरुदेव विश्वामित्र को सबकुछ बता देते हैं। कहते हैं—गुरुदेव, वाटिका में राजा जनकजी की बेटी भी आई थी। मुझे उनका सौंदर्य बहुत प्रिय लगा। अपने गुरु को सबकुछ बता दिया। इसीलिए तुलसीदासजी को लिखना पड़ा—'राम कहा सब कोसुक पाही। सरल सुभाउ छुअत छल नाही॥' अर्थात् श्रीराम बहुत सरल स्वभाव के हैं।

विश्वामित्र मन-ही-मन सोचते हैं—चलो, भगवान् का मिलन होने जा रहा है। जिस घटना के लिए जनकपुर आए हैं, वह घटना जन्म लेने जा रही है। सीताजी

रामजी के लिए संसार में आई हैं, अब उनको प्राप्त भी होंगी।

उसी समय राजा जनक के मन में सीताजी के स्वयंवर का खयाल आता है। धनुष-यज्ञ का आयोजन रख सभी को सूचना दी जाती है। गुरु विश्वामित्र और भाई लक्ष्मण के साथ श्रीराम भी पहुँचते हैं।

जब चलने लगे तो लक्ष्मणजी ने बड़ी अच्छी बात कही—'लखन कहा जस भाजन सोई। नाथ कृपा तब जा पर होई।' अर्थात् गुरु से कहते हैं, जिस पर आपकी कृपा होगी, जिस पर आपका आशीर्वाद होगा, उसी को विजय प्राप्त होगी। यह धनुष उसी से टूटेगा।

जनकजी के दरबार में पहुँचते हैं। आसपास के समस्त राजा पधारे थे। कहते हैं कि रावण भी पहुँचा था। शर्त थी, जो यह शिवधनुष तोड़ देगा, सीताजी उसी को वरेंगी।

एक-एक कर सारे राजा प्रयास कर गए, पर सफल नहीं हो सके। धनुष को तोड़ना तो दूर, उसे हिला भी नहीं सके। जिस रावण ने खेल-खेल में कैलास उठा लिया था, वह भी उस धनुष को हिला तक नहीं पाया। सारे पराक्रमी राजा मस्तक झुकाए बैठ गए। मन-ही-मन सोच रहे थे, अब कौन बचा है, जो यह धनुष उठा सकता है!

अब तक भगवान् राम चुपचाप बैठे हैं। विश्वामित्रजी इशारा करते हैं, जाइए, अपना पराक्रम दिखा दीजिए। तब भगवान् उठते हैं। देखिए, कितना अच्छा प्रसंग है। जब तक गुरु की आज्ञा नहीं मिली, रामजी नहीं उठे।

भगवान् कहते हैं—जीवन भर गुरु की आज्ञा का पालन करते रहो। सही समय आने पर गुरु स्वयं ही इशारा कर देते हैं। आप तो निमित्त मात्र हैं, कर्ता तो वह ईश्वर ही होता है।

शिवधनुष अहंकार का प्रतीक है और अहंकार बीच में से नहीं टूटता। अहंकार के धनुष को बीच में से पकड़कर तोड़ने का प्रयास करेंगे तो नहीं टूटेगा। रामजी आए, देखा और दोनों तरफ से पकड़कर बीच में से इस प्रकार तोड़ दिया मानो कोई साधारण लकड़ी तोड़ी हो।

जैसे ही धनुष टूटा, बाकी सारे राजाओं का अहंकार धरा रह गया। धनुष टूटा और सीताजी ने श्रीराम के गले में जयमाला डाल उनका वरण कर लिया। भगवान् ने अहंकार तोड़ा और हमें भी सिखाया कि अहंकार तोड़ने के बाद ही दांपत्य में प्रवेश करना चाहिए।

बड़े सूत्र की बात है। भगवान् कहते हैं, परिवार बसाना हो, गृहस्थी चलानी

हो तो सबसे पहले अपने अहंकार का धनुष तोड़ दीजिए।

'तेहि अवसर सुनि शिव धनु भंगा' शिवजी का धनुष तोड़ दिया गया, यह सुनकर उसी समय परशुरामजी वहाँ प्रकट हो गए। थे तो साधु, परंतु बात-बात पर क्रोधित हो जाते थे। शिवजी के भक्त थे, क्षत्रियों का संहार कर चुके थे और अपने आपको क्षत्रिय-द्रोही मानते थे।

क्रोध में लाल हुए परशुरामजी चिल्लाने लगे, 'कौन है इस धरती पर, जिसने यह धनुष तोड़ा है?' लक्ष्मणजी उग्र स्वभाव के थे। किसी का इस तरह चिल्लाना उनकी सहन-सीमा से बाहर था।

आगे आते हुए कहने लगे—'चिल्लाओ मत···' हम भी क्षत्रिय के बेटे हैं। धनुष देखा तो खेलने लग गए। ऐसा कैसा धनुष है यह, जो खेल-खेल में ही टूट गया। बार-बार इस तरह चिल्लाकर मेरे भाई श्रीराम का अपमान मत कीजिए। एक क्षत्रिय को धनुष दिखा तो उसके धर्म के अनुसार उसे छू लिया और वह टूट गया।

परशुरामजी का क्रोध और बढ़ता गया। दोनों के बीच लंबी बहस होती है। काँपने हुए परशुरामजी को लक्ष्मणजी कहते हैं—महाराज, हम आपके वेश का लिहाज कर रहे हैं। आपने यह जो जटा रख रखी है, जो तिलक लगा रखा है, हम इसको नमन करते हैं, इसका सम्मान करते हैं। वरना हम भी क्षत्रिय की संतान हैं। आपकी हर चुनौती स्वीकार है हमें।

बात बढ़ती देख भगवान् राम आगे आए, परशुरामजी को प्रणाम करते हुए अपना परिचय दिया और बोले—यह तो बालक है महाराज, इसे क्षमा कर दीजिए। जब परशुरामजी का क्रोध शांत होता है।

देखिए, वाल्मीकि रामायण और तुलसीकृत रामचरितमानस के कई प्रसंगों में भेद है। वाल्मीकि रामायण के अनुसार भगवान् का विवाह हुआ और जब बारात लौट रही थी, उस समय परशुरामजी आते हैं। जंगल में थोड़ी-बहुत खटपट होती है और वाल्मीकिजी ने लिख दिया। तुलसीदासजी तो रचना कवि थे। दृश्यों को कैसे लिखना है, यह अच्छे से जानते थे। इसलिए वे परशुरामजी को जंगल में न जाते हुए भरे दरबार में लाए।

जब भाई लक्ष्मण की ओर से रामजी क्षमा माँगते हैं, तब कुछ शांत होते हुए परशुराम कहते हैं, ठीक है, परंतु बताओ, धनुष तोड़ा किसने है? तब भगवान् कहते हैं, मेरी ओर देखिए, मेरे हृदय में देखिए महाराज। यह धनुष मैंने तोड़ा है। परशुराम कहते हैं, मैं तब मानूँगा जब तुम मेरे इस धनुष और मेरे इस फरसे को ले लोगे। भगवान् कहते हैं, ठीक है। भगवान् तो प्रयास भी नहीं करते और परशुराम

के शस्त्र भगवान् की ओर खिंचे चले आते हैं।

परशुरामजी समझ जाते हैं, मुझसे ही भूल हुई है। भगवान् का अवतार हो चुका है। रामजी को प्रणाम करते हैं। देखिए, दोनों एक-दूसरे से क्षमा माँग प्रणाम करते हैं। परशुरामजी कहते हैं—मैंने अज्ञानवश बहुत अनुचित कहा है। आप दोनों भाई क्षमा के मंदिर हैं, मुझे क्षमा कर दो। उपस्थित समस्त राजाओं के बीच परशुरामजी ने क्षमा माँगी और भगवान् ने उन्हें क्षमा कर दिया।

लक्ष्मणजी भगवान् को देखकर मुसकराते हैं, परशुरामजी को देखकर मुसकराते हैं और परशुरामजी प्रणाम करके चले जाते हैं। जिस परशुरामजी से सारे राजा डरते थे, वे परशुराम रामजी से क्षमा माँगकर चले गए।

तुलसीदासजी ने रामजी की लीला रची ही ऐसी। इस लीला को पढ़ने के बाद लोगों को लगा, लगभग पाँच सौ वर्ष पहले, जिस समय हमारे धर्म पर संकट आया हुआ था, मनुष्य को मनुष्य होना अपराध सा लगता था, सुरक्षा की कोई गारंटी नहीं रह गई थी।

पता नहीं कब हमारा धर्म बदल दिया जाए, कब हमारी स्त्री उठा ली जाए, कब वध कर दिया जाए। यवनों के शासनकाल में जब हम इन्हीं आशंकाओं से डरा करते थे, तब तुलसीदासजी ने रामचरितमानस लिखी, राम को नायक बनाकर प्रस्तुत किया और आम जन को भरोसा दिलाया कि डरो मत। एक नायक तुम्हारे जीवन में आया है। वह तुम्हें बल देगा, आत्मबल देगा।

सीताजी द्वारा भगवान् राम के गले में वरमाला पहनाने के बाद जनकजी सूचना देते हैं कि विधिवत् दोनों का विवाह कराया जाए। अयोध्या में सूचना भेजी जाती है, बारात आती है और भगवान् का विवाह होता है। चारों भाइयों का विवाह एक साथ कर दिया जाता है। सात फेरे होते हैं। जनकराज बड़े प्रसन्न होकर बारात को अयोध्या के लिए विदा करते हैं। रामचरितमानस में इस प्रसंग का बड़ा सुखद वर्णन आता है।

भगवान् का विवाह होता है। यहाँ भक्त, भक्ति और भगवान् तीनों एक साथ मिलते हैं। और अब दुर्गुणों के मरने की तैयारी होती है। जिस क्षण हमारी भक्ति भगवान् से मिलती है, उसी क्षण हमारे भीतर के रावण, राक्षस, दुर्गुण समाप्त होने की तैयारी में आ जाते हैं।

बारात लौटकर अयोध्या आती है। सीता सहित चारों बहुओं के स्वागत में सजकर अयोध्या नगरी भी दुलहन का रूप ले लेती है। यहीं पर बालकांड का समापन होता है।

**फलश्रुति :** समापन से पहले बाल कांड की फलश्रुति बताई गई है। फलश्रुति का मतलब है, इसको सुनने-पढ़ने से क्या फल प्राप्त होता है। कहा गया है कि बाल कांड की कथा जो लोग सुनेंगे या पढ़ेंगे, वे सर्वदा सुख पाएँगे।

जीवन में हर कोई सुख चाहता है। बाल कांड की कथा वह सुख देती है, जो हमको भीतर तक शांत करता है। प्रेम के साथ जो इसे गाएँगे, सुनेंगे और पढ़ेंगे, यश और मंगल के धाम श्रीराम उनके जीवन में उत्साह भरेंगे, सुख भरेंगे।

आगे कथा दूसरे भाग यानी अयोध्या कांड में प्रवेश करती है, जिसमें बड़ा संघर्ष आता है। भगवान् राम का बालपन तो माता-पिता के साए में, उम्र के कच्चेपन में बीत गया, अयोध्या कांड में उनकी परीक्षाओं का दौर चलता है।

यह भाग हमें बताता है कि परिवार में से ही परिवार का कोई सदस्य बाहर कर दिया जाए और फिर भी वह परिवार बचा ले, उसका नाम है राम। अपनों से संघर्ष करना पड़े और प्रेम बचा ले, उसका नाम है राम।

अपने लक्ष्य की पूर्ति के लिए कितने दृढ, कठोर और साहसिक निर्णय लिये रामजी ने, यह अयोध्या कांड में जाने पर ही पता चलता है। इसलिए जरूर पढ़िए श्रीरामचरितमानस का दूसरा सोपान—अयोध्या कांड।

□

*भाग-2*

# अयोध्या कांड

आप-हम लोग धन्य हैं कि भारत की भूमि पर पैदा हुए और हमारे पास श्रीरामचरितमानस जैसा दिव्य ग्रंथ है।

श्रीरामचरितमानस के रूप में तुलसीदासजी ने हमको एक ऐसा साहित्य दिया है, जिसमें वेद की गहराई है, पुराणों के संदेश हैं, उपनिषदों का विचार है और जो अपने आप में इतिहास है। इसकी प्रत्येक पंक्ति में भविष्य की पुकार है।

एक-एक पंक्ति संदेश देती है कि हमारी नेकियाँ किसमें हैं, हमारे सिद्धांत क्या हों, परिवार में हम कैसे रहें। इसके प्रत्येक प्रसंग के साथ सिद्धांत को प्रतिपादित किया गया है। दृष्टांत के साथ सिद्धांत बताने वाला यह अद्‌भुत साहित्य है, जिसमें तुलसीदासजी ने हमें परिवार के राम और हमारे हनुमान दिए हैं।

एक बार फिर याद कर लीजिए। हमारे पास चार प्रमुख शास्त्र हैं। रामायण, महाभारत, गीता और श्रीमद्‌भागवत। रामायण हमें जीना सिखाती है, महाभारत रहना सिखाती है, गीता करना और भागवत मरना सिखाती है। रामकथा की भाषा हृदय की भाषा है। यह हमें बताती है कि जीवन को जीना कैसे है।

यहाँ बात रामायण या रामकथा की की जा रही है। वाल्मीकि रामायण को ही तुलसीदासजी ने रामचरितमानस के रूप में प्रस्तुत किया है। सात कांड या सौपानों के इस ग्रंथ का दूसरा सोपान है अयोध्या कांड। हर कांड अथवा भाग का एक-एक सूत्र है। बाल कांड का सूत्र था सहजता। अर्थात् हमारे संपूर्ण जीवन में सहज भाव बना रहे।

अयोध्या कांड का सूत्र है—सत्य। अर्थात् जीवन में सत्य का क्या महत्त्व है, जीवन में सत्य को किस प्रकार उतारा जाए?

पहले भाग यानी बाल कांड में आपने पढ़ा कि भगवान् राम का जन्म हुआ, शिक्षा-दीक्षा हुई, गुरु विश्वामित्र और भाई लक्ष्मण के साथ वन में गए, ताड़का आदि राक्षसों का विनाश किया और जनक-पुत्री सीता से विवाह कर फिर अयोध्या लौट आए।

चलिए, अब अयोध्या कांड में प्रवेश करते हैं। इस सोपान का सार यह है कि विवाह कर अयोध्या लौटने के बाद श्रीराम के राजतिलक का निर्णय होता है। मंथरा के कहने पर कैकेयी निर्णय पलट देती है और भगवान् राम को चौदह बरस के लिए वनवास पर जाना पड़ता है।

भगवान् अयोध्या छोड़ वन के लिए प्रस्थान कर देते हैं। पुत्र वियोग में दशरथजी अपने प्राण त्याग देते हैं। ननिहाल से भरतजी आते हैं, रामजी को मनाने वन में जाते हैं, उनसे वापस अयोध्या चलने की विनती करते हैं। भगवान् पिता की आज्ञा पालन का धर्म बताते हुए भरतजी को अपनी चरण-पादुका देते हैं और भरतजी लौटकर नंदीग्राम में पादुका को स्थापित करते हैं।

अयोध्या कांड लिखते समय तुलसीदासजी ने इसके आरंभ में ही लिख दिया—

**श्रीगुरु चरन सरोज रज, निज मन मुकुर सुधारि।**
**बरनऊँ रघुवर विमल जसु, जो दायक फल चारि॥**

यह चार फल देने वाला कांड है। धर्म, अर्थ, काम और मोक्ष। गुरु को याद करके अयोध्या कांड का आरंभ किया है। तुलसीदासजी जानते थे, कथा में अब जीवन जिस मोड़ से गुजरेगा, जिन स्थितियों से अब जिंदगी चलने वाली है, वहाँ गुरुकृपा की बड़ी आवश्यकता होगी। इसलिए गुरु को याद कर कथा के दूसरे भाग को प्रारंभ किया गया है।

चलिए, कथा में प्रवेश से पहले एक छोटी सी कहानी पढ़-समझ ली जाए। यह यहाँ तो प्रासंगिक है ही, आपके जीवन में भी काम आएगी।

एक फकीर को रोज-रोज स्वप्न आता था कि नदी के ऊपर एक पुल है, उस पर एक सैनिक खड़ा हुआ है और उस सैनिक के नीचे खजाना गड़ा है। पहले दिन तो उसने इस पर विशेष ध्यान नहीं दिया, लेकिन जब दूसरे दिन भी वही सबकुछ दिखा तो वह परेशान हो गया। खजाना तो खजाना ही होता है। वह तो फकीर को भी बुरा नहीं लगता।

तीसरे दिन फिर वही सपना आया तो फकीर ने काम-धाम छोड़ा और नदी की ओर चल दिया। नदी मिल गई, वैसा ही पुल मिल गया और देखा तो सैनिक

भी खड़ा था। फकीर ने सोचा, सपना सच होता दिख रहा है और वहीं आसपास मँडराने लगा। वहाँ खड़े सैनिक ने फकीर से पूछ लिया—क्या ताक-झाँक कर रहे हैं आप? कहीं पुल से कूदकर आत्महत्या करने का इरादा तो नहीं है?

फकीर बोला—नहीं भाई, मेरा ऐसा कोई इरादा नहीं है। बात यह है कि मैंने एक सपना देखा है और मेरा सपना गलत नहीं हो सकता। बाकी की सारी बातें एकदम सही दिख रही हैं। वैसी ही नदी, वैसा पुल और एक सैनिक के रूप में तुम खड़े हो। सपने की आगे की बात यह है कि तुम्हारे नीचे खजाना गड़ा है।

वह सैनिक हँसते हुए बोला—किस चक्कर में पड़े हो बाबाजी? तीन दिन से मुझे भी एक सपना आ रहा है, और यदि सच होता तो मैं पागल हो गया होता। मेरा सपना भी सुन लो।

मुझे सपने में एक गाँव दिखता है। नाम बताया तो फकीर को लगा, यह तो मेरे ही गाँव का नाम है। उस गाँव में मुझे एक फकीर मिलता है। नाम बताया तो फकीर ने सोचा यह तो मेरा ही नाम है। और वह फकीर जहाँ बैठकर तपस्या कर रहा है, उसके नीचे खजाना गड़ा है। सुनकर फकीर चौंक गया।

सैनिक बोला—जब मुझे भी ऐसा सपना आ रहा है तो क्या मैं भागता फिरूँ? फकीर उल्टे पाँव भागा कि चलो खजाना तो मेरे नीचे ही गड़ा हुआ है।

उस फकीर को खजाना मिला या नहीं, यह अलग बात है, परंतु हमारे काम की बात है यह कि हर आदमी को एक सपना आ जाता है।

सपना यही कह रहा है कि कहीं मत दौड़ो। परमात्मा को मिलना है, उस खजाने को मिलना है तो घर में मिल जाएगा, दुकान में मिल जाएगा, दफ्तर में मिल जाएगा। आप जहाँ खड़े हैं, वहाँ मिल जाएगा। इसको पाने के लिए व्यर्थ यहाँ-वहाँ दौड़ मत लगाइए। जो चीज नहीं मिलने की होगी, वह कहीं नहीं मिलेगी।

## राजसभा

अयोध्या कांड की एक-एक घटना हमको बताती है कि लक्ष्य को पाने के लिए इधर-उधर मत भागिए। श्रीराम अपने चरित्र से बताते हैं कि राजगद्दी मिल रही थी, तब भी मैं उस स्थिति में था और यदि मैं जंगल चला गया तो भी उसी स्थिति में हूँ। जिसको अवध में भी मिलना था, उसको जंगल में मिल गया और जिसको जंगल में नहीं मिल रहा, उसको घर में भी नहीं मिल रहा है।

अयोध्या कांड विविध पात्रों का, विविध घटनाओं का सोपान है। भगवान् राम के जीवन में लगातार घटनाएँ घटने का कांड है। बहुत सारी घटनाएँ एक साथ

घट जाती हैं। लेकिन श्रीराम और इस कांड के नायक भरतजी हमको यही बताते हैं कि जीवन में जब विपरीत परिस्थिति आए और तब भी आपको वह मिल जाए, जिसके लिए आप भेजे गए हैं, तब समझो-जीवन जीया। इसलिए कहा गया है कि रामायण जीना सिखाती है।

सीताजी के साथ भगवान् की गृहस्थी आरंभ हो चुकी थी। अयोध्या में चारों ओर आनंद छाया हुआ था। माता-पिता प्रसन्न थे, सारे अवधवासी आनंद में डूबे हुए थे और सबको प्रतीक्षा थी कि श्रीराम के राजतिलक का निर्णय कब होगा?

एक दिन दशरथजी राजसभा में गुरु वसिष्ठ व मंत्रीगण के साथ बैठे थे। सभा में दशरथजी कहते हैं—सोचता हूँ, अवसर आ गया है कि अब राम को राजा बना दिया जाए। आप लोग क्या सोचते हैं? सभी ने एक स्वर में कहा—महाराज, आपकी जय हो, जय हो··· । बिल्कुल उचित निर्णय है, अब बिना विलंब के राजकुमार राम को राजा राम बना दिया जाए।

उसी प्रसंग पर तुलसीदासजी ने एक पंक्ति लिखी है—

'रायँ सुभायँ मुकुरु कर लीन्हा,' इसका अर्थ है, जैसे ही प्रशंसा हुई, जय-जयकार हुई, दशरथजी ने अपने हाथ में एक दर्पण ले लिया और उसमें अपना चेहरा दखने लगे। बड़ा विपरीत आचरण करने लगे दशरथजी। दर्पण एकांत में देखा जाता है। लेकिन वे भरी सभा में देखने लगे।

आगे तुलसीदासजी लिखते हैं—'बदन बिलोकी मुकुट सम किन्हा' दर्पण में देखा तो राजा को दिखा, मुकुट तिरछा हो गया था। अपने बदन को देखकर मुकुट को सीधा किया और जैसे ही सीधा किया—'श्रवण समीप भए सित केसा। मनहुँ जरठपनु अस उपदेसा॥' कान के पास के बाल सफेद दिख गए।

तभी किसी ने दशरथजी से पूछ लिया—महाराज, यह आप क्या कर रहे हैं? भरी सभा में आपने दर्पण देख लिया? दशरथजी कहते हैं, जब संसार आपकी प्रशंसा करे, जब समाज आपकी जय-जयकार करे, जब चारों ओर से प्रतिष्ठा मिले तो पहला काम दर्पण देखकर तय कीजिए कि क्या आप इस योग्य हैं।

देखना क्या था और दिख क्या गया। देखना योग्य-अयोग्य था, दिख गया मुकुट तिरछा हो गया है। सत्ता का तो स्वभाव ही है खिसकना। समय रहते नहीं सँभालो तो एकदम से खिसक जाती है। प्रतीकात्मक बात यह है कि मुकुट खिसकने का संकेत था, सत्ता खिसकने वाली है।

तो दशरथजी ने सत्ता सँभाली और फिर देखा कि कान के पास बाल सफेद हो गए हैं। बस, राजा समझ गए कि बुढ़ापे ने दस्तक दे दी है। सत्ता को सँभालकर

नई पीढ़ी को हस्तांतरित कर देने का अवसर आ गया है, अब सत्ता राम को सौंप दी जाए। वसिष्ठजी से पूछा और निर्णय ले लिया कि शुभ कार्य में देर न करते हुए कल ही राम का राजतिलक कर दिया जाए।

श्रीराम के राजतिलक की घोषणा होते ही अवधवासियों का आनंद दोगुना हो गया। चारों ओर से जय-जयकार होने लगी।

देखिए, कोई भी शुभ काम, जिसके लिए सभी सहमत हों, उसके लिए मुहूर्त देखने की आवश्यकता नहीं होती। शुभ कार्य जितना जल्दी हो सके, पूरा कर लिया जाए और अशुभ को जितना टाला जा सके, टाल दीजिए। कभी-कभी शुभ काम को कल तक भी टाला तो हो सकता है, वह हमेशा के लिए टल जाए।

वसिष्ठजी ने आदेश दिया, सारी अवधपुरी बावरी होकर जुट गई। सब अपने-अपने दायित्व निभाने लगे। श्रीराम अपने कक्ष में घूम रहे थे और सूचना दी गई कि आपके द्वार पर गुरुदेव पधारे हैं। राम चौंक गए। गुरुजी और मेरे द्वार पर! दौड़कर बाहर आए। प्रणाम कर कहते हैं—गुरुदेव, आपने कष्ट क्यों किया? मुझे याद किया होता, मैं आपके कक्ष में आ जाता। वसिष्ठजी कहते हैं—राम, मैं तुम्हें सूचना देने आया हूँ कि कल तुम राजा बनने वाले हो।

यहाँ तुलसीदासजी फिर एक सुंदर पंक्ति लिखते हैं—'राम करहु सब संजम आजू, जो बिधि कुसल निबाहे काजू।' राम, परमात्मा सारे काम ठीक से कर दें, इसके लिए आज की रात तुम सारे संयम का पालन करना। कल तुम्हें सत्ता मिलने वाली है। तुम्हें देखकर प्रजा अपना आचरण तय करेगी।

यह रामराज्य में ही संभव था कि गुरु अपने शिष्य से कह रहे हैं कि कल तुम्हें सत्ता मिलेगी, इसलिए आज संयम पालना। बिना संयम के सत्ता पर मत बैठ जाइएगा। क्या दौर था वह, जब कहा जाता था कि आपके पास जब सत्ता आ रही हो तो सबसे पहले संयम पालिए। सत्ता के स्वागत में धैर्य, सत्य, अहिंसा, पुरुषार्थ, ये सारे संयम पाले जाते थे। आज के दौर में तो सत्ता की संभावना बनते ही सबसे पहले संयम छोड़ा जाता है। रामजी ने गुरु को प्रणाम किया और वे चले गए।

गुरुदेव सूचना देकर चले गए और रामजी विचार में डूब गए। सोचने लगे—क्या पिताश्री का यह निर्णय ठीक है? सोचते-सोचते रामजी थोड़ा सा बेचैन हो गए। उसी समय सीताजी कक्ष में प्रवेश करती हैं। पति को थोड़ा बेचैन देख पूछती हैं—राघव, मुझे भी सूचना प्राप्त हुई है कि कल आपका राजतिलक होने वाला है। लेकिन इतनी बड़ी सूचना प्राप्त होने के बाद आपकी भंगिमा कुछ संतोषजनक नहीं दिख रही है। आप कुछ विचलित दिखते हैं। क्या बात है, आप क्या सोच रहे हैं?

रामजी कहते हैं—ठीक कह रही हो सीते! मैं आज अशांत हूँ। मेरा मन नहीं लगता। सीताजी ने कहा—ऐसी क्या बात है, जो आपको अशांत कर रही है ? राम बोले—कल जो मेरा राजतिलक होने वाला है, यह असहज घटना है। मेरे मन को स्वीकार नहीं होता।

सीताजी ने कहा—राजकुल में, रघुवंश में बड़े पुत्र का राजतिलक होना तो हमारी परंपरा है, इसमें असहज घटना क्या है ? आपको क्यों ऐसा लगता है ? श्रीराम कहते हैं, हम चार भाई हैं। एक साथ जन्म हुआ, एक साथ पले-बढ़े, एक साथ हमारा विवाह हुआ। लेकिन राजतिलक मेरा ? एक तो यह विचार मुझे असहज लग रहा है। इसके अतिरिक्त एक और बात मुझे बहुत बेचैन कर रही है। कुछ कातर आवाजें, कुछ दीन-हीन की पुकारें बार-बार मेरे मानस-पटल पर आकर टकराती हैं। विपरीत कर्तव्य सामने खड़े हो गए हैं। मेरे ही भीतर कुछ ऐसे प्रश्न खड़े हो गए हैं, जो मुझसे ही उत्तर माँग रहे हैं। क्या यह ठीक है ?

जिस समय मैं विश्वामित्रजी के साथ वन में गया था, उस समय जो दृश्य मैंने देखे थे और जो चिंतन विश्वामित्रजी के साथ हुआ, आज मुझे लगता है, यदि राजगद्दी को स्वीकार कर लूँगा तो मैं विश्वामित्रजी को दिए वे सारे वचन पूरे नहीं कर पाऊँगा।

सीता, महल की चारदीवारी, राज्य की सीमा के बाहर जब मैं निकला, तब मैंने देखा, सामान्य लोग कैसा संघर्ष कर रहे हैं। ऋषि-मुनि हवन, जप, तप नहीं कर पाते। राक्षस, असुर जब चाहे तब उसको ध्वंस कर जाते हैं। उनके परिवार के सदस्यों को उठाकर ले जाते हैं। स्त्रियाँ सुरक्षित नहीं हैं। लोगों के सद्कर्म ध्वस्त हो गए और उस समय हड्डियों के ढेर दिखाकर मुझे विश्वामित्रजी ने कहा था—राम, तुम्हें इसका निदान निकालना होगा। असुरों को चुनौती देना होगी और धरती को उनके आतंक से मुक्त कराना होगा।

दो बातें एक साथ नहीं चल सकतीं सीता। रावण का राज्य और राम का राज्य एक साथ नहीं चलेगा। अभी तो दशानन का राज्य भी चल रहा है और दशरथ का राज्य भी चल रहा है, लेकिन अब नहीं चलेगा। यदि मैं अयोध्या की राजगद्दी पर बैठ गया तो राजभवन से रावण की सत्ता को चुनौती नहीं दी जा सकती। कुछ सत्ताओं को चुनौती देने के लिए मुझे अपने दायरे से बाहर निकलना पड़ेगा, मुझे अवध छोड़ना पड़ेगी। लोगों को निर्भय किए बिना, उनके भीतर आत्मविश्वास भरे बिना रावण से युद्ध नहीं हो सकता। यह सेनाओं का युद्ध नहीं होगा, यह जनसैलाब की जागृति का युद्ध होगा। रावण को ऐसे नहीं

जीत सकते। इसके लिए मुझे बड़ी लंबी यात्रा करनी होगी।

जब रामजी की बात पूरी हो गई तो सीताजी उनसे वह प्रश्न पूछती हैं, जो हर जीवन में, हर दांपत्य में स्त्री और पुरुष का प्रश्न होता है। बार-बार यह प्रश्न उठा है, पुरुष कर्तव्य में जीता है, स्त्री भावनाओं में जीवन बिताती है। सीताजी पूछती हैं—आप बड़ी-बड़ी बात कर रहे हैं कर्तव्यों की। आप कहते हैं, रावण को पराजित करना है, हड्डियों के ढेर देखे आपने, दीन जन की कातर आवाजें आपको पुकार रही हैं, आपको बड़े लक्ष्य गढ़ना है और प्राप्त करना है, लेकिन कभी आपने सोचा कि एक राजघराने की स्त्री के लिए राजरानी बनना सबसे बड़ी उपलब्धि होती है, जो मुझे कल मिल रही है। आनेवाले समय में मेरी भी संतानें होंगी, वे बच्चे भी आपसे प्रश्न पूछेंगे, किस अधिकार से यह राजगद्दी छोड़कर जन-जन का संघर्ष कर रहे हैं? इस संघर्ष में हमारी क्या भूमिका है? हम कहाँ हैं?

भगवान् के सामने यक्षप्रश्न खड़ा है। कर्तव्य और भावनाओं का यह द्वंद्व वर्षों से चला आ रहा है। पुरुष बहुत दूर तक जाना चाहता है। स्त्री कहती है, जो करना हो, यहीं कीजिए। दार्शनिक लोगों ने तो कहा है, पुरुष के प्रयास टॉर्च की रोशनी की तरह हैं, वह दूर तक जाती है और स्त्री का आह्वान दीये की तरह होता है। एक कक्ष में जला लो पूरा रोशन हो जाएगा। टॉर्च का स्वभाव है दूर तक रोशनी फेंकने का और दीये का स्वभाव है सीमित क्षेत्र को प्रकाशित करने का। आज यही द्वंद्व है।

सीताजी कह रही हैं—राजा बनकर यहीं राजपाट चलाइए। श्रीराम कहते हैं, मुझे अयोध्या से बाहर निकलकर बहुत कुछ करना है। सीता, जीवन अपना नहीं होता। जिस दिन ऊपर वाला जीवन देता है, आपके साथ कई लोग जोड़ देगा। तुम भी जुड़ी हो, और भी लोग जुड़े हैं। जीवन को फैलाना पड़ता है। मेरे साथ इस संघर्ष में तुम्हें भी मेरा साथ देना होगा। सीता, कुछ नहीं बोल पाईं। घोर संशय की रात थी वह। ऐसा अवसर कभी-न-कभी हर एक के जीवन में आता है, जब कोई कठोर निर्णय लेना होता है, उसे स्वीकार करना होता है।

रामजी सबको साथ लेकर चलने की कला में दक्ष थे। जानते थे कि लक्ष्य को पाने के लिए संघर्ष तो करना ही होगा। उस रात यदि राम ने निर्णय ले लिया होता कि राजगद्दी पर बैठ जाते हैं तो भारत का इतिहास कुछ और होता। लेकिन अयोध्या के राम ने उस दिन जो चिंतन किया, जो निर्णय लिया, उसने उन्हें जन-जन का राम बना दिया।

याद रखिएगा, कुछ युद्ध सामान्य बनकर ही लड़े जाते हैं। विशिष्टता से सदैव सबकुछ उपलब्ध हो जाए, ऐसा नहीं होता। कभी-कभी सामान्य रहकर भी विशिष्ट

स्थितियाँ प्राप्त कर ली जाती हैं।

भगवान् राम सीताजी से कहते हैं, मैंने चिंतन तो कर लिया है, परंतु इसे पूरा कैसे करूँ, यह समझ नहीं आ रहा। पिताजी निर्णय ले चुके हैं। उन्हें किस प्रकार मना करूँ, यही भ्रम है सीते! तुम्हारे पास कोई मार्ग हो तो सुझाओ। स्त्री थोड़ी देर चलती है और थक जाती है। तब भी ऐसा ही होता था और अब भी वैसा ही है। सीताजी कहती हैं—जब आपने सोच ही लिया है तो मैं आपके साथ हूँ। इससे ज्यादा मैं और क्या कर सकती हूँ?

उसी समय राजमहल में कुछ उथल-पुथल आरंभ होती है। सबकुछ ठीक चल रहा था और अचानक दृश्य बदल गया। हमारे जीवन में भी कभी-कभी ऐसा हो जाता है। ऊपर वाला बड़ी अजीब सी पटकथा लिख देता है। सब ठीक चलता रहता है और एकदम से स्थितियाँ पलट जाती हैं।

कल राम के राजा बन जाने के हर्ष में पूरी अयोध्या प्रसन्न थी और घटना पलट गई। देवताओं को लगा, राम का राजा बन जाना उचित नहीं होगा। अगर ऐसा हुआ तो अवतार कार्य पूरा नहीं होगा। बुद्धि की देवी सरस्वतीजी से निवेदन किया—देवी, कुछ कीजिए। किसी की बुद्धि फेरिए। सरस्वतीजी सोच में पड़ गईं कि किसकी बुद्धि फेरी जाए? इस काम को बिगाड़ने के लिए कौन पात्र हो सकता है? तभी उनकी दृष्टि मंथरा पर पड़ गई। मंथरा कैकेयी की खास दासी थी। महल के क्रिया-कलापों की सारी जानकारी कैकेयी को दिया करती थी। सरस्वतीजी ने सोचा, यह कैकेयी के माध्यम से सही काम कर सकती है। बस, उसकी बुद्धि फेर दी।

मंथरा ने देखा, पूरे नगर में इतना आनंद क्यों मनाया जा रहा है? प्रयास किया तो कारण पता चल गया। उसका दिमाग उल्टा चलने लगा। कुछ विघ्न-संतोषी लोग उत्सव, आनंद देख ही नहीं सकते। उनको बिगाड़ करने में ही आनंद आता है। मंथरा ने विचार किया, राम राजा बनने वाले हैं, यह सूचना कैकेयी को मैं देती हूँ। चली कैकेयी के पास।

यहाँ सूत्र की बात देखिए। जीवन से जब सत्य जाता है, सत्य को जब तोड़-मरोड़ दिया जाता है तो वह कितना घातक होता है।

मंथरा कैकेयी के पास पहुँची, रानी कैकेयी ने देखा तो उसने चेहरा ऐसा बना लिया, जैसे कोई बड़ा भारी अन्याय, बड़ा नुकसान हो गया हो। कोई अनर्थ हो गया हो। कैकेयी ने पूछा—क्या हुआ मंथरा, इस तरह मुँह फुलाकर क्यों आई है? मंथरा जैसे लोग अपनी बात मनवाने में बड़े कलाकार होते हैं। रोते हुए आई, लेकिन कुछ बोली नहीं।

मंथरा एक वृत्ति है। और मंथरा वृत्ति भीतर से कैसे करतब दिखाती है, देखिए। कैकेयी पूछ रही है, मंथरा चुप है। बार-बार पूछ रही है, परंतु कैकेयी चुप की चुप। कैकेयी की चिंता बढ़ गई कि शायद कुछ उपद्रव हो गया है।

कुसंग आदमी को कहाँ ले जाकर पटकता है। इस प्रसंग में कैकेयी ने मंथरा का कुसंग किया था। इसलिए जीवन में कुसंग कभी मत कीजिए। कई ऐसे उदाहरण मिल जाएँगे, जिनमें कुसंग के कारण बड़े-बड़ों का पतन हो गया।

कैकेयी राम से बहुत प्रेम करती थी। मंथरा की चुप्पी के कारण जब कुछ अनिष्ट की आशंका हुई तो देखिए, पहला ही प्रश्न क्या पूछती है—बोल, राघव कुशल से तो है? राम ठीक तो है? फिर पूछा—महाराजा ठीक हैं, लक्ष्मण, भरत, शत्रुघ्न सब ठीक तो हैं?

मंथरा जैसे लोग घुमा-फिराकर बोलने में माहिर होते हैं। उसने बोलना शुरू किया—रानी, आप पूछ रही हैं, राम ठीक हैं? बात यह है कि आज राम तो ठीक हैं, परंतु इसके अलावा अवध में कुछ भी ठीक नहीं है। आपको मालूम भी है, राजसभा में क्या हुआ है? अरे, राजा ने राम के राज्याभिषेक की घोषणा कर दी है।

देखिए, मंथरा का उद्‌देश्य था कैकेयी को झुँझलाना, लेकिन राम के राज्याभिषेक की बात सुनते ही कैकेयी प्रसन्न हो गई। अरे मंथरा! तू क्या बोल रही है? मेरा राम राजा बनने वाला है? मेरा तो स्वप्न ही यह था। तूने इतनी अच्छी सूचना दी है। बोल क्या चाहिए? आज तो तू जो माँगेगी, मैं दे दूँगी। इससे अच्छी सूचना मेरे लिए और क्या हो सकती है?

कुवृत्ति या लोभ की वृत्ति कभी निराश नहीं होती। कुछ-न-कुछ तर्क देती ही रहती है। मंथरा कहती है—अरे रानी, थोड़ा सा होश में आइए। अच्छा बताइए, आपको यह सूचना कब प्राप्त हुई? कैकेयी बोली—अभी-अभी जब तूने बताया।

मंथरा तो किसी भी तरह अपनी कुटिल चाल में सफल होना चाहती थी। उसने सत्य को असत्य के जामे के साथ प्रस्तुत करना शुरू किया। बोली—चौदह दिनों से उत्सव मन रहा है। बोल तो सत्य रही थी कि निर्णय हो गया है, लेकिन उसमें असत्य यह पिरो दिया कि चौदह दिन पहले ही हो गया।

रानीजी, आपको पता ही नहीं लगा। आप तो कहती थीं, राजाजी आपको बड़ा स्नेह करते हैं, तीनों रानियों में सबसे ज्यादा आपको चाहते हैं। इतने बड़े निर्णय की आपको सूचना तक नहीं दी गई, इसका अर्थ समझती हैं आप? कैकेयी कहती हैं—मंथरा, महाराज बहुत व्यस्त रहते हैं, भूल गए होंगे बताना। कोई बात नहीं, मेरी इच्छा तो पूरी हो गई।

मंथरा को लगा कि रानी समझ ही नहीं रही है। बोली—रानी, दिक्कत यह नहीं है कि राम राजा बन रहे हैं। कोई भी राजा हो, मुझे क्या फर्क पड़ता है। मैं तो दासी की दासी रहनेवाली हूँ। मुझे तो चिंता आपकी हो रही है। आपके विरुद्ध बहुत बड़ा षड्यंत्र चल रहा है। चर्चा यह चल रही है कि राम राजा बनेंगे तो कौशल्याजी महारानी बन जाएँगी, राजमाता हो जाएँगी। सत्ता माँ-बेटे के पास चली जाएगी। आप और भरत उनकी सेवा में लगा दिए जाएँगे।

कैकेयी बोलीं—यह तूने कहाँ से सुन लिया? मैं नहीं मानती कि अयोध्या में कोई षड्यंत्र रचा जा रहा है। ये सब व्यर्थ बातें हैं और मैं इन पर विश्वास नहीं करती। और तू कौशल्या के विषय में ऐसा कह रही है? जिसने संसार में राम जैसे पुत्र को जन्म दिया हो, मेरी बड़ी बहन के समान कौशल्या मन में ऐसा विचार ला ही नहीं सकती। अब उनके बारे में कुछ नहीं बोलना। वरना दंड दूँगी।

इसको लोभवृत्ति कहते हैं। हमारे भीतर की लोभवृत्ति, मंथरावृत्ति जब सक्रिय होती है, तब इसको कितना ही दबाओ, वह अपना काम करती ही रहती है। अब कहती है—सँभल जाओ रानी, कौशल्या के राजमाता बनते ही आप दासी बना दी जाओगी। होश में आओ। आप तो दिनभर महल में आराम करती रहती हो। आपको मालूम ही नहीं, क्या षड्यंत्र चल रहा है।

जब यहाँ भी सफलता नहीं मिली तो एक और दाँव चला। कहती है—मैंने ज्योतिषियों से भी पूछा है। उन्होंने कहा है, सत्ता राम को मिलेगी, पर तेरी रानी मुसीबत में पड़ जाएगी। रानी को लगा, पता नहीं क्या मुसीबत आएगी। आश्चर्य से पूछा—क्या कहा ज्योतिष ने, मुझ पर कोई मुसीबत आएगी? और अक्ल लगाई और बोलीं—हाँ, ऐसा ही कहा है। परंतु यह भी कहा है कि यदि तेरी रानी तेरे कहने में चली तो मुसीबत से बच जाएगी।

देखिए, इस प्रसंग में कुसंग, कुवृत्ति, लोभवृत्ति, घरफोड़ू वृत्ति, दूसरों को तोड़ने की जो वृत्ति मन में होती है, वह किस-किस प्रकार से काम करती है। मंथरा बोली—आप हमेशा राम-राम करती रहती हो, तुम्हें मालूम क्या है कि कौन है राम? रानी बोलीं—अब बस कर। तू नहीं जानती राम मुझसे कितना प्रेम करता है। जब भी अयोध्या में रहता है, मेरे महल में अधिक रहता है। मैं तो भगवान् से प्रार्थना करती हूँ कि अगले जन्म में मेरी संतान राम ही हो।

बस, मंथरा ने बात पकड़ ली। समझ गई कि रानी के मन में एक पीड़ा है कि अगले जन्म में राम उनका बेटा बने। तपाक से बोल पड़ी—आप कह रही हैं, अगले जन्म में राम मेरा बेटा हो, परंतु आप राम का स्वभाव नहीं जानती। इस जन्म

में कौशल्या का बेटा है तो आपको अधिक चाहता है। अगले जन्म में आपका बेटा बनेगा तो किसी और को अधिक चाहेगा। यह किसी का सगा नहीं हुआ।

मैं फिर भी कहती हूँ रानी, कि राम के राजा बन जाने में मुझे कोई दिक्कत नहीं है, पर मुझे लगता है, उसके बाद कहीं आपको कारावास नहीं हो जाए, भरत को दंड न मिल जाए। मैं सब देख सकती हूँ, परंतु तुम्हें सेवा करते नहीं देख सकती।

कैकेयी बोली—तू कहना क्या चाहती है ? मंथरा ने कहा—मैं जो कह रही हूँ, ध्यान से सुनो। राम को राजा मत बनने दो। नहीं तो बहुत बड़ा अनर्थ हो जाएगा।

अब कैकेयी पर कुसंग अपना असर दिखाने लगा। अब तक जो कैकेयी ऊँची कक्षा में बात कर रही थी, वह मंथरा के कुसंग से मंथरा से भी अधिक नीचे गिर गई। वह तो दासी थी, दासी गिरेगी तो कितना नीचा गिरेगी ? नीचे थी तो नीचे ही गिरी। पर जब रानी ऊँचे से गिरती है तो चोट ज्यादा लगती है। कैकेयी गिरी तो ऐसी गिरी कि पूरा अवध हिलाकर चली गई।

कहती हैं—मंथरा, मैं दासी नहीं बन सकती, मैं सेवा नहीं कर सकती। मेरे खिलाफ जो षड्यंत्र चल रहा है, उसकी कल्पना करके मुझे भय लगने लगा है। मंथरा समझ गई कि अब बात बनती दिख रही है। बोली—चिंता मत करो रानी। मैं जैसा कह रही हूँ, आप वैसा करना। आपके पास दो वर हैं राजा से लेने के लिए। अभी जब राजा आपके कक्ष में आएँ तो अपने दो वर माँग लेना।

भरत के लिए राज्य माँगना और राम के लिए आप जैसा उचित समझो माँग लेना। आगे समझाती है कि जब राजा आएँ तो आप अपना रूप भी ऐसा बना लेना कि देखकर वे भी चिंतित हो जाएँ। कोपभवन में चले जाना, वस्त्रालंकार उतार लेना और अड़ जाना अपनी बात पर।

उस समय तो उन्होंने काले वस्त्र पहन लिये और कहा, कोपभवन में चली जाओ।

पहले के समय नाराजी के वस्त्र अलग हुआ करते थे, प्रसन्नता के अलग होते थे। जैसे अब खेलने के अलग होते हैं, घूमने के, सोने के अलग होते हैं। पहले वस्त्र देखकर ही समझ जाया करते थे कि पहनने वाले का मूड कैसा है। इसी तरह भवनों में एक कोप भवन हुआ करता था, जहाँ नाराजी व्यक्त की जाती थी।

तब और अब में फर्क है। कोपभवन पहले एक हुआ करता था, अब कोप का निवारण पूरे घर में कहीं भी हो जाता है। वरांडे से शुरू होता है तो आखिरी तक चला जाता है। बैडरूम, ड्राॅइंगरूम, डाइनिंगरूम कहीं भी कोप शुरू हो जाता है। घर का कोई भी हिस्सा कोपभवन बन जाता है।

कैकेयी चली गई कोप भवन में। मंथरा को बड़ी ताकत लगी रानी को राम से बाहर निकालने में। कभी-कभी ऐसा होता है। कोई किसी पर टिक जाए तो उसे बाहर निकालने में बहुत ताकत लगती है।

चलिए, इस बात को एक छोटे से किस्से से समझते हैं।

माँगीलाल और चंचला नाम का एक जोड़ा था। चंचला को पति से एक दिक्कत थी। एक दिन अपनी सहेली से बोली—ये मेरा पति तो चौबीस घंटे अपनी माँ की ही बात करता रहता है। जब देखो, मेरी माँ, मेरी माँ…। मैं तो परेशान हो गई सुन-सुनकर। शादी मुझ से की, पर माँ नहीं छूटी। मैं इसकी माँ छुड़ाना चाहती हूँ। मेरा भी तो कुछ जीवन है।

सहेली समझदार थी। बोली—मैं छुड़ा सकती हूँ उनकी माँ को। चंचला बोली—हाँ यार, कुछ कर न! मुझ पर तेरी बड़ी कृपा हो जाएगी।

सहेली बोली—एक काम कर, तू उसको रिझा ले तो उसका ध्यान माँ से हट जाएगा। चंचला ने पूछा—कैसे रिझा लूँ? कुछ तरकीब तो बता।

सहेली बोली—मैंने सुना है, शहर में काले रंग के वस्त्र आए हैं। बड़े सुंदर और अट्रेक्टिव हैं। तू उन्हें पहन ले। पहनकर तू सुंदर लगेगी तो वह तेरी ओर आकर्षित होगा। तब थोड़ा उसको समझा देना।

चंचला ने सोचा, बात तो ठीक है। खरीद लाई महँगे काले वस्त्र और पहन लिये। सोचने लगी, ये आएँगे तो आकर्षित होंगे और मैं उन्हें थोड़ा माँ से बाहर निकालने की कोशिश करूँगी।

शाम को माँगीलाल दफ्तर से आया और जैसे ही चंचला ने दरवाजा खोला, उसको काले वस्त्र में देख बोला—काले वस्त्र! तो मेरी माँ मर गई क्या?

राजा दशरथ कैकेयी के महल में अधिक रहते थे। उस रात भी गए महल में और पूछा—कहाँ है कैकेयी? मंथरा ने बताया कि वे तो कोपभवन में हैं। राजा बोले—कोप भवन में! क्यों? चिंता हुई तो वहाँ पहुँच गए। जाकर देखा, रानी कैकेयी बाल फैलाए नागिन की तरह फुफकारें मार रही है।

तुलसीदासजी रामचरितमानस में इस दृश्य को लिखते हुए कहते हैं—'बार-बार कह राउ सुमुखि सुलोचनि पिकबचनि। कारन मोहि सुनाउ गजगामिनी निज कोप कर॥'

हे सुलोचिनी, हंसमुखी, हे गजगामिनी, तेरे निज क्रोध का, तेरे कोप का कारण मुझे बता। तुम किस बात से दुखी हो, मुझे बताओ।

देखिए, घर-परिवार में जब कोई निर्णय लिया जाए तो चार बातें—काम,

क्रोध, लोभ और मद से बचना चाहिए। और उस दिन ये ही चार बातें होने लग गईं।

परिवार में निर्णय लिया राम को राजा बनाना है, सबकी सहमति हुई, पर मंथरा के रूप में लोभ चला आया। उसके बाद क्रोध आया, क्रोध कैकेयी पर सवार हो गया। काम बचा था तो दशरथजी लेकर आ गए और मद तो था ही कैकेयी में कि मुझे ज्यादा प्यार करते हैं। जब परिवारों के निर्णय में काम, क्रोध, लोभ और मद आ जाएँ तो वे निर्णय ठीक नहीं होते। इसलिए जब भी परिवार में कोई निर्णय हो, इन चारों चीजों से बचा जाए। परिवार के सदस्य पति-पत्नी हों, भाई हों, बाप-बेटे हों, जब भी एकांत में बैठकर कोई निर्णय लें, काम, क्रोध, लोभ और अहंकार को बाहर ही रहने दें। ये विकार कब अंदर आ जाते हैं, मालूम ही नहीं पड़ता। उस दिन अयोध्या के राजमहल में प्रवेश कर गए और रामराज्य की संभावनाओं को हिला दिया।

लोभ के रूप में मंथरा, क्रोध व मद के रूप में कैकेयी और काम लेकर राजा आ गए। जिसके चार-चार पुत्र हों, पुत्र वधुएँ हों, ऐसा अनुभवी राजा, जो आयु की परिपक्वता पर पहुँच गया हो, अपनी रानी से क्या बोल रहा है?

दशरथ जब रानी कैकेयी के पास गए और उनसे जो संवाद किया, उसने वातावरण में काम घोल दिया और वातावरण बिगड़ना आरंभ हो गया। कैकेयी से कहते हैं—हे सुमुखी, हे सुलोचिनी, हे पिकवचनी, हे गजगामिनी, हाथी की चाल जैसी मस्तानी चलने वाली। चंदा के समान चेहरे वाली, आज तुम्हें क्या हो गया है? तुम क्या माँगती हो बोलो। कल राम राजा बन जाएगा, अब बोलो तुम्हें क्या चाहिए?

कैकेयी बोलती है—राम को राजा बना रहे हो, वह तो ठीक है, पर आपने मुझे जो दो वचन दिए थे, वे कब पूरे करोगे? आज मुझे वो दोनों वचन चाहिए।

दशरथजी बोले—दो क्या चार माँग लो। बोलो क्या चाहती हो? कैकेयी कहती है—दो ही माँग रही हूँ और दो ही देने होंगे। दशरथ बोले—राम की शपथ, बोलो क्या माँगती हो?

देखिए, मद और क्रोध से जल रही कैकेयी क्या माँग बैठती है। बोली—पहला वचन यह माँगती हूँ कि मुझे भरत के लिए राजगद्दी चाहिए। मेरे भरत को राजा बना दीजिए।

**'सुतहि राजू रामहि बन बासू···को न कुसंगति पाइ नसाई···'**

राजा ने कहा—भरत को राजगद्दी मिलना है तो ठीक है। राम तो स्वयं कई बार यह कह चुके हैं और यह बात राम को पता लगेगी तो वह बहुत प्रसन्न होगा। अपने भाई से बहुत प्रेम करता है। बस, इतनी सी बात और आप रूठ गईं। बोलिए,

दूसरे वचन में क्या चाहती हो? दशरथजी को लगा, मन-ही-मन कुछ परिहास, कुछ विनोद कर रही है। ऐसे प्रसंगों में स्त्रियाँ कभी-कभी रूठ जाती हैं। यह भी इसी तरह मेरी परीक्षा ले रही होगी। लेकिन···

जब कैकेयी के मुँह से दूसरा वचन सुना तो दशरथजी डोल गए। उनका हृदय कँपकँपाने लगा। इतिहास के पन्ने फड़फड़ाने लगे। दूसरे वचन में कैकेयी ने माँग लिया कि

**'तापस बेष बिसेषि उदासी। चौदह बरस रामु बनबासी॥'**

राम को तापस वेश में, तपस्वी के वेश में उदासीन व्रत लेकर 14 साल के लिए वन में भेज दीजिए। सुनकर राजा काँप उठे, धड़ाम से धरती पर बैठ गए। यह क्या बोलती हो कैकयी? कृपया इस तरह का परिहास न करो। इतना अधिक विनोद न करो। मैं जानता हूँ, राम के लिए तुम यह कल्पना भी नहीं कर सकतीं। कोई और प्रसंग है या तो मुझे छकाना चाहती हो। अब तो सत्य बोलो, होश में आओ कैकेयी।

कैकेयी बोलती है—होश में आप आएँ राजाजी। मैंने तो वचन माँगा है और आपको देना पड़ेगा। इसमें कोई विनोद या परिहास नहीं है। मुझे दो ही बातें चाहिए। राम को 14 वर्ष का वनवास और भरत का राजतिलक। दशरथ आपा खो बैठे, गरजने लगे। तुझ पर भरोसा करके मैंने यह क्या कर दिया कैकेयी?

कैकेयी कहती है, हमारा रघुवंश सत्य के लिए जाना जाता है। आपकी तो नीति ही ऐसी है कि प्राण जाए पर वचन न जाए। तो दीजिए आज वचन। यदि नहीं दे सकते तो रघुवंश का मान चला जाएगा और मैं इसी अटारी से कूदकर जान दे दूँगी। फिर तो आपका यश भी चला जाएगा।

राजा बात में बँध गए। दोनों पति-पत्नी के बीच में तनाव बढ़ गया। समझ नहीं आ रहा था, क्या वार्त्तालाप करें। जीवन में कई बार ऐसी स्थितियाँ आ जाती हैं, जब अपनों से ही, अपनों के बीच में ऐसी स्थिति निर्मित हो जाती है। ऐसे में समझ में नहीं आता कि बात कहाँ से सुलझाएँ?

दशरथ रो रहे हैं, रानी रो रही हैं। रात कब गुजर गई, पता ही नहीं चला और भोर ने दस्तक दे दी। सुमंतजी जाग चुके थे। राजतिलक की सारी तैयारी जो करनी थी। राजा के मंत्री थे, समारोह का सारा दायित्व उन पर था। लेकिन देखा, राजा प्रातःकाल ब्रह्म मुहूर्त में उठकर अपनी क्रिया करते हैं, परंतु आज राजमहल सुनसान! लगता है, राजा सोकर नहीं उठे।

कैकेयी के महल में गए तो रानी ने कहा—महाराज सोए हुए हैं। कुछ बोलते नहीं हैं। सुमंतजी बूढ़े मंत्री थे, राजा के मित्र भी थे। आज पहली बार अपने राजा

को इस रूप में देखा तो माथा सन्न रह गया। समझ गए, स्वास्थ्य खराब नहीं है, कुछ अनहोनी हो चुकी है।

कैकेयी कहती हैं—राम को बुला लो। रातभर से महाराज राम, राम पुकार रहे हैं। सुमंत जाते हैं। रामजी से कहते हैं—तत्काल चलिए, राजाजी ने आपको याद किया है, माँ कैकेयी बुला रही हैं।

भगवान् राम जैसे ही प्रवेश करते हैं, देखा, पिता धरती पर लेटे हैं, माँ एक ओर क्रोध में खड़ी हुई हैं। भगवान् ने प्रणाम करके पिता से पूछना चाहा तो कैकेयी कहती हैं—ये क्या बोलेंगे, मैं बताती हूँ। एक बार इन्होंने मुझसे दो वचन माँगने की बात कही थी। आज मैंने माँग लिये तो इतना आवेशित हैं।

राम कहते हैं माँ, पिताजी वचन निभाने में कभी पीछे नहीं हटते। मुझे भी आश्चर्य हो रहा है। क्या बात है ? आपने इनसे क्या माँगा था, मुझे बताइए। कैकेयी कहती हैं—मैंने इनसे माँगा है कि भरत को राज्य दे दिया जाए। सुनकर राम एकदम प्रसन्न हो गए। माँ कैकेयी के चरणों को प्रणाम करके कहते हैं—आपने मेरी भावना सुन ली माँ। मैं तो चाहता ही था भरत राजा बन जाए। आपने बहुत अच्छा निर्णय लिया माँ, आपने तो मेरे मन की बात माँग ली। यह तो बहुत प्रसन्नता की बात है। फिर पिताजी आवेश में क्यों आ गए ?

कैकेयी कहती हैं—राम, दूसरी बात भी सुनो। जिस बात के लिए ये इतना शोक कर रहे हैं, वह यह है कि तुम्हें 14 वर्ष के लिए वनवास पर जाना होगा। दशरथजी टुकुर-टुकुर राम को देखते रहे। वे तो जानते थे, यह मेरी वह संतान, वह बेटा है, जो कि कल राजतिलक की घोषणा के बाद भी उतना ही सामान्य था और आज वनवास का निर्णय सुनकर भी विचलित नहीं होगा।

वास्तव में राम तो राम थे। वनवास की बात सुनकर भी मुसकराते हुए माँ कैकेयी को प्रणाम करते हुए कहते हैं—बस माँ, इतनी सी बात ? वन ही तो जाना है और वह भी आपकी आज्ञा से, पिता के वचन का पालन करते हुए। इसमें ऐसी क्या बात है कि पिताजी इतने दुःखी हो गए। 14 वर्ष बीतने में समय क्या लगता है। जाऊँगा और लौट आऊँगा। पिताजी को सहज कीजिए माँ, मैं आपका निर्णय स्वीकार करता हूँ।

राम तो तैयार हो गए, पर दशरथजी का धैर्य चला गया। बोलते हैं—बस, कैकेयी बस। तू अपना मानसिक संतुलन खो चुकी है। इस बालक को, इस संतान को यह क्या आदेश दे रही है तू ? कैकेयी राम से कहती है, तुम्हें वचन का पालन करना होगा राम। जाओ, वन गमन की तैयारी करो। यदि तुम वचन का पालन नहीं

करते तो मुझे प्राण देने पड़ेंगे। राम प्रणाम करते हैं और बाहर आ जाते हैं। लाचार दशरथ जमीन पर पड़े-पड़े सब देख-सुन रहे थे।

भारी कदमों से चलते हुए राम सोचते हैं, किस महल में जाऊँ? अपने महल में सीता प्रतीक्षा कर रही थीं और जाना है माँ कौशल्या के पास। क्योंकि वे जानते थे, इस निर्णय की सूचना माँ को देनी ही पड़ेगी। जिस व्यक्ति के पास संसार भर के उत्तर होते थे, आज उस राम के पास मन-ही-मन कोई उत्तर नहीं था कि माँ पूछेगी, यह कैसे हो गया तो मैं क्या जवाब दूँगा? सोचते-सोचते राम कौशल्याजी के महल में पहुँचते हैं। कौशल्याजी रातभर से तैयारी में लगी थीं। एक रानी का सपना पूरा होने वाला था कि सुबह पुत्र राजा बनने वाला है।

कौशल्याजी ने हमेशा से यह इच्छा रखी थी कि राज्याभिषेक के समय राम का शृंगार मैं ही करूँगी, क्योंकि राम कैकेयी के महल में ज्यादा रहते थे। कौशल्या कहा करती थी, मुझे और कुछ नहीं चाहिए; लेकिन जिस दिन राम राजा बनेगा, उसका शृंगार मेरे हाथों से होगा। और राजा ने कह रखा था कि ऐसा ही होगा।

राम अनगिनत प्रश्न मन में लिये सोचते हुए कौशल्याजी के महल में पहुँचे। जैसे ही प्रवेश किया, कौशल्याजी शृंगार की तैयारी कर रही थीं। कहते हैं, वे उस समय भगवान् शिव का अभिषेक कर रही थीं। राम को आता देखकर माँ एकदम से चौंक गई। अरे राम, तुमने स्नान भी नहीं किया, तैयार भी नहीं हुए? कुछ समय बाद मुहूर्त आ जाएगा, तुम्हें लेने के लिए मंत्रिगण आ जाएँगे। ऐसे शुभ कामों में राजा विलंब पसंद नहीं करते। तुम किस स्थिति में हो राम और तुम्हारी भंगिमाएँ ऐसी कैसी हैं? पास गए तो कौशल्याजी ने राम के मस्तक पर हाथ फेरा। राम माँ को प्रणाम करते हैं और जानते हैं कि आज प्रणाम कर लो, फिर 14 वर्षों तक स्मृतियों में ही प्रणाम करना है।

देखिए, दो दृश्य हमारे ग्रंथों में ऐसे घटे हैं। त्रेता युग में वनवास के निर्णय के बाद राम मौन थे और कौशल्याजी बोले जा रही थीं। द्वापर में जिस दिन भगवान् कृष्ण ब्रज को छोड़कर जा रहे थे, उस दिन यशोदाजी खामोश थीं और कृष्ण बोले जा रहे थे।

राम बहुत बड़े संशय में थे। माँ को कैसे समझाऊँ, हकीकत कैसे बताऊँ, इनकी वाणी को कैसे रोकूँ? जिस क्षण इनको पता लगेगा, क्या प्रतिक्रिया देंगी। माँ को देखे जा रहे थे और जब कौशल्याजी बहुत बोल लीं, उसके बाद राम अपनी बात शुरू करते हैं।

यहाँ तुलसीदासजी ने बड़ी अच्छी बात लिखी है। चिंतन देखिए राम का। राम

ने यह नहीं कहा कि मुझे 14 वर्ष का वनवास दे दिया गया है। वे कहते हैं—माँ, निर्णय हुआ है भरत को राजगद्दी मिलने वाली है। माँ कहती हैं—अरे, तो फिर इसमें ऐसी उदासी क्या? भरत भी मेरा बेटा है। वह राजा बनता है तो इससे अच्छा क्या है। वही शृंगार मैं भरत का करूँगी। लेकिन ऐसा हुआ कैसे? राम कहते हैं—मैं भी स्वीकार कर रहा हूँ माँ, परंतु पूरी बात तो सुनिए।

राम ने यह नहीं कहा कि पिता ने मुझे वनवास पर जाने को कहा है। वे कहते हैं—'पिता दीन्ह मोहि कानन राजू। जहँ सब भाँति मोर बड़ काजू॥' अर्थात् मेरा नया राजतिलक हो रहा है माँ। मुझसे राजतिलक नहीं छीना गया है। पिता ने मुझे जंगल का राज दिया है। अब मुझे वनवास पर जाना होगा।

आज यदि किसी को राजगद्दी मिलने वाली हो और ऐन वक्त पर निर्णय पलट जाए तो आदमी उपद्रव करे, अशांति फैला दे, अवसाद में चला जाए। पर राम से सीखिए। राम कहते हैं—कोई बात नहीं है, जंगल मिला है तो उसको भी राज्य बना देंगे।

प्रतिकूलताओं में भी यदि आपका धैर्य, आपका आत्मबल, आपका चिंतन स्पष्ट है, आवेशित नहीं है तो आप उनको भी अनुकूल बना लेंगे। आज राम यही शिक्षा दे रहे हैं।

रानी कौशल्या समझ गई कि कुछ अनिष्ट हो गया है। राम से पूछती हैं—यह कैसे हो गया? कौन अवध में उठा है, जिसने यह निर्णय पलटाया है। यह तो ठीक नहीं हुआ राम। कौशल्याजी का धैर्य टूटता है। आँखों से आँसू बहते हैं और राम को पकड़कर झंझोड़ती हैं—बताओ राम, यह निर्णय किसने लिया? यह सब कैसे हो गया?

राम कहते हैं—माँ, माता कैकेयी की माँग पर पिताजी ने आज्ञा दी है। कौशल्या के मन की गहराई को देखिए। सुनकर कहती हैं—यदि यह तुम्हारे पिता की आज्ञा होती तो मैं इसको बदलवा देती। यह राज्य की आज्ञा होती तो कौशल्या भी रानी का अधिकार रखती है। मैं इसको बदल देती, लेकिन यदि यह तेरी माँ कैकेयी की माँग है तो जा बेटा, मैं भी तुम्हें जंगल में जाने की आज्ञा देती हूँ। अब अयोध्या और जंगल में तेरे लिए कोई फर्क नहीं है।

कौशल्या का स्त्रीत्व ही गजब का था। जिसने राम को जन्म दिया हो, उस स्त्री का चिंतन बड़ा गहरा था। वे जानती थीं कि मेरी एक टिप्पणी, मेरी एक वाणी, मेरा एक निर्णय रघुवंश का इतिहास बदल देगा। यदि आज मैं हठ में आकर खड़ी हो गई तो परिवार कैसे टूटते हैं, इस बात का उदाहरण लोग रघुवंश का देंगे। धैर्य रखा तो

परिवार कैसे बचाए जाते हैं, आज इसके लिए रघुवंश का उदाहरण दिया जाता है।

पुत्र के मोह में धीरे-धीरे कौशल्या का धैर्य भी जवाब दे गया। कहती हैं—राम, तुम वन को जा रहे हो तो मेरा एक निवेदन है तुमसे। राम कहते हैं—आज्ञा दीजिए माँ! कौशल्या कहती हैं, तुम्हारे बिना अवध में मन नहीं लगेगा राम। मुझे भी वन में साथ ले चलो।

राम के सामने एक और संशय पैदा हो गया। समझाते हुए कहते हैं—आप वन में नहीं चल सकतीं माँ। आपको यहीं पिताजी के पास रहना होगा। कौशल्याजी माँ के मान को भी भूलते हुए कहती हैं—राम तू यह न सोच कि मैं तेरे साथ वन में चलूँगी तो तुझे कोई कष्ट दूँगी। अपने बुढ़ापे को तुझ पर बोझ बना दूँगी। मैं तो बस इतना चाहती हूँ कि तुझे देखती रहूँ। वन के सारे दु:ख सहकर भी मुझे इस बात का संतोष रहेगा—मेरा राम मेरी नजरों के सामने है।

बेटा, मैंने जीवन देखा है। तेरा लालन-पालन देखा है। तू महलों में बड़ा हुआ है। वन में मिलने वाले कष्टों के बीच तुझे मेरी जरूरत पड़ेगी। जब चलते-चलते तू थक जाएगा तो मेरा स्पर्श तुझे सुकून देगा।

(राम के लिए एक जगह वाल्मीकिजी लिखते हैं कि उनकी चरणसेवा करते समय, जब जानकीजी उनके पैरों को स्पर्श करती थीं तो जानकीजी की उँगलियों के निशान राम के पैरों पर बन जाया करते थे। इतने मुलायम थे राम के पैर। वे ही कोमल चरण आज जंगल-जंगल घूमने की तैयारी कर रहे थे।)

राम कहते हैं—नहीं माँ। यह संभव नहीं है। तब हताश होकर कौशल्याजी बोलती हैं—बड़ा पुण्य किया होगा उन संत-महात्माओं ने, जो जंगल में तुझे मिलेंगे। बड़ा सौभाग्य है उन वृक्षों का, उन नदियों का, उन पहाड़ों का, जिनको तेरा स्पर्श होगा। हमसे दूर होकर तू वहाँ जा रहा है, यह हमारा दुर्भाग्य है, उनका सौभाग्य है।

राम समझाते हैं, माँ धैर्य रखिए। 14 वर्ष बीतने के बाद मैं पुन: आपकी सेवा में उपस्थित हो जाऊँगा। लेकिन एक माँ का धैर्य पूरी तरह जवाब दे गया। आँखों से आँसुओं की धार फूट पड़ी। रोते हुए कहती हैं, मैं क्या बोलूँ राम? मुझे कुछ समझ नहीं आता। तेरे बिना···और उसी समय वहाँ सीताजी आ जाती हैं।

जीवन का त्रिकोण देखिए। इसीलिए कहा गया है, परिवार में जीना सिखाती है रामकथा।

सीताजी आती हैं, माँ कौशल्या को प्रणाम करती हैं। कुछ समय के लिए महल में सन्नाटा छा जाता है। कोई किसी से कुछ नहीं बोलता।

कुछ क्षण बाद राम बोलते हैं—सीते, निर्णय हुआ है कि मुझे आज ही वन

को जाना है। माँ बहुत आग्रह कर रही हैं, मेरे साथ जाने का। मैंने माताजी से निवेदन किया है और तुमसे भी आग्रह है, तुम यहाँ रुककर इनकी सेवा करना। मैं इन्हें तुम्हारे ही भरोसे छोड़कर जाऊँगा। मेरी अनुपस्थिति में पिताजी और माताजी का पूरा ध्यान रखना।

देखिए, सीताजी के सामने भी संशय उपस्थित हो गया। कुछ कहना चाहती हैं, परंतु बोल नहीं पा रहीं। तभी कौशल्याजी कहती हैं—राम, तू तो चला जाएगा, पर इतना निवेदन करती हूँ कि सीता को हमारे पास ही छोड़ जा। हम इसके सहारे जी लेंगे। तब सीताजी कुछ साहस जुटाकर स्वयं भी राम के साथ वन में जाने की बात कहती हैं।

देखिए, क्या त्रिकोण की स्थिति बनी है। माँ-बेटा और बहू के बीच कैसा वार्त्तालाप हो रहा है। तीनों ही असहमत हैं एक-दूसरे से। सास चाहती हैं—बहू रुक जाए, बहू चाहती है, मैं पति के साथ जाऊँ और बेटा चाहता है, पत्नी यहीं रुककर माता-पिता की सेवा करे। तीनों के विचार एक-दूसरे से अलग, लेकिन इस मतभेद के बीच भी परिवार की क्या मर्यादा निकलकर आ रही है रामचरितमानस के इस प्रसंग में।

रामजी पत्नी से कहते हैं—सीते, आपको यहीं रुकना है। सिसकियों के बीच बहुत सारी बात बोलते-बोलते सीताजी कहती हैं—हे प्राणप्रिय पतिदेव, संसार में सब सहा जा सकता है, परंतु पति का वियोग सहना स्त्री के लिए बहुत कठिन होता है। यह बात तो माँ और आप भी जानते हैं कि एक सुहागन स्त्री के लिए धन, वैभव, परिवार के रूप में कितना ही सुख प्राप्त हो जाए, परंतु पति का वियोग उसके लिए सबसे बड़ा दुःख होता है। मुझे और कुछ नहीं चाहिए, बस आप से अलग मत कीजिए। आपके बिना मैं कैसे रहूँगी ? प्राण चले जाएँगे मेरे।

जब माँ के सामने सीताजी ने यह इशारा किया कि मेरे प्राण चले जाएँगे, तब राम समझ गए। गौर से सीता को देखा और मन में विचार किया, यदि मैंने हठ करके इसको यहीं छोड़ दिया तो यह सचमुच अपने प्राण त्याग देगी। भगवान् राम और सीताजी के बीच प्रेम ही ऐसा था कि एक-दूसरे के वियोग की कल्पना मात्र ही किसी अनहोनी का संकेत करने लगती थी।

भगवान् को संकेत हो गया कि यह मेरे वियोग में जीवित नहीं रह पाएगी। बोल पड़े—ठीक है सीता, यदि तुम्हारी ऐसी ही इच्छा है तो चलो मेरे साथ।

जिस समय सीता से भगवान् ने साथ चलने को कहा, कौशल्याजी ने भी अपनी मौन स्वीकृति दे दी थी। फिर भी सीता ने उनके आगे अपने तर्क रख दिए।

कहती हैं—माँ, आप विचार कीजिए, यदि आज मैं इनके साथ नहीं जाती हूँ तो संसार यह कह देगा कि सुख में तो सीता राम के साथ रही, लेकिन जिस दिन राम को जंगल में संघर्ष करना पड़ा, दु:ख उठाना पड़ा, उस दिन सीता साथ नहीं गई।

मेरे नाम पर, मेरे नाम से संसार उदाहरण देगा कि पति-पत्नी का संघर्ष एक हो तो लक्ष्य आसानी से मिल जाता है। इसलिए कृपया मुझे जाने दीजिए, माँ।

एक बार फिर कौशल्याजी ने धैर्य दिखाया। उस दिन यदि वे हठ पर आकर सीता को रोक लेतीं तो शायद रघुवंश का परिवार टूट जाता। कौशल्याजी कहती हैं—ठीक है, जाओ। तुम्हें तुम्हारे सुहाग के साथ संघर्ष करना होगा।

जैसे ही भगवान् सीताजी को लेकर महल के बाहर निकले, दौड़ते हुए लक्ष्मणजी आ गए। भगवान् ने लक्ष्मण को देखा और बोले—लक्ष्मण, आज्ञा दो हमें वन को जाना है। भरत और शत्रुघ्न यहाँ हैं नहीं (दोनों भाई अपने ननिहाल में थे), सीता मेरे साथ जा रही हैं। पिताश्री को कुछ भान नहीं है, माताएँ भी दु:खी हैं। तुम्हारे ही भरोसे सबकुछ छोड़कर जा रहा हूँ भाई। सबको सँभाल लेना।

दु:ख में डूबे लक्ष्मणजी कहते हैं—एक बात सुन लीजिए भगवन्। यह सेवा करना, मान रखना मैं कुछ नहीं जानता। जिसे इस लोक में प्रतिष्ठा चाहिए और जिसे उस परलोक में मुक्ति चाहिए, वे कोई और लोग होंगे। मेरे लिए तो जहाँ राम हैं, वहीं अवध है। यदि आप अवध में नहीं तो लक्ष्मण के लिए अवध में रहने का कोई अर्थ नहीं। मैं भी आपके साथ वनवास पर चलूँगा।

देखिए, बात-बात में लक्ष्मणजी ने यहाँ तक कह दिया कि न गुरु, न माता और न पिता। मैं किसी को नहीं जानता। मेरे लिए तो सबकुछ आप हैं। भगवान् समझाते हैं—लक्ष्मण, अवध की स्थिति को देखते हुए तुम्हें यहाँ रहना ही पड़ेगा।

लक्ष्मण कहते हैं—आप आदेश देंगे भैया तो मैं मान लूँगा, लेकिन आपके जाने के बाद सरयू में कूदकर अपने प्राण दे दूँगा। लक्ष्मण प्राण त्याग देगा, परंतु राम के बिना अवध में नहीं रहेगा।

भगवान् लक्ष्मण को जानते थे। बहुत हठी स्वभाव के थे लक्ष्मण। जो कहते, कर भी देते। भगवान् ने सोचा, यदि लक्ष्मण ने कुछ गलत कदम उठा लिया तो बहुत बड़ा अनर्थ हो जाएगा। परिस्थितियों को भाँपते हुए बोले—ठीक है भाई, तुम्हारी ऐसी इच्छा है तो तुम भी चलो।

भगवान् राम, लक्ष्मणजी और सीताजी वन गमन की तैयारी में राजसी वस्त्र उतार रहे हैं और उधर कैकेयी की इच्छा पूरी हुई तो प्रसन्नता के साथ श्रृंगार कर रही हैं। सोच रही हैं, अभी भरत आएगा और राजा बन जाएगा। यह जीवन का

सच है। एक ही परिवार में, एक ही छत के नीचे कोई खो रहा है, कोई पा रहा है। लेकिन जो पा रहा है, वह भी खो रहा है। कैकेयी ने क्या पाया? जो था वह भी सब खो दिया। इधर राम जो खो रहे हैं, उसे खोकर उन्होंने ऐसा पा लिया कि आज तक उन्हें जगत् पूज रहा है।

समय की माया देखिए, जिसे कुछ देर बाद चक्रवर्ती राजा बनना था, एक माँ द्वारा उसकी देह से राजवस्त्र उतरवाकर वल्कल वस्त्र चढ़ा दिए गए। वल्कल वस्त्र पहनकर राम पिता दशरथ के कक्ष में प्रवेश करते हैं, जहाँ महाराजा दशरथ राम-राम के अलावा कुछ नहीं बोलते। दशरथजी ने सीता और लक्ष्मण के साथ राम को वल्कल वस्त्र में देखा तो विचलित हो गए। सुमंतजी से पूछते हैं—यह कौन सा निर्णय है? क्या हो रहा है यह सब? राम कहते हैं—पिताजी, मैं सीता और लक्ष्मण को साथ लेकर वन के लिए प्रस्थान कर रहा हूँ। आपको प्रणाम करने आया हूँ। कृपया आशीर्वाद के साथ हमें आज्ञा दीजिए।

कहते हैं, मंथरा के कहने पर कैकेयी ने वल्कल तैयार कर लिये थे। राम से कहा—उतारो अब ये वस्त्र नहीं पहन सकते। भगवान् ने उसी प्रसन्नता से वे वस्त्र पहन लिये जो कैकेयी माँ ने दिए थे। जब कैकेयी सीता को वस्त्र देने लग गई तो दशरथजी से रहा नहीं गया। बोल पड़े—अति मत करो कैकेयी···। इसका क्या दोष है? मैं जनकजी को वचन देकर इसे अवध में लाया था। जिस दिन जनकजी ने रोते हुए बेटी सौंपी थी, मैंने कहा था, इसे अपने पुत्रों से अधिक चाहूँगा। जब यह जंगल-जंगल भटकेगी तो क्या उत्तर देगा यह दशरथ? मान जाओ कैकेयी, मान जाओ···।

तभी वसिष्ठजी प्रवेश करते हैं। वहाँ का दृश्य देखकर उनका भी धैर्य टूट गया। कहते हैं—अरे रानी कैकेयी, यह क्या कर रही हो? कम-से-कम सीता के साथ तो ऐसा व्यवहार मत करो। कैकेयी पर तो मानो अनिष्ट नाच रहा था। किसी की कुछ सुनने को तैयार नहीं थी।

रामजी पिताजी को प्रणाम करते हुए कहते हैं—पिताजी, आज्ञा दीजिए। वचन पूरा करने जा रहा हूँ। दशरथ सुमंत को बुलाकर कहते हैं—मैं जानता हूँ, राम नहीं मानेगा। परंतु तुम रथ लेकर साथ जाओ और कुछ दिन घुमाकर वापस ले आओ। मैं इन बच्चों को तुम्हारे भरोसे छोड़ रहा हूँ, सुमंत।

सुमंत रथ तैयार करते हैं। जाते-जाते भगवान् कौशल्याजी को प्रणाम करते हैं। सुमित्राजी से मिलते हैं, कैकयीजी को प्रणाम करते हैं और बाहर निकलकर गुरु को नमन करते हुए कहते हैं—गुरुदेव, मैं चौदह वर्ष के लिए जा रहा हूँ। आज भरत के आने पर उसका राज्याभिषेक होगा। उसको राजगद्दी मिलेगी। मेरी इच्छा

थी कि भरत को राजा बनते हुए देखूँ, परंतु यह शायद मेरे भाग्य में नहीं था। आपसे एक निवेदन है कि जब राजा बनकर वह सबको प्रणाम करेगा तो आपके पास भी आएगा। जब वह आपको प्रणाम करे तो मेरी ओर से आप ही उसको आशीर्वाद दे देना। कहना—राम यह माँग करके गया है, तेरा राज अखंड होगा।

भगवान् की सदाशयता देखकर धैर्यवान वसिष्ठ की आँखों में आँसू आ गए। बोल पड़े—धन्य हो राम, तुम किस मिट्टी के बने हो! गुरु को प्रणाम कर रामजी विदा हो गए।

कहते हैं, रामजी के राज्याभिषेक की खुशी में जो वंदनवार सजाए गए थे, लोगों की साँस ऐसी चली कि सारे उड़ गए। इतने आँसू बहे कि रंगोलियाँ बह गईं। कोई किसी से कुछ बोल नहीं पा रहा था। राम का जाना सारी अवध को गमगीन कर गया। रथ में बैठे तो लोग रथ के आगे लोट गए। घोड़ों की रास पकड़ ली। चिकार करने लगे—नहीं जाने देंगे अपने राम को।

रामजी कहते हैं, जाने दीजिए हमें। यह राज्य का निर्णय है। हमें राजा की आज्ञा का पालन करने दें और आप सभी भी करें। अयोध्यावासी कहते हैं—ठीक है, आप राजाज्ञा का पालन कीजिए, परंतु हम आपको अकेले नहीं जाने देंगे। हम भी चलेंगे और पूरे 14 वर्ष आपके साथ रहेंगे। लोगों के विलाप के आगे भगवान् के सामने एक बार फिर संशय की स्थिति निर्मित हो गई। रामजी कहते हैं—ठीक है, चलिए, आप भी चलिए। लक्ष्मणजी की अचरज भरी दृष्टि पूछती है—प्रभु, इतना सारा कुनबा लेकर कहाँ चलेंगे? इशारों में ही राम समझाते हैं, अभी तो इन्हें चलने दो लक्ष्मण। रथ में सवार हुए और चल दिए एक दिव्य लक्ष्य की ओर।

शाम होते-होते सभी तमसा नदी के तट पर पहुँचे। भगवान् बोले—रात होने को है, हम सभी रात्रि विश्राम यहीं करेंगे। दिनभर के थके-हारे लोग सो गए तो गहरी नींद लग गई। प्रातःकाल जल्दी उठकर भगवान् ने सीता व लक्ष्मणजी को जगाया और सुमंतजी से कहा—ये लोग सो रहे हैं, इन्हें यहीं सोने दो और हमारा रथ आगे बढ़ाओ। सुमंतजी ने ऐसा ही किया और समस्त अयोध्यावासियों को सोता छोड़ भगवान् आगे बढ़ गए।

जब लोग उठे और उन्हें भगवान् नहीं दिखे तो चिल्लाने लगे—अरे! भगवान् चले गए, भगवान् चले गए। निराश अयोध्यावासी वापस नगर में लौट आए।

देखिए, यहाँ सूत्र की बात यह है कि भक्ति के मार्ग पर जो सो जाएगा, उसका भगवान् चला जाएगा। इसलिए भक्ति में जागते रहिए।

## भगवान् का निषाद प्रेम

सीता व लक्ष्मण के साथ श्रीराम आगे बढ़ते हुए श्रृंगबेरपुर पहुँचे। भीलों की नगरी। निम्न जाति के, अभाव में जीने वाले, संकट में परेशान लोग। उनका राजा था निषाद। जब उसको पता लगा, राम आए हैं, अयोध्या के राजकुमार आए हैं तो सब दौड़ पड़े। भगवान् को आता देखा तो निषाद बावला हो गया। एकदम दौड़ा, फिर ठिठककर रुक गया। जानता था कि हम तो छोटी जाति के हैं, आदिवासी हैं, अछूत हैं, इसलिए राजाओं को स्पर्श नहीं किया जा सकता। भगवान् को दूर से ही प्रणाम किया।

भगवान् ने आगे बुलाते हुए पूछा—आप लोग कैसे हो? सुनते ही निषाद झर-झर रोने लगा। बोला—पूरी उम्र हो गई महाराज। पीढ़ियाँ बीत गईं, परंतु कभी किसी ने हमारी कुशलक्षेम नहीं पूछी। हम तो समाज के तिरस्कृत लोग हैं। आप पहली बार पूछ रहे हैं। कोई सत्ता पहली बार हम तक चलकर आई है। प्रणाम करता हूँ भगवन्।

भगवान् ने निषाद को उठाकर हृदय से लगा लिया। कहते हैं, इतना प्रेम पाकर वह भगवान् की बाँहों में मूर्च्छित हो गया। दुनिया की सबसे बड़ी सत्ता यदि किसी को छू ले तो उसके तो बड़े भाग्य हैं, लेकिन यहाँ तो श्रीराम ने बाँहों में ही भर लिया। निषाद भगवान् से कहता है—चलिए प्रभु, मेरे ग्रामवासी भी आपके दर्शन कर धन्य हो जाएँगे। भगवान् बोले—नहीं निषाद, मुझे ग्राम में नहीं जाना है। मैं वनवास पर हूँ। रात हो चुकी है, अब मुझे यहीं विश्राम करना होगा।

भगवान् पहली रात चट्टान पर घास-फूस का पलंग बनाकर सो रहे हैं। सीता-रामजी सो रहे हैं, लक्ष्मणजी पहरा दे रहे हैं। पास बैठा निषाद लक्ष्मणजी से कहता है—भैया कैकेयीजी ने यह ठीक नहीं किया। देखिए, कैसे राजमहल में गद्दी पर सोते होंगे, कैसी इनकी शैया होती होगी और आज यहाँ पत्थर पर सो रहे हैं। कैकेयी माँ ने ऐसा क्यों किया होगा?

लक्ष्मणजी ने यहाँ निषाद से बड़ी गहरी बात कही। बोले—किसी को दोष नहीं दे सकते निषाद। 'काहु न कोउ सुख दुःख कर दाता। निज कृत करम भोग सबु भ्राता॥' कोई किसी को सुख या दुःख नहीं दे सकता। मनुष्य अपने-अपने कर्मों को भोगता है।

तुम देख रहे हो इनका चेहरा? कितनी शांति, कितनी सौम्यता, कितनी प्रसन्नता छाई हुई है उन पर। कोई तनाव नहीं है। जब राजमहल की शैया पर सोते हैं, तब

भी इतने ही निश्चिंत, इतने ही प्रसन्न, इतने ही प्रफुल्लित रहते हैं और आज यहाँ जंगल में सो रहे हैं तब भी वही भाव, वही प्रसन्नता। इसी का नाम राम है।

भगवान् सुबह उठे। जड़ का, कल्पवृक्ष का दूध लिया और बालों की जटा बना ली। यह देखकर सुमंतजी की आँखें भर आईं। मन-ही-मन सोचने लगे—अयोध्या के चैन को यह क्या हो गया है, किसकी नजर लग गई है। यह क्या रूप है राम का, कैसा शृंगार कर रहे हैं राम।

भगवान् सुमंतजी को बुलाकर कहते हैं—अब आप वापस अयोध्या पधारिए। हमारे साथ आगे मत चलिए। सुमंतजी बोले—महाराज की आज्ञा है, चार दिन घुमाकर आपको वापस अयोध्या ले आऊँ।

तब श्रीराम कहते हैं—पिता की एक आज्ञा थी कि मैं 14 वर्ष के लिए वन जाऊँ। माता को वचन दिया, मैं आ गया। तब पिता का धर्म बोला था और मैं आ गया। लेकिन अब यह पिता की आज्ञा नहीं है, उनकी ममता बोल रही है। मुझे राजधर्म पालना है, मोह की आज्ञा नहीं। क्षमा चाहता हूँ, मैं वापस नहीं चल सकता। प्रतिष्ठित व्यक्ति के लिए अपयश मृत्यु के समान होता है। मैं यह अपयश नहीं चाहता कि अयोध्या के लोग कहें राम आधे रास्ते से लौट आया।

सुमंत सीताजी से कहते हैं, आप चलिए। सीताजी बोलती हैं—ऐसा नहीं करो सुमंतजी। इतिहास को बदलने का प्रयास न करें। जो हो गया सो हो गया। अब मुझे इनके साथ जाने दीजिए। लक्ष्मणजी को देखकर बोलते हैं—आप तो चलिए। लक्ष्मणजी का स्वभाव था, जब उनको बोलना होता है तो किसी को नहीं देखते। कहते हैं—सुमंतजी, एक बात सुन लीजिए। अपने राजा से जाकर कह दीजिए कि जब उन्होंने रानी कैकेयी को वचन देने की बात कही थी, मैंने भी उनका थोड़ा मान रखा था, परंतु आज, जब आप यह कह रहे हैं कि पिता ने कहा है, चार दिन घुमाकर ले आओ तो मैं क्षमा चाहता हूँ। अयोध्या के राजा दशरथ से जाकर कह दो, ऐसे लोग लक्ष्मण को स्वीकार नहीं, जो दो बात किया करते हैं। अगर उन्हें रामजी से इतना ही मोह है तो उसी समय कह देते कि मैं मान्य नहीं करता कैकेयी की आज्ञा। जाइए, कह दीजिए उनसे कि लक्ष्मण आपकी इच्छा का विरोध करता है।

भगवान् राम समझ गए, लक्ष्मण को शांत किया और सुमंतजी से बोले—पिताजी वैसे ही परेशान हैं। कृपया ये सारी बातें उनसे न कहना। लक्ष्मण को जो बोलना था, बोल दिया। उसकी ओर से मैं क्षमा चाहता हूँ। सुमंतजी अकेले रथ पर सवार होकर अयोध्या की ओर चल दिए।

## केवट

निषाद के साथ भगवान् आगे चलते हैं और गंगा तट पर एक घटना घटती है। किनारे पर बैठे केवट को देखकर भगवान् कहते हैं—भाई केवट, नाव लाओ। हमें उस पार जाना है। केवट ने सुना और तुलसीदासजी ने लिख दिया—'माँगी नाव न केवट आना, कहहि तुम्हार मरम मैं जाना।' रामजी यानी दुनिया की सबसे बड़ी सत्ता नाव माँग रही है और केवट वहीं बैठे-बैठे मना कर रहा है कि नहीं आना।

यहाँ भक्त और भगवान् का बड़ा मधुर संवाद होता है। केवट भगवान् से कहता है कि सब सुन रखा है आपके बारे में। जब आप चले तो आपके पैर के स्पर्श से एक पत्थर की शिला नारी बन गई महाराज। आप उन्हीं पैरों से मेरी नाव में बैठें और यह स्त्री बन गई तो मेरी तो रोजी-रोटी ही छिन जाएगी। एक ही तो साधन है मेरे पास। क्षमा चाहता हूँ महाराज। मैं नाव नहीं ला सकता।

लक्ष्मणजी को बड़ा आवेश आता है कि किस प्रकार की बातें कह रहा है। लेकिन यहाँ भी श्रीराम लक्ष्मणजी को समझाकर शांत कर देते हैं। भगवान् केवट से कहते हैं, मेरे पैर इतने ही खराब हैं तो इन्हें धोकर बैठ जाऊँ? देखिए, भक्त और भगवान् का कैसा संवाद चलता है। पैर धुलाने के लिए भी बड़ी लीला करता है केवट। भगवान् को नाव में बैठा लिया और उनके पैर कठोते में रखकर धोने लगा। हिचकोलों से नाव हिलने लगी तो श्रीराम केवट से कहते हैं—भैया, जरा सँभलकर। नाव हिल रही है। केवट कहता है, नाव हिल रही है तो इसमें मेरा क्या दोष है? यदि आपको डर लग रहा है तो दोनों हाथों से मेरा सिर पकड़ लो। भगवान् ने उसका सिर पकड़ लिया। केवट मन-ही-मन मुसकराने लगा कि मिल गया प्रभु का आशीर्वाद।

लक्ष्मण समझ गए। बोले—भगवान् यह ऐसे ही ऊटपटाँग काम किए जा रहा है। मुझे तो नहीं लगता कि यह हमें पार लगा पाएगा। भगवान् कहते हैं, यह जो कर रहा है, इसे करने दो लक्ष्मण। केवट की तो मानो लॉटरी लग चुकी थी। भगवान् को बहुत देर तक गंगा में घुमाता रहा। भगवान् बोले भी कि यह क्या कर रहे हो केवट? सीधे-सीधे क्यों नहीं उतार देते। केवट बोला—आपकी मेरी बात यह हुई थी कि पार उतारना है। यह तो नहीं कहा था कि कब उतारना है। देखिए, केवट भगवान् से किस तरह से बातें कर रहा है। ऐसा एक भक्त ही कर सकता है।

निष्काम भक्ति का उदाहरण था केवट। भगवान् को देखकर वह अपने आप में धन्य हो गया था। जब भगवान् उससे पार लगाने की मजदूरी पूछते हैं, तब वह

बड़ी गहरी बात कहता है। बोलता है—भगवान्, आप मुझसे मजदूरी की बात कर रहे हो? मल्लाह कहीं मल्लाहों से मल्लाही लेते हैं, मजदूर कहीं मजदूरों से मजदूरी लेते हैं? और आगे कहता है—

**'खुद को ऋणी समझते हो तो ऋण तुम एक चुका देना।**
**मैंने तुमको है पार किया, तुम मुझको पार लगा देना॥'**

समय का खेल देखिए। उस दिन केवट को देने के लिए भगवान् के पास कुछ था भी नहीं। कल तक जो चक्रवर्ती थे, आज नदी पार करने को भी मोहताज हैं। इसी को कहते हैं भाग्य।

केवट की बात सुनकर भगवान् बड़े प्रसन्न हुए। मुसकराते हुए नाव से उतरकर लक्ष्मण की ओर देखते हैं और धीरे-धीरे आगे बढ़ जाते हैं। किसी ने बड़ी सुंदर बात कही है कि ऊपर वाले ने नसीब में जो लिख दिया है, वह किसी का नहीं मिटेगा। राम का भी नहीं मिटा।

राम सोच में हैं कि यह केवट भले ही न कह रहा है, परंतु इसे कुछ देना चाहिए। लेकिन दूँ तो क्या? क्या है मेरे पास इसे देने के लिए। इस प्रसंग को लेकर तुलसीदासजी ने क्या सुंदर पंक्ति लिखी है—'पिय हिय की सिय जान निहारी, मनि मुदरी मन मुदित उतारी॥'

रामजी की भावदशा देखकर सीताजी मन-ही-मन समझ गईं और प्रसन्न मन से अपनी मणि-मुद्रिका उतार दी। वह अँगूठी उतारकर दे दी, जो उन्हें विवाह के समय दशरथजी ने दी थी।

यह प्रसंग हमें सिखाता है कि पति-पत्नी के बीच संकेत सबसे अच्छी भाषा है। जिस दिन पति और पत्नी प्रेम से लबालब होते हैं, उस दिन मुँह से कुछ कहने की जरूरत नहीं होती। इशारे में सबकुछ समझ जाते हैं और समझा देते हैं। राम को कुछ कहना नहीं पड़ा और सीता सबकुछ समझ गईं। ऐसा दांपत्य था राम और सीताजी का।

भगवान् राम को विदा करते हुए केवट बहुत रोता है। कहता है—आपके दर्शन पाकर सबकुछ मिल गया भगवन्, क्या करूँगा इस मुद्रिका को लेकर। अगली बार आएँ, फिर से मेरी नाव में अवश्य बैठिएगा प्रभु…।

यहाँ से आगे बढ़ते हैं तो भगवान् मुनि भरद्वाजजी के आश्रम में पहुँचते हैं। वन गमन के दौरान श्रीराम तीन संतों से तीन सवाल पूछते हैं। ये तीनों हमारे बड़े काम के हैं। पहला प्रश्न ऋषि भरद्वाजजी से पूछते हैं कि मुनिवर, एक बात बताएँ। हम किस मार्ग से वन में जाएँ? भरद्वाजजी से मार्ग पूछा, क्योंकि मार्ग वही व्यक्ति

बता सकता है, जो त्रिवेणी पर बैठा हो। त्रिवेणी मतलब ज्ञान, कर्म और उपासना। यदि ज्ञान वाले से पूछेंगे तो कहेगा ज्ञान का मार्ग ठीक है, उपासना वाला उपासना के बारे में ही बताएगा। भगवान् ने सोचा, मार्ग में संतुलन होना चाहिए। इसलिए मार्ग के बारे में भरद्वाजजी से पूछा। भरद्वाजजी मार्ग बताते हैं और उस मार्ग से होते हुए राम वाल्मीकिजी के आश्रम में पहुँचते हैं।

यहाँ आकर वाल्मीकिजी को प्रणाम करते हैं। भगवान् अच्छे से जानते थे कि किससे क्या पूछना है। वाल्मीकिजी रामायण के रचयिता हैं। रामायण मतलब राम के रहने का स्थान। इसलिए वाल्मीकिजी से प्रश्न पूछते हैं—मेरा कहाँ रहना उचित होगा? कृपया मुझे ऐसा स्थान बताइए, जहाँ मैं सीता और लक्ष्मण के साथ रह सकूँ।

वाल्मीकिजी बहुत सारे स्थान बताते हैं और कहते हैं कि जो कोई निश्छल भाव से आपकी सेवा करे, उस भक्त के हृदय में अवश्य रहिएगा। ऐसा कहते हुए आगे का स्थान बताते हैं कि आप वहाँ जाइए।

संतों से प्रश्न पूछकर भगवान् हमको सिखाते हैं कि जीवन में कभी कोई दुविधा हो जाए; संदेह, भ्रम हो जाए तो उसका निराकरण संतों से पूछिए। संतों के पास हर दुविधा के उत्तर होते हैं। हालाँकि आजकल तो संतों की ऐसी बाढ़ सी आ गई है कि पहले ही तय हो जाता है कि किससे क्या पूछना है।

मुझे इस प्रसंग से जुड़ी एक घटना याद आ रही है। आप भी पढ़-समझ लीजिए।

दो मित्र एक मंदिर के सामने खड़े होकर आपस में बातें कर रहे थे। एक ने पूछा, मेरे मन में एक प्रश्न है कि क्या हम प्रार्थना करते समय सिगरेट पी सकते हैं? दूसरे ने कहा—मुझसे क्या पूछ रहा है। प्रार्थना करते समय सिगरेट पीना है तो वहाँ एक संत बैठे हैं, जाकर उनसे पूछ ले।

वह महंतजी के पास गया और प्रणाम करके बोला—महंतजी, आपसे मेरा एक प्रश्न है कि क्या हम प्रार्थना करते समय सिगरेट पी सकते हैं? महंतजी ने कहा—दुष्ट, मूर्ख, पापी ऐसे प्रश्न करता है। प्रार्थना करते समय भी कोई सिगरेट पीता है? तेरा प्रश्न ही अनुचित है। हमसे पूछ लिया, अब आगे किसी से मत पूछना। नहीं तो नरक मिलेगा।

वह वापस अपने मित्र के पास पहुँचा और बोला—अरे, ये किसके पास भेज दिया तूने मुझे। वो तो कह रहे थे तू मूर्ख है। दंड मिलेगा, नर्क मिलेगा तुझको। मित्र बोला, क्या पूछा था तूने? पहला बोला—यही कि क्या प्रार्थना करते हुए सिगरेट पी सकते हैं?

दूसरा मित्र बोला—बस, तुझे पूछना ही नहीं आया। अब देख, मैं जाकर पूछता हूँ। वह गया। महंतजी को प्रणाम करते हुए पूछा—सिगरेट पीते हुए प्रार्थना कर सकते हैं ?

यहाँ महंतजी का उत्तर ही बदल गया। बोले—क्यों नहीं बेटा, बिल्कुल कर सकते हैं। अच्छा काम तो कभी भी कर सकते हैं और करते ही रहना चाहिए। दूसरे मित्र ने पहले को समझाया—प्रश्न पूछने में अकल होनी चाहिए, तभी उत्तर सही मिलेगा।

रामजी जानते थे किस व्यक्ति से क्या प्रश्न पूछना है। भरद्वाजजी से मार्ग पूछते हैं, वाल्मीकिजी से स्थान पूछते हैं और आगे अगस्तजी से राक्षसों को कैसे मारें, यह पूछेंगे। रामजी आगे बढ़ते हैं, उसी समय निषाद से कहते हैं, आप बहुत देर हमारे साथ चल लिए, अब पधारिए। अब हम तीनों को अकेले ही जाना है। जीवन में कुछ यात्राएँ मनुष्य को अकेले ही करना पड़ती हैं।

निषाद मुड़ता है तो देखा सुमंतजी वहीं-के-वहीं बैठे हैं। निषाद ने पूछा, अरे! महाराज, आप अब तक गए नहीं ? सुमंत कहते हैं, कैसे जाऊँ, कुछ समझ नहीं आता। जिस अवध में कभी प्रेम बरसता था, आज ऐसा लगता है, अवध काटने दौड़ने रही है। तुमसे जानना चाहता हूँ कि क्या हुआ, श्रीराम ने क्या सोचा ? निषाद ने सारी बात बता दी कि भगवान् ने ऐसा-ऐसा किया। सुमंत भारी मन से रथ पर बैठकर चलते हैं। लेकिन घोड़े अवध की ओर चलना ही नहीं चाहते।

सुमंत निषाद से कहते हैं, लगता है, आज इनकी भी अवध जाने की इच्छा नहीं होती। मैं एक बात को लेकर बहुत परेशान हूँ। मैं मंत्री हूँ। अयोध्या के लोग मुझसे पूछेंगे, कहाँ हैं राम, तो मैं उत्तर दे दूँगा मेरे पास अधिकार है। महाराजा को तो होश ही नहीं है। पूछेंगे ही नहीं। कैकेयी को तो अब अधिकार ही नहीं है। वे यह अधिकार खो चुकी हैं। लेकिन एक व्यक्ति मुझसे पूछेगा तो मैं क्या उत्तर दूँगा ? और वह है माँ कौशल्या। बस, यही सोचकर मैं परेशान हूँ।

## दशरथ प्रयाण

सुमंतजी के इंतजार में दशरथजी कौशल्याजी के महल में आ चुके थे। मरणासन्न स्थिति में उनके मुख से राम-राम के बीच एक ही बात निकल रही थी कि कब आएगा सुमंत। जैसे ही सुमंतजी का रथ अयोध्या में पहुँचा, दशरथजी को सूचना मिली तो उनके प्राण जाग उठे। कहने लगे—सुमंत आ गए हैं, अब तो राम के भी दर्शन हो जाएँगे। सुमंत ने कभी मेरी आज्ञा नहीं टाली। इस बार भी नहीं

टालेंगे। दो दिन से अचेत से पड़े दशरथ राम के आ जाने की आस में बैठ गए।

महल में आकर सुमंतजी राजा दशरथ को प्रणाम करते हुए कहते हैं—क्षमा चाहता हूँ महाराज, राम को नहीं ला सका। अब तो दशरथजी पर मानो और भारी वज्राघात हो गया। क्या कह रहे हो सुमंत? खाली हाथ आ गए, मेरे राम को, मेरे प्राण को नहीं लाए? विधाता ने ऐसा क्यों किया मेरे साथ? राम के बिना अब जीवन मुश्किल है। राम···राम करते हुए फिर धड़ाम से गिर जाते हैं।

कौशल्याजी समझाती हैं—धैर्य रखिए महाराज। यह आप क्या कह रहे हैं। राम के वनवास-विरह के सागर में अवध एक जहाज की तरह है। हम सब यात्री हैं और आप इस जहाज के खिवैया हैं। आप ही धैर्य छोड़ देंगे तो हम कैसे जिएँगे। राम आएगा, वह दिन फिर आएगा, जब राम आपके सामने होगा।

दशरथजी कहते हैं—अब मुझे सांत्वना मत दो रानी। मुझे कुछ स्मरण आ रहा है। मुझे श्रवण कुमार और उसके बूढ़े माता-पिता दिखाई दे रहे हैं। वही श्रवण कुमार, जो मेरे तीर से मारा गया था और उसके अंधे बूढ़े माता-पिता ने मरते हुए मुझे शाप दिया था कि एक दिन मैं भी अपनी संतान के बिछोह में तड़प-तड़पकर मरूँगा। लगता है, वह अवसर आ गया है। यदि राम, लक्ष्मण और सीता नहीं आए तो मुझे जाने दो।

तुलसीदास लिखते हैं—

**'राम राम कहि राम कहि राम राम कहि राम।**
**तनु परिहरि रघुबर बिरहँ राउ गयउ सुरधाम॥'**

तड़पते हुए, राम-राम कहते-कहते राजा दशरथ ने प्राण त्याग दिए। महाराज महाप्रयाण कर गए। सूर्यवंश का सूर्य हमेशा-हमेशा के लिए अस्त हो गया।

जाना तो एक दिन सभी को है, परंतु जाने के कारण, जाने के बहाने कैसे-कैसे हो जाते हैं। वे चक्रवर्ती राजा, जो भ्रमण के लिए स्वर्ग जाया करते थे और सम्मान में इंद्र खड़े होकर उनको सिंहासन देते थे। वे दशरथ अपने अंतिम समय में धरती पर लोट लगा रहे थे, पुत्र वियोग में तड़प रहे थे। जिनके कारण पृथ्वी पर राम आए। जिन्होंने यह बताया कि वचन क्या होता है, वो दशरथ इस तरह संसार से विदा हो गए।

जीवन ऐसा ही है भक्तो! मृत्यु का यह सत्य एक दिन सबके साथ घटना है। भगवान् के पिता को भी मृत्यु का वरण करना पड़ा।

दशरथजी द्वारा प्राण छोड़ देने की सूचना मिली तो वसिष्ठजी दौड़े आए। उनकी आँखों से भी आँसुओं का गुबार बह निकला। धन्य है वह मृत्यु, जिस पर कोई संत भी रो दे।

□

भरत और शत्रुघ्न को ननिहाल से बुलाया गया। दोनों भाई अवध में प्रवेश करते हैं। कथा में यहाँ भरत का पहला प्रवेश होता है। देखते हैं, चारों ओर उदासी, कोई किसी से कुछ बोलने की स्थिति में नहीं। शत्रुघ्न से कहते हैं—भाई, लगता है, अवध में कुछ विपरीत हो गया है। सारी अवध देख रही थी। कुछ लोगों ने तो यह तक सोच लिया कि कैकेयी के इस षड्यंत्र में भरत भी शामिल हैं। इस व्यक्ति के कारण ही हमारे राम, हमारे दशरथ चले गए। जिनको कुछ नहीं पता, वे भरत देखते-ही-देखते लोगों की नजरों में खलनायक बन गए।

जीवन में कभी-कभी ऐसा होता है। किसी और का किया-धरा किसी और को भुगतना पड़ता है। लेकिन ऐसे समय में भरत से सीखिए कि परिवार को साथ लेकर कैसे चला जाए। जीवन में इतना विपरीत हो जाए कि अपयश-ही-अपयश मिलने लगे, उस स्थिति में खलनायक से नायक कैसे बना जाए, यह भरत ही सिखाते हैं।

दोनों भाई ननिहाल से आए तो सोचा, सबसे पहले भैया राम से मिलते हैं। रामजी हमेशा माँ कैकेयी के महल में ही रहते थे। दोनों दौड़कर कैकेयी के महल में पहुँचे। देखकर अवध के लोगों का विश्वास और पक्का हो गया। कानाफूसी शुरू हो गई—देखो, इस पूरे षड्यंत्र में भरत भी शामिल है, इसीलिए सीधा माँ कैकेयी के महल में पहुँचा है। जबकि भरतजी तो कुछ जानते ही नहीं थे।

सभी के जीवन में कभी-कभी ऐसी स्थिति बन जाती है। आपके पीछे आपका अपयश चलता है, अकारण ही चलता है। आपको मालूम ही नहीं पड़ता। ऐसे समय यदि कोई काम आता है तो वह है प्रेम। परमात्मा के प्रति वह भरोसा काम आता है, जो भरत को राम पर था।

भरत कैकेयी के कक्ष में पहुँचे। देखकर कैकेयी दौड़ी, कहती है—बेटा, तू आ गया। मैंने सारे काम सँवार लिये, तेरी ही प्रतीक्षा कर रही थी।

भरत पूछते हैं—माँ, ऐसा क्या बिगड़ गया था, जो आपको सँवारना पड़ा। भैया कहाँ हैं ? अयोध्या में श्रीराम के होते हुए आपको क्या सँवारना पड़ा ? कैकेयी कहती हैं—वह तो मंथरा का भला हो कि सही समय पर इसने सबकुछ बताकर हमारी इतनी बड़ी मदद की।

दोनों भाइयों को और अधिक विस्मय होने लगा। पूछते हैं—ऐसा कौन सा काम आ गया कि मंथरा की सहायता लेना पड़ गई। बताओ माँ, हुआ क्या है ? कैकेयी कहती है, मैंने सबकुछ ठीक कर दिया बेटा, तू राजा बन रहा है। बस एक ही काम बिगड़ गया। कौन सा काम बिगड़ गया माँ ? स्पष्ट कहिए। कैकेयी कहती है—काम यह बिगड़ गया कि तेरे पिता ने देह त्याग दी। वे अब इस संसार में नहीं रहे।

देखिए, एक माँ, एक पत्नी कितनी आसानी से इतना बड़ा संदेश दे गई। यह कुसंग का प्रभाव था। सुनकर भरतजी का तो भान ही चला गया। क्या कह रही हो माँ? और पिता नहीं रहे तो भाई राम और लक्ष्मण कहाँ हैं? वो क्यों दिखाई नहीं दे रहे?

सारा घटनाक्रम बताते हुए कैकेयी कहती है—बेटा, मैंने तो तेरे लिए ही इतना सब किया है। मैं तो चाहती थी तेरा हित हो, लेकिन तेरे पिता ने देह त्याग दी। वचन का पालन तो किया, परंतु अपने प्राण त्याग दिए।

ध्यान दीजिए, यहाँ भरत कितना भावपूर्ण बोलते हैं। संसार में ऐसा संवाद बहुत कम ही सुनने या पढ़ने को मिलता है। भरत माँ कैकेयी से कहते हैं—माँ, यह आपने क्या कर डाला। मुझे कितना गौरव था कि मैं रघुवंश में पैदा हुआ। दशरथ जैसे मेरे पिता हैं, राम जैसे भाई हैं। मेरे इस गौरव के साथ ऐसा क्यों किया आपने? जवाब दो माँ? मुझे मेरे प्रश्नों का उत्तर चाहिए। आज तो मुझे लगता है कि तुम जैसी स्त्री भरत की जननी कैसे हुई, जो मुझे इतना बड़ा अपयश दे गई। मेरे झूठे हित के लिए पूरी अयोध्या के साथ इतना बड़ा अनिष्ट कर दिया।

आपने पेड़ से पत्ता तोड़कर उसे सींचने का प्रयास किया, पानी निकालकर मछली पालने का प्रयास किया? भाई वन में चले गए, पिता ने संसार ही छोड़ दिया। मेरा इतना सब छीनकर आप क्या देना चाहती थीं मुझे? आज तो मुझे इस बात पर भी बड़ी लज्जा आ रही है कि आप मेरी माँ हैं।

किसी ने खूब कहा है— देख शिकारी तेरे कारण एक परिंदा छूट गया, पत्थर का तो कुछ न बिगड़ा, लेकिन शीशा फूट गया। भरत जैसा व्यक्ति आज उदास है, बेचैन है और मंथरा शृंगारित खड़ी है। जो टूटी-फूटी, कूबढ़ी थी, वह नाच रही थी और अच्छा खासा भरत भीतर से टूटकर बिखर गया। उजड़ गया।

इधर भरत माँ कैकेयी को कोस रहे हैं, उधर शत्रुघ्न अपना सारा क्रोध मंथरा पर उतार रहे हैं। उसकी कूबड़ पर ऐसी लात मारी कि वह चीखते हुए जमीन पर लोट गई। शत्रुघ्नजी की रामचरितमानस में कोई विशेष चर्चा नहीं आती है। बस इस एक ही प्रसंग में उनकी चर्चा है कि उन्होंने मंथरा को लात मारी थी। बाहर के शत्रु को तो सभी मारते हैं, परंतु मंथरा अयोध्या के लिए भीतर की शत्रु थी। और जो भीतर के शत्रु को मारे, वही शत्रुघ्न होता है।

तभी भरतजी को कौशल्याजी का स्मरण होता है। शत्रुघ्न से कहते हैं—भाई, हमारा तो दुर्भाग्य है, जो इस माँ के कारण हमसे इतना बड़ा पाप हो गया है। अब यह पाप कौशल्या रूपी गंगा में ही धुल सकता है। चलो, वहाँ चलें। क्या बीत रही होगी उस माँ पर।

दोनों भाई कौशल्याजी के कक्ष में जाते हैं। भरत को देखकर वे बिलख पड़ीं। भरत उनके चरण पकड़कर कहते हैं—मैं सत्य कहता हूँ माँ, इस पाप में मेरा कोई भाग नहीं है। मैं इससे पूरी तरह अनभिज्ञ हूँ। यदि मुझे इसकी सूचना हो तो गौहत्या का पाप लगे मुझको। फिर भी मैं आपका अपराधी हूँ माँ कि मेरे कारण भैया राम को वन में जाना पड़ा और पिताजी हमेशा के लिए चले गए।

भरत को पुचकारते हुए कौशल्या कहती हैं—तुझे सफाई देने की जरूरत नहीं है बेटा। मैं तुझे बहुत अच्छे से जानती हूँ। राम के वन चले जाने का जितना शोक मुझे है, उतना तुझे भी है। राम तो चौदह बरस बाद फिर हमारे पास आ जाएगा, परंतु तेरे पिता अब हमें कभी नहीं मिलेंगे। आज सबकुछ लुट गया बेटा। कैकेयी मुझे क्या देना चाहती थी और क्या दे गई···।

संसार में ऐसा होता है। एक वैज्ञानिक ने पचास साल इस खोज में लगा दिए कि मेरे पास एक ऐसी विधि आ जाए कि मैं बैठे-ही-बैठ सबको मार दूँ। पचास साल बाद उसे ऐसी विधि मिल गई कि वह बैठे-ही-बैठ सारी दुनिया को समाप्त कर सकता था तो बड़ा प्रसन्न हुआ। सोचा अब क्या है, पा लिया जो पाना था।

जैसे ही घर में प्रवेश किया, उसका छोटा बेटा सामने था। वह बोला—पिताजी, क्या बात है आज···। अरे बेटा, पचास साल से मैं जिस शोध में लगा हुआ था, आज उसमें सफल हो गया। मैंने वह तकनीक सीख ली कि बैठे-बैठे ही किसी को भी मार सकता हूँ। बेटे ने कहा अच्छा! अगर सचमुच ही सफल हो गए हो तो मुझे मारकर बताइए। बच्चे की बात सुनकर वैज्ञानिक पिता सन्न रह गया। उसका सारा शोध, सारी सफलता धरी रह गई।

जीवन में कभी-कभी ऐसा होता है। आपकी तकनीक, आपकी सफलता, आपकी योग्यता आप ही के लिए घातक हो जाती है। कैकेयी यहाँ धोखा खा गई। पति दशरथ के प्रेम का लाभ उठाकर मंथरा की दी गई तकनीक का बेटे पर ही प्रयोग कर बैठी और सबकुछ गँवा दिया। सत्ता तो मिली नहीं, उल्टा सुहाग चला गया और बेटे के मन में जो आदर-सम्मान था, उससे भी हाथ धो बैठी।

वसिष्ठजी की आज्ञा पर दशरथजी का दाहकर्म किया जाता है। उसके बाद गुरु वसिष्ठ भरतजी से कहते हैं—सत्य का पालन करते हुए तुम्हारे पिता स्वर्ग को सिधार गए। अब तुम अयोध्या की राजगद्दी पर बैठकर अपने दायित्व सँभालो।

एक बार फिर याद कर लिया जाए कि तीन तरह के सत्य होते हैं। परिवार का सत्य होता है प्रेम। समाज का सत्य है सेवा और व्यवसाय का सत्य है परिश्रम। देखिए, अभी-अभी पति की मृत्यु हुई, बेटा वन में चला गया, पर कौशल्याजी भरत के सिर पर हाथ रखकर कहती हैं—'सिर धरि गुर आयसु अनुसरहू। प्रजा

पालि परिजन दुखु हरहू॥'

जो हो गया सो हो गया। अब गुरु की आज्ञा का पालन करते हुए प्रजा का पालन करो।

कौशल्याजी सिखा रही हैं, एक दिन इस दुनिया से सभी को जाना है। कोई प्रियजन भी चला जाए तो अपने काम, अपने दायित्व, अपने कर्तव्य नहीं छोड़ सकते।

शोक से बाहर आओ भरत। राजगादी के दायित्व सँभालते हुए अपना कर्तव्य पूरा करो। तुम राजकुमार हो। अब तुम्हें राजा बनकर प्रजापालन करना है। उठो, स्वयं का दुःख भूलो और दूसरों का भी दुःख दूर करो।

देखिए, जिसकी माँ ने जिद के कारण अपना सुहाग खोया, वहीं स्त्री कह रही है कि जो हुआ उसे भूलो और राजगद्दी सँभालो। यही सत्य है जीवन का। जो हो गया सो हो गया। अब जो करना है, वह करना ही है।

भरत कहते हैं—मेरा हृदय राजा बनने को जरा भी तैयार नहीं है माँ। इस राजगद्दी पर अधिकार सिर्फ भैया राम का है। आपकी अनुमति हो तो हम सब चलकर भगवान् को मनाकर ले आते हैं। भरत का इतना महान् निर्णय सुनकर समूची अयोध्या नगरी उनकी जय-जयकार से गूँज उठी। सारे अयोध्यावासी तैयार हो गए। गुरुओं, माताओं और प्रजा को लेकर भरतजी वन की ओर चल दिए। चलते-चलते पहले निषाद से भेंट होती है। निषाद उन्हें भरद्वाजजी के आश्रम में ले जाते हैं। भरद्वाज ऋषि कहते हैं, राम यहाँ आए थे, कुछ देर विश्राम के बाद वन को चले गए।

उस समय भरद्वाजजी ने भरतजी को देखकर बड़ी गहरी बात कही। कहते हैं—राम के दर्शन पाकर धन्य हो गए भरत। उनके दर्शन तो हमने तप-तपस्या, साधन किए तब हुए, परंतु राम के दर्शन का ही फल है कि आज तुम्हारे भी दर्शन हो गए। संकेतों में ही एक संत ने भरत को इतना बड़ा सम्मान दे दिया। भरतजी के पूछने पर भरद्वाजजी वह मार्ग बताते हैं, जिससे होकर भगवान् राम आगे बढ़े थे।

श्रीराम-लक्ष्मण और जानकी आपस में बातचीत कर रहे हैं। आज भगवान् सुबह से उदास थे। कुछ विचित्र संकेत हो रहे थे। जानकी से कहते हैं—आज मन को कुछ अच्छा नहीं लग रहा, सीते! बार-बार पिता की यादें आ रही हैं। माता का चेहरा मेरी नजरों में घूम रहा है। तभी दूर से सेना आती दिखती है। अवध के ध्वज को देखकर भगवान् कहते हैं—देखो लक्ष्मण, लगता है सेना के साथ भरत आ रहा है।

देखते ही लक्ष्मणजी आवेशित हो जाते हैं। कहते हैं—मैं जानता था भगवन्! भरत और शत्रुघ्न ऐसा ही करेंगे। देखिए, सेना लेकर यहाँ तक आ गए हैं। हमने

सत्ता छोड़ दी, परंतु उनको अब भी चैन नहीं है।

दुनिया की रीत है 'जग बोराई राजपद पाए', जिसको राजपद मिलता है, वह बौरा जाता है। भरत भी बौरा गए। सत्ता मिली तो हमको मारने आ गए। लगता है, अवधवासियों ने उन्हें बताया नहीं कि राम और सीता वन में अकेले नहीं गए हैं। उनके साथ लक्ष्मण भी है। और जब तक श्रीराम के साथ मैं हूँ, कोई उनकी ओर देखने का भी साहस नहीं कर सकता। आज उनको पता चलेगा, राम को मारने का विचार भी मन में लाने का परिणाम क्या होता है।

भगवान् ने लक्ष्मण को देखा और बोले—बहुत हो गया लक्ष्मण, क्यों गरजते हो? 'जो न होत जग जन्म भरत को। सकल धरम धुर धरनि धरत को॥'

धर्म की धुरी जिस धीरता के साथ भरत ने धारण की है, संसार में कोई नहीं कर सकता। तुम भरत को लेकर मन में ऐसे विचार मत लाओ। मैं जानता हूँ भरत को। भाई की बात सुन लक्ष्मणजी चुप हो गए।

भरत को निकट आता देख भगवान् राम दौड़ पड़े उनकी ओर। भरतजी को हृदय से लगा लिया, नेत्र भर आए। भरतजी एक टक राम, सीता और लक्ष्मण को देखते रहे। भरतजी सीताजी की ओर बढ़कर प्रणाम करते हैं, तभी राम माताओं की ओर कदम बढ़ाते हैं।

'प्रथम राम भेंटी कैकेयी', सबसे पहले माँ कैकेयी के पास जाते हैं। राम तो अद्‌भुत हैं। जानते थे कि सबसे अधिक ग्लानि इन्हीं को हो रही होगी। राम द्वारा प्रणाम करते ही कैकेयी लज्जा से भर गईं। पानी-पानी हो गईं। राम से नजरें मिलाने का साहस तक नहीं जुटा पाईं।

भगवान् समझ गए। माँ कैकेयी को आश्वस्त करते हैं—'काल करम बिधि सिर धरि खोरी।' माँ, जो कुछ हुआ, उसमें आपका कोई दोष नहीं है। यह तो विधाता का दोष है, काल का दोष है। जीवन में कुछ-न-कुछ ऐसा होता रहता है, आप ग्लानि मत पालिए। सभी माताओं से मिलते हैं। सबको समझाते हैं। तभी भगवान् की दृष्टि माताओं के वेश पर पड़ती है। देखकर अवाक् रह जाते हैं। मन-ही-मन प्रश्न पूछते हैं—पिताश्री को क्या हुआ? वसिष्ठजी सूचना देते हुए कहते हैं—'नृप कर सुरपुर गवनु सुनावा। सुनि रघुनाथ दुसह दुःख पावा॥' राम, तुम्हें याद करते-करते दशरथजी इस संसार को छोड़कर चले गए। सुनकर भगवान् घोर उदासी में डूब गए। रह-रहकर पिता की याद आने लगी। सोचने लगे, जिनके कंधों पर चढ़कर इतना बड़ा हुआ, यह दुनिया देखी, वे इस तरह दुनिया से चले गए?

देखिए, रामचरितमानस विविध प्रसंगों द्वारा बार-बार रिश्तों पर प्रकाश डालती

है। माँ की ममता तो जग जाहिर है। जब आदमी माँ को पाता है और उसे खोता है, उसकी अनुभूति और उसका अवसाद अपना होता है। परंतु इस संसार में पिता की भूमिका भी क्या होती है, इसकी अनुभूति राम को उस दिन हुई। दशरथजी की सूरत उनकी आँखों से हटाए नहीं हटती। बार-बार यह सोचकर दुखी हो रहे हैं कि यह वह व्यक्तित्व था, जिसने सत्य के लिए मुझे त्याग दिया। ऐसे लोग दुनिया से क्यों चले जाते हैं?

सच है, हर पुत्र अपने पिता की मृत्यु की सूचना पाकर ऐसा ही सोचता होगा। परंतु यह भी समझना होगा कि मृत्यु जीवन का शाश्वत सत्य है। इससे कोई नहीं बच पाया। जिसने जन्म लिया है, उसकी मृत्यु भी निश्चित है।

जब सभी का सभी से मिलना हो गया तो भरतजी सारे अवधवासियों के सामने भगवान् राम से कहते हैं—भैया, मैं आपके लिए एक प्रस्ताव लेकर आया हूँ। पिता के वचन का पालन करते हुए मैं वन में रुक जाता हूँ, शत्रुघ्न रुक जाता है और भाभी सीता तथा भैया लक्ष्मण के साथ अयोध्या जाकर राजगद्दी सँभाल लीजिए। पिताजी के चले जाने के बाद आपके बिना वहाँ किसी का मन नहीं लगेगा।

भरत के इस प्रस्ताव को राम मान्य नहीं करते। भरतजी बार-बार विविध तर्क देते हैं, लेकिन राम हर तर्क अस्वीकृत कर देते हैं। वसिष्ठजी कहते हैं—राम, निर्णय तो लेना पड़ेगा। भरत ठीक ही कहते हैं। आप इनके प्रस्ताव को मानते हुए अयोध्या लौट चलो। भगवान् कहते हैं, नहीं गुरुवर, निर्णय हो चुका है। अब राम चौदह बरस की अवधि बीतने से पहले अयोध्या नहीं जा सकता।

देखिए, एक भाई कहता है, आप सत्ता सँभालिए, मुझे राजा नहीं बनना। दूसरा कहता है, मैं तुझे राजा बनते देखना चाहता हूँ। एक-दूसरे के लिए सभी सबकुछ छोड़ने को तैयार हैं। ऐसा था भाई-भाई का प्रेम!

भाई-भाई के इस संवाद के बीच अयोध्यावासियों का मन उचाट हो रहा था। कभी लगता जंगल में रहें, कभी लगता महल चलें। भगवान् ने सोचा, अब यह भ्रम बहुत दिन नहीं चल सकता। इसे मिटा देना ही उचित है। वास्तव में अयोध्या कांड मन के भ्रम को मिटाने का कांड है। जीवन का सत्य यहीं से आरंभ होता है।

श्रीराम भरतजी से कहते हैं—भाई, सत्य तो यह है कि जो कुछ भी हुआ और हो रहा है, यह विधाता की आज्ञा है। मेरे भाग्य में वन गमन लिखा है तो मैं आ गया। लेकिन एक सत्य और भी है। अब मुझे इसी स्थिति में, इसी प्रतिकूलता में कुछ वह प्राप्त करना है, जिसके लिए राम का जन्म हुआ है। मनुष्य किस काम के लिए इस संसार में आया। क्यों हमारा जन्म हुआ? जिस दिन हम यह जान जाएँ,

बस जीवन का सत्य हमारे पास आ जाता है।

अब सारा संशय छोड़कर अयोध्या जाओ और राजा बनकर प्रजा का हित करो। अब तुम रघुवंश के मुखिया हो और याद रखना, 'मुखिया मुख सो चाहिए खान पान कहुँ एक। पालइ पोषइ सकल अँग तुलसी सहित बिबेक॥' मुखिया ऐसा होना चाहिए, मुँह के समान। एक मुँह खाता है, लेकिन सारे अंगों का पालन करता है। तुम भी अपने परिवार, अपने कुटुंब, अपने कार्यक्षेत्र के मुखिया बनकर विवेक के साथ सबका लालन-पालन करो।

भाई की आज्ञा के आगे भरतजी को झुकना पड़ा। लेकिन उनके मन में अब भी कुछ संशय था, जिसे राम समझ चुके थे। भगवान् ने अपनी पादुका निकाली और भरतजी को सौंपते हुए बोले—भाई, तुम अयोध्या में मेरी उपस्थिति ही चाहते हो तो ये लो। ये मेरे प्रतीक के रूप में तुम्हारा मार्गदर्शन करती रहेंगी। उन्हें स्वीकारते हुए भरतजी बोले—मेरे लिए तो ये सीता-राम हैं और श्रीराम की चरण पादुका अपने सिर पर रख ली। यहाँ तुलसीदासजी ने लिखा है—'रामकृपा अवरेब सुधारी। बिबुध धारि भइ गुनद गोहारी॥' अर्थात् रामजी ने एक आज्ञा में सारी उलझनें दूर कर दीं।

गुरुजन, माताएँ और बाकी अयोध्यावासियों के साथ भरतजी पादुका लेकर प्रस्थान करते हैं। भगवान् भरतजी को जाता हुआ देखकर सोचते हैं कि भरत भी उतना ही जागरण करेगा, जितना मेरे साथ लक्ष्मण को करना है। सीताजी और लक्ष्मणजी के साथ उदास बैठे भगवान् सोचते हैं, परिवार के लोगों को विदा कर चुका हूँ। अब मुझे लंबी यात्रा पर निकलना है।

इधर भरतजी अयोध्या पहुँचते हैं, परंतु राजमहल में नहीं जाते। कहते हैं, जब तक भैया राम नहीं आ जाते, मैं भी तपस्वी जीवन जीऊँगा। बाहर ही नंदीग्राम बनाया और श्रीराम की चरण पादुका वहाँ स्थापित कर उनके सेवक के रूप में वहीं ठहर जाते हैं।

भरत चरित्र को समझाते हुए यहाँ तुलसीदासजी लिखते हैं—'भरत चरित करि नेमु तुलसी जो सादर सुनहिं। सीय राम पद पेमु अवसि होइ भव रस बिरति॥' यह भरतजी का चरित्र है, जो इसे सादर सुनता और गुनता है, उसको श्रीरामजी के चरणों में प्रेम और दुनिया के भोग से वैराग्य प्राप्त होता है।

इसी के साथ रामकथा का दूसरा भाग यानी अयोध्या कांड पूर्ण होता है। इसके बाद क्या कुछ घटित होता है, जानने के लिए पढ़िए कथा का तीसरा भाग यानी अरण्य कांड।

□

*भाग-3*

# अरण्य कांड

जैसा कि आप जानते हैं या पढ़ चुके हैं कि श्री रामचरितमानस में सात कांड या भाग या खंड हैं। बाल कांड, अयोध्या कांड, अरण्य कांड, किष्किंधा कांड, सुंदर कांड, लंकाकांड और उत्तर कांड। पूरी रामकथा इन सात भागों में विभक्त है। हर भाग के साथ जीवन का कोई सूत्र जुड़ा हुआ है। बाल कांड में आपने पढ़ा और समझा सहजता का सूत्र। अयोध्या कांड के माध्यम से सत्य को जाना। इस तीसरे भाग यानी अरण्य कांड में आप पढ़कर समझेंगे संतुलन का सूत्र।

बचपन अपनी सहजता के लिए जाना जाता है। उम्र कोई भी हो, भीतर से बाल सुलभ सहजता बनाए रखिए। हम जितने सहज होंगे, उतने ही शांत होंगे। जिस दिन मन, वचन और कर्म में सहजता आ जाती है, जीवन का बाल कांड सध जाता है। बाल कांड जीवन की नींव है। जिसकी नींव सहज है, उसका भवन कभी नहीं हिलेगा। जीवन की नींव दृढ हो, लेकिन सहज हो।

अयोध्या कांड में जितनी घटनाएँ घटीं, उनमें परिवार, समाज और व्यवसाय को लेकर हमारे जो दायित्व हैं, उस पर भगवान् ने अपनी लीला से बड़ी सुंदर टिप्पणी की है। तुलसीदासजी ने अयोध्या कांड की रचना में जो घटनाक्रम लिखा है, उसमें बताया है, परिवार में सत्य कैसे बचाया जा सकता है। जिस समय परिवार संकट में हो, प्रतिकूल परिस्थितियाँ हों, मतभेद और मनभेद एक साथ आने लग जाएँ, उस समय सत्य कैसे बचाया जाए, यह हमें अयोध्या कांड की कौशल्याजी सिखाती हैं। मंथरा ने सत्य के साथ इतनी छेड़छाड़ की, लेकिन कौशल्याजी ने उसको फिर सँवार दिया।

परिवार में जब त्रिकोण की स्थिति बन जाए तो कैसे निर्णय लिये जाएँ,

किस प्रकार का आचरण-व्यवहार किया जाकर सत्य को बचा लिया जाए, यह हमें अयोध्या कांड के दृश्य सिखाते हैं। पुन: ध्यान में उतार लीजिए, परिवार का सत्य प्रेम है; समाज का सत्य सेवा है और आपके व्यावसायिक क्षेत्र का सत्य है परिश्रम। निष्काम परिश्रम।

चूँकि रामकथा के सात भागों की बात चल रही है तो एक बार पुन: याद कर लें कि जीवन में सात काम जरूर किए जाएँ। कौन से सात काम?

1. प्रकृति से जुड़ाव बनाए रखिए। प्रकृति से बातचीत कीजिए।
2. जड़ वस्तुओं से जीवंत निकटता बनाएँ।
3. जिससे भी कोई बात करें, दिल से करें और दिल से ही सुनें।
4. ऐसा प्रयास कीजिए कि बिल्कुल अपेक्षा रहित हो जाएँ।
5. अपने भीतर अकर्ता का भाव ले आइए।
6. 24 घंटे में कुछ समय मौन साधा जाए और
7. किसी एक दिन को अपना अंतिम दिन मानकर चलें। इन सात कामों को सप्ताह के सात दिनों से जोड़कर हर दिन एक-एक काम कर सकते हैं।

जब हम सहज हों और जीवन में सत्य उतर आए, तब संतुलन का विवेक बहुत जरूरी है। कई लोग सत्य की अति पर टिक जाते हैं, लेकिन अति किसी भी चीज की ठीक नहीं होती। जीवन संयम से अधिक संतुलन पर टिका होना चाहिए।

अरण्य कांड में भगवान् राम बताते हैं, जीवन में संतुलन कैसे बनाया जाए। संतुलन बनने पर ही आप संघर्ष कर पाएँगे और उसके बाद ही सफलता संभव होगी। जब सफलता मिल जाए तो संकल्प के अर्थ बदल जाते हैं।

**कथासार :** अरण्य कांड का कथासार यह है कि भरत को अपनी चरण पादुका देकर विदा करने के बाद भगवान् वन में प्रवेश करते हैं। सीताजी का शृंगार करते हैं। अगस्त्य ऋषि से राक्षसों के विनाश की विधि जानकर कई राक्षसों का विनाश करते हैं। राम-लक्ष्मण के पास शूर्पणखा पहुँचती है। दंड स्वरूप लक्ष्मणजी उसकी नाक काट देते हैं। बहन के अपमान की सूचना से आगबबूला रावण मारीच के सहयोग से सीताजी का हरण कर लेता है। उन्हें ढूँढ़ते हुए राम-लक्ष्मण शबरी के पास पहुँचते हैं। आगे चलने पर नारदजी मिलते हैं और यहाँ अरण्य कांड का समापन होता है।

भगवान् राम के बारे में एक तथ्य है कि वे संपूर्ण कथा में बहुत कम बोले हैं, परंतु जब भी बोले, बहुत सुंदर बोले। अरण्य कांड में तो भगवान् बहुत ही सूत्रजन्य बोले हैं। हर व्यक्ति के प्रश्नों का उत्तर बहुत सुंदर ढंग से दिया गया है।

अरण्य यानी वन। इसलिए अरण्य कांड का मतलब होता है—वन में गुजारा दौर। जीवन का कुछ समय अरण्य में गुजरना ही चाहिए। यह वह वक्त होता है, जब आप चिंतन कर सकते हैं, विचार कर सकते हैं। भगवान् अरण्य वास की अवधि का यही लाभ उठाते हैं। हमें भी अपने जीवन में कुछ समय चिंतन, विचार, नीति तय करने के लिए निकालना चाहिए। उसी का नाम अरण्य कांड है।

संपूर्ण अरण्य कांड में भगवान् संतुलन की बात करते हैं। किन बातों में संतुलन करना है, ध्यान से पढ़िए। यह भगवान् के लक्ष्य, भगवान् के अभियान का पहला पड़ाव है।

तीन बातों में संतुलन बनाकर चलिए—भूतकाल, वर्तमान और भविष्य काल। भगवान् की एक-एक लीला हमको बताएगी कि भूत को छोड़ें, वर्तमान को पकड़ें और भविष्य से जुड़ें। हम लोग कई बार इसमें चूक जाते हैं। कई लोग भूतकाल पर ही टिके रहते हैं। जो बीत चुका है, उससे मुक्त हो ही नहीं पाते।

स्मृतियों का बोझ दुनिया में सबसे बड़ा बोझ बन जाता है। बीते समय में आपके साथ जो कुछ अच्छा-बुरा हुआ और आप उसे भूलेंगे नहीं तो वह बोझ बन जाता है। किसी ने अपमान किया, किसी ने मान किया, भूतकाल की बात है; लेकिन माथे पर चढ़कर घूमती रहती है। कई बार उन स्मृतियों के बोझ से दबकर मनुष्य उसका वर्तमान भी बिगाड़ लेता है। इसलिए भूत से मुक्त होकर वर्तमान को पकड़ना पड़ेगा।

वर्तमान एकाग्रता से सधता है, भूतकाल विस्मृति से और भविष्य चिंतन से सधता है। जितना एकाग्र होंगे, उतना आप वर्तमान को पकड़ सकेंगे। अब सवाल उठता है कि एकाग्रता लाई कहाँ से जाए? ध्यान रखिए, एकाग्रता आती है ध्यान से, मेडिटेशन से। जिस समय आप वर्तमान में टिक जाएँ, समझो ध्यान घट गया।

जो लोग ध्यान करते हैं, वे जानते हैं कि ध्यान के मार्ग की बाधा क्या है? दो ही तो बाधाएँ हैं—भूत का चिंतन या भविष्य की चिंता। मन के विचार या तो पीछे भींचकर ले जाकर कोई पुराना दृश्य दिखाएँगे या आगे की चिंता में पटक देंगे। इन बाधाओं के होते मेडिटेशन नहीं हो सकता। इसलिए वर्तमान पर टिकिए। जिस समय मन को वर्तमान में टिका दिया, समझो ध्यान लग गया। जीवन में कल, आज और कल के बीच संतुलन होना चाहिए। मन को भूतकाल के अनुभव, वर्तमान की एकाग्रता और भविष्य के चिंतन से जोड़ना पड़ता है।

अरण्य कांड की अवधि के दौरान भगवान् अपनी नीतियाँ बनाते हैं। इससे पहले बहुत कुछ घट चुका था भगवान् के साथ, लेकिन उन्होंने सब विस्मृत कर

दिया। अगर इसी पर टिके रहते कि कैकेयी ने ऐसा किया, भरत ने वैसा कहा, माँ की इच्छा ऐसी थी तो वे आगे चल ही नहीं सकते थे। भगवान् ने जो सोचा, हो गया, उसे छोड़ो, आगे बढ़ने के लिए आज क्या करना है, इसका सोचो। अरण्य कांड में पूरी तरह वर्तमान पर टिककर भगवान् भविष्य की योजनाएँ बनाते चलते हैं।

भविष्य से जुड़ने का अर्थ है, परिवर्तन से लगातार परिचय बनाए रखना। दुनिया बहुत जल्दी परिवर्तित हो रही है। समय तेजी से बदलता जा रहा है। चूक गए तो पीछे रह जाएँगे। इसलिए भविष्य के चिंतन का अर्थ है, परिवर्तन पर बराबर दृष्टि बनी रहे और स्वयं भी उससे जुड़े रहें। भगवान् उस परिवर्तन को पहचान रहे थे। इसीलिए उन्होंने जो भी निर्णय लिये, बड़े अद्‌भुत और सटीक लिये।

घटना तो बाद में आएगी, पर भगवान् से किसी ने पूछा—आपने लक्ष्मण को आदेश देकर शूर्पणखा की नाक कटवा दी? आप क्षत्रिय हैं और उस पर राम हैं। नाक काटने के अलावा एक स्त्री को दंड देने का और कोई तरीका नहीं दिखा?

भगवान् ने कहा—समय बहुत जल्दी बदल रहा है और रावण बदलाव का प्रतीक है। जिसको जो भाषा समझ में आती है, वह ही बोलना पड़ती है। रावण को नाक कटी बहन देखकर ही समझ में आ सकता था। इसके अलावा और कोई तरीका नहीं था उसे चुनौती देने का। यदि यहाँ चूक गए तो रावण से युद्ध कैसे होगा?

भगवान् संतुलन सिखाते हैं। हमको भी यही सीखना होगा।

हम लोग अति पर टिक जाते हैं। या तो पूरी तरह अध्यात्म में उतर जाते हैं तो संसार छूट जाता है या संसार में ऐसे खो जाते हैं कि अध्यात्म याद नहीं रहता। भगवान् कहते हैं—जीवन संतुलन का नाम है।

अध्यात्म में कहा जाता है, साँस बाहर फेंको तो संसार और भीतर उतारकर रोको तो संन्यास। यह सीधी सी परिभाषा है। कोई पूछे संन्यासी और संसारी में क्या फर्क? तो यही कि संन्यासी साँस को भीतर रोकना जानता है और संसारी आदमी बाहर फेंकना जानता है। यहाँ भी संतुलन की बात आती है। संन्यासी बाहर फेंकता है तो पूरा ही फिंक जाता है। संसारी अंदर उतरता है तो पूरा ही उतर जाता है। दोनों की अति ठीक नहीं है। अगर आप एक बार साँस बाहर फेंकें और भीतर न लें तो घबराहट शुरू हो जाएगी, इसका नाम संसार है। यदि भीतर रोक लें और बाहर न निकालें, ऐसा संन्यास भी विचलित करता है। इसलिए संसार और संन्यास में भी संतुलन बनाए रखिए। अरण्य कांड की कथा ऐसा ही संतुलन लेकर आती है।

भगवान् कह रहे हैं, अरण्य कांड के माध्यम से एकांत में उतर जाइए। भीतर उतरकर स्वयं को पहचानिए। क्योंकि जीवन में भीड़ आ जाए तो फिर आदमी को

अपने भावों में उतरने में दिक्कत आती है।

चलिए, एक छोटी सी कहानी के साथ अरण्य कांड की कथा में प्रवेश करते हैं। यह कहानी जीवन में कई मोड़ों पर आपके काम आएगी।

एक फकीर को शिष्य बनाना था। साक्षात्कार के लिए तीन लोग पहुँच गए। फकीर स्वभाव से थोड़ा बाँका था, बोला—मैं उसे ही अपना शिष्य बनाऊँगा, जो मेरी एक शर्त पूरी करेगा।

तीनों को एक-एक कबूतर दिया और बोला, मेरी शर्त यह है कि कबूतर को ले जाकर ऐसी जगह मारना, जहाँ कोई देखे नहीं।

एक ने कहा, इसमें कौन सी बड़ी बात है। कबूतर को लेकर बाहर निकला, गरदन मरोड़ी और कुछ ही देर में आकर बोला—ये लो, हो गया काम।

दूसरा उससे थोड़ा आगे तक निकल गया। इधर-उधर से कोई देख न ले, यह सोचकर गली में चला गया। कबूतर का काम तमाम किया और एक घंटे बाद आकर बोला—यह लो महाराज।

लेकिन तीसरा आदमी गया तो लौटा ही नहीं। छह महीने, साल भर और उसके बाद दो साल बीत गए। दो साल बाद लौटकर आया और उसके बाद भी कबूतर जिंदा लेकर आ गया।

फकीर ने पूछा—कहाँ चले गए थे, और यह कबूतर जिंदा लेकर क्यों आ गए? इसे तो मारना था। तभी फकीर ने उसकी आँखों में झाँका तो पाया, इसके साथ कुछ घटना घटी है। कुछ मिल गया है इसको।

पूछा—हुआ क्या है, बताओ। तब उस आदमी ने जो घटना सुनाई, वह हमारे बड़े काम की है।

वह आदमी बोला—आपकी शर्त थी कबूतर को ऐसी जगह ले जाकर मारना है, जहाँ कोई देखे नहीं तो घोर जंगल में चला गया, जहाँ कोई नहीं था। जैसे ही मैंने इसको मारने का प्रयास किया, मुझे लगा पेड़-पौधे तो देख ही रहे हैं। इनमें भी तो प्राण हैं। वहाँ मैं इसे नहीं मार पाया तो एक घोर अँधेरी गुफा में चला गया।

वहाँ मैंने जैसे ही गरदन मरोड़ने की कोशिश की, लगा—मैं तो देख ही रहा हूँ। इसलिए वहाँ भी नहीं मार पाया। फिर विचार किया, पीछे हाथ करके एकदम से मार दूँ।

जैसे ही हाथ पीछे कर उसकी गरदन मरोड़ने का प्रयास किया, मुझे लगा और कोई भले ही न देखे, कबूतर तो देख ही रहा है। इस तरह मैं इसे कहीं नहीं मार पाया और जिंदा लेकर आ गया।

बस, उस फकीर ने कहा—तू ही मेरा शिष्य बन सकता है।

जिस समय मनुष्य को यह आभास हो जाए कि वह कितना भी अकेला हो, कोई उसे देख रहा है, उसका ईमान देख रहा है, उसका सिद्धांत, उसका सत्य देख रहा है, वह जीवन में कभी कोई गलत काम नहीं कर पाएगा।

यहीं से जीवन में एकांत सध जाता है। कोई अनुशासन, कोई कायदा, कोई नियम किस काम का ? सबसे बड़ा नियम है आपकी आत्मा। अगर आपको लगे कि आपकी अंतरात्मा देख रही है, आपका परमात्मा देख रहा है तो आप कोई गलत काम नहीं कर सकते।

अरण्य कांड की कथा यही बताती है। कोई देखे, न देखे, आपका ईमान देख रहा है। फिर किस बात की गलती, फिर किस बात का अपराध, किस बात का पाप ?

चलिए, अब थोड़ा भगवान् के एकांत में प्रवेश करते हैं।

एक बात याद रखिएगा, किसी के एकांत में झाँकना हो तो अपना एकांत साधना पड़ता है। अरण्य कांड में शिवजी उमाजी को कह रहे हैं—देवी, रामजी के गुण गूढ़ हैं और जो मुनि, पंडित होते हैं, उनको इससे वैराग मिलता है। जो हरि से विमुख हो, जो भगवान् से पीठ करते हैं और जिनको धर्म में रति नहीं है, ऐसे लोग विमूढ़ यानी मूर्ख हैं और उनको मोह मिलता है।

अरण्य कांड में अचानक शिवजी और उमाजी की यह बात क्यों आ गई ? किसी और चर्चा से भी आरंभ हो सकता था। बात भी गहरी कह दी। पहली बात तो यह कह दी कि रामजी के गुण बहुत गूढ़ हैं। थोड़ा सा गूढ़ मामला है। थोड़ा गहरा उतरकर समझना पड़ेगा। जिनको समझ में आती है, वे पंडित और मुनि वैराग को प्राप्त होते हैं।

वैरागी होने का मतलब दुनिया छोड़ना नहीं है। वैरागी होने का मतलब है, होश आ जाना। यदि होश में हैं तो वैराग्य घटेगा। अपना होने का ढंग जान जाएँ, इसी का नाम वैराग्य है।

आगे कहते हैं—देवी, एक बात यह भी समझ लो, जो धर्मरति नहीं है, जो भगवान् से विमुख है, हरि विमुख है, वह मूर्ख है और उसको मोह प्राप्त होगा। एक को वैराग्य प्राप्त होगा और एक को मोह प्राप्त होगा।

आरंभ में ही बड़े सिद्धांत की बात बताई है। क्यों ऐसा कहा होगा ? इसलिए कि पहली बात तो यह है कि धर्म में रति होना चाहिए, रुचि नहीं। रुचि तो कल अरुचि में बदल जाएगी। अभी है, तृप्ति हुई कि खत्म हो जाएगी। लेकिन धर्म में रति है, प्रेम का प्रवाह उतर गया तो फिर कम-ज्यादा का सवाल नहीं। इसको समझिए

और हरि से विमुख मत जाइए। भगवान् को अपने सामने रखिए, मोह नहीं होगा।

चलिए, अगले दृश्य में प्रवेश करते हैं। बड़ा सुंदर दृश्य है यह रामचरितमानस का। तुलसीदासजी लिखते हैं—एक शिला के ऊपर आसन बना हुआ है। सीता-रामजी बैठे हुए हैं। एक बार भगवान् ने फूल चुने, माला बनाई और सीताजी को पहना दी। फूल से सीताजी का श्रृंगार कर रहे हैं। स्वयं बनाई माला और बड़े सम्मान के साथ सीताजी को पहना दी। यह ऐसा दृश्य था, जो दूर से देखने पर लगता था, पति और पत्नी की क्रीड़ा है। दोनों के बीच प्रेम-प्रसंग चल रहा है।

सीताजी सकुचाने लगीं। बोली—नाथ, नित्य मैं आपका श्रृंगार करती हूँ, आपके लिए फूल लाती हूँ, आपकी पूजा करती हूँ। परंतु आज तो उल्टा आप मुझे श्रृंगारित कर रहे हो। भगवान् का दांपत्य देखिए। कितनी समझ थी दोनों के बीच। इसीलिए तो तुलसीदासजी ने पहली बार ही लिख दिया कि सीता-राम भिन्न नहीं हैं।

सीता और रामजी के बीच जो वार्त्तालाप चल रहा होता है, उसमें भगवान् सीताजी से कहते हैं—मैंने इसलिए आज आपका श्रृंगार किया देवी, आज थोड़ा क्रम इसलिए उलट दिया है कि अब तक मेरी भूमिका थोड़ी प्रमुख थी, लेकिन अब जो घटनाएँ होने वाली हैं, उनमें तुम नायिका होओगी। तुम्हारे ऊपर बहुत बड़ा दायित्व आनेवाला है। अब जो मेरा अभियान होगा, वह आपके बिना पूरा नहीं हो सकता।

भगवान् ने बताया, पति और पत्नी में कितनी समानता होनी चाहिए। केवल यह नहीं कि पत्नी ही रोज पति की सेवा करे। किसी दिन पत्नी की भी सेवा कर लेनी चाहिए। दांपत्य का अर्थ समानता है। रोज आप मेरी सेवा, मेरा मान करती हो, आज मैं ऐसा कर रहा हूँ।

**जयंत प्रसंग :** भगवान् राम और सीताजी के बीच जब यह वार्त्तालाप चल रहा था, इंद्र का बेटा जयंत कौए का रूप बनाकर आया। उसने देखा, यह क्या हो रहा है? लोग कहते हैं, ये अवतार हैं, भगवान् हैं, परंतु इनकी तो ऐसी प्रेम-लीला चल रही है। बस, उसको संदेह हो गया। ठीक यही संदेह पहले ही दिन रामजी से मिलकर सतीजी को हो गया था। रामजी की विरह की लीला देखी और सतीजी ने यही संदेह किया, जो आज जयंत को हुआ।

जयंत ने देखा तो आया और सीताजी के चरणों में चोंच मारकर चला गया। दो लोगों ने प्रहार किया था सीताजी पर। एक जयंत, दूसरा रावण। सीताजी जैसी स्त्रियाँ संसार में नहीं हो सकती। इतनी सरल, इतनी निर्मल, कोमल, इतनी सदाशय और उनको भी चोंच मारकर भाग गया जयंत। बड़े लोगों के बेटे आचरण से भटक ही जाते हैं। उसको लगा, मैं तो देवराज इंद्र का बेटा हूँ, कुछ भी कर सकता हूँ तो

उसने दंश मार दिया। इसीलिए उसे तुलसीदासजी ने मूढ़मति लिखा है।

सीताजी के चरणों में जब चोंच मारी तो भगवान् ने कहा—अरे! आप देवताओं के राजा के बेटे हैं तो क्या इस प्रकार एक स्त्री को दंश मार सकते हैं? तुम इंद्र के बेटे होने के कारण तुम्हें इस प्रकार की स्वतंत्रता नहीं दी जा सकती। इसके लिए तुम्हें दंड मिलेगा। भगवान् ने घास का एक टुकड़ा लिया और तैयार कर ब्रह्मास्त्र की तरह फेंका।

जैसे ही भगवान् का तीर चला, जयंत भागा। भागते-भागते ब्रह्मलोक, कैलास, सबके पास गया, परंतु किसी ने नहीं रखा। और तो और, पिता इंद्र के पास गया तो उन्होंने भी कहा—मूर्ख, तूने यह क्या किया? किसके पास चला गया था? अब भगवान् ने तो ब्रह्मास्त्र छोड़ रखा है। मैं भी कुछ नहीं कर सकता।

सभी पिताओं को एक बार अपनी संतान को यह बता देना चाहिए कि जीवन में कुछ सीमाएँ होती हैं। न तुम लाँघो, न हम लाँघें। समाज के कुछ सिद्धांत हैं, कुछ कायदे हैं। अगर उन्हें तोड़ा तो दंड मिलना निश्चित है।

नई पीढ़ी जब तक दंड से भयभीत नहीं होगी, जब तक अनुशासन-कायदे नहीं जानेगी, तब तक उसको सही-गलत, उचित-अनुचित समझ में नहीं आएगा।

जयंत इधर-उधर भागता फिरा, लेकिन कोई उसकी रक्षा करने को तैयार नहीं हुआ। तभी कहीं से घूमते-घामते नारदजी आ गए। असहाय जयंत को देखा तो उनको दया आ गई। संत की विशेषता होती है, अकारण किसी का भी भला करने को तैयार हो जाना। उन्होंने पूछ लिया—क्या बात है जयंत? उसने कहा—महाराज, मेरे पीछे ब्रह्मास्त्र चल रहा है और मुझे उससे बचाने को कोई तैयार नहीं है।

नारदजी को देखकर ब्रह्मास्त्र रुक गया। संत की उपस्थिति में कभी मृत्यु नहीं आती। ब्रह्मास्त्र को मालूम था, जब तक संत खड़े हैं, मुझे रुकना पड़ेगा। सो रुक गया।

व्यक्ति जब मोहग्रस्त हो जाए, भ्रम में आ जाए, संशय हो, भगवान् के करीब पहुँचने में बाधा हो, तब गुरु जीवन में आता है। नारदजी गुरु के रूप में ही आए थे। गुरु क्या देता है? गुरु कोई बचाव नहीं करता, गुरु कोई भगवान् से नहीं मिलाता। गुरु एक होश, एक समझ देता है। एक मंत्र देता है। बस, उसको पकड़ लो और निकल जाओ।

नारदजी ने कहा—इससे तुम्हारी रक्षा कोई नहीं कर सकता। गुरुमंत्र देते हुए बोले—तू बड़ी भूल कर रहा है। जिसके प्रति अपराध करो, क्षमा भी उसी से माँगो। तूने अपराध सीताजी और रामजी का किया है और जा रहा है शिव, ब्रह्माजी

और इंद्र के पास। अब वो कुछ नहीं कर सकते। श्रीराम के ही पास चला जा, तेरा निदान हो जाएगा।

देखिए, नारदजी ने यह नहीं कहा कि तू चिंता मत कर, मेरे पीछे आ जा। गुरु कभी ऐसी बात नहीं करता। इसलिए अपने दायित्व कभी गुरु पर मत टालिए। सब आप ही को करना है। गुरु सिर्फ मंत्र देगा, जो नारदजी ने जयंत को दिया।

यही तो गुरु मंत्र है। अपराध हम परिवार के सदस्यों से करते हैं और क्षमा मंदिर में जाकर माँगते हैं। यह गलत है। भगवान् कहते हैं, जिसका अपराध करो, उसी से क्षमा माँगो।

नारदजी से मंत्र लेकर वह श्रीराम के पास पहुँचा। प्रणाम कर बोला—प्रभु, मुझसे भूल हो गई है, क्षमा कर दीजिए। भगवान् ने कहा—मेरा ब्रह्मास्त्र तो चल चुका है और बिना लक्ष्य को प्राप्त किए वह निष्क्रिय नहीं हो सकता। कुछ तो करना ही पड़ेगा। तब तुलसीदासजी लिखते हैं कि भगवान् ने उसकी एक आँख फोड़ दी।

कहा और माना जाता है कि भगवान् ने जयंत की एक आँख फोड़ दी थी। समझने की बात यह है कि उसकी एक आँख नहीं फोड़ी थी। सच तो यह है कि वह भगवान् को दो दृष्टि से देख रहा था। भगवान् ने उसको एक दृष्टि दी। क्योंकि परमात्मा को देखने की एक ही दृष्टि हो सकती है। दो दृष्टि से परमात्मा नहीं दिखता।

भगवान् ने जयंत को विदा किया और उसके माध्यम से हमको बताया कि जीवन में भ्रम हो जाए, अपराध हो जाए, भूल हो जाए तो इधर-उधर न भटकें। किसी संत, किसी गुरु के पास जाएँ। वे आपको निदान सुझाएँगे। गुरु आपका पाप अपने सिर पर तो नहीं लेगा, आपको यह होश, यह मार्गदर्शन देगा कि आप मुक्ति कैसे पाएँ, परमात्मा तक कैसे पहुँचें।

यहाँ से आगे बढ़ते हुए भगवान् अत्रि मुनि के आश्रम में पहुँचे। पुराणों में अत्रि-अनसूया के दांपत्य पर बड़ा प्रकाश डाला गया है। मुनिश्री को प्रणाम किया और सीताजी से बोले, आप अनसूयाजी से कुछ वार्त्ता कर लो। वे पतिव्रत धर्म की बड़ी जानकार हैं।

अत्रि और अनसूयाजी के पास दांपत्य के गूढ़ सूत्र थे। दोनों का जीवन सफल, सुखी और दिव्य दांपत्य का प्रतीक था।

अनसूया और सीताजी के बीच स्त्री और स्त्री धर्म तथा पतिव्रत को लेकर लंबा वार्त्तालाप होता है। सीताजी ने पूछा—व्रत का क्या अर्थ होता है? उन्होंने कहा—कुछ नियम, कुछ अनुशासन, कुछ कायदों का जब पालन किया जाए तो वह व्रत है।

भोजन के लिए भी किया जाता है, शरीर के लिए भी किया जाता है, लेकिन ये सारे व्रत अस्थायी होते हैं। व्रत की वृत्ति को स्थायी बनाने के लिए पतिव्रत दिया गया है।

अनसूयाजी कहती हैं—कोई यह न समझ ले कि पत्नी को ही व्रत पालना होता है। सच तो यह है कि पुरुष को भी पत्नीव्रत का पालन करना चाहिए। स्त्री और पुरुष के बीच में व्रत आया ही इसलिए है कि दोनों एक अनुशासन से जुड़ें, दोनों का बंधन दृढ हो जाए। सीताजी के हर प्रश्न का अनसूयाजी ने बड़े अच्छे ढंग से उत्तर दिया। उसके बाद दोनों को प्रणाम कर सीता-रामजी आगे बढ़ जाते हैं।

विराध राक्षस का वध और मुनि शरभंग को मुक्ति देते हुए जब भगवान् आगे पहुँचे तो उनको मुनिगण मिलते हैं। भगवान् ने जब हड्डियों के ढेर देखे तो मुनियों से पूछा—यह क्या है? तब ऋषि-मुनि बताते हैं—आप नहीं जानते, ये हमारे ही लोगों की हड्डियों के ढेर हैं। राक्षस ऋषि-मुनियों को खा जाते हैं। उनके परिवार को समाप्त कर देते हैं।

रामजी के हृदय में तो ऋषि-मुनियों के प्रति अगाध श्रद्धा थी। जिनके चरणों में प्रणाम करते हैं, जिनका इतना मान करते हैं, उनके हड्डियों के ढेर देखकर रामजी ने कहा—

**निसिचर हीन करउँ महि भुज उठाई पन कीन्ह।**
**सकल मुनिन्ह के आश्रमहिं जाइ जाइ सुख दीन्ह॥**

मैं भुजा उठाकर प्रतिज्ञा लेता हूँ कि इस पृथ्वी से राक्षसों का संहार कर दूँगा। ऋषियों के आश्रम में जा-जाकर उन्हें सुख प्रदान करूँगा।

देखिए, जिस व्यक्ति का अभी सबकुछ चला गया। राजा बनना था, वनवास मिल गया। परिवार छूट गया। जिनके ऊपर दुःख का अंबार टूटा हो, वे दूसरों को सुख दे रहे हैं। ऐसा रामजी ही कर सकते हैं।

रामजी का मानना था, मेरा दुःख मेरा है। जो हो गया सो हो गया। अगर आप पर कोई दुःख आया तो उससे दूसरे को क्यों दुःखी करना? अपना दुःख सहकर दूसरों को जितना सुख दे सकते हो, देना चाहिए। आप दुःखी हैं तो दूसरों को सुखी कीजिए। और इसीलिए रामजी हर मुनि के आश्रम में जाकर प्रसन्न भाव से उनका दुःख बाँटते हैं।

एक बात ध्यान रखें। आप दूसरों को क्या सुख दे सकते हैं। धन का, अन्न का कितना सुख देंगे और उसमें भी त्याग की भावना की जरूरत होती है। दूसरों को सुख देने का सबसे अच्छा और आसान तरीका है—जरा मुसकराइए…। किसी को देखकर मुसकरा दीजिए। इसमें आपका कुछ नहीं लगेगा, लेकिन सामने वाले

को सुख का अहसास जरूर होगा।

यह मैं नहीं कह रहा बल्कि भगवान् स्वयं सिखा रहे हैं। जीवन में कितना ही दु:ख आ जाए, हँसना-मुसकराना कभी मत छोड़िए। राम के भक्त हैं तो प्रयास कीजिए, कभी दु:खी न हों। स्वयं भी खुश रहें और दूसरों को भी सुख पहुँचाएँ।

आगे चलते हुए भगवान् अगस्त्य ऋषि के आश्रम में पहुँचे। एक बार फिर याद कर लीजिए, रामजी ने अपनी वन-यात्रा में तीन मुनियों से तीन प्रश्न पूछे थे। भरद्वाजजी से मार्ग पूछा, वाल्मीकिजी से रहने का स्थान पूछा और अब अगस्त्यजी से पूछेंगे कि मैं राक्षसों का विनाश कैसे करूँ?

भगवान् ने अगस्त्यजी से यह प्रश्न इसलिए पूछा कि वे दक्षिण में राक्षसों के आतंक के कारण भागे नहीं थे। वे वहीं-के-वहीं टिके रहे। संघर्ष कर रहे थे। रामजी को लगा, यह मुनि बता सकेगा कि रावण और अन्य राक्षसों को कैसे मारा जाए?

अगस्त्यजी भगवान् से कहते हैं, तुमने राक्षसों के विनाश का कार्य तो आरंभ कर दिया है। विवाह से पूर्व विश्वामित्र के साथ वन में गए तो वहाँ राक्षसी ताड़का का वध किया था। लेकिन एक बात समझ लो राम। जिस समय तुमने ताड़का को मारा, उस समय तुम्हारे पीछे विश्वामित्र खड़े थे। तुम एक मुनि, एक गुरु से प्रेरित थे। सुरक्षित थे। लेकिन आज तुम एक निष्कासित व्यक्ति हो। अपने भाई, पत्नी के साथ जंगल में घूम रहे हो। यह क्षेत्र राक्षसों का है। यहाँ चुनौतियाँ बढ़ गई हैं।

तुम क्षत्रिय हो और रावण ब्राह्मण कुल का है। तुम्हारे पास शस्त्र भी कम हैं, इसलिए सावधानी से युद्ध लड़ना। एक बात बड़ी खास कही थी अगस्त्यजी ने कि राम, सावधान रहना। जिन लोगों के लिए तुम संघर्ष कर रहे हो, ये सामान्यजन किसी भी दिन तुम्हारा साथ छोड़ देंगे। ये तुम्हें शस्त्र लेकर युद्ध करते तो देखना चाहेंगे, परंतु यह नहीं चाहेंगे कि राक्षस अगर पलटकर हमला करे तो हमारा कुछ नुकसान हो जाए। उस समय तुम्हारे साथ कौन खड़ा रहेगा?

रामजी कहते हैं—गुरुदेव, मैं सावधान हूँ, सजग हूँ, सचेत हूँ। मेरी सूचनाएँ बिल्कुल पक्की हैं। मैं रावण से ऐसे ही युद्ध नहीं लड़ूँगा कि वह एक क्षत्रिय और ब्राह्मण का युद्ध हो जाए। मैं हमारे युद्ध को जाति का युद्ध नहीं बनाऊँगा।

मेरा लक्ष्य केवल रावण को पराजित करना या उसका वध मात्र नहीं है। राक्षस तो मारा जाएगा, लेकिन उसके बाद क्या? मैं जनजाग्रति करना चाहता हूँ, उसके बाद जो जीवन लोगों का बने, वह परिपक्व हो, शुद्ध हो, निर्भय हो और वे जी सकें। मैं तो परिवर्तन की क्रांति लाया हूँ। मुझे दोनों काम एक साथ करने हैं।

अगस्त्यजी पूछते हैं—तो इसके लिए क्या नियोजन किया तुमने? रामजी

कहते हैं—जन-जन में जागृति की, हर प्रकार के व्यक्तियों से मिला हूँ। मैंने छोटे-से-छोटे आदमी के मनोविज्ञान को जाना है और आप जैसे बड़े-से-बड़े व्यक्ति से मिलकर विचारों को संगृहीत कर उसमें से नीति बनाई है। राम केवल शस्त्र से नहीं लड़ रहा, बाहुबल से नहीं लड़ रहा। मैं जनबल से युद्ध कर रहा हूँ। जिसके पास जनबल है, उसकी विजय निश्चित और लंबी होती है।

अगस्त्यजी समझ गए कि यह व्यक्ति केवल युद्ध करने नहीं निकला है। यह तो परिवर्तन के लिए लंबी यात्रा पर निकला है।

दोनों के बीच बड़ा सूत्र भरा वार्त्तालाप चलता है। तब अगस्त्यजी बताते हैं कि रावण ने इस दंडकारण्य में 14 हजार राक्षस छोड़ रखे हैं और उनका नेतृत्व अपनी बहन को सौंप रखा है। आप उनसे सावधान रहना राम।

लक्ष्मणजी बोलते हैं—हम रघुवंशी हैं मुनिश्री। कोई इस तरह आसानी से आक्रमण नहीं कर सकता हम पर। कोई हमें निर्बल समझने की भूल न करे।

भगवान् ने समझाते हुए कहा—धैर्य रखो लक्ष्मण। मुनि जो संकेत दे रहे हैं, उसको समझो। राक्षस राक्षस बनकर ही सामने नहीं आता। राक्षस की विशेषता ही यह होती है कि वह कब और किस रूप में सामने आ जाए, पता नहीं चलता, जो बार-बार रूप बदले वही राक्षस होता है।

अगस्त्य ऋषि को आश्वासन देकर प्रणाम करते हुए भगवान् कहते हैं—मुनिश्री, अब आपकी आज्ञा हो तो मैं प्रस्थान करूँ?

यहाँ से भगवान् चित्रकूट छोड़कर पंचवटी की ओर बढ़ते हैं।

## पंचवटी

अगस्त्य ऋषि से विदा लेकर भगवान् पंचवटी में प्रवेश करते हैं। चलिए, पहले चित्रकूट और पंचवटी का अर्थ समझ लिया जाए।

भगवान् ने अपने वनवास की सर्वाधिक अवधि चित्रकूट में बिताई थी। चित्रकूट का अर्थ है, जहाँ चित्त को कूटा जाए। चित्त को कूटने का मतलब है—आत्मिक तपस्या।

पंचवटी का क्या अर्थ है? पाँच चीजों से बना हुआ यह शरीर। हमारा शरीर पंचतत्त्व से बना हुआ है। धरती, जल, वायु, आकाश और अग्नि। यही पंचवटी है। इस पंचवटी में अब कौन आ रहे हैं? राम, लक्ष्मण और सीता। राम, लक्ष्मण, सीता कौन हैं? ये ज्ञान, कर्म और उपासना के प्रतीक हैं।

भगवान् राम ज्ञान हैं, लक्ष्मणजी कर्म और सीताजी उपासना की प्रतीक हैं।

एक दिन लक्ष्मणजी ने विचार किया कि एकांत में प्रभु मिल गए हैं तो आज उनसे पूछ ही लिया जाए। प्रणाम करके लक्ष्मणजी ने पूछा—भैया, मेरे पास कुछ प्रश्न हैं। रामजी बोले—पूछो लक्ष्मण, क्या जानना चाहते हो?

लक्ष्मणजी पूछना शुरू करते हैं। भगवान्, बताइए यह माया क्या होती है? जीव और ईश्वर में भेद क्या है? भक्ति जीवन में कैसे उतरती है? लक्ष्मणजी लगातार प्रश्न पर प्रश्न किए जा रहे हैं। भगवान् कहते हैं—लक्ष्मण, मैं तुम्हें इन सभी प्रश्नों के उत्तर देता हूँ।

यहाँ तुलसीदासजी एक पंक्ति लिखते हैं—

**थोरेहि महँ सब कहउँ बुझाई। सुनहु तात मति मन चितलाई॥**
**मैं अरु मोर तोर तैं माया। जेहिं बस किन्हें जीव निकाया॥**

राम ने लक्ष्मण से कहा—सुनो, मैं थोड़े में समझाऊँगा, परंतु तुमको पूरा-पूरा समझना होगा। रामजी ने समझाना शुरू किया। 22 पंक्तियों में रामजी बोले हैं।

महाभारत युद्ध के दौरान 18वें अध्याय में जो बात कृष्णजी ने अर्जुन को समझाई, 22 पंक्ति में ठीक वही बात, वैसी ही गीता श्रीराम लक्ष्णमजी को समझा चुके थे। संतों ने इसे 'रामगीता' कहा है।

रामजी ने आरंभ में ही कह दिया कि मैं तुम्हें थोड़े में ही बताऊँगा। मति, मन और चित्त लगाकर मेरी बात सुनना और समझना। रामजी को तब ही मालूम था कि बातचीत करना हो तो शॉर्ट, क्विक और परफेक्ट करना चाहिए। थोड़े में, सक्षेप में समझाओ, लंबा मत खींचो।

जब थोड़े में कहा जाता है, कम समय में कहा जाता है, शॉर्ट में कहा जाता है और परफेक्ट कहा जाता है तो आपको भी परफेक्ट होना पड़ेगा। जब थोड़ी बात की जा रही हो तो थोड़ी देर बैठिए, शांति से बैठिए, तन्मयता से बैठिए।

रामजी यह भी जानते थे कि सुनने में आदमी मति, मन और चित्त ये तीन चीजें नहीं लगाता। हम किससे बने हैं? मन, बुद्धि, चित्त और अहंकार चार बातों से हम तैयार होते हैं। हमारे भीतर ये चार बातें होती हैं।

लक्ष्मण के माध्यम से भगवान् हमको समझा रहे हैं कि जब भी किसी से बोलें, जब भी किसी को सुनें तो अपनी मति, अपना मन और अपना चित्त तीनों लगाकर सुनिएगा। मति यानी बुद्धि, मन मतलब मन और चित्त मन व हृदय के बीच में आता है। किसी को भी सुनें तो ये तीनों चीजें जरूर हों। 'मैं' यानी अहंकार को छोड़ दें।

कहते हैं, जब किसी को आप सुनें तो बुद्धि को शून्य रखें। बुद्धि को जितना शून्य करेंगे, उतना सुन पाएँगे। कभी-कभी कोई बात सुनने में बुद्धि बाधा बन जाती

है। उस समय बुद्धि को छोड़ दीजिए।

कोई आपको कुछ विचार दे और आप अपनी बुद्धि लगाएँगे तो वह कहेगी नहीं, यह ठीक नहीं है। उस समय बुद्धि को थोड़ा विश्राम दीजिए, शून्य कीजिए। बुद्धि शून्य होगी, मन केंद्रित होगा, चित्त शुद्ध तथा अहंकार निर्मूल या अनुपस्थित होगा, तब जाकर आप किसी की बात सुन सकेंगे।

जरा कल्पना करके देखिए कि जब पति-पत्नी आपस में बात करते हैं, तब मन, बुद्धि, चित्त और अहंकार की क्या स्थिति होती है। जीवनसाथी की बात सुनते समय अधिकांश अवसरों पर आदमी की बुद्धि यह कहती है कि चाट रहा है या रही है। कोई एक-दूसरे की बात ढंग से सुनता ही नहीं है। चित्त की शुद्धता इस रिश्ते में पवित्रता पैदा करती है और पवित्रता से ही प्रेम पैदा होता है। इसलिए चित्त को शुद्ध और मन को केंद्रित रखिए। तब पति-पत्नी का वार्त्तालाप शुद्ध होगा।

अब भगवान् लक्ष्मण के प्रश्नों के उत्तर देना शुरू करते हुए कहते हैं—सुनो लक्ष्मण, तुमने पूछा, माया क्या है ? तो—

**मैं अरू मोर तोर मैं माया। जेहिं बस कीन्हे जीव निकाय॥**
**गो गोचर जहं लगि मन जाई। सो सब माया जानहु भाइ॥**
**एक रचइ जग गुन बस जाकें। प्रभु प्रेरित नहिं निजबल ताकें॥**

'मेरा' और 'तेरा' का भाव ही माया है। जितना मनुष्य मेरा-तेरा में उलझता है, यही माया है। यह मन जहाँ तक जा सकता है, बस वहाँ तक माया है। अगर माया को पहचानना है तो मन को नियंत्रित करना होगा और वह ध्यान से ही संभव है।

फिर कहते हैं—तुम्हारा अगला प्रश्न है, जीव और ईश्वर का क्या भेद है? तो सुनो, जीव यह नहीं जानता कि मैं कौन हूँ और ईश्वर जानता है कि तू कौन है। दोनों में यही भेद है। इस प्रकार भगवान् राम ने भाई लक्ष्मण के हर एक प्रश्न का बड़ा संतुलित उत्तर देते हुए उनकी जिज्ञासा को शांत किया।

अपने सूत्रपरक उत्तरों से भगवान् ने हमको सुनने और बोलने के तरीके भी बता दिए। जब भी किसी से बात करें, कोई भी काम हो और खासकर पिता पुत्र से, भाई भाई से, पत्नी पति से, माँ बेटे से चर्चा करे तो मन, बुद्धि, चित्त और अहंकार एक ही स्थान पर उनके अनुसार रखिए।

पति-पत्नी के बीच चर्चा की बात की जाए तो आजकल के दांपत्य में तो देखते हैं कि दोनों के बीच बातचीत की अवधि घटती ही जा रही है। 10-15 मिनट की कैपीसिटी रह गई है। और कुछ लोग तो 5-7 मिनट में ही लड़ने लगते हैं। बातचीत शुरू हुई और 5 मिनट में दोनों तरफ से मुँह फूलना शुरू हो जाता है।

कोई किसी की बात सुनने को ही तैयार नहीं। कभी-कभी तो कुछ पल्ले ही नहीं पड़ता कि सामने वाला क्या बोल रहा है, फिर भी हूँ···हूँ···किए जाते हैं। चलिए, बात निकली है तो एक किस्सा पढ़ लिया जाए।

एक घर में सुबह-सुबह पति अखबार पढ़ रहा था। तभी पत्नी ने भी पास बैठकर अपनी बातें शुरू कर दीं। पत्नियों को तो जब पति अखबार पढ़ते हैं, तभी जमाने के काम याद आते हैं। इधर साहब अखबार पढ़ना शुरू करते हैं और उधर से मैम साहब बोलना शुरू कर देती हैं।

पत्नी बोली—सुनो, आजकल मींटू होमवर्क ठीक से नहीं करता। कंपलेंट आई है। पति ने कहा—हूँ···। फिर पत्नी ने कहा—किचन का नल बहुत टपक रहा है, शाम को आते समय प्लंबर को लेते आना। उधर से जवाब आया—हूँ···।

ध्यान अखबार में है और हूँ···किए जा रहे हैं। पत्नी भी कहाँ शांत बैठने वाली थी। कामों की लंबी लिस्ट सुना दी। उसको भी मालूम है कि साहब अभी पकड़ में आ गए तो आ गए। फिर ये कहाँ हाथ आनेवाले हैं।

पत्नी अपनी बात कहती और पति बोलता—हूँ···। उसकी तो धुन ही बन गई। 15 मिनट बाद पत्नी बोली—सुनो, मुझे बोलना बंद किए 15 मिनट हो गए हैं, अब तुम भी ये हूँ···हूँ···बंद कर दो।

इस प्रकार का वार्त्तालाप हो गया है आज के दांपत्य में। गंभीरता से कोई किसी को सुनना पसंद ही नहीं करता। एक-दूसरे को जैसे-तैसे सुनाओ और मुक्ति पाओ।

भगवान् से सीखिए संवाद की सहनशीलता। लक्ष्मणजी, सीताजी और रामजी आपस में किस प्रकार बातें कर दिन बिता रहे थे। जंगल में रहकर भी वैराग्य, ज्ञान, गुण और नीति की बात करते हुए राम-सीताजी का दांपत्य बीत रहा है।

यहाँ भगवान् एक और संकेत कर रहे हैं। जब हम घर में मिलें तो हमारे वार्त्तालाप का विषय जो भी हो, लेकिन तरीका यह हो कि उसके बीच में ज्ञान हो, गुण हो, नीति हो और वैराग्य हो। यह बातचीत का आधार होना चाहिए। विषय कोई भी हो, लेकिन उसका बेस यह हो कि उसमें ज्ञान हो, गुण की बात हो, नीति की बात हो, उसमें वैराग की बात हो।

आजकल तो आदमी घर में रहकर मंगल नहीं कर सकता और भगवान् ने जंगल में ही मंगल कर लिया। क्योंकि उनके वार्त्तालाप का आधार ज्ञान, गुण, नीति और वैराग्य था।

## शूर्पणखा का प्रवेश

पंचवटी में एक दिन लक्ष्मणजी तीर-कमान तैयार कर रहे थे, भगवान् राम सीताजी के साथ बैठे हैं और उसी समय एक अति सुंदर स्त्री का प्रवेश हुआ। अद्‌भुत रूप-सौंदर्य लिये छम-छम करती हुई आई। उसके सौंदर्य को देखकर दिशाएँ प्रकाशमान हो रही थीं। लगा, कोई अप्सरा जमीन पर उतर आई है। लक्ष्मणजी को देखती है, उसके बाद श्रीरामजी के पास जाकर कोई प्रस्ताव रखती है। वह कोई अप्सरा नहीं बल्कि रावण की बहन शूर्पणखा थी। तुलसीदासजी लिखते हैं—

**सूपनखा रावन कै बहिनी। दुष्ट हृदय दारून जस अहिनी॥**

रावण की बहन शूर्पणखा इतनी दुष्ट हृदय थी जैसे कि नागिन। नागिन को दुष्ट क्यों कहा जाता है? इसलिए कि वह अपने ही बच्चों को खा जाती है।

ऐसी सुंदर बनकर आई। शूर्पणखा को रूप धरने की कला आती थी। जैसा चाहती, सौंदर्य सँवार लेती थी। अति सुंदर रूप धरकर आई और रामजी के पास जाकर कहती है—

**तुम सम पुरुष न मो सम नारी। यह संजोग बिधि रचा बिचारी॥**

क्या विधि ने संजोग रचा है। इस धरती पर न तुम्हारे जैसा पुरुष है, न मेरे जैसी स्त्री। लगता है, हम दोनों एक-दूसरे के लिए ही बने हैं। प्रणय निवेदन कर रही हूँ। मैं तुमको प्राप्त करना चाहती हूँ, मुझे स्वीकार करो।

रामजी ने ऊपर से नीचे तक देखा और सोचा—कमाल है, किसी की घरवाली पास में बैठी हो और कोई ऐसा प्रस्ताव रखे, यह कहाँ तक उचित है? भगवान् समझ गए, मामला कुछ गड़बड़ है।

देखिए, तुलसीदासजी ने उसके परिचय के लिए भी क्या लिखा है—'रावण की बहिनी'। शूर्पणखा के पास स्त्रियोचित कोई गरिमा ही नहीं थी। उसको नारी कहा ही नहीं जा सकता था। क्योंकि सामान्य रूप से नारी के तीन रूप या परिचय होते हैं, जो मान्य हैं, प्रतिष्ठित हैं। या तो उसका परिचय किसी की पुत्री के रूप में होता है, थोड़ी बड़ी हो जाए तो किसी की पत्नी के रूप में या किसी की माता के रूप में जानी जाती है। रिश्ते भी नारी तीन निभाती है—पुत्री का, पत्नी होने का और माँ होने का।

लेकिन शूर्पणखा को कहा रावण की बहन। बहन होने के रिश्ते कुछ समय चलते हैं, क्योंकि समय के साथ एक बहन फिर किसी की पत्नी और किसी की माँ बन जाती है। हर स्त्री सावधान है इस बात के लिए कि मेरी पहचान तीन होंगी।

शूर्पणखा तो चाहती ही नहीं थी कि कोई उसको विश्रवा की पुत्री कहे। माता

होने का सवाल नहीं था और पति का नाम इसलिए नहीं लेती, क्योंकि उसके पति (विद्युतजिह्व) की रावण ने हत्या कर दी थी। विधवा थी वह, लेकिन यहाँ भगवान् से कह रही है कि तुम मेरे लिए बने हो। मैं अब तक अविवाहित ही इसलिए हूँ कि तुमसे विवाह करना है।

भगवान् तो अंतर्यामी थे। विधि का विधान जानते थे। ठिठोली करते हुए बोले—देखो देवी, मैं तो विवाहित हूँ। धर्मपत्नी मेरे साथ है। लेकिन वह जो मेरा भाई बैठा है, वह अविवाहित है। उसके पास चली जाओ।

देखिए, जो स्त्री अभी-अभी श्रीराम से कह रही थी कि तुम्हारे बिना मेरा कुछ नहीं, तुम मेरे लिए बने हो। कुछ ही देर बाद दूसरे पुरुष (लक्ष्मण) के पास चली गई। यही तो राक्षस वृत्ति है, जिसकी कोई नैतिकता नहीं, कोई धर्म नहीं। कोई आचरण नहीं, कोई चरित्र नहीं।

लक्ष्मण के पास जाकर कहती है, तुम मुझे वर लो। लक्ष्मणजी ने उसको देखा और समझ गए, कोई छल हो रहा है। कोई मायावी है। अपने अंदाज में बोले—देख स्त्री, सेवक यदि सुख चाहे, भिखारी मान चाहे, व्यसनी धन चाहे, व्यभिचारी व्यक्ति शुभ चाहे, लोभी यश की चाह करे और अहंकारी व्यक्ति यदि चार पुरुषार्थ—धर्म, अर्थ, काम और मोक्ष चाहे तो उसे कभी नहीं मिल सकता। ये छह काम कभी नहीं हो सकते। यह बिल्कुल ऐसा है, जैसे आसमान को दुहने की चाह रखना।

राक्षस कुल में जनमी, पली, बड़ी हुई शूर्पणखा को लक्ष्मणजी की दार्शनिक बातें क्या समझ में आतीं। बोली—मैं प्रस्ताव रख रही हूँ, आप तो बस स्वीकार कर मेरा वरण कर लीजिए। लक्ष्मणजी ने राम की ओर इशारा करते हुए कहा—देखो, वे मालिक हैं, मैं उनका सेवक हूँ। तुम सेवक की सेवा करोगी? तुम तो मालिक के लिए ही बनी लगती हो। उन्हीं के पास जाओ।

फिर पहुँच गई राम के पास और बोली—मैं तो तुम्हारे ही योग्य हूँ। वह तो कह रहा है, आपका सेवक है और विवाहित भी। भगवान् अपनी मर्यादा में रहते हुए उसे समझाने का प्रयास करते हैं, परंतु उसको समझ नहीं आती।

सारे प्रयत्न के बाद भी जब श्रीराम उसकी बातों में नहीं आए, तब वह अपने असली रूप में आ गई। कहती है—मैं तुझे भोगना चाहती हूँ और तू इस स्त्री के कारण मुझे स्वीकार नहीं कर रहा है, इसका परिणाम तुझे भोगना होगा। कहते-कहते उसका सारा सौंदर्य गायब हो गया।

जैसे ही वह मूल स्वरूप में आई, सीताजी को खाने दौड़ी। पास ही बैठे भगवान् राम ने स्वयं कुछ नहीं करते हुए लक्ष्मण की ओर देखा। जब रिश्ते प्रगाढ़

हो जाएँ तो वाणी मौन हो जाती है, सिर्फ संकेत की भाषा चलती है। लक्ष्मणजी भाई का संकेत समझ गए। तीर-कमान तो तैयार थे ही। एकदम खड़े हुए, पास गए और शूर्पणखा के नाक-कान काट दिए।

स्वयं श्रीराम भी यही चाहते थे, लेकिन सीताजी विचलित हो गईं। लक्ष्मण से बोली—अरे, यह क्या? आपने एक स्त्री के नाक-कान काट दिए! भगवान् बोले—लक्ष्मण ने ठीक किया है सीते!

**लछिमन अति लाघवँ सो नाक कान बिनु कीन्ह।**
**ताके कर रावन कहँ मनौ चुनौती दीन्ह॥**

रावण की बहन है और रावण को चुनौती देने का इससे अच्छा कोई अवसर नहीं था।

शूर्पणखा की अपनी एक कहानी है। वह रावण की बहन थी, जो अत्यधिक भोग-विलासी वृत्ति की थी। अपनी हित पूर्ति के कारण रावण ने उसके पति का वध कर उसे विधवा बना दिया था। विधवा बहन लंका में रहे तो लंका के सुख देखकर भी दु:ख होता था रावण को।

रावण ने उसे दो विकल्प दिए—या तो पूरी तरह वैधव्य स्वीकार कर उसी आचरण से रहे या पुनर्विवाह कर ले। लेकिन उसे दोनों ही प्रस्ताव स्वीकार नहीं थे, क्योंकि उसकी वृत्ति भोग की थी। भोग के बिना वह रह नहीं सकती थी। इसलिए रावण ने खरदूषण, त्रिशिरा सहित 14 हजार सैनिकों के साथ उसे दंडकारण्य में भेज दिया था। वहीं रहकर वह जीवन का आनंद उठाती थी। जिसे चाहे खा जाती, जिसको चाहे भोग लेती। यही भोगवृत्ति उसे राम तक ले आई थी।

जब श्रीराम के इशारे पर लक्ष्मणजी ने उसकी नाक काटी, तो रोती हुई भाई खरदूषण और त्रिशिरा के पास पहुँची। बहन की वह दशा देख दोनों आगबबूला हो गए। सेना सहित भगवान् से युद्ध करने पहुँच गए। देखते-ही-देखते 14 हजार सैनिकों के साथ खरदूषण, त्रिशिरा भी मार दिए गए।

उसी समय लक्ष्मणजी की अनुपस्थिति में एकांत पाकर भगवान् ने सीताजी से कहा—सीता, अब समय आ गया है। हमने रावण को चुनौती दे दी है। मेरा अभियान आरंभ हो चुका है। यहीं से तुम्हारी भूमिका भी शुरू होगी।

तुम अपनी छाया को यहाँ छोड़ अग्नि में प्रवेश कर जाओ। अब जो कोई लीला होगी, तुम्हारी छाया से होगी। तुम सदैव सुरक्षित रहोगी। मैं तुम्हारी सुरक्षा का वचन देता हूँ। सीताजी अग्नि में प्रवेश करती हैं, उनकी छाया भगवान् के पास रहती है और भगवान् की लीला आरंभ होती है।

खरदूषण और त्रिशिरा के मरते ही सारी सेना छिन्न-भिन्न हो गई। शूर्पणखा को लगा, अब मेरी रक्षा कौन करेगा? तमाम सेना सहित खर-दूषण और त्रिशिरा जैसे भाई मारे गए। अब तो प्राण के भी लाले पड़ जाएँगे।

अब वह भाई रावण के पास पहुँची। भगवान् जिसके नाक-कान काट दे उसको अक्ल आ ही जाती है। रावण को इतने अच्छे से समझाने लगी, मानो कोई महान् दार्शनिक बोल रहा हो।

कहती है—तू मदिरापान करके दिन-रात सोता रहता है। तुझे जरा भी सुध नहीं कि सिर पर शत्रु मँडराने लगे हैं। बहुत बड़ी आपत्ति आनेवाली है। मैंने सुना है और तू भी सुन भाई कि बिना धर्म के राज्य नहीं चल सकता।

जितने भी सतकर्म हैं, बिना भगवान् को अर्पित किए बेकार हैं। बिना विवेक के विद्या बेकार है। कुसंग से योगी भी भ्रष्ट हो जाते हैं। राजा को कुमंत्रणा मिल जाए, मंत्री गलत मिल जाए तो वह भ्रष्ट हो जाता है। अहंकार से ज्ञान और मदिरा पीने से लज्जा चली जाती है और बिना विनम्रता के प्रीति बेकार है।

उस दिन शूर्पणखा की दार्शनिक बातें सुनकर रावण भी चौंक गया। क्या बोल रही है बहन? तब फिर वह बोलती है—ठीक ही कह रही हूँ भाई। शत्रु, रोग, अग्नि, पाप, प्रभु और नाग—इन छह लोगों को कभी छोटा मत समझना। ये कब पलटकर वार कर दें, कोई भरोसा नहीं। इनका सदैव मान करना।

रावण कहता है—तुम आज इस तरह की बातें क्यों कर रही हो? क्या भूल रही हो कि तुम लंकापति रावण की बहन हो। मुझे सीधे-सीधे बताओ, हुआ क्या है? शूर्पणखा अपने साथ हुआ घटनाक्रम सुनाते हुए वन में दो राजकुमारों के होने की बात बताती है।

शूर्पणखा की वृत्ति के लोग जानते हैं कि व्यक्ति को उसकी कमजोरी से पकड़ो। अवगुण ढूँढ़ो, पकड़ो और आदमी को कब्जे में कर लो। वह रावण की कमजोरी समझती थी। जानती थी कि मैं राम और लक्ष्मण से युद्ध को बोलूँगी तो यह नहीं लड़ेगा।

रावण का एक ही अवगुण था—स्त्री-सौंदर्य के पीछे भागना। इसलिए कहती है, उन राजकुमारों के साथ एक बहुत सुंदर स्त्री भी है। मैं उसे लाकर तुम्हें भेंट करना चाहती थी, किंतु उन राजकुमारों ने मेरी यह दशा कर दी।

शूर्पणखा अपनी कुटिल चाल में कामयाब होकर रावण का दिमाग घुमा चुकी थी। बोला—क्या कहा, उनके साथ सुंदर स्त्री भी है? चिंता मत पाल बहन। मैं तेरे अपमान का बदला लूँगा, उनसे युद्ध करूँगा। शूर्पणखा बोली—यह भूल मत

करना। वे कोई साधारण राजकुमार नहीं लगते। उनसे वहाँ जाकर युद्ध करोगे तो मारे जाओगे। उस स्त्री को दंडकारण्य से बाहर निकालना होगा। तब ही जीत सकोगे।

रावण ने कहा, यह तो बड़ा मुश्किल काम लगता है। वह स्त्री दंडकारण्य से बाहर कैसे आ सकती है? शूर्पणखा बोली—उसका हरण कर लंका में लाना होगा। अपहरण करो उसका।

देखिए, क्या बहन थी शूर्पणखा। भाई को क्या आचरण सिखा रही थी। राक्षसों के रिश्ते ऐसे ही होते हैं। जब हमारे भी रिश्ते ऐसे ही हो जाएँ कि अपने ही लोगों को अनुचित और अहित सिखाने लगें तो समझ लीजिए भीतर राक्षस उतर गया है। राक्षस रिश्तों को चाट जाते हैं।

शूर्पणखा की बात सुनने के बाद रावण अकेले में विचार करता है। सोचता है खरदूषण तो मेरे समान बलवान था। उसे कोई साधारण व्यक्ति कैसे मार सकता है? कहीं वे राजकुमार कोई देवपुरुष तो नहीं? इतनी समझ आने के बाद भी सीताहरण की उधेड़बुन में लगा हुआ था। यह उसके विनाश का संकेत था। कुछ लोग मानकर ही चलते हैं कि बरबादी करनी ही है। फिर उनको कोई समझा भी नहीं सकता।

## सीताहरण

रावण मन-ही-मन तय कर चुका था कि उस स्त्री का हरण तो करना है, परंतु कैसे किया जाए, इसकी युक्ति लेकर अपने मामा मारीच के पास जाता है। मारीच वेश बदलने की कला में दक्ष था। रावण उसके पास पहुँचा और प्रणाम किया तो मारीच चौंक गया। यह क्या महाराज, आप राजा होकर मुझे प्रणाम कर रहे हैं? आप तो आदेश दीजिए महाराज।

मारीच को शूर्पणखा के साथ हुई घटना बताते हुए रावण कहता है—उन राजकुमारों से बहन के अपमान का बदला लेने के लिए मैं उनके साथ की स्त्री का अपहरण करना चाहता हूँ। इस काम में आपको मेरी मदद करना होगी। आप वेश बदलकर स्वर्ण मृग के रूप में उस स्त्री के सामने जाएँ। उसके बाद जो कुछ करना होगा, मैं कर लूँगा।

रावण की योजना सुनने के बाद मारीच बोला—महाराज, आपने राम-लक्ष्मण को देखा है? मैंने देखा है उनको और उनके प्रताप को। जिस समय ताड़का से युद्ध चल रहा था, मैं वहाँ मौजूद था। बिना फल का ऐसा बाण मारा था कि मैं यहाँ आकर गिरा हूँ और तब से यहीं पड़ा हूँ। सँभल जाओ महाराज, आप किससे लड़ने जा रहे हो?

मारीच समझा रहा है, लेकिन रावण के माथे पर तो काम चढ़ा था। बोला—मुझे ज्ञान बाँटने में समय खराब मत करो। जैसा मैं कह रहा हूँ, वैसा करो, वरना इसी समय इस खड्ग से समाप्त कर दूँगा। राक्षसों का धैर्य कुछ देर का ही होता है। थोड़ी देर रिश्ते निभाते हैं, उसके बाद फिर पूरे ही राक्षस हो जाते हैं।

मारीच के सामने धर्म-संकट की स्थिति बन गई। रावण का कहना नहीं मानता है, वह मार देगा और मान लेता है तो राम के हाथों मरना पड़ेगा। मन-ही-मन सोचता है, मृत्यु तो निश्चित है तो किसके हाथ मरा जाए। मारीच ने मन-ही-मन निर्णय लिया और हमारे लिए एक संदेश छोड़ दिया।

जीवन में नौ लोगों के प्रति सावधान रहना चाहिए। इनसे कभी झगड़ा नहीं करें। कौन से नौ लोग? ये हैं—शस्त्री, मर्मी, समर्थ स्वामी, मूर्ख, धनवान, वैद्य, भाट, कवि और रसोइया। इनसे कभी मत उलझिए।

मारीच को लगा, मैंने रावण से संबंध रखे थे, इसलिए यह दिन देखते हुए असमय मृत्यु के मुँह में जाना पड़ रहा है। आज जब मृत्यु निश्चित है तो क्यों न समर्थ स्वामी श्रीराम के ही हाथों उसका वरण कर लिया जाए। मरते-मरते भी जीवन का आनंद मिल जाएगा। भगवान् मेरे पीछे दौड़ेंगे, मैं उनके बाण से मारा जाऊँगा, इससे अच्छी मौत और क्या होगी।

**'मम पाछे धर धावत धरें सरासन बान।**
**फिरि फिरि प्रभुहि बिलोकिहउँ धन्य न मोसम आन॥'**

ऐसा सोचते हुए चला और स्वर्ण मृग बन गया। भगवान् राम सीताजी के साथ बैठे थे, तभी कुलाँचे मारता हुआ उनके सामने पहुँच गया। सीताजी ने देखा तो देखती ही रह गईं। इतना सुंदर मृग! मृग तो उन्होंने बहुत देखे थे, लेकिन ऐसा अद्भुत कभी नहीं देखा।

रामजी से बोलीं—सुनिए, बहुत दिन हो गए। जब से अयोध्या से आए हैं, हमने कोई माँग नहीं की। रामजी ने कहा—बात तो ठीक है। कहिए आप क्या चाहती हैं? सीताजी बोलीं—मुझे यह मृग चाहिए।

रामजी ने कहा—सीते, जब अयोध्या से चले थे तो हमारी बात हो गई थी। हमने आपको समझाया था, जंगल में कष्ट-ही-कष्ट हैं। इसके सिवाय वहाँ कुछ नहीं मिलने वाला है। इस पर आपने कहा था, मैं सब कष्ट सह लूँगी। कोई माँग नहीं करूँगी। फिर आज आप यह क्यों माँग रही हैं? सीताजी बोलीं—बस, एक बार यह मृग ला दीजिए। उसके बाद हम कुछ नहीं माँगेंगे।

जब पत्नी हठ पर अड़ जाए तो पति को पूरा करना ही पड़ता है। भगवान् ने

सीताजी का हठ देख तीर-कमान उठाया और दौड़ पड़े स्वर्ण मृग के पीछे।

देखिए, जब भक्त का कोई आग्रह हो तो उसे पूरा करने के लिए भगवान् भी दौड़ लगा देते हैं। दौड़ गए भगवान्, लेकिन जाते-जाते कह गए—देखो देवी! यह दंडकारण्य है। बार-बार हमको समझाया गया है कि यहाँ सावधान रहना। जाते-जाते भाई को भी समझाते हैं—लक्ष्मण, भाभी सीता तुम्हारे संरक्षण में हैं, इनका ध्यान रखना। मैं कुछ ही देर में लौटकर आता हूँ। बस, दोनों को समझाया और दौड़े पड़े मृग रूपी मारीच के पीछे।

**आरत गिरा सुनी जब सीता। कह लछिमन सन परम सभीता॥**
**मरम बचन जब सीता बोला। हरि प्रेरित लछिमन मन डोला॥**

दंडकारण्य में एक नई क्रीड़ा शुरू हो गई। मृग आगे, प्रभु श्रीराम पीछे… । कुछ ही देर में यह दृश्य सीताजी और लक्ष्मण की नजरों से ओझल हो गया। मायावी मृग रामजी को दूर तक दौड़ा ले गया।

कुछ देर बाद उस दिशा से अजीब सी आवाज आने लगी। हाय लक्ष्मण! हाय लक्ष्मण! सीताजी ने सुनी तो लक्ष्मण से बोलती हैं—मुझे लगता है, आपके भाई संकट में हैं। आपको पुकार रहे हैं। दौड़कर जाओ, उनकी रक्षा करो।

लक्ष्मणजी कहते हैं—भाभी, आपको सुनाई दे रहा है, परंतु मुझे तो कुछ नहीं सुनाई दे रहा। सच यह था कि वह रामजी की शैली में मारीच की आवाज थी। जैसे ही बाण लगा, मारीच ने मरते-मरते रामजी की आवाज में कहा—हाय लक्ष्मण, हाय लक्ष्मण!

देखिए, वो सीताजी, जो रामजी की आवाज को भली प्रकार पहचानती थीं, आज मोहग्रस्त हो गईं। अपने पति की आवाज नहीं पहचान पाईं। राक्षस की आवाज को अपने पति की आवाज मान बैठीं। ऐसा क्यों हुआ?

इसलिए कि दांपत्य में मोह आ गया था, हठ आ गया था। सीताजी स्वर्ण मृग के मोह में पड़ गई थीं तो सुनाई कुछ और दे रहा था। बार-बार लक्ष्मणजी से कह रही थीं—जाओ, देखो, अपने भैया की रक्षा करो। लेकिन लक्ष्मण जरा भी विचलित नहीं थे। क्योंकि उनको इस तरह की कोई आवाज सुनाई ही नहीं दे रही थी।

जब लक्ष्मण से जाने का हठ करने लगीं तो लक्ष्मणजी बार-बार समझाते हैं—माता, भैया को कुछ नहीं हुआ है। आप व्यर्थ चिंता मत पालिए। कृपया मुझे यहाँ से चले जाने की आज्ञा मत दीजिए। मैं आपको अकेला छोड़कर नहीं जा सकता।

इधर सीताजी का धैर्य टूटता जा रहा था। कोई अज्ञात भय सताए जा रहा था। यों तो कदाचित् ही जीवन में कोई ऐसा अवसर आया होगा, जब कि सीताजी

कठोर वाणी बोली होंगी। परंतु उस दिन लक्ष्मण से अत्यधिक कठोर वचन कह गईं।

कहती हैं—क्यों नहीं जाना चाह रहे हो? तुम्हारी नीयत में तो खोट नहीं है? सुनकर लक्ष्मण तिलमिला गए। माँ···यह आप क्या कह रही हैं?

सीताजी को प्रणाम कर मन-ही-मन भाई राम का स्मरण करते हुए बोले— भगवान्, मैं नहीं चाहता था, परंतु आज पहली बार आपकी आज्ञा तोड़ रहा हूँ। माता ने वचन ही ऐसे बोल दिए हैं कि मैं विवश हूँ। क्षमा चाहता हूँ।

अपने तीर से एक रेखा खींचते हुए सीताजी से कहते हैं—माँ, आपकी आज्ञा है तो मैं जा रहा हूँ, परंतु किसी भी स्थिति में इस लक्ष्मण रेखा को पार मत करना। ऐसा कहकर लक्ष्मण भी उसी दिशा में चल दिए, जिस ओर मृग का पीछा करते हुए श्रीराम गए थे।

रावण के तो इरादे खतरनाक थे ही। सारा नियोजन ही उसी का था। साधु का वेश बनाकर तैयार खड़ा सबकुछ देख रहा था। लक्ष्मण के जाते ही तपस्वी वेश में पहुँचा और बोला—भिक्षान्न देही··· । सीता माता भीतर से आईं। देखा, साधु बाबा खड़े हैं तो प्रणाम कर बोलीं—देवता, या तो आप भीतर आ जाएँ और नहीं तो मैं यहीं से भिक्षा दूँगी। आप ग्रहण कर लें।

रावण ने जैसे ही पैर उठाया तो अग्नि प्रज्वलित हो गई। रावण को लगा, यह कोई सीमा रेखा है, जिसके पार जाने में खतरा है। बोला—मैं भीतर नहीं आ सकता देवी। अगर भिक्षा देना चाहती हो तो आपको ही बाहर आना होगा।

देखिए, क्या इतिहास है। साधु के वेश से जगज्जननी सीता ठगी गईं। इस देश में साधु को बड़ा मान दिया गया है। इसलिए भगवा वस्त्र पहन लो और जो कर सको, कर लो। लोग अंधश्रद्धा पाले बैठे हैं। जानने का प्रयास ही नहीं करते कि साधु के वेश में छिपा चेहरा साधुता का पात्र भी है कि नहीं।

कहने में लज्जा आती है, परंतु इसमें किसी को बुरा मानने की भी बात नहीं है। आज के समय में हमारे देश में चार वेश बड़े मान्य हो गए हैं। किसी को मान्यता पानी हो, सुरक्षा पानी हो, प्रतिष्ठा पानी हो तो सफेद खादी पहन लो, खाकी पहन लो। इन दोनों से निपटना हो तो काला कोट पहन लो और इन सब पर भी भारी पड़ना हो तो भगवा लपेट लो। समझो आप सुरक्षित हो गए।

कोई हाथ नहीं डालता इन लोगों पर। भले लोग छले जा रहे हैं इसकी आड़ में। ईमानदारी से पालन करनेवाले लोगों के लिए सारे नियम-कायदे हैं, परंतु इन चार वेश धारियों के लिए न कोई नियम, न कोई कायदा।

सीताजी सम्मोहित थीं। वेश का मान कर रही थीं। इसलिए लक्ष्मण द्वारा

खिंची रेखा को लाँघते हुए बाहर आ गईं। रावण अपनी योजना में सफल हो गया और सीताहरण जैसी घटना घट गई।

पंचवटी में हलचल मच गई। आश्रम अपने आप उदास हो गए। पक्षियों का कलरव खामोश हो गया। पलभर में एक नया इतिहास तैयार हो गया।

याद रखिएगा, लक्ष्मण जो रेखा खींच गए थे, वह वैराग्य की रेखा थी। हमारे जीवन में भी परमात्मा लक्ष्मण रेखा खींचता है। हर मनुष्य को अपने आचरण की एक लक्ष्मण रेखा खींचनी तय कर लेनी चाहिए। क्योंकि लक्ष्मण रेखा लाँघने का खतरा ही यह है कि उस पार से यदि रावण आता है तो जल जाने का डर है और इस पार से उस पार जाएँगे तो अपहरण हो जाने का डर है। इसलिए जीवन में एक रेखा बनाइए। वैराग की, तपस्या की, अनुशासन की रेखा।

सीताजी से चूक हुई। लक्ष्मण रेखा लाँघकर बाहर निकलीं और रावण उनका अपहरण कर लंका की ओर बढ़ गया।

सीताहरण का प्रसंग हमको समझाता है कि जीवन में कभी अकारण क्रोध न करें। किसी से कठोर वाणी न बोलें। सीताजी ने ऐसा किया और जब उनको कीमत चुकाना पड़ी तो हमारी क्या बिसात है। इसलिए सदैव मधुर वचन बोलिए। हमेशा मुसकराते रहिए।

रावण सीताजी को लेकर लंका की ओर चला। सीताजी अपनी रक्षा के लिए पुकार रही हैं। विलाप करती हुई कहती हैं—लक्ष्मण, यह मैंने क्या कर दिया? तुम्हारे प्रति आज इतनी कठोर वाणी बोल गई। तुम पर क्रोध किया। इस सब की दोषी मैं ही हूँ लक्ष्मण। इसमें तुम्हारा कोई दोष नहीं है।

कितनी अच्छी बात बोलती हैं सीताजी। अपनी चूक स्वीकार करते हुए कहती हैं—मैंने तुम्हारे प्रति क्रोध किया, जिसका दंड मुझे मिल गया। अपनों से कठोर वचन बोलने की कीमत आज मुझे ही चुकानी पड़ रही है।

इधर लक्ष्मण को उनकी ओर आते देख रामजी चौंक उठे। यह क्या किया लक्ष्मण? सीता को अकेली छोड़कर तुम मेरे पास आ गए? लक्ष्मणजी भाई राम को सारी बात बताते हैं।

दोनों भाई कुटिया पर पहुँचे तो सबकुछ उजड़ चुका था। सीताजी वहाँ में नहीं थीं। पंछी चहचहाते हुए रो रहे थे। वृक्ष खामोश खड़े कुछ कहना चाहते थे। लताएँ उदास थीं। राम को लग रहा था मानो आश्रम का कोना-कोना राम से पूछ रहा था कि इस दिन के लिए साथ लाए थे सीता को। दो-दो वीर साथ में और अपहृत कर ली गई सीता। कण-कण यही प्रश्न कर रहा था रामजी से।

लक्ष्मणजी रोने लग गए, खूब रोए। भैया, इसमें मेरा कोई दोष नहीं है। माता को खूब समझाया, परंतु उन्होंने नहीं मानते हुए मुझ पर दबाव डालकर आपकी ओर भेज दिया। भगवान् कहते हैं—अब किसी को क्या दोष दूँ लक्ष्मण। शायद भगवान् ने हमारे भाग्य में विरह ही लिखा है। रोते-बिलखते दोनों भाई सीताजी की खोज में निकल पड़े।

रावण वायु मार्ग से सीताजी को लंका की ओर ले जाता है। विलाप करती सीताजी अपने आप को मुक्त करने का खूब प्रयास करती हैं, हाथ लगती है निराशा, हताशा। मार्ग में जब गिद्धराज जटायु देखते हैं तो सीताजी को छुड़ाने के लिए रावण से भिड़ जाते हैं। रावण उनके पंख काटकर घायल कर देता है। दर्द से कराहते हुए जटायु जमीन पर गिर जाते हैं। कहते हैं, जटायु के प्रहार से एक बार तो रावण भी मूर्च्छित हो गया था।

विमान आगे बढ़ा तो देखा, एक पर्वत पर कुछ वानर बैठे थे। सीताजी अपने कुछ वस्त्र, आभूषण वहाँ फेंक देती हैं।

इधर पत्तों से, वृक्षों से पूछते हुए दोनों भाई सीताजी की खोज में आगे बढ़ते हैं। मार्ग में घायल जटायु मिलते हैं, जो संकेतों से बताते हैं कि माता सीता को रावण विमान द्वारा लंका की ओर ले गया है। जटायु को मुक्ति देकर भगवान् स्वयं उनका अंतिम संस्कार करते हुए प्रणाम कर आगे बढ़ जाते हैं।

मार्ग में जो भी जीव मिलता है, उससे पूछते हैं—तुमने कहीं सीता को देखा है? यहाँ भगवान् का रुदन हमें समझाता है कि किसी के विरह में रुदन हो तो बुरा नहीं है। परमात्मा के लिए अगर आँसू गिरें तो इसमें बुराई नहीं है। अपने प्रियतम के लिए आँसू बहने चाहिए।

## शबरी प्रसंग

सीता विरह में व्याकुल श्रीराम और भाई लक्ष्मण उनकी तलाश में आगे बढ़ते हुए शबरी के आश्रम में पहुँचे। शबरी, रामभक्ति में खोई एक भिलनी जो बरसों से राम के दर्शन की प्रतीक्षा में थी। प्रभु श्रीराम को देखकर सुध-बुध खो बैठी। वर्षों की तपस्या पूरी होती देख बावरी हो गई। 'मेरे राम-मेरे राम' कहती हुई चरणों में गिर पड़ी।

रामचरितमानस में विस्तार से नहीं आया है, परंतु भारतीय कथाओं में शबरी के बेर बड़े ख्यात हैं। शबरी ने चख-चखकर भगवान् को मीठे-मीठे बेर खिलाए थे। श्रीराम देख रहे थे कि शबरी उन्हें जूठे बेर खिला रही है, फिर भी बड़े प्रेम

से खा रहे थे, क्योंकि उसमें शबरी की भक्ति, उसका प्रभु-प्रेम छिपा हुआ था।

जब भगवान् शबरी के आश्रम में आए तो वहाँ नवधा भक्ति की घटना घटी। भगवान् शबरी को नौ प्रकार की भक्ति बताते हैं। पहली भक्ति, संतों का संग कीजिए। दूसरी, मेरी कथा कहीं हो, उसमें प्रेम हो, तीसरी भक्ति है, गुरु के चरणों की सेवा करें; चौथी, कपट-छल छोड़कर मेरा भजन करो, मुझे याद करो। पाँचवीं भक्ति है, दृढता के साथ मंत्र जप; छठी, शील से, इंद्रियों के नियंत्रण से अपने कर्म कीजिए; सातवीं भक्ति है, संसार को मुझमें और संसार में मुझे देखना, संतों को अधिक मान देना; आठवीं, जितना मिले, उसमें संतोष करें तथा नौवीं भक्ति है—छल हीन हो जाएँ। कुछ सहज हो जाएँ, सरल हो जाएँ। मेरे भरोसे रहो, प्रसन्न रहो।

भगवान् कहते हैं, जो कोई इन नौ में से एक भी भक्ति निरंतरता के साथ करेगा, फिर चाहे वह स्त्री हो या पुरुष, मुझे पा लेगा। यहाँ भगवान् नारी का मान बढ़ाते हुए कहते हैं, स्त्री भी परमात्मा को पाने की अधिकारी है। नारी हो या पुरुष, दोनों मुझे समान रूप से मान्य हैं।

भगवान् ने भक्ति के साथ 'निरंतर' शब्द जोड़ा है। भक्ति में निरंतरता का बड़ा महत्त्व है। ऐसा नहीं होना चाहिए कि आज कर ली, कल छोड़ दी। श्रीहनुमान चालीसा की एक पंक्ति में तुलसीदासजी ने भी लिखा है—'जपत निरंतर हनुमत बीरा'।

हे भामनी! मुझे ऐसे लोग बहुत प्रिय हैं, जिनके भीतर दृढ भक्ति होती है। भगवान् की बात सुनकर शबरीजी उनको प्रणाम करते हुए कहती है—प्रभु, मैं तो आपके दर्शन पाकर धन्य हो गई। आप सचमुच महान् हैं, जो मुझ जैसी नीच स्त्री के जूठे बेर खाकर मेरा मान बढ़ा दिया।

शबरी के बेर का अर्थ है—प्रेम के बेर। हमारे परिवारों में शबरी जैसा प्रेम होना चाहिए। जो भी, जैसा भी खाएँ, आपस में मिल-बाँटकर खाएँ। तभी रिश्ते और रिश्तों की गरिमा बनी रहेगी।

अब तो रिश्ते ऐसे हो गए हैं, उनका भी ढेर बन गया है। अब तो भगवान् भी शबरी के बेर में मिठास ढूँढ़ रहे हैं। कैसा जीवन हमने कर लिया है। थोड़ा सा सावधान हो जाइए। इसलिए थोड़ा जीवन का चिंतन कीजिए, उसमें मिठास घोलने का प्रयास कीजिए।

हमारे जीवन से कई चीजें कब खिसक जाती हैं, पता ही नहीं लगता। भगवान् कह रहे हैं, जीवन के दृष्टिकोण को बदल दीजिए। अपना पुराना मत छोड़िए, एक-दूसरे से प्रेम, स्नेह बनाए रखिए।

यह संबंधों को बचाने का बड़ा कठिन दौर है। पहले घर-परिवार में कोई काम, कोई आयोजन, कोई उत्सव का अवसर आता था तो परिचितों-रिश्तेदारों को पीले चावल देकर आमंत्रित किया जाता था। वह दौर तो विदा ही हो गया। पीले चावल तो दूर, चिट्ठी तक भेजना बंद कर दी। बड़े-बड़े आयोजनों के आमंत्रण मोबाइल फोन पर दे दिए जाते हैं।

आजकल तो विवाह जैसा संस्कार भी एक दिन की रस्म होकर रह गया है। समारोह के नाम पर कोई होटल, कोई उद्यान तो रोशन हो जाते हैं, पर घर का आँगन सूना ही रह जाता है।

पुराने दौर में घर में आँगन होने का बड़ा महत्त्व माना जाता था। आँगनों में बैठकर कई इतिहास लिखे गए। आँगन में बच्चे बूढ़े हो जाते हैं और आखिरी समय तक स्मृतियाँ बनी रहती हैं। उस दौर को याद कीजिए, पुरातन संस्कृति को बनाए रखने का प्रयास कीजिए। जीवन को पहचानिए, इसकी मिठास को बनाए रखिए।

बदलते दौर के साथ-साथ घरों का ढाँचा भी बदल गया। पहले घर में एक बहुत ही महत्त्वपूर्ण कक्ष हुआ करता था, जिसे चौका या रसोईघर बोलते थे। भारतीय घरों में इस रसोईघर का बड़ा महत्त्व था, क्योंकि वहाँ की केंद्रीय तत्त्व माँ हुआ करती थीं। माँ ही निर्णय लेती थी कि आज भोजन में क्या-क्या बनना है?

माँ के हाथ के बने भोजन का स्वाद ही गजब का होता है। रसोईघर से भारत की माताओं ने बच्चों को पेट भरने के लिए अन्न ही नहीं दिया। उसके साथ संस्कार दिए, ममता दी और भविष्य दिया। माँ के हाथ का बना और परोसा अन्न केवल पेट ही नहीं भरता। केवल रक्त, मल-मूत्र नहीं बनाता। उस भोजन से मिलने वाली ऊर्जा से बच्चों का भविष्य, उनका जीवन बनता-सँवरता है।

दौर बदला तो घरों की संस्कृति भी बदल गई। चौके में जाकर देखें तो पाते हैं, वह पुराना आनंद ही नहीं रहा। कभी-कभी तो लगता है, भोजन की सारी मिठास गायब ही हो गई। क्योंकि रसोई घरों में माँ का स्थान 'बाई' ने ले लिया।

कामकाज के इस दौर में महिलाएँ भी बहुत व्यस्त रहने लगी हैं। नौकरीपेशा महिलाओं को बच्चों के अलावा अपने कार्यस्थल की जिम्मेदारियाँ निभाने में ही दिनभर बीत जाता है। ऐसे में घर में भोजन बनाने के लिए बाई रखनी पड़े, इसमें बुराई नहीं है। लेकिन माता-बहनें प्रयास करें कि कम-से-कम उस भोजन की परोसगारी तो वे स्वयं ही करें। कहते हैं कि माँ के हाथ सिर्फ भोजन को परोस दें तो ही उसका स्वाद बढ़ जाता है।

शबरी के प्रसंग में नवधा भक्ति भगवान् ने चुनकर दी है। यही पात्र है, जिसको

नवधा भक्ति कही गई है। भगवान् शबरी से कहते हैं, तुम चारू भाषिणी हो। बहुत मीठा बोलती हो। प्रसंग की गहराई यह है कि भगवान् को मीठा बोलने वाले बहुत प्रिय होते हैं। इसलिए जितना ज्यादा हो सके, मीठा बोलिए, मधुर बोलिए।

मुसकराना भी व्यक्तित्व की मधुरता का संकेत है। इसलिए जरा मुसकराइए···, सदा मुसकराइए। मुसकराने का अभ्यास हम बार-बार इसीलिए कराते हैं कि आपके व्यक्तित्व की मधुरता बनी रहे।

मुसकराना बहुत अच्छी बात है। मानव योनि मिली है तो सभी को हर हाल में मुसकराना ही चाहिए। लेकिन इसमें भी एक समझ काम करती है। कब, कहाँ, कैसे मुसकराना, यह भी सावधानी का विषय है। गलत समय पर और गलत तरीके से मुसकराने का कभी-कभी उल्टा परिणाम हो जाता है। इसे इस किस्से से समझते हैं।

एक बार कथा के दौरान मेरे पास एक सज्जन आए। बोले—पंडितजी, आपके इस 'जरा मुसकराइए' के चक्कर में मेरे मित्र माँगीलाल के घर में झंझट हो गया। मुझे आश्चर्य हुआ। मैंने पूछा—भाई, मैंने मुसकराने का कहा तो तुम्हारे मित्र के घर में झंझट कैसे हो गया? वह बोला—अरे, पूछो मत पंडितजी···। जमकर ही पंगा हो गया। आप हमेशा कहते हो 'जरा मुसकराइए, जरा मुसकराइए···' तो वह भी मुसकराने लगा और पति-पत्नी में झगड़ा हो गया।

मैंने पूछा—ऐसा कैसे हो सकता है भाई? मुसकराना तो बहुत अच्छी बात है, फिर उनमें झगड़ा कैसे हो गया? अच्छा बताइए माँगीलाल कब और कैसे मुसकरा रहा था? मित्र बोला—वह सोने के बाद नींद में मुसकरा रहा था।

जब पति नींद में मुसकराएगा तो झंझट तो होना ही है। इसलिए कहाँ मुसकराना है, कैसे मुसकराना है, इसमें थोड़ी सावधानी रखी जाए।

शबरी से विदा लेने के बाद आगे बढ़ते हुए रामजी वन को देखकर लक्ष्मण से बड़ी गहरी चर्चा करते हैं। कहते हैं—देखो लक्ष्मण, आज इस वन के दृश्यों को देखकर मुझे बड़ा गजब लग रहा है। ये जो कुलाँचे मारते हिरण हैं, ऐसा लगता है मानो ये मुझ पर व्यंग्य कस रहे हैं। जब ये अपनी हिरणियों के साथ उछलते-कूदते भाग रहे हैं तो हिरणियाँ व्यंग्य से कह रही हैं—डरो मत हिरण। ये सिर्फ स्वर्ण मृग ही मार सकते हैं। हमें नहीं मारेंगे।

अपने हाथियों के साथ घूम रही इन हथनियों को देखकर लगता है, मानो ये हमें संकेत कर रही हैं कि स्त्री को कभी अकेला मत छोड़ो।

लक्ष्मण, तीन लोग किसी के बस में नहीं होते और तीन बातें ध्यान रखना—स्त्री को अकेले मत छोड़ना, शास्त्र को एक बार पढ़ लो तो बार-बार पढ़ना और

कितनी ही सेवा कर लो, राजा को अपने वश में कभी मत समझना।

रामजी लक्ष्मणजी को समझा रहे हैं कि इस घटना के बाद से मुझे ज्ञान प्राप्त हो गया है कि स्त्री को कभी अकेले नहीं छोड़ना। हम इसकी कीमत चुका चुके हैं। अकेला नहीं छोड़ने के पीछे उन पर किसी तरह के अंकुश की बात नहीं है। दर्पण सदैव खुला रहता है और रत्न हमेशा डिब्बे में बंद रहता है। माताएँ अपने मूल्य के कारण रक्षित-संरक्षित हैं, प्रताड़ना के कारण नहीं।

लक्ष्मणजी के कुछ पूछने पर भगवान् फिर समझाते हैं—

**तात तीनि अति प्रबल खल काम क्रोध अरु लोभ।**
**मुनि बिग्यान धाम मन करहिं निमिष महुँ छोभ॥**
**लोभ के इच्छा दंभ बल काम के केवल नारि।**
**क्रोध के परुष बचन बल मुनिबर कहहिं बिचारि॥**

काम, क्रोध और लोभ, ये तीनों हमारे कट्टर दुश्मन हैं और जो मुनि विज्ञानी होते हैं, इनके भी मन को क्षोभित कर देते हैं।

भगवान् ने ऋषि-मुनि, संत, पंडित, विद्वानों को विज्ञानी कहा है, केवल ज्ञानी नहीं। इसीलिए तो कहा है विज्ञान और धर्म एक ही सिक्के के दो पहलू हैं। इसको अलग करने का प्रयास न करें। विज्ञान धर्म से जुड़ा है। धर्म अपने आप में एक विज्ञान है। फर्क सिर्फ इतना है कि विज्ञानी भी कोई चीज को जब स्पर्श करता है, कोई चीज का शोध करता है तो क्या जानना चाहता है? सत्य। विज्ञानी पदार्थ का सत्य जानना चाहता है और योगी भी जीवन का सत्य जानना चाहता है।

फिर कहते हैं—लोभी मनुष्य का बल क्या है? उसे इच्छा और दंभ का बल है। काम को केवल नारी चाहिए। उसका बल स्त्री है। क्रोधी को कड़वे वचन का बल मिलता है। पर मैं तुमसे कहता हूँ—ये शत्रु हैं, इनको छोड़ दो। लक्ष्मणजी के माध्यम से भगवान् हमको समझाते हैं कि काम, क्रोध, मद और लोभ को छोड़ दो। ये तुमको कुछ नहीं देंगे।

रामकथा के दौरान जब कोई बहुत आनंद का प्रसंग आ जाता है तो शिवजी टिप्पणी कर देते हैं। राम-लक्ष्मण आपस में बात कर रहे हैं, तभी शिवजी कहते हैं—

उमा कहउँ मैं अनुभव अपना। सत हरि भजनु जगत् सब सपना॥

उमा, एक बात बताता हूँ। आज रामजी की सारी बातें सुनकर मुझे ऐसा लग रहा है कि यह जगत् एक सपना है। यदि कुछ सच है तो हरि भजन। हरि भजन यानी साँस-साँस उस परमात्मा से जुड़ जाना, हरिमय हो जाना।

## नारद आगमन

तुलसीदासजी लिखते हैं, उसी समय वहाँ नारद प्रकट हो गए। नारद ने विचार किया—'मोर साप करि अंगीकारा। सहत राम नाना दु:ख भारा॥'

मेरे शाप (विश्वामोहिनी प्रसंग में) को अंगीकार करके रामजी बहुत दु:ख सह रहे हैं। जब रामजी की दशा देखकर नारदजी को दु:ख होता है तो वे भगवान् के पास जाकर कहते हैं—प्रभु श्रीराम, मेरे कारण आपको इतना दु:ख उठाना पड़ रहा है?

भगवान् कहते हैं—नहीं नारद, जो कुछ भी हुआ, उसमें आपका कोई दोष नहीं है। यह सब तो मैं विधि का विधान समझता हूँ।

श्रीराम की सदाशयता देख नारदजी कहते हैं—प्रभु, मैं आपसे कुछ चाहता हूँ। तब भगवान् कहते हैं—'जानहुं मुनि तुम्ह मोर सुभाऊ। जन सन कबहुं कि करउं दुराऊ॥' ऋषिवर, आप तो मेरा स्वभाव जानते हैं कि मैं अपने भक्तों से कोई छिपाव नहीं करता।

**जन कहुं कछु अदेय नहिं मोरें। अस बिस्वास तजहु जनि भोरें॥**

मुझे भक्त के लिए कुछ भी अदेय नहीं है। ऐसा विश्वास भूलकर भी मत छोड़ो। कहिए, आप क्या चाहते हैं?

तब नारदजी माँगते हैं—'राम सकल नामन्ह ते अधिका। होउ नाथ अब खग गन बधिका॥'

मुझे वर दीजिए, कि यों तो भगवान् के अनेक नाम हैं, पर 'रामनाम' सबसे बढ़कर हो और पापरूपी पक्षियों के समूह के लिए यह वधिक के समान हो।

अब भगवान् नारदजी से कहते हैं—

करउँ सदा तिन्ह कै रखवारी। जिमि बालक राखइ महतारी॥

मेरा और भक्त का रिश्ता माँ और बेटे का रिश्ता है। तुम मेरे भक्त हो और मैं अपने भक्त को माँ की तरह सँभालता हूँ। उस समय तुम बच्चे की तरह हो गए थे। तुम्हारा पतन हो रहा था। तुम राह भटक रहे थे, ऐसे समय मैं तुम्हारी रक्षा कैसे करता? इसलिए मैंने तुम्हारे साथ ऐसी घटना घटाई। अपने भक्त की रक्षा के लिए मुझे वह सब करना पड़ा था।

नारदजी बोले—धन्य हो प्रभु, आपने मुझे भटकने से बचा लिया। अब कृपा करके संतों के गुण भी बता दीजिए।

तब भगवान् कहते हैं—

**सुनु मुनि सन्तन्ह के गुन कहउँ। जिन्ह ते मैं उन्ह के बस रहऊँ॥**

संत कैसे होने चाहिए? भगवान् ने संतों के बहुत सारे गुण बताए हैं। पाप, कामना रहित हो, निश्चल बुद्धि हो, सर्वत्यागी हो, दूसरों को पवित्र माने, स्वयं भी पवित्र रहे, ज्ञान जो उसके पास हो, उसके अनुसार आचरण करे। इसके अलावा एक और बड़ी अच्छी बात कही है भगवान् ने—'निज गुन श्रवण सुनत सकुचाहीं। पर गुन सुनत अधिक हरषाहिं॥'

जिन्हें अपने गुण, अपनी प्रशंसा सुनकर संकोच हो और दूसरे की प्रशंसा सुनकर प्रसन्न होता हो, मुझे वे लोग संत नजर आते हैं।

अरण्य कांड की फलश्रुति में कहा गया है कि जो लोग रामजी के पावन यश को गाएँगे, जो लोग इसको सुनेंगे, वे रामजी की दृढ भक्ति पाएँगे। बिना जप, बिना वैराग, बिना जोग के उन्हें रामजी की भक्ति प्राप्त हो जाएगी।

भगवान् के यश का श्रवण भर कर लेने से बहुत उपद्रव करने की भी जरूरत नहीं पड़ेगी। अरण्य कांड की अंतिम पंक्ति में कह दिया, जो लोग सदा सत्संग करेंगे, वे श्रीराम की कृपा के पात्र होंगे। सत्संग करने का यही अर्थ नहीं कि आप किसी कथा में जाओ, कथा का आयोजन करो। स्वयं भी सत्संग कर सकते हैं। जब भी कभी ऐसा लगे कि कुछ पतन हो रहा है, कुछ भूल हो रही है तो सत्संग में डूब जाइए।

आगे संतुलन का संदेश देते हुए रामजी कहते हैं—जीवन अति का नाम नहीं है। जीवन संतुलन का नाम है। संतुलन का अर्थ है भूतकाल की विस्मृति करना। स्मृति का बोझ आदमी को भारी बना देता है। यदि अपने आप पर स्मृति का बोझ लाद लिया तो जीवन ठीक से नहीं चल पाएगा।

याद करने पर बीता हुआ सुख भी दु:ख देता है, फिर दु:ख तो दु:ख देगा ही। इसलिए जो बीत गया, उसे भूलते हुए वर्तमान पर एकाग्र हो जाएँ और भविष्य के लिए योजनाएँ बनाते रहें। यही अरण्य कांड की कथा के सूत्र हैं।

इसी के साथ रामकथा का तीसरा भाग यानी अरण्य कांड पूर्ण होता है। इसके बाद क्या कुछ घटित होता है, जानने के लिए पढ़िए कथा का चौथा भाग यानी किष्किंधा कांड।

□

*भाग-4*

# किष्किंधा कांड

किष्किंधा कांड रामचरितमानस का चौथा सोपान है। हम भारतवासियों पर भगवान् की बड़ी कृपा है कि हमारे पास वेद हैं, शास्त्र हैं, पुराण हैं, उपनिषद् हैं। हमारे ऊपर साधु-संतों की कृपा है।

गोस्वामी तुलसीदासजी ने रामचरितमानस जैसा ग्रंथ देकर हम पर बड़ा उपकार किया है। इसके माध्यम से उन्होंने हमारे जीवन में धर्म और अध्यात्म कैसे जुड़ सके, यह सूत्र सरल कर दिया है। इस महान्, पवित्र ग्रंथ द्वारा हमें परिवार के राम, हमारे हनुमान दिए हैं। चलिए, उनको नमन करते हुए किष्किंधा कांड की कथा में प्रवेश करते हैं।

एक बार पुन: याद कर लें। श्रीरामचरितमानस में सात सोपान या कांड हैं और प्रत्येक कांड से एक सूत्र जुड़ा हुआ है। पहला सोपान है बाल कांड, जिसमें पढ़ा-समझा और जाना कि जीवन सहजता के साथ कैसे जीया जाए। मन, वचन और कर्म में कैसे सहज हों।

दूसरे सोपान यानी अयोध्या कांड में पढ़ा जीवन में सत्य कैसे उतरे। परिवार में, समाज में, राष्ट्र में और हमारे व्यावसायिक जीवन में सत्य का क्या महत्त्व है।

इसके बाद अरण्य कांड में पढ़ा—जीवन में संतुलन का क्या महत्त्व है। भूत, वर्तमान और भविष्य इन तीनों का संतुलन साधते कैसे आगे बढ़ा जा सकता है।

इस चौथे सोपान किष्किंधा कांड में पढ़ेंगे मनुष्य के जीवन में किस-किस रूप में और कितना संघर्ष आता है। पूरे भाग में संघर्ष की ही कथा है। न सिर्फ भगवान् को संघर्ष करना पड़ा बल्कि जितने भी पात्र आएँगे, सभी कहीं-न-कहीं संघर्ष कर रहे हैं।

भगवान् कहते हैं संघर्ष एक जीवनशैली है। इसे बोझ, विपरीत, प्रतिकूलता, तनाव और परेशानी का कारण नहीं मानें। घर के भीतर, घर के बाहर स्वाभाविक रूप से संघर्ष कीजिए।

किष्किंधा कांड में भगवान् संघर्ष की अलग-अलग परिभाषाएँ देते हुए बताते हैं, व्यक्ति अपने लक्ष्य पर तीन ही मार्गों से पहुँचता है। आपका कोई भी लक्ष्य हो, आप कहीं भी पहुँचना चाहें, मार्ग तीन ही हैं—ज्ञानमार्ग, कर्ममार्ग और उपासना का मार्ग। व्यक्ति किसी एक मार्ग से नहीं चल सकता। इन तीनों को छोटा-बड़ा करके जीना पड़ता है।

किसी एक ही दिन हो सकता है हम प्रात:काल में ज्ञान मार्ग में अधिक हों, दिन में कर्म में हों और शाम को उपासना में डूब जाएँ। लेकिन जाना तीनों से है और तीनों ही मार्ग में संघर्ष आते हैं।

देखिए, एक राजकुमार (श्रीराम) राजा बनने से ठीक पहले वनवासी बनकर वन में आ गया, जिसके पास कुछ नहीं है; लेकिन फिर भी वही आनंद है, जो बड़े-बड़े राजाओं के पास होता है।

रामकथा का बड़ा दिव्य सोपान है किष्किंधा कांड। इसी में रामकथा में पहली बार हनुमानजी का प्रवेश होता है। विद्वानों का मानना है कि किष्किंधा कांड रामचरितमानस का बेशकीमती रत्न है।

हनुमानजी के प्रवेश करते ही रामकथा का भाव बदल जाता है। सुंदर कांड में हनुमानजी जो सफलता अर्जित करते हैं, उसकी पृष्ठभूमि, उसकी योजना किष्किंधा कांड में ही तैयार हुई थी। इसलिए जो लोग सफलता के अर्थ जानना चाहते हों, उसे प्राप्त करना चाहते हों, उन्हें श्रीरामचरितमानस के किष्किंधा कांड से अवश्य गुजरना चाहिए।

बिना संघर्ष के प्राप्त की गई सफलता टिकाऊ नहीं होती, खोखली होती है। जो लोग संघर्ष करके सफलता हासिल करते हैं, वे जानते हैं इसका अर्थ, इसका सुख क्या होता है।

किष्किंधा कांड का हर पात्र चाहे भगवान् राम हों या वानरराज सुग्रीव, समस्याग्रस्त और परेशान मिलेगा। कोई विरह में परेशान, कोई ग्लानि में परेशान तो कोई अपना सबकुछ छिन जाने के कारण परेशान। लेकिन एक दिन सब की परेशानियों का अंत होता ही है। इसलिए परेशान हों तो चिंता न करें, हौसला न छोड़ें। परेशानी के बाद मिलने वाला सुख जीवन को आनंद से भर देता है।

भगवान् कहते हैं—परेशानी हर एक के जीवन में आती रहती है। हमारी

परेशानी का कारण भी हम हैं और इनका समाधान भी हम ही हैं। जो लोग अपनी परेशानी का कारण दूसरों में देखते हैं, उनकी परेशानी कभी दूर नहीं होती। इसलिए परेशानी का कारण या समस्या का हल अपने ही भीतर खोजिए।

देखिए, किष्किंधा कांड ज्ञान, कर्म और उपासना तीन भागों में बँटा हुआ है। इस पुस्तक के माध्यम से पहले आप ज्ञान को देखेंगे, फिर कर्म से मिलेंगे और फिर उपासना तक के प्रसंगों की यात्रा करेंगे। चलिए, गहराई में जाने से पहले इसका कथा सार समझ लिया जाए।

**कथा सार :** भगवान् राम भाई लक्ष्मण के साथ शबरी के आश्रम से विदा होकर आगे बढ़ते हैं। बालि के डर से किष्किंधा छोड़कर हनुमान सहित अपने मंत्रियों के साथ पर्वत पर बैठा सुग्रीव जब देखता है तो बालि के भेजे गुप्तचर समझकर चिंतित होते हुए पता लगाने हनुमानजी को भेजता है।

हनुमानजी ब्राह्मण के वेश में जाकर भगवान् राम से परिचय प्राप्त करते हैं। यहाँ पहली बार भगवान् और भक्त (श्रीराम और हनुमान) की भेंट होती है। हनुमानजी रामजी को सुग्रीव के पास लाकर दोनों की मैत्री करवाते हैं।

भगवान् सुग्रीव की पीड़ा जानकर उन्हें मदद का भरोसा दिलाते हैं। सुग्रीव भी सीता खोज में उनकी सहायता का वचन देते हैं। योजना के अनुसार बालि का वध कर सुग्रीव को किष्किंधा का राज सौंप देते हैं। सुग्रीव वर्षाकाल के बाद सीताजी की खोज में अपनी वानर सेना भेजने का आश्वासन देता है।

किष्किंधा का राजा बनने के बाद सुग्रीव भगवान् का काम भूल जाता है। हनुमानजी उसे भगवान् राम को दिया वचन याद दिलाते हैं, तब सुग्रीव वानरों को सीताजी की खोज के लिए भेजता है।

वानरों के सामने एक बड़ी समस्या आती है कि समुद्र के पार कौन और कैसे जाए? विचार मंथन होता है। सब लोग हनुमानजी की ओर देखते हैं। हनुमानजी मन-ही-मन समुद्र लाँघ जाने का निश्चय करते हैं और यहाँ किष्किंधा कांड समाप्त हो जाता है।

किष्किंधा कांड भक्ति की खोज का सोपान है। सीताजी समाज की भक्ति हैं, शक्ति हैं। वो जब खो जाए तो हमारे ही भीतर शांति का, शक्ति का अपहरण हो जाता है।

हमारे भीतर का रावण हमारी भक्ति को हरता है, हमारी शक्ति ले उड़ता है और हमारी शांति छिन जाती है। किष्किंधा कांड में उसी शक्ति, भक्ति और शांति की खोज की जाती है।

दुर्गुणों का भंडार हमारे ही भीतर है। हमें ही उसका शोध करना है। तो चलिए, समझते हैं ज्ञान मार्ग से लक्ष्य तक कैसे पहुँचा जाए। लक्ष्य है सीताजी की खोज करना। ज्ञान मार्ग में पहली महत्त्वपूर्ण बात होती है, आपका चिंतन कैसा हो। अगर आप ज्ञानमार्गी हैं तो अपने चिंतन के प्रति बहुत सजग हैं। आपके चिंतन में कौन हैं, आपके चिंतन का लक्ष्य क्या है, किस तरह से आप सोचते हैं, यह बहुत महत्त्वपूर्ण हो जाता है।

सुग्रीव का सबकुछ खो चुका था। राज, कोष, पत्नी, सैनिक सब छीन लिया था बालि ने। इतना ही नहीं, उसके प्राण तक संकट में थे। बालि उसे मार देना चाहता था। इसलिए बालि के भय से वह हनुमानजी सहित अन्य सहयोगी वानरों के साथ ऋष्मूक पर्वत पर बैठा हुआ था। बालि को शाप था कि वह उस पर्वत पर नहीं जा सकता था। इसीलिए सुग्रीव वहाँ छुपा था।

सुग्रीव के पास कुछ नहीं बचा था, लेकिन फिर भी उनके जीवन में भगवान् आ गए। क्यों? क्योंकि उसने एक चीज बचा ली थी और वह थे हनुमानजी। जिसके जीवन में हनुमानजी हों, उसके जीवन में रामजी को आना ही है।

दूर से राम-लक्ष्मण को देखकर सुग्रीव के मन में शंका उत्पन्न होती है कि कहीं ये बालि के भेजे गुप्तचर तो नहीं? उन्हें भी हनुमानजी की योग्यता पर पूरा भरोसा था, इसलिए यह दायित्व उन्हीं को सौंपते हुए कहते हैं—जरा जाकर देखिए, राजकुमार से दिखने वाले ये दोनों युवक कौन हैं? अगर ये बालि के भेजे हुए हैं तो यहाँ से भागने की व्यवस्था की जाए।

हनुमानजी बोले—ठीक है महाराज। और चल दिए। ब्राह्मण का वेश बनाया और पहुँच गए दोनों 'राजकुमारों' के पास। पूछा, आप कौन हैं और इस प्रकार इस जंगल में क्यों घूम रहे हैं?

देखिए, जो हनुमानजी बचपन से अब तक श्रीराम की प्रतीक्षा कर रहे थे, आज वे राम उनके सामने हैं और हनुमान उन्हें पहचान नहीं पाए। जीवन में कई बार ऐसा होता है। भगवान् आ जाते हैं और हम पहचान नहीं पाते। हनुमानजी भी चूक गए पहली बार में। ब्राह्मण का वेश बना लिया और भगवान् की ही परीक्षा लेने लगे। यह भक्तों की कहानी है। कई बार भक्त और भगवान् के मिलन में ऐसी बाधाएँ आ जाती हैं। हमारा अपना वेश, हमारा अपना आवरण परमात्मा प्राप्ति की उपलब्धि में बाधा बन जाता है।

ब्राह्मण रूप धारी हनुमान को अपना परिचय देते हुए श्रीराम कहते हैं—हम अयोध्या नरेश स्वर्गीय राजा दशरथ के पुत्र हैं। इस जंगल में मेरी पत्नी को किसी

ने हर लिया है, हम उसी की खोज में भटक रहे हैं। जैसे ही सुना दशरथ के बेटे राम''' ! हनुमानजी सुध-बुध खो बैठे। यह क्या हो गया? मैं अपने प्रभु को नहीं पहचान सका? हनुमानजी के मस्तिष्क में बचपन की वह घटना घूमने लगी।

अपने महल के बाहर अटारी पर बैठकर बाल हनुमान दूर कहीं देखा करता और शाम होते ही उदास हो जाता था। एक बार माँ अंजनी ने पूछ लिया—बेटा मारुति, तू रोज शाम को उदास क्यों हो जाता है? तब बाल हनुमान पूछता है—माँ, मुझे एक बात बताओ। मेरे जीवन का लक्ष्य क्या है। मैं बड़ा होकर क्या करूँगा, क्या बनूँगा?

माँ अंजनी हनुमानजी को समझाया करती थीं—बेटा, तेरा लक्ष्य श्रीराम की सेवा है। तेरे जीवन में श्रीराम आएँगे।

जो माँ बचपन से अपने बच्चे के जीवन में उनका लक्ष्य स्पष्ट कर देती है, वह बच्चा एक दिन हनुमान बनता है। हनुमानजी के साथ ऐसा ही हुआ था।

प्रतिदिन माँ अंजनी उनकी ऊर्जा का रूपांतरण करके उसे धर्म की ओर, सत्य की ओर अर्थात् भगवान् राम की ओर मोड़ती थी। हमेशा कहती थी, तेरा लक्ष्य बहुत बड़ा है। तुझे राम को पाना है। प्रतीक्षा करना, धैर्य रखना, आचरण बनाए रखना, एक दिन तेरे जीवन में श्रीराम आएँगे।

जीवन में लक्ष्य छोटे मत रखिए। माताओं का दायित्व हो जाता है कि बच्चों के बड़े लक्ष्य निर्धारित करें और उनके उस सपने को पूरा करने की शक्ति दें।

हनुमानजी को माँ की बात याद आ गई। सोचने लगे—आज माँ की वाणी फल गई, उनका आशीर्वाद फल गया। माँ का बताया स्वप्न पूरा हो गया। मेरा लक्ष्य मुझे प्राप्त हो गया। सोचते-सोचते आँखों में आँसू भर आए। टकटकी लगाए श्रीराम की ओर देखते रहे।

भगवान् राम बोले—हे ब्राह्मण देव, हमने तो अपना परिचय आपको दे दिया। अब आप अपने बारे में भी कुछ बताइए।

हनुमानजी कहते हैं—एक बात बताइए प्रभु। मैं तो एक सामान्य प्राणी हूँ। मुझमें समझ कम है, विवेक का अभाव है, इसलिए मैं पूछ लूँ कि आप कौन हैं, यह बात तो समझ में आती है, परंतु आप क्यों मनुष्यों की तरह मुझसे पूछ रहे हैं भगवन्? आप तो सर्वज्ञाता, अंतर्यामी हैं। आप तो जानते हैं, मैं कौन हूँ। ठीक है, मुझसे भूल हो गई, अपराध हो गया, लेकिन आप जान-बूझकर भूल कर रहे हैं?

सेवक अपने स्वामी के भरोसे होता है। संतान अपनी माँ के भरोसे होती है। ऐसे ही हम आपके भरोसे थे। आपको पहचानना था। भगवान् समझ गए, यह कोई

सामान्य व्यक्ति नहीं है। हनुमानजी को उठाया और हृदय से लगा लिया। दोनों की आँखों से झर-झर आँसू बह निकले।

देखिए, क्या भाग्य पाया था हनुमानजी ने। ईश्वर किसी को दिख जाए, वह सौभाग्यशाली है। भगवान् किसी को मिल जाए उसके भाग्य के क्या कहने! भगवान् किसी को छू ले, समझो वह धन्य हो गया, किसी को बाँहों में भर ले, समझो परमात्मा की विशेष कृपा हो गई। परंतु यहाँ तो भगवान् ने अपने आँसुओं से हनुमानजी का अभिषेक ही कर दिया। भगवान् को देखकर भक्त रो दे तो समझ में आता है, पर हनुमानजी के स्पर्श से रामजी रोने लगे।

अरे हनुमान, तुम क्या मेरी प्रतीक्षा करोगे? यह अवतार तुम्हारी प्रतीक्षा कर रहा था। भगवान् की बाँहों में आकर कुछ क्षणों के लिए तो मानो हनुमानजी मूर्च्छित ही हो गए। लगा, आज जो चाहिए था, सबकुछ प्राप्त हो गया।

जब दोनों सहज हुए तो भगवान् कहते हैं—तुम मुझे लक्ष्मण से भी अधिक प्रिय हो हनुमान। हनुमानजी ने सोचा, शायद भगवान् यहाँ भी मेरी परीक्षा ले रहे हैं। जो भाई 14 वर्ष के लिए घरबार छोड़कर साथ चल रहा है, जीवन के हर संघर्ष में शामिल है। उसकी तुलना अभी-अभी मिले व्यक्ति से कर रहे हैं। उसे ज्यादा प्रिय बता रहे हैं?

हनुमानजी सावधान हो गए। सोचा—भगवान् ने परीक्षा ली है तो लक्ष्मणजी से सतत संबंध बनाए रखना है।

हनुमानजी रिश्तों के निर्वहन के देवता हैं। संबंध निभाने के मामले में अद्भुत कौशल था उनके पास। जिस दिन लक्ष्मणजी को मूर्च्छा लगी और प्राण दाँव पर लग गए, उस दिन हनुमानजी ही संजीवनी लाकर लक्ष्मणजी के प्राण बचाते हैं। यह महान् कार्य किसी और के वश का था भी नहीं।

इस प्रकार रामजी के जीवन में हनुमानजी आ गए और हनुमानजी के जीवन में रामजी आ गए। दोनों को अपना-अपना लक्ष्य मिल गया। समझने की बात यह है कि जिसके चिंतन में जो रहता है, वह एक दिन साकार हो ही जाता है। भावनाएँ निश्छल हों, नीयत साफ हो तो आप जैसा सोचेंगे, वैसा ही होगा भी।

हनुमानजी भगवान् से कहते हैं—वहाँ पर्वत पर वानरराज सुग्रीव रहते हैं। भाई के डर से भागे फिर रहे हैं। बहुत दुःखी हैं, दीन हैं। अगर आप उनसे मित्रता कर उनकी मदद करें तो वे सीताजी की खोज में आपकी मदद कर सकते हैं।

जैसे ही हनुमानजी ने ऐसा कहा, भगवान् राम मन-ही-मन मुसकराकर उनकी प्रशंसा करने लगे। सोचने लगे—अभी-अभी मैंने अपनी समस्या बताई और इसने

उसका समाधान जुटाना शुरू कर दिया?

वास्तव में दूरदर्शिता और नियोजन के मामले में कमाल के हैं हनुमानजी। जैसे ही किसी की समस्या सामने आती है, समाधान का ताना-बाना शुरू कर देते हैं। श्रीराम से पहले परिचय में ही सीताजी की खोज का मार्ग आसान कर दिया।

हनुमानजी ने दोनों भाइयों को कंधे पर बैठाया और पहुँच गए सुग्रीव के पास।

क्या भाग्यशाली रहे होंगे हनुमानजी कि परमात्मा उनकी पीठ पर बैठ गए। जीवन में एक बात याद रखना—जो व्यक्ति परमात्मा को सहारा दे सकता हो, वह यदि हमारे जीवन में है तो हम कभी बेसहारा नहीं होंगे।

इसलिए हनुमानजी को जीवन से जोड़े रखिए। भगवान् पर भरोसा रखिए। भगवान् नाम ही भरोसे का है। हम जो कर सकते हैं, वह तो करते ही हैं, परंतु एक समय ऐसा भी आ जाता है, जब हमारी करने की सीमा समाप्त हो जाती है और जो कुछ होता है, वह ईश्वर की इच्छा से ही होता है। वहाँ हमारी समझदारी भी काम नहीं आती।

इस तथ्य को एक किस्से से समझा जाए।

एक बहुत अच्छा, कामयाब सेल्समैन था। उसके लिए कहा जाता था कि वह दुनिया में कुछ भी बेच सकता है। एक दिन किसी मीटिंग में जाने के लिए ट्रेन में बैठ गया। ट्रेन चली तो आपसी बातचीत में ट्रेन में सवार अन्य लोगों से कहा—मुझे रामगढ़ उतरना है। कुछ जानकार लोग बोले—भाई, आज तो शनिवार है और इस दिन यह गाड़ी रामगढ़ स्टेशन पर नहीं रुकती।

सेल्समैन बोला—अरे भाई, अगर ऐसा हुआ तो बड़ा नुकसान हो जाएगा। हमको तो रामगढ़ ही उतरना है। गाड़ी में सवार बाकी लोग बोले—जब वहाँ गाड़ी रुकती ही नहीं तो कैसे उतरोगे?

वह तो एक सफल सेल्समैन यानी आज के युग का प्रबंधक था। बोला—ऐसा कुछ नहीं है। जो चाहो वह हो सकता है। लोगों ने अचरज से पूछा—ऐसे कैसे हो सकता है?

उसने कहा—हम सेल्समैन हैं, मार्केटिंग के लोग हैं। गाड़ी रामगढ़ रुकेगी और हम उतरेंगे भी। अभी देखो हमारा कमाल। सभी लोग एक-दूसरे की ओर देखने लगे।

उस सेल्समैन युवक ने वॉकी-टॉकी के जरिए ट्रेन के टीटीई को बुलाया। कहा—रामगढ़ उतरना है। टीटीई ने भी वही बात कही कि शनिवार को गाड़ी रामगढ़ स्टेशन पर नहीं रुकती। सेल्समैन ने हजार-हजार के दो नोट थमाते हुए

कहा, ये रख ले, सब रुक जाएगी। टी.टी.ई. ने देखा, बैठे-ठाले दो हजार मिल रहे हैं, क्या बुराई है ?

बोला—रुकेगी तो नहीं, स्लो करवा देंगे तो कूद जाना। युवक बोला—ठीक है, यह भी चलेगा। किसी भी तरह रामगढ़ उतरना है। टीटीई ने ड्राइवर से कह दिया, रामगढ़ के प्लेटफार्म पर जरा स्लो कर देना।

वह सेल्समैन डिब्बे में बैठे लोगों की ओर देखते हुए बोला—देखा, कहा था न कि जो चाहते हैं ,वह हो जाता है। रामगढ़ पर गाड़ी धीमी होगी और हम उतर जाएँगे। लोगों ने सोचा, आज का युवक है और सेल्समैन है। जो चाहे बेच दे, जो चाहे खरीद ले।

रामगढ़ आया तो दो हजार रुपए अपना काम दिखा ही रहे थे। ड्राइवर ने गाड़ी स्लो की, युवक ने अपना बैग उठाया और सबसे बोला—देखो, उतर रहा हूँ रामगढ़ स्टेशन पर।

चलती ट्रेन से उतरने का कुछ कायदा होता है। उसकी गति के साथ कुछ दूर तक दौड़ते रहना चाहिए। अचानक कूद जाओ या रुक जाओ तो गिर जाओगे।

सेल्समैन यह कायदा भी जानता था। ट्रेन स्लो हुई, वह धीरे से कूदा और गाड़ी की गति के साथ दौड़ना शुरू कर दिया। प्लेटफार्म का किनारा आने तक दौड़ता रहा।

तभी अंतिम डिब्बे में से एक पहलवान का हाथ निकला। उसने युवक की गरदन पकड़ी, अंदर खींचा और कहा—मूर्ख, मर जाएगा। जानता नहीं है, शनिवार को ट्रेन रामगढ़ में नहीं रुकती। चल अंदर…।

याद रखिए, एक सीमा के बाद उसी ईश्वर का राज चलता है। हम लाख सोच लें कि रामगढ़ उतर जाएँगे, परंतु तब ही उतर पाएँगे, जब परमात्मा की मरजी होगी। इसलिए उस पर भरोसा बनाए रखिए। रामजी ने पूरा भरोसा किया था हनुमानजी पर।

भगवान् कहते हैं, मैं आज पहली बार अपने संघर्ष को संगति का रूप दे रहा हूँ। यह मेरी सेना है, अब इसी के भरोसे युद्ध का आगाज करना है। ये मेरे परिवार के सदस्य हैं।

कोई ऐसा वानर नहीं था, जिससे भगवान् उसकी कुशलक्षेम नहीं पूछ रहे हों। भगवान् कहते हैं, जो कुल पुरुष होता है, जो शीर्ष व्यक्ति होता है, जो घर में सबसे बड़ा होता है, उसका यह काम है कि घर के, अपनी व्यवस्था के प्रत्येक सदस्य से निजी रूप से जुड़कर उसकी कुशलक्षेम पूछे।

आजकल तो कई घरों में, जब कोई बड़ा-बूढ़ा बच्चों या किसी छोटे सदस्य से पूछ ले तो वे उन पर खीज जाते हैं। ऐसा कभी मत कीजिए। मत चिढ़िए उन

पर। बड़े-बूढ़ों का तो काम ही है पूछना। घर में कोई बड़ा-बूढ़ा है तो जरूर सवाल पूछेगा। उसको मालूम है, आप भी समझदार हो, पर उसका मन नहीं मानेगा। जब आप बड़े की भूमिका में आएँगे तो आपको भी पूछना है। और पूछना चाहिए। परिवार के लोगों के जीवन में बड़ों का हस्तक्षेप होना चाहिए।

यदि परिवार में आप बड़े हैं, आपके पास नेतृत्व है तो आपको अधिकार है, अपने से छोटे सदस्यों से पूछते रहने का। लेकिन क्या पूछना है ?

याद रखें, पाँच बातें पूछनी हैं या कहें पाँच बातों का ध्यान रखना है—उसकी भाषा क्या है, उसकी भूषा क्या है, उसका भोजन क्या है, उसका भजन क्या है और उसका भविष्य क्या है ? इन सबके पीछे का भाव होना चाहिए, उसकी कुशलता। ये सब इसीलिए पूछिए कि वह कुशल रहे। ये पाँच पूछताछ रामजी ने भी अपने सहयोगी वानरों से की थी।

घर के छोटे सदस्यों को अपने बड़े-बूढ़ों को यह जानकारी देते रहना चाहिए कि मेरी भाषा क्या है, मेरी भूषा क्या है, मेरा भोजन क्या है, मेरा भजन क्या है और मेरा भविष्य क्या है ? यह सब तालमेल का मामला है।

भगवान् सिखा रहे हैं कि परिवार की एक ही भाषा होती है—प्रेम की भाषा। परिवार में दूसरी कोई भाषा नहीं चल सकती। यदि घर के सदस्य आपस में प्रेम की भाषा नहीं बोल रहे हों तो बड़े होने के नाते आपको हस्तक्षेप करना ही पड़ेगा। उन्हें सिखाना पड़ेगा, अच्छे से बोलिए, प्रेम से बोलिए। यदि प्रेम की भाषा शब्दों में अंकित करने में या कहने में दिक्कत हो तो जरा मुसकराइए। यह भी एक भाषा है।

दूसरी बात भगवान् कहते हैं, बड़ों को अपने परिवार के सदस्यों की भूषा मालूम होनी चाहिए। भूषा मतलब पहनावा, ड्रेस कोड। पहनावे से मतलब उस लिबास से नहीं है, जो हम रोज पहनते हैं। यहाँ उस आवरण की बात की जा रही है, जो हम ओढ़ लेते हैं, जिसमें पता नहीं लगता कि हम भीतर क्या हैं और बाहर क्या हैं ?

घर के बड़े-बूढ़े अपने बच्चों को बराबर समझाते रहें कि दोहरा जीवन मत जियो। जैसे भीतर से हो, वैसे ही बाहर से भी रहो। बच्चे बड़ों को ही देखकर सीखते हैं। इसलिए इस बात का जरूर ध्यान रखें कि हमारी स्वयं की भूषा भी ठीक रहे।

यदि हमारा खुद का जीवन दोहरा है तो हम बच्चों को एक जैसा दिखने का पाठ कैसे पढ़ा पाएँगे ? यदि घर का वातावरण ठीक नहीं है तो बच्चों से ठीक रहने या दिखने की उम्मीद करना बेकार है। बाहर का वातावरण जैसा भी हो, परंतु घर के भीतर का माहौल तो ठीक रखा जा सकता है। इस पर काम बड़ों को ही करना होगा।

तीसरी बात भोजन की आती है। घर के बड़ों को मालूम होना चाहिए कि

उनके बच्चे भोजन कैसा ले रहे हैं। भोजन में माँ की बड़ी भूमिका होती है। भारत में घर के रसोईघर में माँ के हाथों से जो भोजन बनता है, उससे केवल ऊर्जा ही नहीं, संस्कार भी मिलते हैं। माँ के हाथ के बने भोजन का स्वाद ही गजब का होता है। आज भी कई लोग ऐसे हैं, जो खाने का स्वाद चखकर बता देते हैं कि यह माँ के हाथ का बना है या किसी और के हाथ का। माँ पूरा ध्यान भोजन पर रखती थीं।

यहाँ आशय यह नहीं है कि भोजन सदैव माँ ही बनाए। आजकल के कामकाजी दौर में कई घरों में यह संभव नहीं रह गया है। कई माताओं के पास रसोई के लिए समय नहीं होता। ऐसी परिस्थिति में भोजन कोई भी बनाए, लेकिन प्रयास ऐसा कीजिए कि कम-से-कम उसकी परोसगारी तो माँ या घर की जो भी महिला इस भूमिका में हो, वह कर दे।

माँ को भगवान् ने वह ऊर्जा दी है कि यदि वह अन्न को छू भर ले तो उसका स्वाद बदल जाएगा। माँ होती ही इसीलिए है। बच्चों से तो ठीक, यदि कोई 80 साल की माँ हो तो वह अपने 60 साल के बेटे से भी पहला सवाल यही करेगी—तूने खाना खाया?

60 साल का आदमी तो भूख लगने पर खा ही लेगा। परंतु यह रिश्ता ही ऐसा है। इसकी संवेदना कुछ और होती है। इसलिए बड़े-बूढ़ों का काम है बच्चों के भोजन का ध्यान रखना।

कितनी ही व्यस्तता हो, किसी-न-किसी रूप में माता-बहनों को किचन कनेक्शन तो रखना ही चाहिए। आज कई बहनें ऐसी मिल सकती हैं कि रसोईघर या चौके-चूल्हे से कोई नाता ही नहीं रहा। गैर-नौकरीपेशा महिलाएँ भी पूरी तरह बाइयों के भरोसे रह गई हैं।

चलिए, जब बात निकली है तो एक छोटा सा किस्सा पढ़ लिया जाए।

एक पति-पत्नी की शादी की 25वीं सालगिरह का दिन था। सुबह-सुबह दोनों बैठे अखबार पढ़ रहे थे। तभी पत्नी ने पति को याद दिलाते हुए कहा—सुनो, आज हमारी शादी की 25वीं सालगिरह है तो मुझे कोई गिफ्ट तो दोगे न?

पति आधे-अधूरे मन से बोला—बोलो, क्या चाहती हो?

पत्नी बोली—25वीं सालगिरह को यादगार बनाना चाहती हूँ, इसलिए मेरी इच्छा है, ऐसी जगह जाऊँ, जहाँ कभी नहीं गई। पति तो अखबार में ही खोया हुआ था। बोला—हूँ···।

कुछ देर बाद पत्नी ने फिर वही बात दोहराई। पति ने सोचा, एक-दो बार कहेगी और चुप हो जाएगी। इसलिए फिर हूँ···कर दिया।

दो मिनट बाद पत्नी थोड़े ऊँचे अंदाज में बोली—सुनो जी, क्या हूँ, हूँ किए जा रहे हो ? मैं कह रही हूँ, आज 25वीं सालगिरह है और मैं ऐसी जगह जाना चाहती हूँ, जहाँ पहले कभी नहीं गई।

पति ने धीरे से अखबार बंद किया और बोला—एक काम कर, तू किचन में चली जा। इन 25 सालों में तू वहाँ नहीं गई है।

सच है। आज के इस व्यस्तता के दौर ने कई माताओं को चौके से दूर कर दिया है।

यहाँ तक हमने घर के बड़ों के दायित्व को लेकर बात की भाषा, भूषा और भोजन की। चलिए, अब जरा भजन को भी समझते हैं। भजन से आशय माला जपने या कीर्तन गाने से नहीं है। यहाँ भजन का मतलब है संस्कार से। बच्चों को भजन से जोड़ लिया तो समझो, परमात्मा से जोड़ लिया, ईश्वर से जोड़ लिया।

बच्चों को शिक्षा तो बाजार से अर्थात् स्कूल, कॉलेज, यूनिवर्सिटी या किसी संस्थान-कोचिंग सेंटर से मिल जाएगी, परंतु संस्कार घर के बड़े-बुजुर्गों से ही मिल पाएँगे। ये बाहर या बाजार में नहीं मिल पाएँगे। इसलिए समय-समय पर बच्चों को संस्कार देते रहें, उन्हें जीने का सलीका सिखाते रहें। श्रीरामचरितमानस और भगवान् राम का चरित्र हमें यही सिखाता है।

रामजी ने एक-एक कर सारे वानरों से उनकी कुशलक्षेम पूछी, उनका हौसला बढ़ाया और सीता खोज के महाभियान पर रवाना किया।

देखिए, रामायण के प्रसंग हमें समय प्रबंधन भी सिखाते हैं। जब सारे वानर अलग-अलग दिशाओं में जाने लगे उसी समय सुग्रीव ने एक आदेश जारी करते हुए कह दिया—इसी अवधि में काम पूरा करके लौटना है। जो कोई अवधि बीतने के बाद आएगा, उसे मैं दंड दूँगा।

आज के दौर में भी यह हमारे लिए बड़ा सबक है। आजकल प्रबंधन में टाइम मैनेजमेंट का बड़ा महत्त्व है। हर काम की अवधि तय है। उसमें काम होना ही चाहिए। रामचरितमानस सूचना दे रहा है कि यदि किसी काम को लेकर कोई अवधि तय हुई है तो उस टाइम लिमिट का पूरा ध्यान रखा जाए। दूसरी भाषा में इसे कह सकते हैं समय को साधना।

यहाँ एक प्रश्न उठता है कि समय साधने के लिए क्या किया जाए ?

आधुनिक प्रबंधन तो सिखाता ही है, हमारा आध्यात्मिक मैनेजमेंट भी इसके कुछ सूत्र बताता है। आध्यात्मिक सूत्र कहते हैं, समय को साधना हो तो चार काम कीजिए—

पहला, नींद पर नियंत्रण कीजिए। नींद आदमी को अकारण विलंब कर देती है।

दूसरा काम है निरंतरता। जब आपके काम में निरंतरता होगी, हर काम को नियमित रूप से करेंगे तो समय का सदुपयोग कर जाएँगे।

तीसरी बात है नकारना आना चाहिए। अगर आप 'नहीं' कहने की आदत नहीं डालते तो आप समय नष्ट करेंगे। संकोच विलंब का कारण बन जाता है। संकोची लोग हमेशा विलंब में ही घूमते रहते हैं, क्योंकि जो मिला, उसमें ही लगकर उलझ जाते हैं। न बात का परिणाम मिलेगा, न समय का सही उपयोग कर पाएँगे।

चौथा काम है, निंदा छोड़ दीजिए। देखा जाए तो निंदा का समय से क्या लेना-देना। लेकिन अध्यात्म कहता है, निंदा करनेवाले लोग अपना दायित्व-बोध दूसरों पर बड़ी आसानी से डाल देते हैं। और यदि दायित्व-बोध दूसरों की ओर सरकाना आ गया तो समझो, आप समय गड़बड़ाना सीख गए।

जो दायित्व-बोध जानता है, वह समझता है कि मुझे इस समय में यह काम करना ही है, क्योंकि यह मेरा दायित्व है। इसलिए निंदा से बचिए। यह भी समय प्रबंधन का एक सूत्र है।

जीवन में जितना बड़ा अभियान होगा, उतने ही कठोर समय प्रबंधन की जरूरत होगी। सुग्रीव के माध्यम से भगवान् राम ने एक निश्चित अवधि में काम करने का जो आदेश दिया था, वह आज के युग में हमारे लिए बड़े काम का है। जीवन में सफल होना हो तो समय प्रबंधन बहुत जरूरी है। जिसने समय को साध लिया, वह सफल होकर आगे बढ़ जाता है।

फिर सुग्रीव कहते हैं सीताजी की खोज का काम केवल काम मत समझना। इसके लिए मन, क्रम, वचन से जतन करना। जतन का मतलब होता है उपाय। सुग्रीव कहते हैं मन, क्रम, वचन से काम ऐसे करना कि कोई उपाय निकलकर आए।

रामचरितमानस हमें सिखाता है कि किसी भी काम को काम समझकर मत कीजिए। उपाय समझकर करेंगे तो ज्यादा अच्छे परिणाम मिलेंगे।

श्रीराम से आशीर्वाद लेकर एक नए जोश के साथ सारे वानर उछल-कूद करते हुए अपने अभियान पर निकल पड़े।

देखिए, भगवान् राम को हनुमानजी पर कितना भरोसा था। जब सब वानर निकल गए तो पीछे-पीछे चल रहे हनुमान को पास बुलाया और सीताजी की कर मुद्रिका उनको दे दी। हनुमानजी ने कर मुद्रिका रखी और पीछे-पीछे चल दिए। अंगद, जो हनुमानजी का पक्का चेला था, यह देख रहा था।

हनुमानजी से धीरे से पूछा—महाराज, भगवान् ने आपको क्या दिया है?

हनुमानजी ने कहा—यह अँगूठी दी है।

अंगद ने पूछा—आप क्या करेंगे इसका?

हनुमानजी ने कहा—यही तो मेरे तनाव का कारण है। सोच रहा हूँ, क्या करूँ? रामनाम अंकित मुद्रिका को कहाँ रखूँ? शरीर के जितने अंग हैं, सबके पास शृंगार है।

पैर के पास बिछिया है, पायल है। जंघाओं पर वस्त्र है, कटी में कंधोरा है, हाथ के लिए कंगन हैं, अंगुलियों में अँगूठी है। माथे पर बिंदिया है, कानों में कुंडल है, बालों में गजरा है, आँखों में कजरा है। हर अंग का कोई-न-कोई आभूषण है।

एक जिह्वा ऐसी है, जिसको कोई शृंगार नहीं मिला। इसलिए सोच रहा हूँ, मैं आज से जीभ को उसका शृंगार देते हुए यह रामनाम अंकित मुद्रिका मुँह में रख लेता हूँ और हनुमानजी ने ऐसा ही किया। बस उसी दिन से जीभ का शृंगार रामनाम हो गया।

हम देह को कितना ही सजाएँ, कोई बुराई नहीं, परंतु जीभ का भी शृंगार किया करें। जीभ का शृंगार है रामनाम। यह भक्ति की खोज है।

सीताजी की खोज में निकले वानर थोड़ा ही चले थे कि प्यास से व्याकुल होने लगे। वानरों ने सोचा, अब क्या करें, कहाँ जाकर प्यास बुझाएँ? सबसे पीछे चल रहे हनुमानजी ने पहाड़ पर चढ़कर देखा, कुछ परिंदे एक गुफा में जा रहे हैं। सोचा—यहाँ अवश्य पानी मिल सकता है। सभी से कहा—चलो, इस गुफा की ओर चलते हैं।

गुफा के पास पहुँचे तो यहाँ एक नई समस्या पैदा हो गई कि गुफा के भीतर जाए कौन? कोई अंदर जाने को तैयार नहीं। जब सारे काम रुक जाते हैं, तब हनुमानजी याद आते हैं। सब मिलकर बोले—महाराज, आप ही आगे हो जाओ। सीधी-सीधी बात थी, यदि गुफा में कोई संकट हो तो तुम भुगतो।

हनुमानजी तो संकट मोचक थे ही, हो गए आगे। पीछे-पीछे बाकी वानर हो लिये। अंदर पहुँचे तो देखा, वहाँ एक तपस्विनी स्त्री स्वयंप्रभाजी बैठी हुई हैं। सबने उनको प्रणाम करते हुए याचना की—माँ, हम प्यास से बहुत व्याकुल हैं, पानी कहाँ पीएँ?

तुलसीदासजी ने संक्षेप की भाषा में लिखा है, स्वयंप्रभाजी बोलीं—आप लोग कुछ देर आँखें बंद कीजिए। मैं आपको समुद्र तट पर भेज दूँगी। वहाँ आपको पानी मिल जाएगा। सारे वानरों वे वैसा ही किया।

गुफा में बैठकर आँखें बंद करने का अर्थ है, ध्यान में उतरना। गुफा मतलब अपने भीतर उतर जाइए। भक्ति की यात्रा में थोड़ा भीतर उतरना आरंभ कीजिए।

इसलिए चौबीस घंटे में कुछ देर आँखें बंद कर ध्यान जरूर करें।

आज के दौर में लोगों को जितना कष्ट मुसकराने में होता है, उतना ही आँखें बंद करने में होता है। बड़ी ताकत लगती है आँखें बंद करने में। कोई आपसे कहे कि आँखें बंद करके चुपचाप बैठ जाओ तो कितना टेंशन हो जाता है, मानो दुनिया ही लुट जाएगी।

इधर-उधर देखना मनुष्य का स्वभाव होता है। कई लोग तो घर भी मैन रोड पर इसीलिए बनाते हैं कि बालकनी से आते-जाते लोगों को देखते रहेंगे। कुछ लोग तो चाय भी बाहर बैठकर इसीलिए पीते हैं। हमारे भीतर दृश्य देखने की यह वृत्ति कौन पैदा करता है ? हमारा मन करता है। मन जानता है कि यह देखता रहेगा तो मेरे नियंत्रण में रहेगा। आँखें बंद की कि मेरे नियंत्रण से बाहर हो जाएगा। इसलिए मन आँखों को बंद नहीं होने देता। मन का काम ही मनुष्य का ध्यान भटकाना है।

आप जो काम शरीर से करेंगे, मन उससे उल्टा चला जाता है। एक बात याद रखिए, हमारा शरीर मन के मुकाबले ज्यादा ईमानदार है। आप भोजन करने बैठेंगे तो जरूरत के मुताबिक खा लेने के बाद शरीर मना कर देगा कि बस हो गया, इससे ज्यादा नहीं। अब नहीं खाएँगे।

कई लोग तो तय कर लेते हैं कि आज कुछ नहीं खाएँगे। लेकिन थाली सामने आ जाए तो वहाँ मन हावी हो जाता है। उसे आत्मा की आवाज सुनाई ही नहीं देती। आप अपने आप से ही कहते हैं—खा लें यार···कल से देखेंगे। और खाने लग जाते हैं।

जब आपका शरीर मना कर रहा है तो कौन कह रहा है कि खा ले। जो होगा, बाद में देखते रहेंगे। यह सब मन कह रहा होता है। शरीर और आत्मा के नहीं चाहने पर भी वही खिला रहा है आपको। इस भेद को समझिए। मन को नियंत्रित कीजिए। मन को नियंत्रित करना है तो आँखें बंद करनी ही पड़ेंगी। आपको ध्यान में उतरना पड़ेगा। ऐसा नहीं कि पूरी तरह ध्यान में डूबकर अपने आप को संसार की जिम्मेदारियों से ही अलग कर लें। ध्यान को साधकर संसार के सारे काम भी करने हैं।

स्वयंप्रभाजी के कहने पर वानरों ने कुछ समय के लिए आँखें बंद कीं और जब खोलीं तो देखा, सब-के-सब समुद्र तट पर बैठे हुए थे। यह ध्यान का ही परिणाम था। ध्यान लगाएँगे तो पाएँगे, आप लक्ष्य के बहुत करीब पहुँच गए हैं। सफलता के पास पहुँच गए हैं।

जैसे ही वानरों ने अपने आप को समुद्र किनारे पाया, सब विचार करने लग

गए कि अब क्या करें? उसी समय एक और घटना घटी। जटायु का भाई संपाति बाहर निकला। देखा, एक साथ इतने सारे वानर? आनंद आ गया। बहुत दिनों से भूखा हूँ, इन सबको खा जाता हूँ।

जैसे ही उसने वानरों को खाने की बात की, अंगद ने समझाया। अरे भाई, यह क्या कह रहे हो? तुम्हारे भाई जटायु ने माता सीता की रक्षा के प्रयास में अपने प्राण दे दिए और तुम उनकी खोज में जा रहे हम वानरों को खाने की बात कर रहे हो? संपाति को बोध हुआ।

देखिए, संपाति कौन है? यह मन का प्रतीक है। मन का काम ही खाना है। मन की डाइट बहुत तगड़ी होती है। उसका पेट कभी भरता ही नहीं। इतने विचार खाता है कि आप खिलाते-खिलाते थक जाएँगे। अब वो संपाति के रूप में फिर आ गया और इस बार उसको अंगद ने समझाया।

अंगद की बात सुन संपाति को धर्मबोध हुआ। बोला—ठीक है, मैं देख रहा हूँ। वो रही लंका, वहाँ सीता बैठी है। मैं वहाँ जा तो नहीं सकता, परंतु मैंने सब देख लिया है। आप लोग वहाँ जाकर अपना काम पूरा करो।

लंका यानी समुद्र के पार। फिर एक समस्या कि समुद्र लाँघकर कौन और कैसे जाए? जामवंत तो बूढ़े हो चुके थे। अंगद सहित युवा पीढ़ी से उम्मीद थी, लेकिन सब कहीं-न-कहीं असमर्थ दिखे। मिशन बहुत बड़ा था, इसलिए यहाँ हर मामले में परफेक्शन की जरूरत थी।

तू जा…तू जा…की चर्चा के बीच सबने पीछे देखा तो हनुमानजी आँख बंद किए ध्यान लगाए चुपचाप बैठे थे। जामवंत तो हनुमान की योग्यता से परिचित थे। पास गए और हनुमानजी से बोले—

**कहहि रिछपति सुनहुँ हनुमाना। काछ प्रसादु रहेहु बलवाना॥**
**पवन तनय बल पवन समाना। बुद्धि बिबेक बिज्ञान निधाना॥**
**कवन सो काज कठिन जग माहि। जो नहि होई तात तुम पाई॥**

हनुमान, तुम क्यों चुप हो? क्या सोच रहे हो, किस ध्यान में मग्न हो? बाहर निकलो। पवन के समान बलवाले, बुद्धि, विवेक और ज्ञान के निधान, अब समय आ गया है, जब तुम्हें कुछ कर दिखाना है। संसार में ऐसा कौन सा काम है, जो तुम नहीं कर सकते हनुमान?

कितने अच्छे ढंग से हनुमानजी को समझाते हैं जामवंत। इसको कहते हैं बुजुर्गों का अनुभव। वे जानते हैं किस आदमी को कब कौन सा काम देना है। और खास बात यह कि उस काम देने के भाव में आदेश नहीं बल्कि प्रोत्साहन की भाषा होना चाहिए। जब युवा पीढ़ी अपना जोश बिसार देती है, तब हमारे बड़े-बूढ़े ही

हमें अपना दायित्व याद दिलाते हैं। घर या कुल के बड़े-बूढ़े सबसे बड़ा काम यही करते हैं कि हमको हम ही से परिचित करा देते हैं। यहाँ वही काम जामवंत ने किया। हनुमानजी को उनकी स्वयं की योग्यता, उनके 'मैं' से परिचित करवाया। अलग-अलग तरीके से समझाकर प्रोत्साहित किया।

रामचरितमानस सिखाती है कि बच्चों को समझाने का बड़े-बूढ़ों का तरीका कैसा होना चाहिए। बड़े-बूढ़े हमें बता देते हैं कि आपके भीतर की कमजोरी को पहचानते हुए अपने आप को तैयार करो और लक्ष्य की ओर बढ़ जाओ। लक्ष्य बड़ा हो, इरादे दृढ हों तो कोई बाधा सफल होने से नहीं रोक सकती।

जामवंत ने हनुमानजी को कहा—संसार में ऐसा कौन सा काम है, जिसे कर पाना तुम्हारे लिए कठिन है। जो तुमसे नहीं हो सकता? तुम्हारा तो अवतार ही रामकाज के लिए हुआ है। बस, जैसे ही रामकाज की बात सुनी—

**राम काज लगि तव अवतारा। सुनतेहु भयउं पर्वताकारा॥**

हनुमानजी एकदम विशाल पर्वताकार हो गए, तैयार हो गए, आतुर हो गए। इसीलिए तो हनुमान चालीसा की एक पंक्ति में तुलसीदासजी ने उनके लिए लिखा है—'राम काज करिबै को आतुर'।

ध्यान रखें, ज्ञान, कर्म और उपासना के मार्ग में जो संघर्ष है, जो बाधा है, उसमें समाज का बड़ा-बूढ़ा, परिवार के माता-पिता, बड़े लोग बहुत बड़ी भूमिका निभाते हैं। किष्किंधा कांड की कथावस्तु हमें यही सिखाती है।

अधर्म और अन्याय से भगवान् का संघर्ष शुरू हो गया। सीताजी की खोज आरंभ हो रही है। सीता मतलब शांति, शक्ति और भक्ति। हम जिस शांति की, जिस सफलता की तलाश में हैं, वह इतने मार्गों से गुजरती है। ज्ञान मार्ग, कर्म मार्ग और उपासना का मार्ग। ज्ञान मार्ग में चिंतन स्पष्ट रखें, कर्म के मार्ग में निष्कामता बनाए रखिए और उपासना के मार्ग में ध्यान का मार्ग बनाइएगा।

हनुमानजी ऐसा ही करते थे। अद्‌भुत प्रबंधन था उनका। इसीलिए रामकाज के मार्ग में जो-जो बाधाएँ आईं, सबसे निपटते हुए लक्ष्य की ओर आगे बढ़ते गए।

जामवंत के उत्साहवर्धन करते ही हनुमानजी ने श्रीराम द्वारा दी गई मुद्रिका मुख में रखी और 'जय श्रीराम···' के उद्‌घोष के साथ समुद्र पार पहुँचने के लिए छलाँग लगा दी।

इसी के साथ रामकथा का चौथा भाग यानी किष्किंधा कांड पूर्ण होता है। इसके बाद क्या कुछ घटित होता है, जानने के लिए पढ़िए कथा का पाँचवाँ भाग यानी सुंदर कांड।

□

*भाग-5*

# सुंदर कांड

गोस्वामी तुलसीदासजी ने रामचरितमानस जैसा दिव्य ग्रंथ देकर जीवन के समस्त कर्मकांड, पूजा, भक्ति की विधि को इतना सरल बना दिया कि आज यह ग्रंथ भारतीय संस्कृति की आचार-संहिता बन गया। सात कांड या सोपानों में विभक्त श्रीरामचरितमानस का पाँचवाँ सोपान है सुंदर कांड। इसी सोपान में भगवान् ने दुर्गुणों पर सद्‌गुणों की विजय के लिए अभियान छेड़ते हुए सत्य की विजय की लीला की थी।

एक बार फिर याद कर लिया जाए—बाल कांड की कथावस्तु हमें जीवन को सहज रखने के सूत्र सिखाती है। अयोध्या कांड में सत्य से परिचय होता है। हमें यह जानने का अवसर प्राप्त होता है कि परिवार का सत्य प्रेम, व्यवसाय का सत्य परिश्रम, समाज का सत्य सेवा और निज का सत्य पवित्रता होता है।

अरण्य कांड में जीवन के संतुलन की बात आती है। रामजी का चरित्र सिखाता है हमको किस क्रम से चलना है। भूत, वर्तमान और भविष्य के प्रति सजग होकर इनमें संतुलन बनाने पर ही संघर्ष में प्रवेश किया जा सकता है।

चौथे सोपान किष्किंधा कांड में समझा कि मनुष्य के जीवन में किस-किस रूप में और कितना संघर्ष आता है। संघर्ष के बिना सफलता प्राप्त नहीं हो सकती। इसमें न सिर्फ भगवान् को बल्कि जितने भी पात्र आते हैं, सभी को कहीं-न-कहीं संघर्ष करना पड़ा। भगवान् बताते हैं, संघर्ष एक जीवनशैली है। इसे बोझ, विपरीत, प्रतिकूलता, तनाव और परेशानी का कारण नहीं मानें। घर के भीतर, घर के बाहर स्वाभाविक रूप से संघर्ष कीजिए।

सुंदर कांड की कथा हमको सफलता के सूत्र बताती है। यह दुनिया में

सर्वाधिक गाए जानेवाले साहित्यों में से एक माना गया है। हनुमानजी के पराक्रम के लिए इस साहित्य को बहुत लोगों ने पूजा है।

सुंदर कांड दो भागों में बँटा हुआ है। इसमें कुल साठ दोहे हैं। आरंभ के 33 दोहों में हनुमानजी के पराक्रम की लीला है और बाद के 27 दोहों में भगवान् श्रीरामजी का चरित्र सामने आता है। इसके उत्तरार्द्ध में हनुमानजी बहुत कम या नहीं के बराबर बोलते हैं।

हनुमानजी ने रावण को चुनौती दी, माँ सीताजी को संदेश दिया और लंका का दहन करके भगवान् का काम पूरा किया तथा जब लौटे तो मौन हो गए। अपने भक्तों को यह सूचना दे रहे हैं हनुमानजी कि एक समय आता है, जब व्यक्ति संकेतों से काम करने लगता है।

चलिए, एक छोटी सी कहानी के साथ सुंदर कांड में प्रवेश करते हैं।

एक गड़रिया था। कान से बहरा था और रोज सुबह से भेड़ों को लेकर जंगल चला जाता। उसकी पत्नी दोपहर को उसका भोजन लेकर जाती। एक दिन उसे खबर मिली कि किसी कारण से पत्नी खाना लेकर नहीं आ पाएगी।

समय पर भूख लगी तो गड़रिए ने सोचा, घर जाकर भोजन कर लेता हूँ। लेकिन समस्या यह थी कि इस बीच भेड़ों को कौन सँभाले? तभी उसकी नजर कुछ दूर लकड़ी काट रहे एक लकड़हारे पर पड़ी। सोचा, इससे पूछता हूँ। यदि यह हाँ कर देता है तो मैं घर होकर आ जाऊँगा।

पेड़ पर चढ़कर लकड़ी काट रहे लकड़हारे के पास गया और बोला—भैया, मुझे भोजन करने घर जाना है। थोड़ी देर मेरी भेड़ों पर नजर रख लोगे? संयोग से वह लकड़हारा भी बहरा था।

गड़रिए ने क्या कहा, उसको सुनाई नहीं दिया। सोचा, पता नहीं भेड़ के बारे में क्या कह रहा है। हाथ से इशारा करते हुए बोला—जाओ भाई, मुझे मेरा काम करने दो और तुम भी अपना काम करो।

हाथ का इशारा देख गड़रिए को लगा, कह रहा है—जाओ, जाओ···भेड़ों की चिंता मत करो। और वह घर चला गया।

एक घंटे बाद जब लौटा और भेड़ों की गिनती की तो सभी सलामत थीं। उसे बड़ा अच्छा लगा कि लकड़हारे ने भेड़ सँभालकर मेरी बड़ी मदद की है। और बड़ी बात यह कि सभी भेड़ें सलामत हैं। एक भी कम नहीं। तो इसको कुछ भेंट देनी चाहिए।

गड़रिए ने एक भेड़ उठाई, जिसकी टाँग टूटी हुई थी। जानते ही हैं, आजकल

भेंट में वे ही चीज दी जाती है, जो अपने काम की नहीं हो। समझदार लोग ऐसा ही करते हैं। सोचते हैं अपने तो किसी काम की है नहीं, टिका दो। भेंट की भेंट हो जाएगी और अटाला भी छँट जाएगा।

उस लँगड़ी भेड़ को लेकर लकड़हारे के पास गया और बोला—भैया, सहयोग के लिए धन्यवाद और ये लो मेरी ओर से भेंट। लकड़हारा भी बहरा तो था ही। पेड़ से नीचे उतरा और बोला—क्या फालतू बात कर रहे हो? मैंने तुम्हारी भेड़ की टाँग नहीं तोड़ी है। जब दो बहरे बात करते हैं तो ऐसी ही स्थिति बनती है।

गड़रिया कह रहा है, भेंट ले लो, लकड़हारा कह रहा है, मैंने भेड़ की टाँग नहीं तोड़ी। दोनों अपनी-अपनी बात पर अड़ गए और अड़-अड़ में लड़ लिये। लड़ते-लड़ते सड़क पर आ गए।

सामने से एक घुड़सवार आ रहा था। दोनों को लगा, कोई राजकुमार है तो उसका घोड़ा पकड़ लिया और बोले, हमारा फैसला करके जाइए। गड़रिया बोला—मैं इसको भेड़ भेंट करना चाहता हूँ और यह लेने से मना कर रहा है। लकड़हारा बोला—झूठ बोलता है। मैंने इसकी भेड़ की टाँग नहीं तोड़ी।

वह आदमी जो घोड़े पर बैठकर आया था, किसी राजा का घोड़ा चुराकर लाया था और वह भी बहरा था। कुछ सुनाई नहीं दे रहा था तो उसको लगा, पकड़े गए। ये दोनों मिलकर कह रहे हैं कि घोड़ा हमारे हवाले कर दो।

वह चोर घुड़सवार बोला—भैया, गलती हो गई। अपना घोड़ा रख लो, पर मुझे जाने दो। अब तीनों ही आपस में लड़ लिये।

एक कह रहा है, भेड़ भेंट में ले लो, दूसरा कह रहा है, मैंने टाँग नहीं तोड़ी और तीसरा कह रहा है, अपना घोड़ा रख लो और मुझे जाने दो। तीनों ऐसे उलझे कि कोई किसी को छोड़ने को तैयार नहीं।

उसी समय वहाँ से एक महात्माजी गुजरे। तीनों ने देखा तो सोचा, इनसे निपटारा कराते हैं। पहुँच गए महात्माजी के पास। सभी ने अपनी-अपनी बात कहना शुरू कर दी। गड़रिया बोला—यह मेरी भेड़ भेंट में नहीं ले रहा है। लकड़हारे ने कहा—मैंने इसकी भेड़ की टाँग नहीं तोड़ी और घुड़सवार बोला—मैंने घोड़ा वापस कर दिया, फिर भी मुझे जाने नहीं दे रहे हैं।

संयोग से वे महात्मा मौनी थे। कुछ बोलते नहीं थे। सारी झंझट समझ तो गए, परंतु निपटाएँ कैसे? कुछ बोल नहीं सकते।

सोचा, ये तीनों बहरे हैं और मुझे बोलना नहीं। अब क्या किया जाए? (ध्यान रखें, साधुओं का सारा तेज उनकी आँखों में होता है। किसी संत को परखना हो

या उसकी तपस्या की गहराई नापना हो तो उसकी आँखों में झाँकिएगा। और फिर मौनी की तो साधना ही गजब की होती है। जिसका मौन सध जाता है, फिर वह नेत्रों से बोलता है।

महात्मा ने अपनी आँख उस गड़रिए की आँख में डाली। कहा कुछ नहीं, बस देखा और वह गड़रिया अपनी भेड़ों को लेकर चलता बना।

लकड़हारे को देखा तो वह चुपचाप पेड़ की ओर चल दिया। घुड़सवार की आँखों में आँख डाली तो वह भी घोड़े पर बैठा और रवाना हो गया। तीनों अपनी-अपनी दिशा में चल दिए। विवाद समाप्त हो गया और महात्माजी भी अपने रास्ते बढ़ गए। यह था सच्चे साधु के तेज का कमाल।

यह हमारी भी कहानी है। कई मामलों में हम लोग बहरे हो गए हैं और कुछ में बोले ही चले जा रहे हैं। आज एक पिता क्या बोल रहा है, बेटे को समझ नहीं आ रहा। बेटा क्या बोल रहा है, पिता नहीं समझ पा रहा है। पति क्या बोल रहा है, पत्नी को समझ में नहीं आ रहा और पत्नी क्या कह रही है, इसे पति नहीं समझ पा रहा है। हर कोई अपने पचड़ों में उलझा है। किसी को किसी की बात समझ नहीं आ रही।

रामचरितमानस का सर्वाधिक लोकप्रिय, मान्य व प्रतिष्ठित सोपान है सुंदर कांड। आज कई ऐसे निरक्षर लोग मिल जाएँगे, जो हस्ताक्षर तक नहीं कर सकते। चार लाइन नहीं पढ़ सकते, परंतु सुंदर कांड की चौपाइयाँ मोतियों की तरह मुँह से निकालते हैं। क्यों, आखिर क्या है इसमें?

कारण यही है कि इसकी एक-एक पंक्ति, एक-एक शब्द में हनुमानजी उतर गए हैं। तुलसीदासजी डूब से गए उनकी कृपा में। ऐसा अद्‌भुत कांड है यह।

सुंदर कांड के आरंभ में पहला शब्द आया है—शांतम्। यह शांति की माँग के साथ रचा गया साहित्य है। इसमें शांति की माँग की गई है।

इस दौर में हर कोई इस प्रयास में है कि सुख मिल जाए। दुःख कोई नहीं चाहता। और आज के समय में सुख मिलना बहुत कठिन भी नहीं है। बैंकों में लोन के रूप में मिल जाता है। चाहे जैसा सुख ले लो। और यदि थोड़े समझदार हों तो लौटाना भी नहीं पड़ता। इस तरह सुख पाना बहुत आसान हो गया है।

इस दौर की समस्या तो यह है कि सुख के साथ शांति कहाँ से लाई जाए। शांति न तो लोन पर मिल सकती है, न किसी कॉरपोरेट घराने से मिलने वाली सैलरी से खरीदी जा सकती है। यह न किसी तिजोरी से निकलती है और न किसी बहीखाते में मिलती है। शांति मनुष्य को स्वयं अर्जित करना पड़ती है। आप अपने

बच्चों को सुख तो दे देंगे और आप नहीं देंगे तो वो कमा लेंगे। लेकिन ये बच्चे शांति कहाँ से लाएँगे?

इसी शांति की खोज है सुंदर कांड। इसका नाम ही सुंदर इसलिए रखा है। जीवन सुंदर तब है, जब इसमें सुख के साथ शांति भी है। केवल सुख होने से जीवन सुंदर नहीं हो सकता। कई लोग ऐसे मिल जाएँगे, जिनके पास बाहरी सुख तो बहुत है; लेकिन भीतर झाँककर देखें तो जीवन घोर अशांति से भरा है। और जब शांति नहीं तो सुख किस बात का?

सुख के साथ शांति कैसे प्राप्त की जाए, यह सूत्र सुंदर कांड में हनुमानजी बताते हैं। यह सुख के साथ शांति उपलब्ध कराने का साहित्य है। हनुमानजी को जीवन से जोड़कर शांति अर्जित की जा सकती है।

अकसर लोग एक प्रश्न करते हैं। रामचरितमानस के जो छह कांड हैं, उनके नाम घटनाओं, व्यक्तियों या स्थितियों से जुड़े हैं। बाल कांड में बाललीला है, अयोध्या कांड में अयोध्या, अरण्य में जंगल की कथा, किष्किंधा में किष्किंधा क्षेत्र की कथा है। उसके बाद लंका में लंका की घटना है, उत्तर कांड में फिलॉसफी है। परंतु तुलसीदासजी ने इस सोपान का नाम सुंदर कांड क्यों रख दिया? इसमें सुंदर जैसा क्या है?

विद्वानों का मत है, लंका त्रिकुटाचल पर्वत पर बसी थी। तीन पर्वत शिखर थे, जिस पर लंका बसी थी। जो मैदान था, जहाँ युद्ध हुआ, उसका नाम था सुबैल पर्वत। एक नील पर्वत था, जहाँ राक्षसों के महल बने हुए थे और त्रिकुटाचल का जो शिखर था, उसका नाम था—सुंदर शिखर। यहाँ अशोक वाटिका बसी थी, जिसमें रावण ने सीताजी को रखा था।

रामचरितमानस की प्रमुख घटना यहाँ घटी थी, इसलिए इसका नाम 'सुंदर कांड' रखा गया। इसमें सबकुछ बड़ा सुंदर है। वाल्मीकि रामायण में तो बड़ी सुंदर बात लिखी है कि सभी सुंदर हैं। घटनाएँ सुंदर हैं, दृश्य सुंदर हैं, सीताजी सुंदर हैं और हनुमानजी भी सुंदर हैं। वाकई हनुमानजी बहुत सुंदर हैं।

कोई यह समझने की गलती न करे कि वे वानर रूप में हैं तो सुंदर कैसे हो सकते हैं। ऐसा नहीं है। सबकुछ सुंदर है उनका। दिखते सुंदर हैं, करते सुंदर हैं, बोलते सुंदर हैं और सबसे बड़ी बात, उनका चरित्र भी बहुत सुंदर है।

जिस सफलता को आज हम देखकर खुश हो रहे हैं, यह अधूरी है। जीवन का अर्द्धसत्य है। जिस सफलता के साथ शांति नहीं, वह कैसी सफलता? अशांति के साथ प्राप्त की गई सफलता पूर्ण नहीं हो सकती।

हम लोगों का स्वभाव हो गया है, इसलिए जैसे-तैसे सफलता अर्जित कर लेते हैं। आज तो असफल होने से ज्यादा तनाव इस बात का है कि लगातार सफल कैसे बने रहें ?

शांति लाए न लाए, सफलता अपने साथ दो चीजें जरूर लाती है—शत्रु और चापलूस। इन दोनों से आपको बचना पड़ेगा। सफलता और उसके साथ आनेवाली चीजों को पचा पाना इतना आसान नहीं है।

सफलता को लेकर आज लोगों की दृष्टि भी बदल गई है। हम लोगों ने सफलता का अर्थ यह समझ लिया है कि अपने अधिकार के लिए गिड़गिड़ाओ और दूसरे के अधिकार को उपद्रव से हासिल कर लो।

कुछ लोग भ्रष्टाचार के माध्यम से सफलता हासिल कर रहे हैं, लेकिन यह ठीक नहीं है। सुंदर कांड बताता है, सफलता सुंदर होनी चाहिए।

आज का युग दो बातों पर टिका हुआ है—आईटी और ब्यूटी। आईटी यानी इन्फॉरमेशन टेक्नोलॉजी और ब्यूटी यानी सुंदरता। हर आदमी सोचना है, हर दृष्टिकोण से मेरा काम, मेरा जीवन सुंदर बना रहे। यदि सचमुच इसे सुंदर बनाना है तो सफलता के साथ शांति को जोड़कर चलना होगा।

**कथासार :** सुंदर कांड का कथासार यह है कि हनुमानजी समुद्र को लाँघने के लिए छलाँग लगाते हैं। राह में मैनाक, सुरसा आदि कई बाधाओं को पार करते हुए लंका में प्रवेश करते हैं। विभीषण से भेंट होती है। सीताजी तक पहुँचकर उनको रामजी का संदेश देते हैं। लंका जलाकर रावण को बड़ी चुनौती देते हैं। लौटकर रामजी को सीताजी का संदेश देते हैं।

रावण को भाई विभीषण व पत्नी मंदोदरी समझाती है, वह नहीं समझता। रावण की लात खाकर विभीषण रामजी की शरण में आते हैं। लंका प्रस्थान के लिए वानर सेना समुद्र पर सेतु का निर्माण करती है। यह सुंदर कांड का सार है।

सुंदर कांड की कथा में सफलता के सूत्र भरे पड़े हैं। कैसे हनुमानजी उड़े, विश्वविजेता रावण की नगरी लंका में उत्पात मचाया और सफल होकर लौट आए। हमें सीखने और समझने की बात यह है कि जीवन में जब भी चुनौतियाँ आएँ तो बाहर निकलकर उनका सामना करें।

अपने क्षेत्र में, अपने ही घर में कामयाब होना तो आसान है, परंतु दूसरे के गढ़ में घुसकर सफल होकर लौटना इतना बड़ा काम सिर्फ हनुमानजी ही कर सकते हैं। विश्वविजेता रावण, जिसके पास चारों दिग्पाल यम, कुबेर, वरुण और इंद्र बंदी थे। जिसके आँगन में मृत्यु नाचती थी। ब्रह्माजी बहीखाता लेकर बैठते थे। गणेशजी

गधे की सफाई करते थे। वरुण झाड़ू लगाते थे। अग्नि रसोइया था। ये सब रावण के यहाँ काम करते थे। धरती पर जिसका इतना आतंक था, उसके द्वार पर जाकर हनुमानजी सफल होकर आ गए।

देखिए, जीवन में सफल कैसे हुआ जा सकता है। हनुमानजी के माध्यम से थोड़ा ध्यान दीजिए कि सफलता के मार्ग पर चलने से पहले चार चरणों का ध्यान रखा जाए। पहली बात, सफलता के लिए क्या किया जाए। दूसरी, सफलता मिलने पर क्या करें। तीसरी, सफलता के साथ क्या करें और चौथी बात, सफलता के बाद क्या करें ?

जीवन में सफलता पाना हो तो छह बातें स्वभाव में उतारनी पड़ती हैं। तब सातवें पायदान पर सफलता मिलती है। कौन सी छह बातें ?

पहली सक्रिय हो जाएँ, दूसरी सजग हो जाएँ, तीसरी सक्षम हो जाएँ, चौथी संघर्ष करें, पाँचवीं समर्पण तथा छठी संवेदनशीलता। ये छह चीजें जब जीवन में होंगी, तब सफलता मिलेगी।

चलिए, थोड़ा इन छह बातों की गहराई में चलते हैं।

पहली बात सफलता के लिए सक्रिय हो जाएँ। बिना सक्रिय हुए सफलता नहीं मिल सकती। हनुमानजी कैसे सक्रिय हैं, देखिए।

तुलसीदासजी ने लिखा है, जामवंतजी की बात सुन हनुमानजी को बहुत अच्छा लगा। सुनते ही सक्रिय हो गए। जामवंत श्रीरामजी की सेना के सबसे वृद्ध सदस्य थे और सुंदर कांड की शुरुआत भी जामवंत ('जामवंत के वचन सुहाए') शब्द से हुई है।

तुलसीदासजी ने समाज के वृद्ध, समाज के बूढ़े, समाज के अनुभव को प्रदर्शित किया है। जिन्हें सफलता की यात्रा करनी हो, वे हनुमानजी के चरित्र से, सुंदर कांड के माध्यम से एक बात समझ लें कि सफलता की जो यात्रा बड़े-बूढ़ों को प्रणाम करके, उनके आशीर्वाद लेकर, उनके अनुभव की पूँजी लेकर आरंभ की जाएगी, वही सफलता टिकेगी अन्यथा समाज में विकृति आ जाएगी।

हनुमानजी ने भी अपनी सफलता की यात्रा सेना के बूढ़े व्यक्ति जामवंत को प्रणाम करके शुरू की थी और उसी का परिणाम था कि सफल होकर ही लौटे थे। यह बात हमें याद रखनी चाहिए। हनुमानजी को जामवंतजी के वचन अच्छे लगे, इतना ही नहीं है। उनके हृदय तक उतर गए थे। इस ग्रंथ में तुलसीदासजी ने हर बात कितनी सावधानी से लिखी है।

नई पीढ़ी के लोगों को तुलसीदासजी यह संकेत देना चाहते हैं कि बड़े-

बूढ़ों के वचन इस कान से सुनें और उस कान से निकाल दें, ऐसा न करें। आपके माता-पिता या घर में जो भी बड़े-बूढ़े हों, उनके शब्दों को हृदय में उतारिए। उनका पालन कीजिए।

शब्दों को हृदय में उतारा और जामवंत से कहा—मैं आपसे कुछ पूछना चाहता हूँ, आप मुझे उचित शिक्षा दीजिए। यहाँ भी तुलसीदासजी के शब्दों का चमत्कार देखिए। उन्होंने कहा, युवा पीढ़ी को संकेत किया ही कि बड़े-बूढ़ों की बात सुननी चाहिए। साथ ही बुजुर्गों के लिए भी ज्ञान बाँट दिया। समझने की बात यह है कि हनुमानजी ने उचित शब्द क्यों बोला? क्या जामवंत अनुचित सलाह देते थे?

हनुमानजी एक मनोविज्ञान जानते थे कि कभी-कभी बड़े-बूढ़े सलाह देते-देते अपने समय की ही हाँकने लगते हैं। देश, काल, परिस्थिति बदल गई तो हनुमानजी को लगा, कहीं जामवंतजी अपनी न सुनाने लग जाएँ। बुढ़ापे में विस्मृति होना स्वाभाविक बात है। इससे कोई नहीं बचेगा। और स्मृति चली जाती है तो भान भी चला जाता है।

कई बार ध्यान ही नहीं रहता कि क्या बोलना था और क्या बोल गए। इसलिए हनुमानजी सावधान हो गए और 'उचित' शब्द का प्रयोग किया।

जामवंतजी ने उनको शिक्षा दी कि रावण के पास जाकर आपको युद्ध नहीं करना है। जाना, प्रभु श्रीराम का संदेश देना और उनका स्वभाव व प्रभाव स्थापित करके आ जाना। जामवंतजी की बात को हृदय में उतारते हुए हनुमानजी सभी को प्रणाम करते हैं। देखिए, हनुमानजी को कोई जरूरत नहीं थी कि सबको प्रणाम करते। जामवंत को छोड़ लगभग सभी वानर उनसे छोटे थे। परंतु हनुमानजी सबको प्रणाम करते हैं।

यहाँ हनुमानजी का चरित्र हम सभी को संदेश देता है कि जब किसी बड़े लक्ष्य की यात्रा पर निकलो तो विनम्रता आपकी ताकत होती है। सबको प्रणाम करने का अर्थ ही है विनम्र हो जाना। आप जितने विनम्र होंगे, जितने झुकेंगे, उतने ही ऊँचे उठ पाएँगे।

हनुमानजी ने भगवान् को हृदय में रखा और प्रसन्न मन से सभी साथियों से विदा ली। कोई भी बड़ा काम करने जाएँ तो ये दो काम जरूर कीजिए। एक तो भगवान् को हृदय में रखिए और दूसरा हर्षित यानी प्रसन्न रहिए।

हनुमानजी ने सुंदर कांड के आरंभ में मुसकराकर हम सभी को भी नारा दे दिया—'जरा मुसकराइए, सदा मुसकराइए।'

प्रणाम करते, मुसकराते हुए सभी को सफल होकर लौटने का आश्वासन देते

हुए हनुमानजी जीवन के सबसे बड़े अभियान के लिए निकल पड़े। समुद्र के निकट एक छोटे से बहुत सुंदर पर्वत पर खड़े हो गए और लंका के लिए छलाँग लगा दी।

बड़ी सूत्र की बात है। यहाँ हनुमानजी की सक्रियता दिख रही है। किसी पर्वत का आधार लेकर छलाँग लगाई। हनुमानजी सिखाते हैं, जब लंबी छलाँग लगानी हो तो आपका आधार मजबूत होना चाहिए। आधार मजबूत होगा तो ही छलाँग अच्छी लगा पाएँगे। इसलिए आधार को मजबूत रखिए।

मनुष्य का सबसे अच्छा आधार होता है बचपन। जिसका बचपन का आधार मजबूत हो, वह जवानी की छलाँग बहुत अच्छे से लगा पाएगा। अपनी योजना, अपना होमवर्क, अपना जो पूर्व का निर्णय है, वह मजबूत होना चाहिए।

हनुमानजी की दृष्टि में सक्रियता का अर्थ है, तन से सक्रिय रहें और मन से विश्राम करें। तभी तो आगे ठीक से निर्णय ले पाएँगे।

हमारे साथ उल्टा होता है। जितना तन सक्रिय होता है, उससे कई गुना हमारा मन सक्रिय होता है। आज तन के परिश्रम का तो दौर ही चला गया है। तन का परिश्रम कोई करना ही नहीं चाहता। एयर कंडीशनर घर, एयर कंडीशनर गाड़ियाँ, एयर कंडीशनर ऑफिस…। विश्राम की सारी सुविधाएँ उपलब्ध हैं। सुबह से शाम तक तन को किसी बात का कष्ट ही नहीं।

फिर शाम तक अधिकांश लोगों के चेहरे का नूर क्यों उतर जाता है। क्योंकि तन से भले ही आप चार कदम चलते हों, आपका मन चार लाख कदम घुमाकर ले आता है। आप तन से जितना काम नहीं करते, यह मन उससे ज्यादा काम करता है। ऑफिस में बैठकर आप भले ही किसी एक से भी मिलने नहीं गए हों, पर मन पता नहीं कितनों से मिलवाकर नई-नई उलझनों में डाल देता है।

इसलिए हनुमानजी कहते हैं, तन सक्रिय रखना और मन विश्राम की मुद्रा में होना चाहिए। मन को विश्राम की मुद्रा में कैसे रखा जाए? इसका सबसे अच्छा उपाय है—ध्यान यानी मेडिटेशन करना।

मन को विश्राम देने का नाम ध्यान है। मन की शून्यता, मन में विचारों के अभाव का नाम ध्यान है। इसलिए प्रतिदिन थोड़ा ध्यान करें। जीवन में कोई बड़ा काम करने निकलें तो ध्यान जरूर कीजिएगा। इससे तन सक्रिय होगा और मन को विश्राम मिलेगा। जब मन शांत होगा तो सफलता आपकी ओर चली आएगी।

इस प्रकार सफलता का पहला सूत्र है सक्रियता। कौन सी सक्रियता—तन की सक्रियता। दूसरा सूत्र सफलता का है सजगता। सदैव सजग रहना। कई लोग सक्रिय तो बहुत होते हैं, परंतु सजग नहीं रहते। सजगता के बिना सक्रियता के

परिणाम नहीं मिल सकते।

जीवन में सफलता ऐसे ही नहीं मिल जाती। इसके लिए कई परीक्षाओं से गुजरना पड़ता है। देखिए, लंका की यात्रा में हनुमानजी को भी पग-पग पर परीक्षा देना पड़ी थी, लेकिन वे सजग थे तो पास होते गए, आगे बढ़ते गए।

छलाँग लगाकर जैसे ही समुद्र के ऊपर पहुँचे, मैनाक पर्वत आ गया। हनुमानजी से बोला—विराजिए, थोड़ी देर मुझ पर विश्राम कर लीजिए। हनुमानजी ने देखा और छूकर प्रणाम किया। कहने लगे—भाई, मैं रामजी के काम पर निकला हूँ और रामकाज पूर्ण किए बिना विश्राम नहीं कर सकता।

मैनाक क्या था? सोने का पर्वत होकर भोग-विलास का प्रतीक था। जब आप जीवन में सफलता की यात्रा पर निकलते हैं तो कई मैनाक यानी भोग-विलास के साधन हमारे मार्ग में बाधा डालने आते हैं। उनसे कैसे निपटना है, यह हमारे हनुमानजी सिखाते हैं।

हनुमानजी जानते थे कि विश्राम तो करना नहीं है, परंतु इसे पूरी तरह ठुकराना भी नहीं है। सोचा, इसको छूकर प्रणाम कर लिया जाए। मैनाक को स्पर्श किया और विनम्रता से प्रणाम भी किया। हनुमानजी कह रहे हैं, भोग-विलास की वस्तुओं को एकदम नकार दो, ऐसा नहीं करें। इनके साथ विनम्रता से पेश आओ। छुओ, प्रणाम करो और आगे बढ़ जाओ।

ये चीजें आपकी मंजिल नहीं है, यह तो पड़ाव है। यह साध्य नहीं है, साधन है। संसार में कई लोग इन्हीं पर टिक गए। इसलिए वहाँ नहीं पहुँच पाए, जहाँ उनको पहुँचना था। हनुमानजी ने छुआ, प्रणाम कर धन्यवाद दिया और आगे बढ़ लिये। यह उनकी सजगता थी।

आप भी ध्यान रखें, जीवन की यात्रा में तीन बातों में सजग रहें—समय का सदुपयोग करें, ऊर्जा का दुरुपयोग न करें और लक्ष्य को कभी न भूलें। हनुमानजी इन तीनों में निपुण थे।

मैनाक से निपटकर आगे चले तो सुरसा नाम की राक्षसी रास्ता रोकने आई। हनुमानजी को रोका और कहने लगी—बहुत भूखी हूँ, आज तो तुझे खाकर पेट भरूँगी। मुँह फैलाया तो फैलाती ही गई। जैसे-जैसे सुरसा रूप बढ़ाती, वैसे-वैसे हनुमानजी भी अपना साइज बढ़ाते गए। हनुमानजी का फार्मूला डबल का है। वे छोटा-मोटा काम नहीं करते। करना हो तो डबल करो, कुछ देना हो तो डबल दो। इसीलिए कहते हैं, आप जितना हनुमानजी को अर्पण करेंगे, हनुमानजी उससे डबल लौटाएँगे। यह कायदा है उनका।

जैसे-जैसे सुरसा बड़ी हुई, हनुमानजी भी उससे डबल बड़े होते गए। फिर उन्हें लगा कि यह तो ठीक नहीं है। ये बड़ी, मैं बड़ा ऐसा कब तक चलाएँगे ? आगे भी तो जाना है। जैसे ही सुरसा बहुत बड़ी हुई, हनुमानजी एकदम छोटे हो गए। उसके मुँह में गए और बाहर निकल आए। हनुमानजी ने समझाया है कि दुनिया जब भी जीती गई है, विनम्रता से ही जीती गई है। यदि किसी को जीतना है तो प्रेम और विनम्रता से जीतिए। हनुमानजी छोटे होकर बाहर निकल आए। सुरसा बड़ी प्रसन्न हुई और आशीर्वाद दे दिया।

हनुमानजी बहुत अच्छे से जानते थे कि इससे उलझना मतलब समय और ऊर्जा दोनों नष्ट करना। इसे कहते हैं सजगता। लक्ष्य न भूलें, समय का सदुपयोग करें, ऊर्जा का दुरुपयोग न करें और लक्ष्य की ओर बढ़ते जाएँ।

हम भारतीय लोग दो मामलों में बहुत आगे हैं। एक तो समय नष्ट करने में और दूसरा ऊर्जा को इधर-उधर करके व्यर्थ गँवाने में। पता ही नहीं लगता हम कब, कहाँ समय और ऊर्जा नष्ट कर देते हैं। ऐसा नहीं करें। जिसने समय की कद्र कर ली, जो ऊर्जा का सदुपयोग कर गया, समझो लक्ष्य-प्राप्ति में सफल हो गया।

फिर उड़ान भरी। कुछ आगे बढ़े तो महसूस हुआ कोई मेरी गति को रोक रहा है, बाधित कर रहा है। हनुमान को इस तरह रोकने वाला कौन हो सकता है ? यह थी सिंहिका। सिंहिका एक राक्षसी, जो उड़ते परिंदों की परछाईं पकड़कर उन्हें रोककर खा जाती थी। उसका एक ही काम था परछाईं को पकड़कर उड़ने वाले की गति को रोक देती थी।

हनुमानजी ने देखा तो सोचा, इसको मारना पड़ेगा। यह ईर्ष्या का रूप है। ईर्ष्या आदमी को पीछे से पकड़ती है। ईर्ष्यालु लोग पीछे से वार कर आपकी गति को रोकने का प्रयास करते हैं।

हनुमानजी का तो सबसे बड़ा गुण ही यह था कि वे देश-काल-परिस्थति के अनुसार अपने आप को तैयार कर लेते थे। किसके साथ किस तरह से पेश आना है, बहुत अच्छे से समझते थे और उसी समझ से क्विक डिसीजन लेते थे।

देखिए, पहले मैनाक मिला। मैनाक लोभ का प्रतीक था। हनुमानजी ने उसको छुआ, प्रणाम किया और धन्यवाद दिया। लोभ को आप वैसे नहीं जीत पाएँगे। लोभ को वैराग और त्याग से जीता जाता है। हनुमानजी ने वैसा ही किया।

आगे चले तो सुरसा के रूप में क्रोध ने बाधा डालने का प्रयास किया। उसको विनम्रता से जीत लिया। और जब सिंहिका के रूप में ईर्ष्या आई तो हनुमानजी ने निर्णय लिया, इस ईर्ष्या को तो मारना ही पड़ेगा।

हनुमानजी बताते हैं कि बाकी दुर्गुणों को तो दाएँ-बाएँ घुमा लो, परंतु ईर्ष्या को जीवन में कभी स्थान मत देना। वैसा ही किया। सिंहिका को एक लात मारी और काम तमाम कर दिया। यह भी उनकी सजगता का उदाहरण था।

यहाँ हनुमानजी की गतिविधियाँ देखकर तुलसीदासजी ने उन्हें 'मतिधीर' लिखा है। मतिधीर यानी बुद्धिमान और धैर्यवान भी। कई लोग बुद्धिमान होते हैं तो धैर्यवान नहीं होते। कई धैर्यवान हैं तो बुद्धिमान नहीं होते। परंतु हनुमानजी में तो ये दोनों ही गुण कूट-कूटकर भरे थे।

ऊपर के प्रसंगों में आपने देखा-पढ़ा, किस प्रकार हनुमानजी सक्रिय थे, सजग थे। हनुमानजी का चरित्र कहता है, सक्रिय, सजग के साथ आदमी को सक्षम भी होना चाहिए। सफलता के लिए तीसरा सूत्र है—सक्षमता।

किन बातों में सक्षम होना चाहिए? इसे भी समझते चलते हैं।

लंका में प्रवेश से पहले हनुमानजी जानते थे, यहाँ प्रवेश के लिए तीन चीजों में सक्षम होना पड़ेगा—तन, मन और धन।

संसार में सब तरह के लोग हैं। कुछ तन से सक्षम हैं तो मन से कमजोर हैं। कोई तन, मन से सक्षम है तो धन से कमजोर है। कुछ धन से सक्षम हैं तो मन से कमजोर हैं।

हनुमानजी कहते हैं, ऐसा नहीं चलेगा। जीवन में सफल होना हो तो तीनों से सक्षम होना पड़ेगा। खूब धन कमाइए, तन को खूब स्वस्थ रखिए और मन को शांत रखिए, प्रफुल्लित रखिए। तीनों काम कीजिए। आपका पुरुषार्थ इसी में है।

जब लंका में प्रवेश का समय आया तो हनुमानजी के सामने चुनौतियों का अंबार था। एक टीले पर चढ़कर लंका में देखा तो आश्चर्य में पड़ गए। कमाल की थी रावण की लंका। जितने राक्षस सैनिक सुरक्षा में खड़े थे, उनमें से कोई गरज रहा था, कोई रक्षा के लिए हाँक लगा था और कोई भक्षण कर रहा था। खाना-पीना, भोग-विलास यही काम था लंका में।

ऐसी-ऐसी कन्याएँ थीं, जो मुनियों का मन मोह लें, उनकी तपस्या भंग कर दें। दो ही तो काम थे वहाँ—रूप और बल। इसी का लुटेरा था रावण। संसार भर का रूप मेरे महल में हो और संसार भर की संपत्ति मेरे पास हो, यही उसका लक्ष्य था। स्वयं ने तो लूट, आतंक मचा ही रखा था, अन्य लंकावासियों को भी यही सब सिखा रखा था।

हनुमानजी के सामने पहली चुनौती यही कि इतनी सुरक्षा व्यवस्था के बीच प्रवेश कैसे करें?

देखिए, कई लोगों के मन में एक सवाल उठता है कि जब रावण विश्वविजेता था, पूरी दुनिया को अपने वश में कर रखा था तो फिर उसे इतनी सुरक्षा की जरूरत क्यों पड़ी? किसी में उस पर आक्रमण का साहस नहीं था, फिर उसको किससे डर था?

सच तो यह है कि जिस दिन से वह जगत् शक्ति सीताजी का हरण करके लाया था, उसको लगता था कि कुछ-न-कुछ गड़बड़ अवश्य होगी। इसीलिए लंका में हाईअलर्ट घोषित कर दिया था।

यहाँ हनुमानजी की सक्षमता देखिए। अद्‌भुत सुरक्षा से घिरे उस किले में भी प्रवेश कर गए। जिस लंका में परिंदे को भी प्रवेश से पहले रावण की इच्छा का सम्मान करना पड़ता था, उस लंका में जाकर तबाही मचा दी।

लेकिन अंदर प्रवेश करने से पहले हनुमानजी को भी दस बार सोचना पड़ा। आप पीछे पढ़ चुके हैं कि हमारे हनुमानजी कहाँ छोटा और कहाँ बड़ा होना है, इस कला में बहुत निपुण थे।

**'सूक्ष्म रूप धरि सियहि दिखावा। बिकट रूप धरि लंक जरावा॥**
**भीम रूप धरि असुर संहारे। रामचंद्रजी के काज सँवारे॥'**

श्री हनुमान चालीसा की ये पंक्तियाँ उनकी इसी विशेषता को इंगित करती हैं।

सोचते-सोचते विचार किया, छोटा रूप धरकर प्रवेश कर जाता हूँ। चूँकि तन से सक्षम थे, इसलिए परिस्थिति के अनुसार उसका उपयोग करना भी जानते थे। अत्यंत छोटा रूप बना लिया और भीतर प्रवेश कर गए।

जैसे ही लंका में प्रवेश किया, लंकिनी नाम की एक सुरक्षा अधिकारी ने देख लिया। पास जाकर पूछती है—कहाँ जाता है तुच्छ वानर? क्या तुझे पता नहीं है कि जो भी यहाँ चोरी से प्रवेश करता है, वह मेरा आहार होता है। तैयार हो जा, मैं तेरा भक्षण करूँगी।

हनुमानजी फिर सोच में पड़ गए। अब क्या किया जाए? लंकिनी से कहते हैं—अरे, मुझे चोर कह रही है? दुनिया का सबसे बड़ा चोर तो तेरा राजा रावण है, जो मेरी माँ को चुराकर ले आया है। तू ऐसे चोर की सुरक्षा अधिकारी बनती है?

देखिए, जिस-जिस से भेंट होती है, हनुमानजी सबसे अलग-अलग व्यवहार कर रहे हैं। मैनाक को छू लेते हैं, सुरसा के मुँह में घूमकर फिर बाहर निकल जाते हैं, सिंहिका को मार डालते हैं और यहाँ लंकिनी के साथ क्या करते हैं? एक जोरदार मुष्टिका उसके मस्तक पर मारते हैं। लंकिनी के मुँह-नाक से रक्त की धारा बह निकली।

लंकिनी को मुक्का मारकर हनुमानजी यह संकेत देते हैं कि जो सुरक्षा व्यवस्था चोरों की ही रक्षा करने लग जाए, उस पर प्रहार करके समझाना पड़ेगा कि तुम अनुचित की रक्षा कर रहे हो, अन्याय का साथ दे रहे हो। ऐसा कभी न करें। सदैव उचित का, न्याय का, सत्य का साथ दिया जाए।

कुछ देर बाद चेतना आई तो हनुमानजी को देखकर लंकिनी बोलती है—प्रणाम करती हूँ महाराज। मैं बड़ी भाग्यशाली हूँ, जो आज रामदूत का आशीष प्राप्त कर लिया। आपके दर्शन कर मेरे ये नयन धन्य हो गए।

देखिए, आँख, चक्षु, नयन इनमें बड़ा अंतर है। जब आप संसार को देखते हैं तो उसको आँख कहते हैं। प्रकृति को देखते हैं तो दृष्टि कहते हैं। जब आप कोई शास्त्र पढ़ते हैं तो उसे चक्षु कहते हैं और जब भगवान् के दर्शन करते हैं तो उसको नयन कहते हैं। इसलिए भगवान् को नयन से देखना चाहिए।

लंकिनी कह रही है—आपको देखकर मैं धन्य हो गई। आगे कहती है, एक बार ब्रह्माजी ने मुझे चिह्न बताया (संकेत देना) था कि जिस दिन तुझे कोई वानर दिख जाए, उस दिन राक्षसों का विनाश तय समझना।

यहाँ एक चौपाई में तुलसीदासजी ने हनुमानजी के लिए चिह्न शब्द लिखा है। हनुमानजी रावण और उसकी लंका तथा राक्षसों के विनाश के चिह्न थे। आजकल चिह्न का बड़ा महत्त्व है, अंग्रेजी में जिसे आईकॉन कहते हैं।

हम लोग हर बात का आईकॉन बनाते हैं। कोई सामाजिक-धार्मिक संस्था हो, कमर्शियल ग्रुप हो, सभी का अपना-अपना आईकॉन होता है। हनुमानजी भी एक बहुत बड़े आईकॉन हैं। किसके? बुराइयों के, विनाश के आईकॉन हैं हनुमानजी। इसलिए अपने घर के द्वार पर, अपने कक्ष में हनुमानजी की प्रतिमा जरूर रखें। दुर्गुणों के विनाश का चिह्न हैं हनुमानजी।

लंकिनी ने हनुमानजी को प्रणाम किया, अपने आप को धन्य माना और बोली—मुझ दीन पर बड़ी कृपा हुई महाराज। पधारिए, लंका में प्रवेश कीजिए। यहाँ हनुमानजी के स्वागत में लंकिनी के मुँह से एक ऐसी पंक्ति निकली, जो मंत्र बन गई।

'प्रबिसि नगर कीजे सब काजा। हृदयँ राखि कोसलपुर राजा॥' आप भगवान् कौशलेंद्र सरकार को अपने हृदय में रखिए और फिर प्रवेश कीजिए। मैं आपसे निवेदन करता हूँ। इस चौपाई को स्वयं रट लीजिए और अपने बच्चों को भी रटाइए।

घर से जब भी बाहर निकलें, कोई बड़ा काम करने जाएँ, कहीं प्रवेश करें तो इस चौपाई को जरूर बोलिएगा।

**'गरल सुधा रिपु करहिं मिताई। गोपद सिंधु अनल सितलाई॥'**

जब आप भगवान् राम को हृदय में रखकर कहीं प्रवेश करेंगे तो क्या होगा? गरल मतलब जो जहर होगा, वह अमृत बन जाएगा। शत्रु आपका मित्र बन जाएगा। पर्वत के समान बड़ी-से-बड़ी समस्या भी गाय के खुर के समान छोटी हो जाएगी और जो जलन, तपन बाहर है वह शीतल हो जाएगी।

देखिए, श्रीरामचरितमानस की महिमा। एक चौपाई के उच्चारण से इतने सारे फायदे। इसलिए इस चौपाई को जरूर रट लीजिए। भगवान् को हमेशा हृदय में बनाए रखिए।

लंका में प्रवेश के साथ ही हनुमानजी का संघर्ष आरंभ हो गया। सक्रियता, सजगता और सक्षमता के बाद अब सफलता का चौथा सूत्र संघर्ष आरंभ हो रहा है। ऐसा नहीं है कि लंकिनी को मुक्का मारने के बाद लंका में हनुमानजी को संघर्ष नहीं करना पड़ा हो। सीताजी उन्हें आसानी से नहीं मिल गई थीं। सीताजी को ढूँढ़ने से लेकर रावण के सामने श्रीराम का प्रभाव स्थापित करने तक लंका में उनको कड़े संघर्ष से गुजरना पड़ा था।

हनुमानजी कहते हैं—सफलता ऐसे ही नहीं मिल जाती। इसके लिए संघर्ष तो करना ही पड़ेगा। और संघर्ष करना है तो बड़ा करना है। सितारों की खोज में ही निकला, उससे कम मत करना। कंकर, पत्थर की खोज करोगे तो हाथ कीचड़ में रहेंगे और सितारों को ढूँढ़ने चलोगे तो कम-से-कम एक बात तो यह होगी कि हाथ गंदे नहीं होंगे। सितारे हाथ लगें न लगें, पर आप चमक तो महसूस करेंगे।

चलिए, देखते हैं लंका में हनुमानजी को किस प्रकार संघर्ष करना पड़ा। सीताजी की तलाश में लंका में भटक रहे हैं। पूरी नगरी छान मारी, लेकिन सीताजी कहीं दिखाई नहीं दीं। हर घर में देखते हैं, भवनों में झाँकते हैं तो कई स्त्रियाँ सीताजी जैसी लगती थीं।

पहले कभी सीताजी को देखा भी नहीं, दिखें भी तो पहचानें कैसे? परेशान हो गए तो भगवान् को याद किया। चूँकि रामकाज पर निकले थे, इसलिए कोई तो मार्ग निकलना ही था। एक भवन के पास पहुँचे। देखा, उस भवन की कुछ विशेषता थी। वहाँ भगवान् का मंदिर बना हुआ था। हनुमानजी चौंक गए। यह कैसे मुमकिन है?

रावण तो मंदिरों को नष्ट करने पर तुला था। उसने कैसे अनुमति दे दी कि कोई मंदिर बना सके? बड़ा आश्चर्य हुआ हनुमानजी को। तभी उन्होंने सुना, उधर से आवाज आई—राम···राम··· । हनुमानजी और अधिक आश्चर्य में पड़ गए।

दरअसल वह घर रावण के भाई विभीषण का था। विभीषण की नींद खुली तो वे ही राम···राम बोले थे। सुनकर हनुमानजी हर्षित हो उठे। देखिए, राम···राम

कोई और बोल रहा है और हृदय में प्रसन्नता हनुमानजी के हो रही है।

रामनाम ऐसे ही लिया जाए। यदि आप भीतर-ही-भीतर अपना मंत्र, अपनी प्रार्थना जो भी आपका जप, सुमिरन का तरीका है, जब आप उसको कर रहे हों, तब आपसे मिलने वाले प्रत्येक व्यक्ति को प्रसन्नता की अनुभूति होनी चाहिए। ये ही कायदा है।

आपके भीतर यदि रामनाम चल रहा है तो आपके पास बैठने वाले आदमी को लगना चाहिए कि किसके पास बैठे हैं। रामनाम है तो फिर जहाँ आप हैं, वहाँ प्रेम की लहर है।

जैसे ही एक अनजान व्यक्ति के मुँह से रामनाम सुना, हनुमानजी को लगा, यहाँ मामला कुछ और है। विचार करते हैं, क्या किया जाए? ये किसका भवन है? ये कौन व्यक्ति है? इससे मित्रता की जाए? अवश्य ही यह कोई ऐसा व्यक्ति है, जो मुझे दिशा दे सकता है।

ब्राह्मण का रूप धरकर पहुँच जाते हैं। दोनों एक-दूसरे को अपना परिचय देते हैं। एक-दूसरे से मिलकर प्रसन्न हो जाते हैं।

हनुमान चालीसा में एक चौपाई आती है—'तुम्हरो मंत्र विभीषण माना, लंकेश्वर भए सब जग जाना।' कई लोग पूछते हैं कि आखिर हनुमानजी ने विभीषण को ऐसा कौन सा मंत्र दिया था कि वह लंका का राजा बन गया। कौन सा जादुई मंत्र था वह?

आप भी पढ़ लीजिए, जान लीजिए, समझ लीजिए। जीवन में बड़ा काम आएगा। हनुमानजी ने विभीषण मंत्र (यहाँ मंत्र से मतलब शिक्षा या सलाह से है) दिया था कि विभीषणजी, आप रामनाम तो लेते हैं, पर रामकाम नहीं करते। यही आपका दोष है। इस दोष से अपने आप को मुक्त कीजिए।

सुबह उठते ही रामनाम ले रहे हैं, लेकिन रामकाम नहीं कर रहे। रामजी की पत्नी, हमारी माता सीताजी को रावण उठाकर यहाँ ले आया है और आप उसका विरोध नहीं करते? चुपचाप बैठे सब देख रहे हैं। यदि आप रामनाम ले रहे हैं तो रामकाम भी तो कीजिए।

समाज में कई लोग ऐसे होते हैं, जो रामनाम लेते हैं, पर रामकाम नहीं करते। रामकाम क्या है? धर्म, सत्य और न्याय का साथ देना ही सबसे बड़ा राम काम है। हनुमानजी का यही मंत्र विभीषण के कलेजे में बैठ गया और राम से मिलवाकर लंका का राजा बना दिया।

हनुमानजी का काम ही है भक्तों को समझाना। उनके जीवन में राम उतारना,

राम तक पहुँचाना। जो उनकी बात समझ गया, जिसने उनका मंत्र मान लिया, समझो वह राम को पा गया।

हनुमानजी ने समझाया, विभीषण ने रावण का विरोध शुरू किया, लात खाई और राम मिल गए, जीवन धन्य हो गया। इस प्रकार विभीषण को रामजी तक पहुँचाने वाले हनुमानजी ही थे। यही उन लोगों के उस प्रश्न का उत्तर है कि हनुमान ने विभीषण को क्या मंत्र दिया था।

विभीषण को हनुमानजी क्यों और कैसे मिल गए? विभीषण के जीवन में क्यों आ गए? क्योंकि राक्षसों के बीच लंका में रहते हुए भी विभीषण के घर में छह विशेषताएँ थीं। वे विशेषताएँ, जो आज हमारे घरों में भी होनी चाहिए।

छह बातें होना चाहिए, तब परमात्मा जीवन में आएगा।

पहली बात, घर में देवस्थान बहुत सम्मानित तरीके से होना चाहिए। ऐसा न करें कि देवता को कहीं भी बैठा दें। एक मंदिर हो, एक मान्यतापूर्ण स्थान हो।

दूसरी बात, घर में शुभ चिह्न अंकित होना चाहिए। विभीषण के घर में शुभ चिह्न थे।

तीसरी बात, उसके आँगन में तुलसी विराजित थीं। आप भी अपने आँगन में तुलसी का पौधा रखिए। तुलसी संतोष का पौधा है। उसकी बयार जीवन में संतोष लेकर आती है।

चौथी बात, सुबह उठते ही घर में शुभ वाक्य बोले जाएँ। सुबह उठकर जब एक-दूसरे को देखें तो राम-राम, जय श्रीकृष्ण, जय रामजी की बोलें। और राम-राम न बोल पाएँ तो उठते ही एक-दूसरे को देखकर मुसकरा दीजिए। मुसकराना भी रामनाम का ही काम करता है। इसलिए जरा मुसकराइए।

पाँचवीं बात, संतों की संगत जरूर कीजिए। विभीषण हनुमानजी को देखते ही बोलते हैं—मुझे भरोसा हो गया है, आप संत हैं। संतों को, महात्माओं को, विद्वानों को अपने घर में आमंत्रित करते रहना चाहिए।

कोई संत या महात्मा आपके घर आए तो उसे पूरा मान दिया जाए। कहते हैं, जब संत किसी के घर आते हैं तो दो काम करते हैं—पुण्य छोड़ जाते हैं और पाप ले जाते हैं।

आपका अनुचित अपने साथ ले जाते हैं और अपना उचित आपके पास छोड़ जाते हैं। इसलिए प्रयास करें, घर में संत-महात्मा का आगमन बना रहे।

छठी बात थी, युक्ति। विभीषण ने युक्ति बताई कि सीताजी वहाँ अशोक वाटिका में हैं। इसका अर्थ है, समाज में सीताजी यानी शक्ति-भक्ति की खोज

के लिए युक्ति करते रहना चाहिए। सत्संग भी भक्ति को पाने की एक युक्ति है।

ये छह बातें, विशेषताएँ या काम होने से विभीषण के जीवन में हनुमानजी आए और हनुमानजी आए तो रामजी भी मिल गए।

विभीषण को धन्यवाद देकर हनुमानजी अशोक वाटिका की ओर बढ़ते हैं। उनका संघर्ष जारी है, परंतु उस संघर्ष में भी चेहरे पर इस बात की प्रसन्नता है कि आज माता सीता के दर्शन हो जाएँगे। बचपन में जब अंजनी माता से पूछा करते थे कि कब रामजी आएँगे, कब माँ के दर्शन होंगे? सीताजी मिलेंगी, यह सोचकर दोगुने उत्साह के साथ हनुमानजी अशोक वाटिका में पहुँच गए।

अशोक वृक्ष के नीचे भगवान् के विरह में सीताजी बैठी हुई थीं। हनुमानजी वृक्ष के ऊपर जाकर बैठ गए। विचार करते हैं, कूदकर माँ को अपना परिचय दे दूँ, लेकिन उसी समय मंदोदरी आदि रानियों के साथ रावण आ जाता है।

रावण आते ही सीताजी से अपशब्द बोलता है। तलवार दिखाते हुए कहता है, यदि मेरी आज्ञा नहीं मानी तो मस्तक उतार दूँगा। रावण जब तलवार निकालने लगता है तो मंदोदरी रोकती हुए कहती है—स्वामी, यह आप ठीक नहीं कर रहे हैं। एक स्त्री पर शस्त्र उठाना आपको शोभा नहीं देता। अपनी तलवार को म्यान के भीतर कीजिए।

एक माह में बात मान जाने की चेतावनी देकर जब रावण जाने लगा तो हनुमानजी को लगा, अभी कूद जाऊँ और यहीं रावण का वध कर दूँ। किसी बेटे के सामने उसकी माँ का इस तरह अपमान हो, यह हनुमानजी की सहनशक्ति से बाहर था। लेकिन तभी विचार करते हैं कि यदि मैंने रावण का वध कर दिया तो संसार में रामजी के यश का क्या होगा। यह काम तो रामजी को ही करना है। यह सोचकर हनुमानजी अपने क्रोध पर नियंत्रण कर लेते हैं। जैसे ही रावण जाता है, माता सीता अशोक वृक्ष से अपनी पीड़ा व्यक्त करने लगती हैं। तभी त्रिजटा नामक राक्षसी सीताजी को समझाते हुए कहती है—मैंने एक सपना देखा है। राक्षसराज और इस पूरी नगरी को जलाने के लिए वानर आ गया है। (यहाँ याद रखा जाए कि त्रिजटा ऐसी राक्षसी थी, जो सीताजी से पूरी सहानुभूति रखती थी)

ऊपर वृक्ष पर बैठे हनुमानजी सोच में पड़ गए कि वानर लंका में आया है, यह बात इस राक्षसी को कैसे पता चल गई? सपने में आ गया यह तो ठीक, पर यह तो लंका में आग लगाने की बात कर रही है। और ऐसी तो मेरी कोई योजना नहीं है। क्या होने वाला है इस लंका में?

एक बात हनुमानजी को समझ में आ चुकी थी कि लंका में स्त्रियों का नियंत्रण

बहुत तगड़ा था। पहले मिली लंकिनी, जो वहाँ की सुरक्षा अधिकारी थी। यह त्रिजटा सारी बात जान रही है और मंदोदरी के कहने पर रावण म्यान से निकली तलवार वापस खींच लेता है। बड़ा आश्चर्य हुआ यह सब देखकर।

त्रिजटा चली गई। सीताजी रात को अकेली रह गईं तो धैर्य टूटने लगा। भगवान् से प्रार्थना करती हैं—यह मेरे किस कर्म का दंड है स्वामी? फिर अशोक वृक्ष से मृत्यु की याचना करते हुए कहती हैं—हे अशोक वृक्ष, कुछ अंगार बरसाकर मृत्यु दे दे। समाप्त कर दे मेरे जीवन को। श्रीराम के बिना जीकर भी मैं क्या करूँगी।

सुनकर ऊपर बैठे हनुमानजी की आँखें भर आईं। सोच में पड़ गए, अब क्या किया जाए? धीरे से सीताजी के आँचल में रामनाम वाली मुद्रिका डाल दी।

जैसे ही सीताजी ने मुद्रिका देखी, सोचा—स्वामी श्रीराम की मुद्रिका यहाँ कैसे आ गई? जरूर यह राक्षसों की ही कोई माया है। ऊपर देखते हुए पूछती हैं—कौन है? हनुमानजी धड़ाम से कूदकर नीचे आ गए। रामगुण गाने लगे, जिसे सुन सीताजी का दुःख भाग गया।

रामगुण गान के रूप में हनुमानजी ने हमको एक फॉर्मूला दे दिया। जीवन में दुःख सभी को आता है। हनुमानजी कहते हैं—दुःख आए तो इधर-उधर मत भागिए। रामजी के गुणगान कीजिए, दुःख भाग जाएगा।

जैसे हनुमानजी सीताजी के सामने आए, सीताजी ने देखा वानर? कुछ विश्वास नहीं हुआ और पलटकर बैठ गईं।

हनुमानजी को लगा, सारी मेहनत बेकार चली गई। अब क्या किया जाए? तभी याद आया कि मुद्रिका देते समय रामजी ने धीरे से कान में कुछ कहा था।

दरअसल आज भी भाषा में बोला जाए तो रामजी ने एक कोडवर्ड दिया था। देखिए, पति और पत्नी के बीच कुछ संबंध, कुछ संज्ञाएँ, कुछ संबोधन ऐसे होते हैं, जो दोनों के अलावा और कोई नहीं जानता। सीताजी एकांत में भगवान् को करुणानिधान बोलती थीं। यह बात सीताजी और रामजी के अलावा किसी को नहीं मालूम थी।

जब वानर सेना सीताजी की खोज में जाने लगी, तब रामजी ने हनुमानजी के कान में कहा था कि यदि सीता मिल गई और उन्हें तुम पर विश्वास न हो, इस कोडवर्ड का सहारा ले लेना। वे समझ जाएँगी।

यही हुआ भी। रामजी की दी हुई मुद्रिका भेंट करने के बाद भी जब सीताजी को हनुमान पर भरोसा नहीं हुआ तो कुछ देर के लिए सोच में पड़ गए। और जैसे रामजी का दिया कोडवर्ड याद आया, बोल पड़े—'रामदूत मैं मातु जानकी। सत्य

शपथ करुणानिधान की॥'

सुनते ही सीताजी एकदम पलट गईं। सोचा, यह तो कोई घर का, पति श्रीराम के बहुत नजदीक का बालक लगता है। क्योंकि यह जानता है कि मैं उन्हें करुणानिधान कहती हूँ। हनुमानजी माता सीता के चरणों में गिरकर प्रणाम करते हैं। माँ बेटे को और बेटा माँ को एकटक देख रहा है। माँ के दर्शन पाकर कुछ समय के लिए तो हनुमानजी सुध-बुध खो बैठे, स्वयं को ही भूल गए।

अब तक सीताजी को विश्वास हो चुका था कि मेरा कोई अपना आया है, जिसे स्वयं स्वामी श्रीराम ने भेजा है। यहाँ से जीवन में समर्पण आता है। हनुमानजी के भीतर पूर्ण समर्पण भाव होने का ही परिणाम था कि वे तमाम बाधाओं को पार कर सीताजी तक पहुँच सके।

फिर याद कर लें—सफलता के लिए सक्रियता, सजगता, सक्षमता और संघर्ष के बाद पाँचवाँ सूत्र है—समर्पण। जब तक कर्तव्य के प्रति समर्पित नहीं होंगे, सफलता मिलना मुश्किल है। और इसके बाद छठा सूत्र आता है—संवेदनशीलता।

संवेदनशीलता के बिना भक्ति नहीं आ सकती, जीवन में शांति नहीं आ सकती। सीता शांति और भक्ति की प्रतीक हैं। हनुमानजी और सीताजी के बीच पूरी तरह संवेदनशीलता का वातावरण था।

आज हमारे भारतीय परिवारों में सबकुछ है। परंतु एक बड़ी परेशानी बढ़ती जा रही है। वह है संवेदनहीनता। अंग्रेजी में जिसे कहेंगे—इमोशनल एब्सेंस। घर में सारे रिश्ते हैं, पर रिश्तों के बीच संवेदनाएँ समाप्त होती जा रही हैं। जीवन औपचरिताओं से चलने लगा है। पिता-पुत्र, पति-पत्नी जैसे रिश्ते भी औपचारिक होते जा रहे हैं। ऐसा नहीं होना चाहिए। संवेदनाओं के बिना परिवार का, रिश्तों का रस ही समाप्त हो जाता है।

रिश्ते में तीन बातें होती हैं। अगर आपको रिश्ते निभाने हैं तो तीन बातें ध्यान में रखिए—विश्वास, भरोसा और संतोष।

रिश्ता कोई भी हो। माँ-बेटे का, पिता-पुत्र का, भाई-भाई का, भाई-बहन का या और जो भी रिश्ता हो, सबसे पहली बात है, उनमें परस्पर विश्वास हो। परिवार में ऐसा आचरण कीजिए, ऐसे वचन बोलिए कि सामने वाले के मन में आपके प्रति विश्वास पैदा हो जाए।

विश्वास के बाद दूसरी बात आती है भरोसे की। विश्वास और भरोसे में भी अंतर है। कई बार रिश्तों में हमें विश्वास तो होता है, पर भरोसा नहीं होता।

हमें विश्वास रहता है कि यह मेरी पत्नी है, ये पिता हैं, यह माँ है, यह बेटा

है। परंतु भरोसा नहीं होता है कि ये साथ निभाएँगे भी या नहीं। रिश्ते की प्रगाढ़ता इसी में है, जब आपस में पक्का भरोसा हो कि सुख-दुःख की घड़ियों में हम एक-दूसरे के साथ हैं।

तीसरी चीज है संतोष। विश्वास हो, भरोसा हो और रिश्ते संतोषप्रद नहीं हों तो भी जीवन का आनंद नहीं मिल सकता। रिश्ते एक-दूसरे को संतोष प्रदान करनेवाले होने चाहिए।

हनुमानजी से मिलकर उन्हें पहचानकर सीताजी के मन में एक नया संतोष पैदा हो गया था कि अब रावण का विनाश होकर श्रीराम से पुनर्मिलन की घड़ी आ चुकी है।

हनुमानजी ने अपनी भाषा से सीताजी को पूरी तरह संतुष्ट कर दिया था कि माँ, आप चिंता न करें। जिस तरह मैं आया हूँ, जल्द ही प्रभु श्रीराम भी आएँगे और आपको लेकर जाएँगे। यह थी संतोष की भाषा, जो संवेदनाओं से भरी, भरोसे से लदी और विश्वास से ओतप्रोत थी।

जब हनुमानजी और सीताजी, दोनों ने एक-दूसरे को संतुष्ट कर दिया, तब हनुमानजी सीता से कहते हैं—माँ, मुझे भूख लगी है। कुछ खाने का मन कर रहा है। सीताजी सोच में पड़ गईं कि इस परायी, राक्षसों की नगरी में इसे क्या खिलाऊँ?

देखिए, बेटे को भूख माँ को देखकर ही लगती है। हनुमानजी की लंका यात्रा में मार्ग में जो भी मिला, उन्हें खाने वाला मिला। सुरसा कहती है—मैं खाऊँ, लंकिनी कहती है—मैं खाऊँ, सिंहिका कहती है—मैं खाऊँ। लेकिन खिलाने वाला कोई नहीं मिला। भोजन तो एक माँ ही करा सकती है, इसलिए सीताजी से मिलते ही उन्हें भूख लग आई। अगर माँ से कुछ माँगना है तो भोजन ही माँगना। प्रेम का हो या अन्न का, बस भंडार है माँ के पास।

भूख तो हनुमानजी का बहाना था। वो चाहते थे कि लंका और लंका नरेश रावण पर उनका और उनके प्रभु श्रीराम का प्रभाव स्थापित करने के लिए कुछ उपद्रव करना होगा और उसके लिए माँ के आशीर्वाद की जरूरत है। वे जानते थे, माँ के आशीर्वाद की क्या ताकत है। माँ के आशीर्वाद और दुआ में इतनी शक्ति है कि उसकी संतान का भाग्य बदल देने के लिए परमात्मा को भी बाध्य कर सकती है।

हनुमानजी प्रणाम करते हैं, माँ आशीर्वाद दे रही हैं। यह मिलन संसार का अद्‍भुत मिलन था, सज्जनों और देवियो। अशोक वृक्ष के नीचे, जहाँ एक माँ अपने बेटे को देखकर प्रेम की वर्षा कर रही है और एक बेटा माँ के आशीर्वाद को समेटता है। जीवन में यह दृश्य बड़ा काम आएगा। माँ कहती है, तुझे देखकर मेरी छाती

बहुत शांत हो गई। तेरे जाने के बाद मुझे उतना ही कष्ट है। जरा ध्यान दीजिए, कितनी अच्छी बात हो रही है।

हनुमानजी ने जैसे ही कहा—मैं भूखा हूँ, माँ से कहा, माता सीता बोली—मेरे पुत्र, यहाँ तुम्हें खाने को कुछ और तो नहीं दे सकती, परंतु अगर कुछ खाना ही है तो जाओ लंका की इस अशोक वाटिका में बहुत से फल लगे हैं, उन्हीं से अपना पेट भर लो।

**देखि बुद्धि बल निपुन कपि कहेउ जानकीं जाहू।**
**रघुपति चरण हृदयँ धरि तात मधुर फल खाहु॥**

अपने हृदय में भगवान् के चरणों को रखकर ये ताजे-मीठे फल खा लो। लेकिन सावधानी रखना। अशोक वाटिका में सुरक्षा के लिए रावण के बड़े-बड़े राक्षस खड़े हैं। कहीं तुम्हारे साथ…।

हनुमानजी बोले—मेरे अहित की चिंता न करो माँ। बस, आज्ञा दीजिए, श्रीराम की कृपा से मुझे कुछ नहीं होगा। और बढ़ गए अशोक वाटिका की ओर।

तुलसीदासजी ने लिख दिया—

**कछु मारेसि कछु मर्देसि कछु मिलएसि धरि धूरी।**
**कछु पुनि जाइ पुकारे प्रभु मर्कट बल भूरि॥**

हनुमानजी का विश्वास सदैव शत-प्रतिशत में रहा है। यहाँ भी उन्होंने अपना शत-प्रतिशत ही किया। कुछ राक्षसों को मार दिया, कुछ को मसक दिया, कुछ को उठाकर फेंक दिया।

यहाँ तीन बार 'कुछ' आ रहा है यानी 75 प्रतिशत को वहीं निपटा दिया और 25 प्रतिशत छोड़ दिए कि जाओ अपने राजा को सूचना दो। यानी पूरा 100 प्रतिशत। एकदम परफेक्ट।

बचे राक्षस कुटते, पिटते रावण के पास जाकर बोले—हे राजन! कोई वानर अशोक वाटिका को तहस-नहस करने पर तुला है। सुनकर रावण चौंक उठा। क्या कहते हो? कोई वानर लंका में प्रवेश कैसे कर गया? कुछ प्रमुख राक्षसों के साथ अपने पुत्र अक्षयकुमार को भेजा। जाओ, देखो कौन वानर है? उसे बाँधकर मेरे सामने ले आओ।

अक्षयकुमार को आता देख हनुमानजी ने सोचा, बड़ा काम करना है तो अटैक भी बड़ा करना होगा। एक ही प्रहार में अक्षयकुमार को औंधा कर दिया। विश्वविजेता रावण के बेटे को लंका में जाकर मार डाला। रावण के पास सूचना गई तो सन्न रह गया।

रावण ने बड़े बेटे मेघनाद को आदेश दिया—जाओ बाँधकर ले आओ उस वानर को। मेघनाद गया। देखा वानर किसी के वश में नहीं आ रहा है तो ब्रह्मास्त्र साधकर हनुमानजी को बाँधने का प्रयास किया। हनुमानजी को यह वरदान था कि किसी शस्त्र से नहीं बँधेंगे। परंतु दूसरे का मान रखने में तो वे पारंगत थे। सोचा—

**ब्रह्म अस्त्र तेहिं साँधा कपि मन किन्ह बिचार।**
**जौं न ब्रह्मसर मानऊँ महिमा मिटइ अपार॥**

यदि आज मैं इस ब्रह्मास्त्र से नहीं बँधा तो इसका मान ही क्या रह जाएगा। आगे से ब्रह्मास्त्र को कौन मानेगा? यदि मैं ब्रह्म के अस्त्र की महिमा का मान नहीं करूँगा तो ब्रह्माजी की महिमा कम हो जाएगी। इसलिए ब्रह्माजी का, ब्रह्मास्त्र का मान किया और बँध गए उसमें।

देखिए, हनुमानजी कभी किसी का यश नहीं लूटते। वे हमेशा यही चाहते हैं कि दूसरों का यश बना रहे। जिसके हिस्से का क्रेडिट उसी को मिले। इसलिए बँध गए। मेघनाद यह नहीं जानता था कि एक वानर ब्रह्माजी के मान में स्वयं ही बँधा है। वह तो यह समझकर कि मैं इसे बाँध लाया हूँ, फूला नहीं समा रहा था। लाया और रावण की सभा में खड़ा कर दिया। बँधे होने के बाद भी हनुमानजी तनकर खड़े हैं।

रावण ने देखा तो कुछ समय के लिए सोच में पड़ गया कि यह कौन प्राणी है, जो मेरी सभा में इतना निर्भीक, गरदन उठाकर खड़ा है। क्योंकि रावण का यह स्वभाव था कि उससे जो बात करेगा, उसे दृष्टि और गरिमा दोनों नीचे रखनी होती थी।

रावण की तो आदत ही नहीं था कि उससे कोई ऊँचा बोले या उसकी ओर ऊँची निगाह से देख ले। हनुमानजी गए और जब रावण से वार्त्तालाप किया तो रावण चौंक उठा। कभी रामचरितमानस के सुंदर कांड में रावण और हनुमानजी के वार्त्तालाप को ध्यान से पढ़िएगा और सुनिएगा।

रावण केवल यौद्धा ही नहीं था। पंडित था, शास्त्रों का जानकार था। और हनुमानजी उसके सामने वाक्शैली, वाक्पटुता, विषय का प्रस्तुतीकरण, शब्दों का संयोजन सबकुछ इस प्रकार प्रस्तुत करते हैं कि सुनकर रावण दंग रह गया।

जब रावण उनसे परिचय पूछता है तो हनुमानजी जवाब देते हैं—तू मुझसे पूछता है, मैं कौन हूँ? जानना ही चाहता है तो सुन, जिनकी स्त्री को तू हरकर लाया है, मैं उनका दूत हूँ। मैं तुझे यह समझाने आया हूँ कि माता सीता को आदरपूर्वक लौटाकर श्रीराम की शरण में चला जा। वे तेरे सारे गुनाह क्षमा कर तेरा कल्याण कर देंगे।

अलग-अलग तरीके से रावण को समझाते हैं। जब आवेश की भाषा नहीं समझ सका तो हाथ जोड़कर भी समझाते हैं। यह उनकी विनम्रता का संकेत था। वे समझते थे कि यह भले ही मूर्ख हो, परंतु है तो राजा। और मैं एक दूत हूँ, इसलिए आदर की भाषा भी बोलते हैं। यहाँ अपने चरित्र से हनुमानजी हमको भी समझाते हैं कि दूत की वाणी, दूत का व्यवहार, दूत की शैली अद्‍भुत होना चाहिए।

आप किसी के भी दूत हों, किसी के भी प्रतिनिधि हों, आपको याद रखना चाहिए कि आपकी वाणी, आपका व्यवहार और आपकी शैली गरिमामय हो। इसलिए हनुमानजी रावण को विनम्रता से भी समझाते हैं।

रावण हनुमानजी को देखकर मन-ही-मन सोचता है। उसके मन से एक बात उपजती है कि आदमी बड़ा तगड़ा है। रावण खुद महागुरु था, लेकिन उसको लगा, जो मुझ जैसे गुरु को उपदेश दे सकता है, वह अवश्य ही गुरु बनाने योग्य है। उसके मुँह से शब्द निकला था—आदमी।

वास्तव में हनुमानजी हैं ही गुरु। उनको देखकर गुरु बनाने की किसकी इच्छा नहीं होती। इसीलिए तो तुलसीदासजी ने श्री हनुमान चालीसा की एक पंक्ति में लिखा है—'जै जै जै हनुमान गुसाईं। कृपा करहुँ गुरुदेव की नाईं॥'

जिस दिन आपके जीवन में कोई गुरु आ जाए, समझ लो, परमात्मा की कृपा हो गई। नहीं कोई आए तो हनुमानजी को गुरु बना लीजिए। जीवन में गुरु आने के बाद पता चलता है, उसका महत्त्व क्या है।

अचानक रावण को कुछ सूझा और बोल उठा—इसका वध कर दिया जाए। तभी विभीषण दौड़े चले आए। बोले—किसी दूत का वध करना ठीक नहीं है, यह हमारे राजधर्म के विरुद्ध है। जब राजधर्म की बात आई तो रावण मान गया।

कुछ सोचकर बोला—ठीक है, एक वानर को सबसे प्रिय चीज उसकी पूँछ होती है। इसकी पूँछ में आग लगा दो। जब अपने मालिक के पास जली पूँछ लेकर जाएगा तो इसको उसके साथ-साथ हमारी भी हैसियत पता चल जाएगा।

जैसे ही रावण ने कहा—पूँछ में आग लगा दो, हनुमानजी मन-ही-मन प्रसन्न हो गए। सोचने लगे—त्रिजटा का सपना सही होता दिख रहा है। रावण स्वयं ही इसकी व्यवस्था कर रहा है।

रावण का आदेश होते ही सारे राक्षस जुगाड़ में भिड़ गए। हनुमानजी तो हनुमानजी थे। ज्यूँ-ज्यूँ राक्षस पूँछ में तेल-घी, कपड़ा लपेटने लगे, हनुमानजी अपनी पूँछ को और बड़ी करते गए। लंका में जितने कपड़े, तेल, घी था, सब खफ गए, खत्म हो गए।

देखिए, आजकल आधुनिक प्रबंधन के युग में इवेंट मैनेजमेंट का बड़ा महत्त्व है। बड़े स्तर पर कोर्स होते हैं, डिग्रियाँ बाँटी जाती हैं। इवेंट मैनेजमेंट में तीन बातें सिखाई जाती हैं। पहली, आप जो कर रहे हैं, उसका उद्देश्य स्पष्ट होना चाहिए। दूसरी, फंड्स मस्ट बी कंट्रोल। यानी धन पर नियंत्रण होना चाहिए। और तीसरी बात सिखाई जाती है—सौ प्रतिशत सफलता प्राप्त करना।

इवेंट ऐसा हो कि लोग वर्षों तक याद रखें। लंका दहन एक ऐसा ही इवेंट था, जिसे दुनिया में आज तक लोग याद रखते हैं। हनुमानजी का उद्देश्य स्पष्ट था। जामवंत ने कहा था—युद्ध मत करना, इसलिए हनुमानजी जानते थे कि युद्ध नहीं करना है, परंतु ऐसा कुछ करना है कि पहली बार में ही रावण के मन में डर घर कर जाए।

दूसरा वित्त पर नियंत्रण तो हनुमानजी से सीखिए। क्या गजब का फाइनेंसियल मैनेजमेंट था। कपड़े लंका के, तेल लंका का, घी लंका का, लपेटने वाले भी लंका के। इस प्रकार लंका की ही सारी चीजों से लंका जला दी।

इसको कहते हैं 100 प्रतिशत स्पॉन्सरशिप। युद्ध नहीं किया, फिर भी इतना आतंक मचा दिया। जैसे ही पूँछ में आग लगाई, लंकावासियों ने हनुमानजी की हँसी उड़ाना शुरू कर दिया। किसी ने धूल उड़ाई, किसी ने लात मारी। उनके ऊपर थूका, अपशब्द कहे। हनुमानजी सबकुछ सुनते रहे, मुसकराते रहे। क्योंकि वे जानते थे कि कुछ देर बाद यहाँ क्या होने वाला है।

यहाँ तुलसीदासजी ने लिखा है—

'निबुकि चढ़ेउ कपि कनक अटारी। भईं सभीत निसाचर नारी॥' हनुमानजी महल की अटारी पर चढ़ गए और घोषणा की—रावण, उसके सारे मंत्री और राक्षसो, एक बात सुन लो—तुमने इस संसार में बहुत भय का वातावरण निर्मित कर रखा है। जिस स्त्री को चाहा, उसको उठा लिया, जिस ऋषि-मुनि का चाहा, वध कर दिया। तुमने यज्ञ ध्वस्त किए हैं, मंदिर उजाड़े हैं, संस्कृति को लूटा है।

यह रामदूत हनुमान घोषणा करता है कि आज के बाद इस लंका में सिर्फ भय होगा, भय का वातावरण होगा। आज के बाद तुम्हें राम और हनुमान के अलावा कुछ नहीं दिखेगा। हनुमानजी की घोर गर्जना से सारी राक्षसियाँ डर गईं।

एक बात याद रखिए। रावण और उसके लोगों को डराने का अर्थ है दुर्गुणों को भयभीत करना। हनुमानजी यदि हमारे जीवन में आ जाएँ तो सबसे पहले हमारे दुर्गुण भयभीत हो जाएँगे। काम, क्रोध और लोभ हमें प्रतिदिन डराते हैं। चाहते हुए भी हम उन पर पार नहीं पा सकते। ऐसे में हनुमानजी को जीवन से जोड़िए और

फिर देखिए, दुर्गुणों का किस प्रकार नाश होता है।

देखते-ही-देखते एक अटारी से दूसरी और दूसरी से तीसरी पर कूदकर रावण और उसके राक्षसों के सामने ही सारी लंका में आग लगा दी। सोने की लंका कुछ ही देर में खाक हो गई।

लंकावासियों में ऐसा भय स्थापित हुआ कि मरते-मरते भी नहीं भूल पाए। रावण की आधी हिम्मत, आधा उत्साह, उसके सैनिक इतने डर गए कि भगवान् आधा युद्ध तो उसी दिन जीत गए थे।

लंका जलाने के बाद समुद्र में कूदकर शीतल हो गए हनुमानजी। आप भी रोष का, आवेश का, उत्साह का कोई काम करें तो उसके बाद थोड़ा शीतल हो जाइए। कई लोग क्रोध में जलने के बाद देर तक शीतल नहीं होते, इसलिए अशांत हो जाते हैं। यह गुण हनुमानजी से सीखिए। हनुमानजी ने जो भी काम किया, अद्‌भुत किया। यह उनका चरित्र था।

लंका जला दी, समुद्र में शीतल हुए और प्रसन्न मुद्रा में फिर पहुँचे माँ जानकी के पास। हाथ जोड़कर कहते हैं—माँ, मैंने अपना काम कर दिया है, अब आज्ञा दीजिए। मैं शीघ्र जाकर प्रभु श्रीराम को आपका संदेश देना चाहता हूँ।

जब सीताजी को ज्ञात हुआ कि हनुमान ने पूरी लंका तहस-नहस कर दी है तो उन्हें बड़ा आश्चर्य हुआ। बहुत दिनों बाद आज उनके भी चेहरे पर प्रसन्नता छाई हुई थी। एक माँ बहुत प्रसन्न थी अपने बेटे की सफलता पर।

ऐसा होता है—संतान जब सफल होती है, अपनी योग्यता प्रदर्शित करती है, तो माँ का हृदय प्रसन्नचित्त हो जाता है।

सीताजी कहती हैं—बेटा, तुम तो जा रहे हो, परंतु तुम्हारे जाने के बाद इस लंका में मैं फिर अकेली रह जाऊँगी। पता नहीं मुझे और कितने दिन यहाँ का नर्क भोगना होगा। अपने स्वामी से कहना, यथाशीघ्र मुझे यहाँ से ले जाएँ। अब मैं ज्यादा दिन अकेली नहीं रह सकती।

सच बात है। इस संसार में कभी-कभी हमारे आसपास बहुत सारे लोग होते हैं, उसके बाद भी हम अकेलापन महसूस करते हैं। क्योंकि उस बहुत सारी भीड़ में कोई अपना नहीं होता, अपनेपन का भाव नहीं होता। सीताजी के साथ यही था। कहने को तो पूरी लंका विविध प्राणियों से भरी थी, परंतु उनमें सीताजी का कोई अपना नहीं था। यह अकेलापन मनुष्य को काटने दौड़ता है।

किसी के जीवन में अकेलापन आ जाए तो इस अकेलेपन का अगला परिणाम होता है अवसाद। अंग्रेजी में जिसे कहते हैं—डिप्रेशन। सीताजी का अवसाद,

डिप्रेशन देखकर हनुमानजी मन-ही-मन बहुत दुखी हो गए थे।

हमारे घर में, परिवार में, रिश्तदारों में, मित्रों में अगर किसी को डिप्रेशन हो जाए तो बहुत धैर्य रखना पड़ता है, तब जाकर किसी का अवसाद घटता है। अकेलेपन का अवसाद जिसे घेरता है, वही उसके परिणाम जान सकता है।

बड़े-से-बड़ा महात्मा हो या सामान्य से सामान्य व्यक्ति, कौन-कब डिप्रेशन में डूब जाए, पता ही नहीं लगता। इतना जरूर है कि कोई बता देता है और कोई मन-ही-मन घुटता रहता है।

हनुमानजी सीताजी को समझाते हैं—माता, इस अकेलेपन से बाहर निकलिए। अपने अकेलेपन को एकांत में बदलिए। अकेलापन केवल एकांत में बदलने से खत्म होता है। जो लोग अकेलेपन को एकांत में बदलने की कला जानते हैं, वे जल्द ही अवसाद से बाहर आ जाते हैं।

आदमी अकेलापन सदैव दूसरे से मिटाना चाहता है। जो अकेलेपन से गुजरता है, उसको लगता है, ये मेरे साथ नहीं है, वो मेरे साथ नहीं है, बहुत अकेले पड़ गए हैं। और इस स्थिति से बाहर निकलने के लिए कभी क्लब में जाता है, कहीं फोन करता है, कभी टी.वी. देखता है, कभी किताब पढ़ने लगता है। इस तरह अपना अकेलापन दूसरे से मिटाने का प्रयास करता है।

अकेलापन मिटाने का सबसे अच्छा साधन है एकांत। इसलिए अपने अकेलेपन को एकांत में बदलने की कला सीखिए।

अकेलेपन को एकांत में बदलने की कला का नाम है ध्यान या मेडिटेशन। जैसे ही आपका ध्यान घटेगा, अकेलापन एकांत में बदलेगा और अवसाद जाता रहेगा। इसलिए जीवन में ध्यान घटाइए। परमात्मा प्राप्ति का एकमात्र मार्ग है ध्यान।

सीताजी से विदा लेकर हनुमानजी वापस अपनी सेना में लौटते हैं। अन्य वानरों ने देखा, हनुमानजी बहुत प्रसन्न हैं। मुख प्रसन्न है और तन में तेज है। सारे वानर खुश हो गए। समझ गए, हनुमान अवश्य ही सफल होकर लौटे हैं। हनुमानजी ने सबको घटना सुनाई और सभी रामजी के पास पहुँचते हैं।

देखिए, हनुमानजी ने छह चरण पूरे किए और सफलता मिल गई। कौन से छह चरण? वे ही जो सफलता के लिए जरूरी हैं। पहला सक्रिय रहें, दूसरा सजग रहें, तीसरा सक्षम रहें, चौथा संघर्ष, पाँचवाँ समर्पण और छठा—संवेदनशीलता। हनुमानजी ने अपने इन गुणों को व्यवहार में उतारा और सफल हो गए।

जब किसी काम में, किसी मिशन में सफलता मिल जाए तब क्या किया जाए? चलिए, हनुमानजी के ही चरित्र से इसे भी समझते हैं।

हनुमानजी हमें बताते हैं कि सफलता मिल जाने पर दो काम कीजिए। कौन से दो काम? कथा में आगे बढ़ते हुए समझते चलते हैं।

हनुमानजी को लेकर जब सारे वानर रामजी के सामने आए तो हनुमानजी सबसे पीछे-पीछे चल रहे थे। जामवंतजी, अंगदजी सब आगे, बीच में सेना और हनुमानजी पीछे।

देखिए, इतना बड़ा काम करके लौटे हैं और अहंकार नाम की कोई चीज नहीं। कुछ बोलते तक नहीं।

रामजी को हनुमानजी की सफलता की सारी घटना, सारा पराक्रम बताया भी तो जामवंत ने। जामवंत ने ही कहा—प्रभु, आज हनुमान वह काम करके लौटा है, जो संसार में दूसरा कोई नहीं कर सकता था।

हनुमानजी का मानना है, आपने कोई कितना ही बड़ा काम किया हो, अपनी प्रशंसा खुद कभी न करें। आपकी सफलता पर आपकी प्रशंसा, आपका गुणगान कोई दूसरा करे तो ही वह सच्ची सफलता है।

आज के दौर में तो यदि कोई छोटी-मोटी सफलता भी अर्जित कर ले तो अपनी प्रशंसा में खुद ही बोराए फिरते हैं। जब तक पाँच-पच्चीस लोगों को नहीं बता देंगे, उनकी तबीयत बिगड़ जाती है। लेकिन हनुमानजी इतनी बड़ी सफलता के बाद भी एकदम चुप, शांत और सहज हैं।

हनुमानजी चुपचाप हैं। जिसको बोलना है बोलेंगे और ऐसा हुआ। जैसे ही हनुमानजी रामजी के सामने पहुँचे तो जामवंतजी कहते हैं, आज हनुमानजी के बारे में कह रहे हैं, कोई नहीं कह सकता। अब आ रहा है वो दौर, जब हनुमानजी चुपचाप हैं।

एक बात याद रखें। कुछ भी करें तो इस बात का ध्यान जरूर रखें कि देखने वाला वह ईश्वर है। दुनिया का क्या है? यह तो बावरी है। कभी तारीफ करेगी, कभी नीचे गिरा देगी। आज काम अच्छा हो गया तो सब कहेंगे, बहुत बढ़िया और कल काम बिगड़ गया तो ये ही लोग आपकी पुंगी बजाने से भी नहीं चूकेंगे।

ईश्वर के प्रशंसा करने के अपने तरीके हैं। आपको पता भी नहीं चलेगा, वह कब, कैसे, कहाँ आपको उठा देगा और कहाँ निपटा देगा। इसलिए ऊपर वाला देख रहा है, इस बात को लेकर सावधान रहें। हनुमानजी तो यह फंडा बहुत अच्छे से जानते थे और इसीलिए चुप थे।

हनुमानजी अपने चरित्र से समझा रहे हैं, सफलता मिल जाने पर दो बातों का ध्यान रखिए। पहली असावधान न रहें और दूसरी अहंकार न करें। जब सफलता

आपकी मुट्ठी में हो तो जरा भी असावधान न रहें। शीर्ष की नोंक पर ज्यादा लोग खड़े नहीं रह सकते। नंबर वन कोई एक ही होगा। बाकी नीचे लाइन लगाए हुए हैं। आप जरा असावधान हुए कि आपको उतारा।

इसी प्रकार जहाँ आपने अपने भीतर अहंकार को स्थान दिया कि समझो परमात्मा के यहाँ आपके पतन की उल्टी गिनती शुरू हो चुकी है। इसलिए ध्यान रखें, यदि असावधान रहे तो दुनिया उतार देगी और अहंकार किया तो ईश्वर खड़ा नहीं रहने देगा। यह संसार का नियम है।

जामवंत के मुख से हनुमान की प्रशंसा सुनने के बाद भगवान् ने हनुमानजी को देखा तो प्रसन्न हो गए। पास में बुलाकर हृदय से लगाते हुए कहते हैं—

**सुनु कपि तोहि समान उपकारी। नहिं कोउ सुर नर मुनि तनुधारी॥**
**प्रति उपकार करौं का तोरा। सनमुख होइ सकत मन मोरा॥**

तुम्हारे समान तो कोई सुर, नर, मुनि, तनुधारी हो नहीं सकता। देवता, ऋषि-मुनि, मनुष्य तेरे सामने कुछ नहीं हैं। दुनिया की सबसे बड़ी हस्ती कह रही है—तेरा क्या प्रति उपकार करूँ हनुमान! तुम्हारे सामने तो मेरा मन खड़ा नहीं हो सकता।

देखिए, स्वयं श्रीराम ने कितना बड़ा मान दिया है हनुमानजी को। भगवान् भी प्रशंसा करने उतरे तो मानो बह से गए। क्या चरित्र रहा होगा हनुमानजी का?

अपनी सफलता भगवान् को अर्पित करने का प्रतिफल ऐसा ही मिलता है। ऐसी प्रशंसा करता है ईश्वर कि जीवन आनंद से भर जाता है। प्रशंसा के उसके अपने तरीके हैं। भगवान् राम जैसे ही हृदय से लगाते हैं, हनुमानजी उनके पैरों में गिर गए। यहाँ भी हनुमानजी हमें एक बात सिखा रहे हैं। जब संसार आपकी प्रशंसा करे, प्रतिष्ठा मिल जाए तो भगवान् के चरणों में गिरने का अर्थ है, अपनी सफलता को दो लोगों के चरणों में अर्पित करना—भगवान् और माता-पिता। हमारा सबकुछ उन्हीं का दिया हुआ है और उन्हीं को लौटा दीजिए।

जब सफल हों तो अत्यधिक विनम्र हो जाएँ। संसार बहुत प्रशंसा करे, मान्यता दे, प्रतिष्ठा दे तो विनम्र होकर चरणों में गिर जाएँ और आभार व्यक्त करें संसार का।

इस प्रकार आपने पढ़ा और समझा कि देखा सफलता के लिए क्या करें, सफलता के साथ क्या करें? अब समझते हैं, तीसरा पायदान यानी सफलता के बाद क्या करें?

सफलता के साथ तीन काम कीजिए—मन, वचन और कर्म में एकरूपता ले आइए। कहना या सुनना बहुत आसान है, परंतु यह बहुत कठिन काम है। मन, वचन और कर्म में एकरूपता लाने में बड़ा परिश्रम लगता है। इस एकरूपता का

मतलब है आप जो सोच रहे हैं, वही बोलें और जो सोचकर बोल रहे हैं, वही करें।

हम सब तीनों के टुकड़े करने में माहिर हैं। भगवान् हम सबसे एक ही मामले में ज्यादा परेशान हैं कि हमारे मन में क्या चल रहा है, किसी को पता नहीं चलता। साथ रहते-रहते जिंदगी बीत जाती है लोगों की। फिर भी एक-दूसरे के मन में यही घूमता रहता है कि उसके मन में क्या चल रहा है ? कौन, किसके बारे में, क्या सोच रहा है, किसी को नहीं मालूम। मन की यह स्थिति ठीक नहीं है।

मन, वचन और कर्म में एक हो जाएँ, तब ही आप सफलता को पचा पाएँगे, उसके साथ जी पाएँगे। जब आदमी इन तीनों से एक हो जाता है, तब सबकुछ वही होगा, जो वह चाहता है।

33वें दोहे में हनुमानजी ने अपने आपको मौन कर लिया। बिल्कुल गौण हो गए। लेकिन इसके बाद हुआ वही सब, जो हनुमानजी चाहते थे। रामजी वही करते गए, जो हनुमान चाहते थे। आप जो चाहो और परमात्मा वही करने लग जाए, इससे बड़ी सफलता और क्या होगी ?

यहीं एक विचित्र घटना घटती है विभीषण की शरणागति की। हनुमान का दिया मंत्र पूरी तरह से विभीषण के मन-मस्तिष्क में बस चुका था। रावण के पास जाता और विनय करता कि सीताजी को लौटा दीजिए।

एक दिन फिर रावण के पास गया और कहा, श्रीराम से बैर मत लो…। राम के प्रति 'श्री' सुनते ही रावण भड़क गया और विभीषण को जमकर लात जमाते हुए कह दिया—लंका से बाहर हो जा…।

पहले हनुमानजी का मंत्र और फिर रावण की जोरदार लात का विभीषण पर ऐसा असर हुआ कि चल दिए रामजी की ओर। जब विभीषण राम सेना के शिविर में आए तो रामजी ने साथियों से विचार जाना कि अब क्या किया जाए ? सुग्रीव ने कहा—प्रभु, ऐसी स्थिति में जब युद्ध सिर पर मँडरा रहा हो, किसी गैर पर भरोसा करना उचित नहीं लगता। यह हमारे शत्रु रावण का भाई है। हो सकता है, छलपूर्वक हमारा भेद जानने आया हो। क्यों न इसे बंदी बना लिया जाए ?

विभीषण के बारे में सुग्रीव के विचार सुनकर हनुमानजी को चिंता हो गई कि मैं तो इन्हें भी राम शरणागति का न्योता देकर आया था और सुग्रीव कह रहे हैं, बंदी बना लो। यह तो विभीषण के साथ अन्याय हो जाएगा। वे घर-बार, राज-परिवार छोड़कर आए और यहाँ उन्हें बंदी बना लिया तो गड़बड़ हो जाएगी।

भगवान् तो अंतरयामी थे ही। बोले—सुग्रीव, बात तो तुम नीति की कर रहे हो, लेकिन तुम्हारे अंदर कुछ गड़बड़ है। मुझे लगता है, तुमको आदमी की पहचान

नहीं है। तुम तो लक्ष्मण और मुझको भी बालि के भेजे हुए गुप्तचर समझ बैठे थे। जब आप हमें नहीं पहचान सके थे तो आपने किसकी मदद ली थी? हनुमान की। तो आज भी क्यों न हनुमान की ही मदद ली जाए।

हनुमानजी से पूछा तो बोले—ये तो रामभक्त हैं। इन्हें शरण देने में किसी प्रकार का अनुचित नहीं है। वही हुआ, जो हनुमानजी ने चाहा। भगवान् ने विभीषण को शरण ही नहीं दी, जल मँगवाकर सीधा लंका का राजतिलक ही…। यहाँ आत्मविश्वास देखिए श्रीराम का। युद्ध हुआ नहीं और लंका का राजा बदल दिया। विभीषण को राजा बना दिया। क्योंकि उन्हें मालूम था कि अंततोगत्वा युद्ध जीतेंगे तो वे ही।

किसी ने पूछा भी कि प्रभु, आपने इसे राजा बना दिया? भगवान् कहते हैं—हाँ, इसे राजा तो बनाना ही था, क्योंकि यह मेरी शरण में आया है।

ऐसा भी कहा जाता है कि किसी ने फिर पूछ लिया कि ऐसे तो अगर रावण भी शरण में आ गया, तब आप क्या करेंगे? लंका का राज तो आप विभीषण को दे चुके हो।

भगवान् राम कहते हैं, अगर रावण को होश आ जाए और वह मेरी शरण में आ जाए तो मैं उसे अयोध्या का राज दे दूँगा। शरण में आएगा तो कुछ दूँगा जरूर। उसे खाली हाथ नहीं रखूँगा।

यह थी श्रीराम की सहृदयता। सबसे बड़े शत्रु के प्रति भी मन में कोई दुर्विचार, कोई षड्यंत्र नहीं। इसीलिए आज भी राम जन-जन में पूज्य हैं।

विभीषण के राजतिलक के बाद विचार हुआ, अब लंका पर चढ़ाई कर दी जाए। लेकिन समस्याएँ तो एक के बाद एक तैयार ही खड़ी थीं। एक को निपटाई कि दूसरी तैयार। नई समस्या यह खड़ी हुई कि लंका में प्रवेश के लिए विशाल समुद्र को कैसे लाँघा जाए? भगवान् ने सुग्रीव सहित सभी वरिष्ठों से सलाह ली कि अब क्या किया जाए? विभीषण बोले—भगवन्, यह समुद्र आपके कुलगुरु जैसा है। आप इससे मार्ग माँगिए। मुझे विश्वास है, यह हमें मार्ग अवश्य दे देगा।

भगवान् समुद्र के पास गए और विनयपूर्वक मार्ग माँगने लगे। उसी समय एक घटना घट गई। जैसे ही भगवान् शस्त्र रखकर समुद्र के सामने खड़े होते हैं, लक्ष्मणजी गरज उठते हैं—यह क्या कर रहे हो भैया? आप इस समुद्र से विनय कर रहे हो? अरे, यह तो कायरों का काम है। आप तो धनुष उठाइए और सोख लीजिए इसको।

लक्ष्मणजी को आवेश में आते ही सब काँपने लग गए। दो लोग नहीं काँपे—हनुमानजी और रामजी। राम तो लक्ष्मणजी के स्वभाव से भलीभाँति परिचित थे।

बोले कुछ नहीं। सिर्फ देखा और मुसकराते हुए संकेतों में ही लक्ष्मण को समझा दिया कि ऐसा ही करेंगे भाई, जरा धीरज रखिए।

हमारे जीवन में भी ऐसी घटनाएँ घटती रहती हैं। कई बार घर में, समाज में घर का कोई सदस्य जब बड़े की बात काट दे तो वह बड़ा क्रोध में आ जाता है। घर में उपद्रव शुरू हो जाता है।

ऐसा मत कीजिए। भगवान् से सीखिए, ऐसी स्थिति में किस सहनशीलता से मुसकराते हुए काम लिया जाए? भगवान् कहते हैं, विपरीत स्थितियों में भी मुसकराना मत छोड़िए। धीरज रखिए और लक्ष्य की ओर आगे बढ़ते जाइए। अपने स्वभाव के अनुसार आचरण करते हुए भगवान् राम समुद्र से विनय करने में लग गए।

तीन दिन बीत गए, लेकिन समुद्र मार्ग देने को तैयार नहीं हुआ। अब तो भगवान् का धैर्य भी टूटने लगा। यहाँ रामजी ने बड़ी अच्छी बात बोली है—

**'बिनय न मानत जलधि जड़, गए तीन दीनु बीति।**
**बोले राम सकोप तब, भय बिनु होय न प्रीति॥'**

जीवन में कभी-कभी भय के बिना प्रीति नहीं होती। प्रीति बनाने के लिए भय का, अनुशासन का डंडा चलाना पड़ता है। जब कोई विनय की भाषा नहीं समझे तो उसे भय की भाषा में समझाना पड़ता है।

इस प्रसंग को लेकर भगवान् राम ने एक और सिद्धांत बता दिया कि जीवन में सात लोगों से ऐसा व्यवहार नहीं करना चाहिए। कौन सात लोग और कैसा व्यवहार? तो देखिए, भगवान् कहते हैं—

**'सठ सन बिनय कुटिल सन प्रीति। सहज कृपन सन सुंदर नीति॥**
**ममता रत सन ग्यान कहानी। अति लोभी सन बिरति बखानी॥**
**क्रोधिहि सम कामिहि हरिकथा। ऊसर बीज बएँ फल जथा॥'**

अर्थात् मूर्ख से विनय की, अहंकारी से प्रीति की, कंजूस से नीति की, ममता में डूबे हुए से ज्ञान की, लोभी से वैराग्य की, क्रोधी से शांति की तथा कामी से हरिकथा की बात कभी मत कीजिए।

जिस प्रकार ऊसर में बीज बोने से कुछ नहीं उगता, ऐसे ही इन सात लोगों से ये सात व्यवहार करेंगे तो परिणाम कुछ नहीं मिलेंगे। ये सात लोग या सात दुर्गुण हमारे भी भीतर हो सकते हैं, इसलिए इनके प्रति सावधान रहें।

तीन दिन बाद भी जब समुद्र नहीं पसीजा जो भगवान् ने प्रीति का मार्ग छोड़ दिया। खड़े हुए और धनुष उठाकर बोले—तू ऐसे नहीं मानेगा, अभी एक बाण के साथ तुझे सुखा देता हूँ।

भगवान् की यही नीति है। अवसर सबको देते हैं। पापी को भी अपने पाप के पुलिंदे बाँध लेने के लिए पूरा समय देते हैं। सीधे-सीधे दंड नहीं देते। इन्हीं का नाम राम है।

जैसे ही रामजी ने धनुष पर तीर चढ़ाया, डर के मारे समुद्र प्रकट हो गया। घबरा गया। हाथ जोड़ने लगा। बिना ताड़ना के बात नहीं बनती है।

ताड़न का अर्थ देखिए। दो अर्थ होते हैं इसके। एक होता है ताड़ना यानी वॉच करना और दूसरा होता है प्रताड़ना यानी टार्चर करना।

चौपाई में पहला शब्द आया है ढोल। एक ढोल को यदि आप ठीक से वॉच नहीं करेंगे, ताड़ नहीं करेंगे तो सुर बिगड़ जाएगा।

फिर आता है गँवार। गँवार का सही अर्थ है गाँव में रहनेवाला। जो नगर में रहता है, वह नागरिक और जो गाँव में रहता है, वह गँवार कहलाता है। और एक गाँव के आदमी को नियम, विधान कम मालूम होते हैं। इसलिए उसको भी ताड़ना यानी वॉच करना पड़ेगा।

शूद्र यानी सेवा करनेवाला। कोई आपकी चाकरी कर रहा हो और यदि आप उसको ठीक से वॉच नहीं करेंगे तो काम बिगड़ना ही है। सेवकों को तो ताड़ना ही पड़ेगा।

पशुओं को अगर आप वॉच नहीं करेंगे तो वह अराजकता फैला देगा। पता नहीं कहाँ-कहाँ मुँह मारकर आएगा।

ठीक है, ढोल, गँवार, शूद्र और पशु की तो बात समझ में आती है, परंतु नारी यानी स्त्री को तुलसीदासजी ने ताड़न की अधिकारी क्यों कहा? नारी को इतना वॉच क्यों करना पड़ता है?

भगवान् ने जब इस दुनिया को बनाया तो अपनी माया से बनाया। विद्या और अविद्या माया के दो हिस्से किए। भगवान् ने सृजन का, संतान पैदा करने का काम स्त्री को दिया।

माताओं-बहनों को परमात्मा ने संसार सृजन की जिम्मेदारी दी है। उसको जब नुकसान होता है या वो खुद नुकसान करते हैं तो कीमत बड़ी चुकानी पड़ती है। पुरुष आचरण से गिर जाए तो परिणाम कुछ और होते हैं और नारी आचरण से गिरती है तो परिणाम कुछ और होते हैं।

हमारे समाज ने कितना ही विकास कर लिया हो, परंतु आज भी माँ-बहनों को अकेले में, असामाजिक वातावरण में भेजने में हम सजग हैं बजाय पुरुष संतान के।

एक स्त्री के साथ हो जानेवाली किसी अनहोनी के परिणाम हर आदमी जानता

है। पर तुलसीदासजी तो तब ही जान गए थे, जब युग नहीं बना था।

रावण जैसे लोगों के राज में तो स्त्रियों को अकेले में निकलने देना अभिशाप माना जाता था। इसीलिए उन्होंने स्त्री को भी ताड़न यानी वॉच की अधिकारी लिख दिया। इसका नुकसान आदमी भुगत नहीं पाएगा, क्योंकि यह जननी है। संतान पैदा करेगी। इसलिए माँ की रक्षा, बहन की रक्षा करें।

इसलिए ये पाँच लोग ताड़न के लायक हैं। इसको प्रताड़ना मत समझिए।

अब बात आती है सफलता के बाद क्या किया जाए? सफलता के बाद मन, कर्म और वचन से एक हो जाइए। सफलता के बाद चार बातों का ध्यान रखना है। कौन सी चार बातें?

आपके व्यावहारिक जीवन में परिश्रम हो, पारिवारिक जीवन में प्रेम हो, सामाजिक जीवन में पारदर्शिता हो और निजी जीवन में पवित्रता हो। जब भी जीवन में सफल हो जाएँ, खूब परिश्रम करें। हनुमानजी एक बात सिखाते हैं—परिश्रम करनेवाला चापलूसी नहीं करता, परिश्रम करनेवाला षड्यंत्र नहीं करता, परिश्रम करनेवाला उठापटक नहीं करता।

सीधी सी बात, सीधा अपना काम करता है। अच्छा काम कीजिए। अपने हक का आपको जरूर मिलेगा। थोड़ा सा परिश्रम कीजिए। अगर ईमानदारी से परिश्रम किया है तो उसका फल मिलना ही है।

दूसरी बात आपका पारिवारिक जीवन प्रेम से भरा हो। परिवार की भाषा प्रेम की हो। विभिन्न सदस्य एक-दूसरे की भावनाओं का सम्मान करें।

प्रेम के बिना परिवार की गाड़ी आगे नहीं बढ़ सकती, इसलिए ऐसा आचरण, ऐसा व्यवहार, ऐसा वातावरण निर्मित करें कि परिवार में प्रेम बना रहे।

इसके बाद बारी आती है सामाजिक जीवन की। सामाजिक जीवन में पारदर्शिता रखें। आपका जीवन किसी खुली किताब की तरह हो।

किसी से कोई भेद, कोई छुपाव नहीं होना चाहिए। आप जैसे हैं, वैसे ही दिखने का भी प्रयास करें। किसी आवरण की आड़ में अपना व्यवहार नहीं बदलें।

निजी जीवन में अद्‌भुत पवित्रता होनी चाहिए। परमात्मा को पवित्रता बहुत प्रिय है। वह जानता है कि आपके भीतर क्या चल रहा है। इसलिए उससे कभी कुछ मत छुपाइए। प्रयास करें आपका हर दिन दिव्य हो। अपने एकांत को दिव्य बनाइए।

कई बार एकांत में हम पशु से भी अधिक पतित हो जाते हैं। अपने एकांत को दिव्य बनाने का एक ही तरीका है ध्यान। मेडिटेशन कीजिए, आप शुद्ध होंगे, पवित्र होंगे। जीवनसाथी के प्रति अपने दायित्वों को समझते हुए अपनी निज

पवित्रता को साधिए।

ये सुदर कांड के जीवन को सुंदर बनाने के सूत्र हैं। एक बार फिर इस बात को अपने मस्तिष्क में बैठा लीजिए कि जीवन सुंदर तभी है, जब उसमें सफलता के साथ शांति है। अगर जीवन सुंदर बनाना हो तो सफलता तो प्राप्त करना ही है, उसके साथ शांति भी हासिल करनी है। शांति के बिना सफलता अधूरी है।

समुद्र क्षमा माँगते हुए भगवान् को प्रणाम करता है। भगवान् द्वारा क्षमा कर देने पर समुद्र लंका तक पहुँचने के लिए मार्ग की युक्ति बताता है।

इसी के साथ रामकथा का पाँचवाँ भाग यानी सुंदर कांड पूर्ण होता है। इसके बाद क्या कुछ घटित होता है, जानने के लिए पढ़िए कथा का छठा भाग यानी लंका कांड।

□

## भाग-6

# लंका कांड

श्रीरामचरितमानस का लंका कांड संकल्प का सोपान है। इसकी कथावस्तु हमको संकेत देती है कि जीवन में शरीर, मन और आत्मा के क्रम से कैसे आत्मा तक पहुँचा जाए। हमको संकल्पित होना पड़ेगा शरीर के लिए, मन के लिए और आत्मा के लिए। यह सोपान दुर्गुणों पर सद्गुणों की विजय का अभियान है।

श्रीराम ने संकल्प लिया था कि मैं बुराई का विनाश करूँगा। और रावण के साथ उनका यह संकल्प पूरा हुआ था।

लंका कांड का विषय थोड़ा गहन है। इसकी गहराई में जाने पर पता चलता है कि हमारे भीतर बड़ा संघर्ष है। अपने ही दुर्गुणों से अपने सद्गुणों का।

श्रीराम ने तो रावण का वध कर दिया था, परंतु हम सब भी अपने भीतर दुर्गुणों का जो रावण पाले बैठे हैं, उसका क्या? हमें भी हमारे भीतर के उस रावण को मारना है। और उसका क्रम है शरीर से मन और मन से आत्मा तक पहुँचना।

एक बात अवश्य ध्यान रखिए, बिना योग के हम अपने दुर्गुणों को नहीं मार पाएँगे। दुर्गुण केवल कर्मकांड से समाप्त नहीं हो सकते। केवल भक्ति से भी इन्हें नहीं मारा जा सकता। इसके लिए भक्तियोग को जोड़ना पड़ेगा।

देखिए, जो जीवन देता है, वह ले भी लेता है। भगवान् राम ने रावण का जीवन इसीलिए छीन लिया था कि वह ईश्वर के दिए जीवन का सदुपयोग नहीं कर पाया था। हमारे भीतर भी जब रावण जागता है तो हम भी जीवन का दुरुपयोग करने लगते हैं। योग जीवन के सदुपयोग का नाम है।

चलिए, लंका कांड के प्रसंग में प्रवेश करने से पहले एक कथा पढ़-समझ ली जाए।

एक कुम्हार था। एक दिन अपने गधे पर कुछ सामान रखकर गाँव से शहर की ओर जा रहा था। रास्ते में एक सुंदर सा पत्थर पड़ा मिला। कुम्हार ने सोचा, बड़ा सुंदर है। गधे के गले में बाँध दिया जाए तो उसका शृंगार हो जाएगा। पत्थर उठाया, गधे के गले में टाँगा और आगे बढ़ गया।

आगे रास्ते में एक जौहरी आता मिला। उसने देखा, गधे के गले में हीरा लटका हुआ है। और वह यह भी जान गया कि कुम्हार को नहीं मालूम है कि यह हीरा है। उसने कुम्हार से पूछा—भैया, इसको बेचना है क्या? सुनकर कुम्हार चौंक गया कि पत्थर खरीदने वाला भी मिल गया।

दुनिया का कायदा है कि जब लेन-देन या बेचने-खरीदने की बात आई तो सबकी अक्ल चलने लगती है। कुम्हार को भी आ गई। उसने पूछा—कितने में खरीदोगे? जौहरी बोला—मैं इसके 200 रुपए दे सकता हूँ।

कुम्हार की अक्ल में और वृद्धि हो गई। सोचा—धंधे का कायदा यह है कि बेचना हो तो ज्यादा में और खरीदना हो तो कम में। अपनी अक्ल लगाई और बोला 200 में नहीं, मैं इसे 300 रुपए में दूँगा। जौहरी ने सोचा मूर्ख है, जाने दो। थोड़ी देर बाद देखेंगे।

दोनों अलग-अलग हो गए। कुम्हार चला तो आगे एक और जौहरी मिल गया। उसने भी देखा कि हीरा लटका है तो कुम्हार से पूछा—बेचना है क्या? अब कुम्हार को लगा कुछ है जरूर।

मन-ही-मन सोचा, वह पिछला आदमी 200 रुपए में खरीदने को तैयार था, मैंने 300 माँग लिये तो बिका नहीं। अब ऐसा न हो कि यह 200 में भी नहीं ले। मैं तो 100 रुपए में ही दे देता हूँ। कुम्हार ने 100 रुपए माँगे और उस जौहरी ने वह हीरा खरीद लिया। कुम्हार रुपए लेकर आगे बढ़ गया।

जब कुम्हार आगे चला तो वह पहला जौहरी फिर मिल गया। उसको लगा अब इसको छोड़ना नहीं चाहिए। 300 में भी ले लेना चाहिए। कुम्हार से बोला—चलो भाई 300 रुपए में दे दो। कुम्हार ने कहा, मैंने तो बेच दिया 100 रुपए में।

जौहरी बोला—अरे मूर्ख, 100 रुपए में बेच दिया? मैं तो पहले ही 200 में लेने को तैयार था। आखिर गधे-के-गधे ही रह गए।

कुम्हार ने जौहरी को ऊपर से नीचे तक देखा और अपने गधे से बोला—सुन रहे हो गधे, बाबूजी हमको गधा कह रहे हैं। अरे, मैं तो समझता था कि पत्थर है और मैंने उसके भी 100 रुपए तो कमा लिये। परंतु इनको तो यह मालूम था कि वह लाखों का हीरा है, फिर भी ये 100 रुपए के लिए उसे छोड़कर चले गए। अब

गधा कौन? ये कि मैं?

यही हम सब की भी कहानी है। भगवान् ने हमको बेशकीमती जीवन दिया है, पर हमने उसे पत्थर समझकर गले में लटका लिया। कोई सौ में बेच रहा है, कोई दो सौ में बेच रहा है, कोई लाखों में बेच रहा है तो कोई नहीं बेच रहा है।

जीवन का कोई हिसाब-किताब नहीं है। यहाँ चूक जाते हैं हम। समय आने पर पता लगता है कि जीवन में जो बहुमूल्य था, वह हम बचा नहीं सके और जो बचाया, वह कभी काम नहीं आया।

रावण के साथ ऐसा ही हुआ था। भगवान् ने उसको बहुमूल्य जीवन दिया था। लेकिन वह उसे नहीं बचा पाया। लंका कांड में भगवान् हमको समझाते हैं कि एकाग्रता से थोड़ा अपने भीतर उतरते हुए अपने आप को टटोलने का प्रयास कीजिए।

देखिए, रूप रावण को तो भगवान् राम ने मार दिया था, लेकिन अरूप रावण हमारे भीतर आज भी जिंदा है। हम हर साल रावण के पुतले को जलाते हैं, मारते हैं, परंतु अपने भीतर के दुर्गुण रूपी रावण को मारने का प्रयास नहीं करते।

लंका कांड की कथा आपको बताएगी कि अपने भीतर के अरूप रावण को भी टटोलते रहिए।

सुंदर कांड के आखिर में आपने पढ़ा होगा कि तीन दिन तक विनय करने के बाद भी जब समुद्र ने मार्ग नहीं दिया तो भगवान् राम ने उसे सुखा देने के लिए धनुष उठा लिया।

जब श्रीराम के क्रोध से समुद्र चिंतित हो गया तो प्रकट होकर क्षमा माँगते हुए सेतु बंधन की युक्ति सुझाई।

समुद्र द्वारा सेतु बंधन की बात बताने के बाद जामवंत, सुग्रीव, हनुमान, विभीषण सहित समस्त सेना के साथ भगवान् राम समुद्र के सामने खड़े हैं। भगवान् सबसे पूछते हैं—क्या किया जाए? यह रामजी के चरित्र की विशेषता है कि किसी भी अभियान से पहले सबकी सलाह लेते थे।

देखिए, लंका कांड के सारे संवाद, सारी चर्चाएँ तीन भागों में बँटी हुई हैं। शरीर, मन और आत्मा। शरीर संयम से, सदाचार से सधता है; मन सावधानी से नियंत्रित होता है और आत्मा तक पहुँचते-पहुँचते हमारे पूरे चरित्र में सौम्यता और संवेदनशीलता उतरना जरूरी है।

शरीर जुड़ाव का साधन है। निश्चित रूप से हम संसार में किसी से जुड़ेंगे तो शरीर हमारा माध्यम होगा। लंका कांड के कुछ प्रसंग हमको शरीर के संयम और सदाचार की कल्पना बताएँगे।

समुद्र को देखकर सभी लोग अपनी-अपनी टिप्पणी करते हैं कि इसको किस तरह पार किया जाए।

सबसे पहले जामवंत बोले। कहते हैं—भगवान्, यह समुद्र तो मन की तरह है। आपके प्रताप से, आपके आशीर्वाद से और सच तो यह है कि आपके नाम से ही हम इसे पार कर जाएँगे।

हनुमानजी बोले—प्रभु, यह जो समुद्र है, आपके प्रताप से ही है। एक बार जब आपने अग्नि से युद्ध किया तो अग्नि का मस्तक उतार दिया। वह जाकर समुद्र में गिरा और उसकी अग्नि से समुद्र सूख गया। जब समुद्र सूख गया तो अग्नि की पत्नी स्वाहा इतना रोई कि उसके आँसुओं से समुद्र वापस भर गया। इसीलिए समुद्र खारा है। इस प्रकार यह तो आपके प्रताप से पहले ही सूख चुका है।

रामजी ने जब हनुमानजी की यह टिप्पणी सुनी तो तुलसीदासजी ने लिखा है कि भगवान् मुसकराने लगे। और भगवान् को मुसकराता देख सारे वानर भी प्रसन्न हो गए।

देखिए, लंका कांड के आरंभ में ही भगवान् और सारी सेना ने मुसकराकर यह संकेत कर दिया था कि बिना मुसकराए रावण मरने वाला नहीं है।

भगवान् कहते हैं, संघर्ष के दौर में कभी तनाव नहीं पालना। मुसकराते हुए सामना करने से बड़े-बड़े संघर्ष निपट जाते हैं। इसलिए हमेशा मुसकराते रहिए।

समुद्र पर सेतु-बंधन में सबसे बड़ी समस्या थी पत्थरों को डूबने से रोका कैसे जाए। हास-परिहास, ठिठोली के बीच जामवंत ने सलाह दी कि नल और नील के माध्यम से सेतु बाँधा जाए। इन दोनों को वरदान है कि ये जो पत्थर पानी में छोड़ेंगे, वो डूबेंगे नहीं।

इसके पीछे एक कहानी है। नल और नील देनों भाई बचपन में बहुत शरारती थे। नदी किनारे जब ऋषि-मुनि तपस्या करने बैठते थे तो ये दोनों उनके वस्त्रादि उठाकर पानी में फेंक देते थे। एक बार परेशान होकर एक ऋषि ने उन्हें अभिशाप दे दिया कि आज से तुम्हारी फेंकी हुई कोई चीज पानी में डूबेगी नहीं।

सेना के बाकी वानर पत्थर लाने लगे और नल-नील उन्हें समुद्र में डालने लगे। नल-नील द्वारा पत्थर डालने पर वे डूबते तो नहीं थे, परंतु बह जाते थे। अब क्या करें? रामजी बोले—यह तो बड़ी चिंता की बात है। इसकी भी कोई युक्ति खोजिए।

हनुमानजी तो सलाहकार थे भगवान् के। और सलाह भी ऐसी देते थे, जिसका कोई तोड़ नहीं होता, जिसके विफल हो जाने की कोई गुंजाइश नहीं होती। बोले—इन पत्थरों को सीधे मत डालो। एक पत्थर पर लिखो 'रा', दूसरे पर लिखो 'म' और

फिर पानी में डालो। नल-नील ने वानरों के साथ मिलकर ऐसा ही किया तो रामनाम लिखे पत्थर आपस में चिपककर तैरने लग गए।

भगवान् ने सोचा, कुछ पत्थर मैं भी डालता हूँ। पहला ही पत्थर उठाया और डाला तो वह डूब गया। रामजी को बड़ा आश्चर्य हुआ कि वानरों के डाले पत्थर तैर रहे हैं और मैंने डाला तो डूब गया?

यहाँ हनुमानजी ने बड़ी अच्छी और गहरी बात कही। बोले—भगवान्, जिसे आप स्वयं छोड़ेंगे, उसको बचाने वाला फिर कौन है? उसे तो डूबना ही है।

वानर सेना के परिश्रम से देखते-ही-देखते सेतु का निर्माण हो गया है। जब सेतु बँध गया तो देखा उसका आकार छोटा था और सेना बहुत ज्यादा थी। ऐसे में यदि टुकड़े-टुकड़े में सेना पार जाए तो समय बहुत लग जाता।

तब पहले भगवान् स्वयं सेतु पर गए और देखा समुद्र के जितने जीव-जंतु थे, वे भगवान् के चरणों को स्पर्श करने के लिए एक स्थान पर इकट्ठे हो गए थे। भगवान् ने सोचा यह भी बिन बाँधा एक सेतु बन गया।

भगवान् सेना से कहते हैं, चिंता नहीं करो, अब हमारे पास दो सेतु हैं। जो तुमने पत्थरों से बनाया, यह परिश्रम का सेतु है, जलचरों से बना सेतु मेरी कृपा का सेतु है। इन दोनों के सहारे हम आसानी से पार हो सकते हैं।

देखिए, आदमी भवसागर पार दो ही तरीके से हो पाएगा। एक तो अपने परिश्रम के सेतु से और दूसरा ईश्वर कृपा के सेतु से। केवल परिश्रम से ही कोई पूरी तरह पार नहीं जा सकता। पार जाने के लिए परमात्मा की कृपा की जरूरत पड़ती ही है।

सेतु बना और भगवान् उस पर चढ़े तो देखकर लक्ष्मण से बोले—देखो भाई, क्या अद्भुत सेतु बनाया है। सेतु का अर्थ ही है किसी से जुड़ना। हम किसी से भी जुड़ना चाहें तो एक सेतु चाहिए। विचार का हो, काम का हो, संबंधों का हो, रिश्तों का हो, मन का हो, शरीर का हो; लेकिन सेतु एक-दूसरे से जोड़ने का ही काम करता है।

भगवान् कहते हैं, जीवन में किससे जुड़ना है, यह तय आपको करना है। कई बार जीवन बीत जाता है और लोग तय ही नहीं कर पाते कि जुड़ना किससे है? जब भी जुड़ो, श्रेष्ठ लोगों से, अच्छे लोगों से जुड़ो। आपको संगत करनी हो, दोस्त बनाना हो, रिश्तेदार बनाना हो, संबंध रखना हो तो किससे रखें? यहाँ पूरी सावधानी रखें। संगत सदैव सदाचारी की ही करें।

संसारी रिश्तों के अलावा किसी से जुड़ना है तो गुरु से जुड़िए। गुरु-शिष्य

का रिश्ता सिर्फ भारत में है। इस रिश्ते की ऐसी गरिमा संसार में और कहीं नहीं है।

जीवन में कई समस्याएँ, कई स्थितियाँ ऐसी होती हैं, जिसमें भगवान् तक पहुँचने के लिए गुरु एक माध्यम का काम करता है। गुरु आपके और परमात्मा के बीच की एक कड़ी है, एक सेतु है। गुरु का एक हाथ भगवान् तक और दूसरा आप तक होता है।

किसी भी सफलता के मार्ग में आप सीधे छलाँग नहीं लगा सकते। इसके लिए आपको एक माध्यम की जरूरत होती है। और सबसे अच्छा माध्यम गुरु ही हो सकता है। इसलिए जीवन में कोई-न-कोई गुरु अवश्य बनाइए। वह आपको भटकने से बचा लेगा।

आज के युग में गुरु ढूँढ़ना या गुरु का चयन करना भी एक समस्या बन गई है। गुरु के नाम पर भी लोगों ने आवरण ओड़ रखे हैं। ऐसे में किसे गुरु बनाया जाए? शायद तुलसीदासजी आज के दौर की इस समस्या से उसी समय परिचित हो चुके थे। इसीलिए तो उन्होंने हनुमान चालीसा में एक चौपाई ही लिख दी है—

**'जै जै जै हनुमान गुसाईं। कृपा करहुँ गुरु देव की नाईं॥'**

जीवन में और कोई गुरु नहीं मिले तो हनुमानजी को ही गुरु बना लीजिए। वे ही आपका ऐसा मार्गदर्शन करेंगे कि जीवन सँवर जाएगा।

## रामेश्वरम् की स्थापना

श्रम और कृपा के सेतु के माध्यम से वानर सेना के साथ भगवान् समुद्र के उस पार पहुँचते हैं। यहाँ भगवान् के मन में भक्ति का जागरण होता है। विचार करते हैं, इतने बड़े अभियान (रावण पर विजय) के लिए आगे बढ़ने से पहले शिवलिंग की स्थापना की जाए। वहीं बालू का शिवलिंग बनाकर स्थापना कर दी। रामेश्वरम् नाम रखा और 'ॐ नम: शिवाय' मंत्र के साथ अभिषेक किया।

जीवन में कोई बड़ा काम करने जाएँ तो ॐ नम: शिवाय का अर्थ है—आप शांति के साथ पुरुषार्थ कर सकेंगे।

रामेश्वरम् की स्थापना के पीछे भगवान् राम का एक और दृष्टिकोण था। रामजी को मालूम था कि शंकरजी को रावण ने प्रसन्न कर रखा है। जब रावण के साथ उनका युद्ध हो तो कहीं ऐसा न हो कि शंकरजी रावण की सहायता के लिए पहुँच जाएँ। इसलिए पहले से ही शिवलिंग की स्थापना कर शिवजी को रावण के प्रति थोड़ा निष्क्रिय कर दिया। थोड़ा पीछे कर दिया।

## सुबेल

सेतु के माध्यम से समुद्र पार उतरकर रामजी की सेना लंका तक पहुँच गई। लंका त्रिकुटाचल पर्वत पर बसी थी। एक नील पर्वत था, जिस पर तीन महल थे। दूसरा सुंदर पर्वत था, जहाँ अशोक वाटिका में सीताजी रखी गई थीं और तीसरा सुबेल पर्वत के नाम से मैदान था, जहाँ युद्ध हुआ था। भगवान् सेना सहित सुबेल पर उतरे और यह सूचना मंदोदरी को मिल गई।

मंदोदरी का सूचना तंत्र बहुत तगड़ा था। उसको सब पता लग जाता था कि लंका में कहाँ, क्या हो रहा है। तत्काल पति रावण के पास गई और बोली—अब भी समय है। आप सावधान हो जाएँ। मैं आपसे बार-बार निवेदन कर रही हूँ। कृपया मेरी बात मान लीजिए। सीता को लौटा दीजिए।

भगवान् ने रावण को युद्ध होने से पहले तीन माध्यम से समझाया था। पत्नी मंदोदरी ने समझाया, बेटे प्रहस्त ने समझाया और भाई विभीषण ने भी समझाया था। भाई, बेटा और पत्नी तीनों रिश्तों से भगवान् ने अवसर दिया कि बुराई समाप्त हो जाए। परंतु अहंकार में डूबे रावण को किसी की बात समझ नहीं आई थी।

हमारे जीवन में भी परमात्मा माता और पिता के अलावा ये तीन रिश्ते हमको देते हैं। आप इनसे भी समझकर बुराई से बच सकते हैं। आपको जीवनसाथी समझाए, संतान समझाए, भाई-बहन समझाए और फिर भी आप नहीं मानें, उनकी समझाइश पर विचार न करें तो फिर पतन होना ही है।

अपनी बुराइयों के प्रति सावधान रहिए। रिश्ते में, उम्र में बड़ा हो या छोटा, यदि परिवार का कोई सदस्य आपसे बुराई छोड़ने की बात कहे तो उस पर गौर जरूर कीजिए। पत्नी, भाई या संतान कभी आपका अहित नहीं चाहेगी।

ये सब वो ही बात कहेंगे, जिसमें आपका भला होगा। इसलिए बड़े-छोटे की भावना त्यागकर उनकी बातों का, उनकी सलाह का सम्मान कीजिए। नहीं करेंगे तो परिणाम रावण की गति के रूप में सामने आएँगे।

श्रीरामचरितमानस में सुबेल पर्वत का एक दृश्य सुबैल की झाँकी के नाम से भी सामने आता है। सेना सहित भगवान् राम इस पर्वत पर बैठे थे। युद्ध की पूरी संभावनाएँ बन ही चुकी थीं। उसी समय भगवान् की नजर आकाश में उदित चंद्रमा पर पड़ी। भगवान् ने सबसे एक प्रश्न किया—इस चंद्रमा में जो काला दाग है, यह क्या है ? सब लोग अपनी-अपनी मति अनुसार बताओ।

यहाँ एक बात ध्यान में रखने की है कि जिसके दिमाग में जो चल रहा होता है, जो घूम रहा होता है, उसी के अनुसार उसकी मति भी काम करने लगती है।

सुग्रीव राजा थे तो सबसे पहले उन्होंने उत्तर दिया कि इस चंद्रमा में जो काला दाग दिखाई दे रहा है, यह पृथ्वी की छाया है। सुग्रीव का राज्य छीन लिया था बालि ने, इसलिए उसके दिमाग में धरती का टुकड़ा ही घूम रहा था, सो उसने कहा, यह तो भूमि की परछाईं है।

दूसरा उत्तर विभीषण ने दिया कि एक बार राहु ने चंद्रमा को ग्रस लिया था। राहु के प्रहार से चंद्रमा को जो चोट लगी, यह कालापन उसी का निशान है।

देखिए, विभीषण भी भाई रावण की ताजी-ताजी लात खाकर आए थे, इसलिए उनको उस कालेपन में प्रहार और चोट के निशान ही नजर आए। बात वही कि जिसके मन में जो चल रहा था, वैसा ही उत्तर दे रहा था।

अंगद की बारी आई तो बोले—ब्रह्माजी को जब कामदेव की पत्नी रति का मुख बनाना था तो उसके सौंदर्य में वृद्धि करने के लिए उन्होंने चंद्रमा का कुछ हिस्सा निकालकर रति के मुखड़े में लगा दिया। अंगद ने ऐसा क्यों कहा? इसलिए कि उसका अधिकार छीन लिया गया था।

बालि के मरने के बाद अंगद को किष्किंधा का राजा बनना था। लेकिन रामजी ने राजतिलक कर दिया सुग्रीव का। अंगद को लगा, मेरे हिस्से का छीनकर दूसरे को दे दिया गया है, इसलिए उसने यह टिप्पणी कर दी।

अब सभी ने कहा—भगवान्, इस पर आप भी तो अपनी राय प्रकट कीजिए। तब रामजी कहते हैं—चंद्रमा ने जो विषपान किया और उसकी किरणें उसमें से निकल रही हैं, जो विरह में डूबे नर-नारियों को जला रही हैं। यह कालापन उस विष की किरणों का है। भगवान् सीताजी के विरह में डूबे थे तो सीधे विरह की बात कह दी।

तभी भगवान् की नजर हनुमानजी पर गई। बोले, हम सभी ने अपनी-अपनी राय प्रकट कर दी, अब हनुमानजी से भी पूछ लिया जाए।

हनुमानजी ने बड़ा अच्छा उत्तर दिया, जो हमारे भी बड़े काम का है। कहते हैं—भगवान्, सच तो यह है कि यह चंद्रमा आपका दास है और उसके हृदय में जो आपकी छवि बसी है, वह काला निशान उसी का है।

हनुमानजी के मन में सदैव रामजी की ही छवि बनी रहती है, इसलिए उन्होंने चंद्रमा के कालेपन को भी रामजी की छवि बता दिया। सुनकर भगवान् मन-ही-मन मुसकरा दिए।

अपने उत्तर के साथ ही हनुमानजी ने स्पष्ट कर दिया कि आपके केंद्र में क्या है, यही आपकी जय या पराजय तय करता है। उनके केंद्र में, उनके हृदय में सदैव

भगवान् राम ही रहे हैं। और यही उनकी सफलता का राज है।

हम लोग इसका उल्टा करते हैं। केंद्र में संसार रखते हैं और परिधि पर परमात्मा को रख देते हैं। इसीलिए सफलता से दूर रह जाते हैं या कभी-कभी सफल होकर भी अशांत ही रहते हैं।

'सुबैल की झाँकी' का प्रसंग समाप्त होने पर भगवान् ने देखा, लंका में विचित्र रोशनी दिख रही है, नगाड़ों की आवाज आ रही है। पूछा—यह शोर-शराबा, यह चमक-दमक क्या है?

विभीषण ने बताया, रावण दरबार में नृत्य देख रहा है, भोग में डूबा हुआ है। और यह जो रोशनी देख रहे हैं, यह मंदोदरी के कानों के कुंडल की चमक है।

भगवान् को बड़ा आश्चर्य हुआ। युद्ध सिर पर मँडरा रहा है और रावण विलास में डूबा है? युद्ध के पहले विलास! यह क्या नीति है?

युद्ध जैसा महाभियान तो सजगता माँगता है और रावण मदिरा में डूबा हुआ है। एक विश्वविजेता लगातार गलती करता जा रहा था, इसीलिए वह शीर्ष पर पहुँचकर शून्य पर आ गया था।

रावण जैसी वृत्ति वाले लोगों का हश्र ऐसा ही होता है। जब चढ़ते हैं तो इस गति से चढ़ते हैं कि पता ही नहीं चलता, कब शिखर पर पहुँच गए। और जब गिरते हैं तो इस प्रकार औंधे मुँह गिरते हैं कि अस्तित्व ही समाप्त हो जाता है।

रावण की मति देखिए। युद्ध सिर पर है, रामसेना लंका तक पहुँच चुकी है और वह अय्याशी में डूबा हुआ है। विलास कर रहा है, आनंद कर रहा है, भोग कर रहा है।

भगवान् ने विचार किया, रावण को बहुत अभिमान हो रहा है, युद्ध से पहले एक बार उसे सावधान कर देना चाहिए। मुसकराते हुए धनुष-बाण उठाया, तीर खींचा और छोड़ा तो सीधा मंदोदरी के कान में लगा और उसके चमचमाते कुंडल गिर गए।

मंदोदरी के कानों के कुंडल गिराने के पीछे रामजी का ध्येय था रावण के अहंकार को गिराना। लंका में उतरने के बाद पहला तीर रामजी ने अहंकार को मारा था।

जैसे ही मंदोदरी के कुंडल गिरे, पूरी सभा हिल गई। सब भस्म हो गया। रावण ने सोचा, यह क्या अनर्थ हो गया। सभा विसर्जित कर दी गई। इसीलिए कहा गया है कि जब आपको कोई बड़ा अभियान पूरा करना हो, बड़े लक्ष्य पर जाना हो तो विलास छोड़ो, भोग का त्याग करो।

भगवान् राम की सदाशयता देखिए। शत्रु को भी जगा रहे हैं कि सावधान हो जाओ, युद्ध की तैयारी करनी है। विलास में डूबे रहोगे तो अपना बड़ा नुकसान कर बैठोगे।

मंदोदरी प्रातः स्मरणीय पाँच स्त्रियों में से एक थी। हमारी कुंती, द्रौपदी, अहल्या, तारा और मंदोदरी, इन पाँच स्त्रियों को प्रातः स्मरणीय माना गया है। इनके विचार, इनकी जीवनशैली की शुद्धता को देखते हुए भगवान् ने स्वयं इनको बड़ी मान्यता दी है।

यों तो पहले भी कई बार मंदोदरी रावण को समझा चुकी थी, परंतु आज बहुत विनयपूर्वक आग्रह कर रही है कि मेरी बात मान लीजिए, आप सावधान हो जाइए। सीताजी को छोड़ दीजिए। रावण को समझाते-समझाते मंदोदरी की आँखों से आँसू बह निकले। बार-बार कह रही है—आप रामजी के पास चले जाइए। मैं जानती हूँ, उनके सामने जाएँगे तो वे आप पर प्रहार नहीं करेंगे, आपको क्षमा कर देंगे।

लेकिन रावण तो बड़ा दुष्ट था। उसके अहंकार के आगे पत्नी, भाई, सगे-संबंधी सभी गौण थे। किसी की कुछ नहीं सुनता था। मंदोदरी का उपहास करते हुए समस्त नारीशक्ति पर ही आरोप लगा दिए।

कहता है, कवियों ने ठीक ही कहा है कि आठ अवगुण होते हैं स्त्री के भीतर। और ये सभी तेरे अंदर भी हैं। सामने युद्ध की स्थिति है और तू मेरा हौसला गिरा रही है। स्त्री के आठ अवगुण कौन से बताता है रावण? कहता है—तुम स्त्रियाँ बहुत दुस्साहसी होती हो, झूठ बोलती हो, बहुत चंचल होती हो, माया में डूबी होती हो, छलती हो, डरपोक और अविवेकी होती हो, चित्त से अशुद्ध होती हो और बहुत निर्दयी होती हो। स्त्रियों में ये आठ अवगुण बताता है रावण।

एक बात याद रखिए। जिस समय मनुष्य मातृशक्ति का इस तरह अपमान करता है, समझ लीजिए, उसके भीतर का रावण जीवित हो गया है। इसलिए यहाँ भी सावधान रहिए। स्त्री शक्ति का सम्मान करना, उसकी उचित सलाह का मान करना सीखिए।

## अंगद-रावण संवाद

जैसा कि आप पीछे पढ़ चुके हैं कि भगवान् राम शत्रु को भी सुधर जाने का बार-बार अवसर देते हैं। एक बार फिर उनके मन में आता है कि युद्ध से पहले रावण को एक बार और समझाने का प्रयास किया जाए।

सुग्रीव, हनुमान आदि सभी सेना प्रमुखों को बुलाकर कहते हैं—मैं समझता

हूँ कि युद्ध से पहले रावण को एक मौका और दिया जाए। हालाँकि लक्ष्मणजी इस बात का विरोध करते हैं, परंतु राम उन्हें समझा देते हैं।

यहाँ प्रश्न खड़ा होता है कि इस बार किसको भेजा जाए? क्योंकि हनुमानजी एक बार जा चुके थे। भगवान् ने हनुमानजी को देखा, हनुमानजी ने भगवान् को देखा और तय हुआ इस बार अंगद को भेजा जाए।

यह मैनेजमेंट फंडा है कि किसी भी व्यवस्था में सेकंड लाइन बराबर तैयार रखना चाहिए। कई लोग अपनी द्वितीय पंक्ति बनाने में विलंब कर देते हैं और चूक जाते हैं। हनुमानजी इस बात को लेकर बहुत सावधान थे। वे भी यही चाहते थे कि उनके बाद की पीढ़ी भी तैयार होती रहे। अंगद नई पीढ़ी का सदस्य था। जोश से भरा हुआ था, इसीलिए हनुमानजी ने उसे भेजने का प्रस्ताव रखा। रामजी सहित बाकी सभी ने भी मान्य किया और अंगद को दूत के रूप में भेजने के लिए तैयार कर दिया।

रावण से युद्ध के अभियान में दूत के रूप में पहली कमान सौंपी है युवा पीढ़ी के हाथ में। युवा पीढ़ी जोश से भरी होती है और दुर्गुणों का विनाश करना है तो जोश से ही हो पाएगा, उत्साह से ही हो पाएगा। ढीलापन, निराशा से दुर्गुण नहीं मारे जा सकते। इसलिए अपने भीतर हमेशा जोश भरे रखिए।

जोश से भरे अंगद जब चलने लगे तो एक क्षण के लिए भगवान् ने रोका और अपने पास बुलाते हुए बोले—तुम दूत बनकर जा रहे हो, पर ध्यान रखना, इस तरह से बातचीत करना कि हमारा भी काम हो जाए और उसका भी हित हो जाए।

देखिए, रामजी की फिलॉसफी। युद्ध के अंतिम समय तक भी शत्रु का हित चाह रहे हैं। युद्ध के मैदान में खड़े होकर भी रावण की भलाई ही सोच रहे हैं। मतलब रामजी चाह रहे थे कि रावण सीता को लौटा दे तो वे बिना युद्ध के ही लौट जाएँगे।

अंगद चले और रावण के दरबार में पहुँचते हैं। अंगद के पहुँचने से पहले मंदोदरी एक बार फिर समझाती है रावण को। देखिए, दुर्गुणों के विनाश में इस रिश्ते की बड़ी भूमिका होती है। परिवार के केंद्र में होते हैं पति-पत्नी। और इस रिश्ते में प्रेम भी है, तनाव भी है, विघटन भी है, मिलन भी है।

मनोवैज्ञानिक पति-पत्नी के बीच तनाव के चार कारण बताते हैं। चार कारण होते हैं, जो रावण और मंदोदरी के बीच थे।

**पहली** बात तो यह कि इसमें अपेक्षा होती है। यह रिश्ता टिका ही अपेक्षा पर होता है। कोई अन्य किसी से इतनी अपेक्षा नहीं रखता, जितनी अपने जीवनसाथी से

रखता है। यह अपेक्षा प्रेम से गलती है, पर रावण प्रेम की भाषा समझता ही नहीं था।

**दूसरा** पति-पत्नी के बीच तनाव का एक बड़ा कारण होता है सुनने में हड़बड़ी। श्रवण के मामले में दोनों थोड़े से कमजोर होते हैं। जहाँ एक-दूसरे की बात सुनने की कला आ जाए, वहाँ दांपत्य में शांति होती है। सुनने की कला धैर्य से आती है। सुनने का धैर्य नहीं हो तो झंझट शुरू हो जाते हैं।

**तीसरी** बात दुनिया में जीवनसाथी की कमजोरी सिर्फ जीवनसाथी ही जानता है। कोई कितना ही बड़ा व्यक्ति हो, कितना ही मान्य हो, प्रतिष्ठित हो। आदमी संसार में अपनी कमजोरी छुपा लेता है।

लोगों को पता ही नहीं लगता कि इस दिव्य, प्रतिष्ठित और मान्य व्यक्ति में यह कमजोरी होगी, लेकिन जीवनसाथी जानता है। चूँकि ये दोनों एक-दूसरे की कमजोरी जानते हैं, इसलिए भी अशांति हो जाती है।

कमजोरी या तो दूर की जा सकती है या सहन की जा सकती है। तीसरा कोई रास्ता नहीं होता। पति-पत्नी जब एक-दूसरे की कमजोरी जानते हैं तो उन्हें दूर करने के बजाय दिखाना शुरू कर देते हैं।

एक-दूसरे की कमजोरी दिखाएँगे तो परिवार में अशांति जन्म लेगी ही। ऐसा नहीं चलेगा। कमजोरी को सहन करना पड़ता है। कमजोरी सहनशीलता से दूर होती है। आपके भीतर जितनी सहनशीलता है, उतनी ही आप अपने जीवनसाथी की कमजोरी दूर कर सकेंगे।

**चौथी** बात पति-पत्नी के रिश्ते में विस्मरण का बड़ा महत्त्व होता है। जो लोग भूलने की कला जानते हैं, अपनी अच्छाइयों और दूसरे की बुराई को इस रिश्ते में भूल जाएँ। जो हो गया, सो हो गया। संबंधों में जब अच्छे-बुरे की बात नहीं होगी तो तनाव भी कम होगा। इसलिए विस्मरण की कला सीखिए।

रावण ने पत्नी की बात बिल्कुल नहीं सुनी। बातचीत ही बंद कर दी। बस, यहीं से दुर्गुण हावी हो जाते हैं। परिवार में इतना विघटन हो जाए, जीवनसाथी से ही बातचीत बंद हो जाए, सहमति समाप्त हो जाए तो फिर पतन शुरू हो जाता है।

पति-पत्नी का यह रिश्ता भी बड़ा गजब का होता है। शादी से पहले कुछ और होता है, फिर बाद में कुछ और होने लगता है। शादी से पहले तो लड़की के बालों की झूठी ही तारीफ में लड़का कहता है—'ये जुल्फ अगर खुलकर बिखर जाए तो अच्छा…' और शादी के बाद दाल में बाल का एक छोटा सा टुकड़ा आ जाए तो बवाल हो जाता है। इस रिश्ते को बचाकर रखिए। वो चार बातें, जो तनाव का कारण बनती हैं, उन्हें जीवन से दूर रखिए।

अंगद-रावण संवाद के रूप में रामचरितमानस में एक और सुंदर दृश्य आता है। अंगद हनुमानजी के शिष्य थे, इसलिए 'उस्ताद' के गुण तो भरे ही थे उनमें। जब लंका के भीतर पहुँचे तो सबसे पहला काम यह किया कि रावण के एक बेटे को मार डाला। उसके बाद रावण से सामना होता है।

देखकर रावण बोलता है, तुम तो मेरे मित्र बालि के बेटे हो। तुम्हारे पिताजी कहाँ और कैसे हैं ? अंगद संकेतों में समझाते हुए कहते हैं—काम की बात कीजिए रावण। इस समय तो श्रीराम के दूत के रूप में तुम्हें यह समझाने आया हूँ कि माता सीता को लौटाकर मेरे स्वामी की शरण में आ जाइए।

और मेरी इस समझाइश का भी तुम पर कोई असर न हो तो कुछ दिन बाद वहीं जाकर मेरे पिता से मिल लेना, जहाँ वो हैं। यहाँ अंगद रावण को संकेत करते हैं कि यदि तुमने श्रीराम की बात नहीं मानी तो तुम्हारी मृत्यु निश्चित है।

अंगद की बात सुनकर रावण क्रोध से जल उठा। अंगद को चुपचाप वापस चले जाने और नहीं जाने पर परिणाम भुगतने की चेतावनी दे डाली।

तब अंगद को भी क्रोध आया और अपना पैर धरती पर ठोंकते हुए भरी सभा में रावण को चुनौती दे डाली कि यदि तुम या तुम्हारे तमाम योद्धाओं में से कोई मेरा यह पैर हटा देगा तो मैं श्रीराम की ओर से कहता हूँ कि वे अभी, इसी समय सीताजी को छोड़कर चले जाएँगे।

रावण परिहास करने लगा—एक तुच्छ वानर मुझ जैसे विश्वविजेता को इतनी हल्की चुनौती दे रहा है ? सभा में उपस्थित अपने योद्धाओं को आदेश देता है—जाओ, हटा दो इसका पैर। सीता हमेशा के लिए हमारी हो जाएगी।

एक-एक कर सभी उठे, अंगद का पैर पकड़कर हटाने का प्रयास किया, परंतु हटाना तो दूर, कोई हिला भी नहीं पाया। रावण को लगा कि यह तो मेरा अपमान हो रहा है, तो स्वयं खड़ा हो गया। जैसे ही रावण अंगद के पास आया, अंगद ने पैर हटा लिया।

यहाँ किसी ने अंगद से पूछा कि रावण के आने पर तुमने पैर क्यों हटा दिया ? अंगद का जवाब देखिए, बोला—यह तो तय था कि मेरा पैर रावण भी नहीं हटा सकता था। अगर वह पैर नहीं हटा पाता तो लोग कहते, जो रावण अंगद का पैर नहीं हटा पाया, उसको यदि राम ने मार दिया तो कौन सी बड़ी उपलब्धि हासिल कर ली। और मेरे प्रभु रामजी का यश कम हो जाता। इसलिए मैंने पैर हटा लिया कि जा, तुझे तो रामजी के हाथों ही मरना है।

अंगद का पैर किसी से नहीं हटने के पीछे एक और कहानी सुनने-पढ़ने में

आती है। देखिए, ये नई पीढ़ी जोश में आकर कभी-कभी होश खो बैठती है। दूत बनकर गए और स्वयं ही निर्णय लेकर सीताजी को ही दाँव पर लगा दिया!

कई बार ऐसा होता है। जब बच्चे कोई काम बिना पूछे कर जाते हैं तो आगे की स्थिति माता-पिता को सँभालनी पड़ती है। जब भगवान् राम को पता चला कि अंगद ने तो पैर ठोंककर सीता को ही दाँव पर लगा दिया है तो उन्होंने अपने अंतर्मन से सीताजी से बात कर पूछा कि अब क्या किया जाए?

तब सीताजी ने धरती माँ से निवेदन किया— माँ, आज मेरा बेटा कुछ ज्यादा ही बोल गया है। अब आप ही उसकी लाज रखना। अपनी पुत्री सीता के विनय पर धरती माँ ने जमीन का वह टुकड़ा जिस पर अंगद ने पैर रखा था, जोर से पकड़े रखा और उसे कोई हिला नहीं सका।

जब अंगद लौटकर आते हैं तो भगवान् उनको बुलाकर आदरपूर्वक अपने पास बैठाते हैं। भगवान् कहते हैं, जब नई पीढ़ी कोई काम करके आए तो उससे अनावश्यक प्रश्नोत्तर करने, अच्छाई-बुराई गिनाए बिना उसको बहुत मान-सम्मान दीजिए। नई पीढ़ी के जोश का मान कीजिए।

अंगद के लौटने के बाद भगवान् राम को आभास हो गया कि अब युद्ध के सिवाय कोई उपाय नहीं है। रावण से युद्ध की घोषणा कर दी जाए। ऐसा ही हुआ और राम-रावण युद्ध छिड़ गया।

राम-रावण युद्ध कितने दिन चला, इसको लेकर विद्वानों में मतभेद है। कहीं इसका सटीक आँकड़ा पढ़ने को नहीं मिलता। जानकारों के अलग-अलग अनुमान हैं। कोई कहता है 86 दिन चला, कोई 63 दिन बताता है, कोई 27 तो तुलसीदासजी ने रामचरितमानस में 7 दिन ही युद्ध होना बताया है।

देखिए, दुर्गुणों को जीतना है तो पहले शरीर को जीतिए। शरीर को कैसे जीत सकते हैं? संयम और सदाचार से। हमारा शरीर हमारे पास परमात्मा की धरोहर है। इसको सँभालकर रखिए। गलत खा-पीकर इसे खराब न करें। भगवान् का दिया हुआ अनमोल उपहार है यह।

कोई उपहार दे तो उसका कायदा है, उसको खोलना पड़ता है। चूँकि यह शरीर भी भगवान् का दिया उपहार है, इसलिए इसको भी खोलना होगा। इसे खोलेंगे तो अंदर मन मिलेगा।

जैसे ही शरीर को खोलकर भीतर उतरेंगे, आपकी भेंट अपने मन से होगी। और मन के प्रति बहुत सावधान रहना होगा। इसके प्रति आप जितने सावधान हैं, जितने होश में हैं, उसी का नाम ध्यान है। आप बेहोश हुए कि मन हावी हुआ।

युद्ध की घोषणा होते ही लंका में गजब की घटना हो गई। तुलसीदासजी ने लिखा है—सब मिलि देहिं रावनहि गारी। राज करत एहिं मृत्यु हँकारी॥

लंका की सारी महिलाएँ-पुरुष हिल गए। सब मिलकर रावण को कोसने लगे। अरे, इसने तो हम सबको मौत के मुँह में ढकेल दिया। अपने साथ-साथ हम सबकी मृत्यु को भी आमंत्रण दे दिया।

सुबह होते ही दोनों तरफ से सेना रणभूमि की ओर बढ़ गईं। एक ओर श्रीराम की तो दूसरी ओर से रावण की जयकार के साथ दोनों सेनाएँ भिड़ गईं। पहले ही दिन हनुमानजी का सामना मेघनाद से हो गया। हनुमानजी को याद आ गया कि यह वही मेघनाद है, जिसने अशोक वाटिका में मुझे ब्रह्मास्त्र में बाँध लिया था। उनको तो हिसाब पूरा करना ही था। ऐसा जोरदार प्रहार किया कि मेघनाद मूर्च्छित हो गया। सेना के राक्षस उसको लेकर महल की ओर भाग गए।

जब रात होती है तो राक्षसों की शक्ति और बढ़ जाती है। जिनकी भी शक्ति रात को ही बढ़ती है, समझ लो वे राक्षस वृत्ति के लोग हैं। तुलसीदासजी ने लिखा है—

**'जातुधान प्रदोष बल पाई। धाए करि दससीस दोहाई॥'**

जातुधान यानी राक्षस, प्रदोष मतलब रात्रिकाल। रात में राक्षसों की शक्ति बढ़ जाती है। शक्ति बढ़ते ही मेघनाद फिर आ गया सेना लेकर। रात के अँधेरे में माया दिखाई, लेकिन भगवान् उसकी सारी माया काट दी। राक्षस फिर भाग गए। पहले ही दिन राक्षसों की आधी सेना समाप्त हो गई।

भगवान् ने जब माया को खत्म किया तो तुलसीदासजी ने लिखा—

**पुनि कृपाल हँसि चाप चढ़ावा। पावक सायक सपदि चलावा॥**
**भयउ प्रकास कतहुँ तम नाही। ग्यान उदयं जिमि संसय जाहीं॥**

भगवान् मुसकराते हुए मेघनाद की माया को काटते जा रहे थे। भगवान् हँसते क्यों हैं बार-बार? देखिए, बार-बार मुसकराकर भगवान् हमें समझा रहे हैं कि आपकी प्रसन्नता से ही माया समाप्त हो जाएगी। प्रसन्न रहना सीखिए, बहुत सारी चीजें नियंत्रण में आएँगी।

## युद्ध का दूसरा दिन

दूसरे दिन दोनों सेनाएँ फिर आमने-सामने। जमकर युद्ध हुआ। रावण सेना की ओर से इस दिन भी मुख्य योद्धा की भूमिका में मेघनाद ने ही रण मैदान सँभाला। हनुमानजी मेघनाद की ओर जाते तो अपनी मायावी शक्ति से वह ओझल हो जाता।

हनुमानजी के सामने आता ही नहीं।

जब मेघनाद ने बहुत उपद्रव शुरू कर दिया तो लक्ष्मणजी ने भगवान् राम से आज्ञा लेकर रणभूमि में प्रवेश किया और मेघनाद से भिड़ गए। दो बड़े योद्धाओं के बीच जमकर युद्ध हुआ। शाम होते-होते मेघनाद ने लक्ष्मणजी को शक्ति मार मूर्च्छित कर दिया। लक्ष्मणजी के मूर्च्छित होकर गिर पड़ने का समचार फैलते ही राम सेना में खलबली मच गई।

लक्ष्मणजी के मूर्च्छित होते ही मेघनाद अट्टहास करने लगा। राक्षसों से कहा, उठाओ इसको और ले चलो। इसी हाल में इसे पिताजी को भेंट करूँगा। राक्षसों ने खूब प्रयास किया, लेकिन लक्ष्मणजी के शरीर को नहीं उठा सके।

हनुमानजी ने देखा तो बढ़े लक्ष्मणजी की ओर। अट्टहास करते हुए अत्यधिक प्रसन्न मुद्रा में मेघनाथ कहता है, उठाओ इसको। आज मेरी वीरता पर पिता रावण गर्व से उछल पड़ेंगे।

राक्षसों ने पीछे से आ रहे हनुमानजी की ओर इशारा किया। जैसे ही मुड़कर उसकी ओर आ रहे हनुमानजी को देखा, मेघनाद को पहले दिन पड़ा हनुमान का मुक्का याद आ गया। लक्ष्मण को मूर्च्छित करने के बाद आज वह ऐसा कोई रिस्क लेना ही नहीं चाहता था, सो गायब हो गया।

मेघनाद के गायब होते ही बाकी सारे राक्षस भी भाग गए। हनुमानजी ने लक्ष्मणजी को इस अवस्था में देखा तो उदास हो गए। देखते ही मूर्च्छित लक्ष्मणजी को उठाया और भगवान् राम की गोदी में लाकर रख दिया।

भाई की मूर्च्छा देख श्रीराम भी अपनी पीड़ा, अपने आँसू नहीं रोक पाए। रह-रहकर लक्ष्मण को सहलाते, पुचकारते और रुदन करते। पूरी सेना में मायूसी छा गई। अब क्या किया जाए?

विभीषण की सलाह पर लंका से वैद्यराज सुषैण को बुलाया गया। सुषैण ने लक्ष्मणजी का परीक्षण किया, ऐसी बात कह दी, जिसने रामजी के समूचे खेमे को ही चिंता में डाल दिया। बोले—लक्ष्मण बच तो सकते हैं, परंतु इसके लिए उचित ओषधि का प्रबंध कर पाना बड़ा मुश्किल काम है।

द्रोणाचल पर्वत से विशेष ओषधि लानी पड़ेगी, जो कि यहाँ से बहुत दूर है। सवेरा होने (सूर्योदय) से पहले यदि ओषधि नहीं आ पाई तो लक्ष्मण के प्राण बचा पाना मुश्किल हो जाएगा।

देखते-ही-देखते युद्ध का दृश्य बदल गया। भगवान् बहुत उदास हो गए। अपने प्रभु को उदास देख हनुमानजी बोले—भगवन्, आप चिंता न करें। मैं यह

चुनौती स्वीकार करता हूँ। सुबह का सूर्य उदय होने से पहले ही मैं ओषधि लेकर आऊँगा।

हनुमानजी ने घोषणा ही कर दी, जब तक मैं द्रोणाचल पर्वत से ओषधि लेकर न आऊँ, सुबह का सूर्य उदित नहीं होगा।

हनुमानजी की घोषणा सुन सूर्य देवता भी चिंतित हो गए। उन्हें हनुमान के बचपन की वह घटना याद आ गई, जब उनको खेल-खेल में मुँह में दबा लिया था। सूर्यदेव सोच में पड़ गए, कहीं ऐसा न हो कि आज भी लपक लें। मन-ही-मन कामना करने लगे कि हनुमान को ओषधि मिल ही जाए।

श्रीराम से आज्ञा लेकर हनुमानजी द्रोणाचल के लिए निकल गए। पहुँचे और ओषधि ढूँढ़ने लगे। समय तो बहुत कम था ही, कुछ देर तक ढूँढ़ने के बाद जब ओषधि को नहीं पहचान पाए तो पूरा पर्वत ही उखाड़कर चल दिए।

लौटने में जब अयोध्या के ऊपर से गुजर रहे थे, उसी समय भरतजी की दृष्टि पड़ गई। उन्हें लगा, यह कोई असुर है। भरतजी ने तीर चलाया और हनुमानजी राम···राम···कहते हुए नीचे आ गिरे।

राम···राम···सुनकर भरतजी दौड़े। अरे, यह क्या हुआ? लगता है, मेरे हाथों से कोई अपराध हो गया है। हनुमानजी को सँभाला, दोनों में परिचय हुआ तो भरतजी बोले—कृपया आप मेरे बाण पर बैठ जाइए। मैं आपको तत्काल पहुँचा देता हूँ।

जैसे ही भरतजी बोले, हनुमानजी के मन में थोड़ा सा अहंकार आ गया कि यदि मैं बाण पर बैठ जाऊँगा तो चलेगा कैसे? उसी समय भगवान् राम को याद किया, भरतजी को प्रणाम किया और कहा, धन्यवाद भाई, आप रहने दीजिए, मैं चला जाऊँगा।

जीवन में जब कभी अहंकार आए तो दो काम जरूर कीजिएगा—एक तो भगवान् को याद करिए और दूसरा संतों के चरणों में गिर जाइए। प्रणाम करने से अहंकार गिर जाता है।

जिन लोगों को अहंकार गलाना हो, उनके लिए सबसे सरल उपाय है प्रणाम। दिनभर में जो भी योग्य, बड़े आपको मिलें, उनको प्रणाम करने में संकोच न करें। इसके दो फायदे होंगे। सामने वाले का आशीर्वाद तो मिलेगा ही, आपका अहंकार भी गलने लगेगा।

हनुमानजी ने भरतजी को प्रणाम कर आज्ञा ली और चल दिए।

इधर रामजी के लिए एक-एक पल भारी होता जा रहा था। थोड़ा विलंब होने लगा तो लक्ष्मणजी को देख-देखकर रोने लगते। कहते—सुनो भाई! पत्नी, भवन,

परिवार, मित्र, रिश्तेदार, ये सब जीवन में बार-बार मिल सकते हैं। यदि कुछ नहीं मिलता है तो वह है सहोदर भाई। मेरी बात सुनकर उठो लक्ष्मण···उठो!

संपूर्ण रामचरितमानस में भगवान् राम दो अवसरों पर बहुत रोए हैं। एक तो जब सीताजी का अपहरण हुआ और दूसरा मूर्च्छित लक्ष्मणजी को देखकर। यहाँ तो भगवान् ने सारी मर्यादाएँ ही तोड़ दीं। रोते हुए भगवान् बार-बार हनुमान को याद करते हैं। कब आएँगे हनुमान? कब उठेगा मेरा भाई लक्ष्मण। उसी समय पता चलता है, हनुमानजी आ गए। सुनते ही रामजी का रुदन प्रसन्नता में बदल गया।

हनुमानजी ओषधि लाए, सुषैणजी ने अविलंब लक्ष्मणजी को पिलाई और क्षणभर में उनकी चेतना लौट आई। आज की भाषा में कहा जाए तो यह राम-रावण युद्ध का टर्निंग पॉइंट था। इस घटना के बाद रावण की ओर जाती दिख रही जीत रामजी की ओर मुड़ गई थी और इसका श्रेय था हनुमानजी को।

बुराई पर विजय पाने में हनुमानजी की प्रमुख भूमिका है। लक्ष्मणजी के मूर्च्छित होने के बाद रावण तो मानकर चल रहा था कि युद्ध हम जीत चुके हैं। क्योंकि उसको तो पूरा विश्वास था कि किसी के द्वारा ओषधि ला पाना असंभव है। लेकिन हनुमान ने रावण के इस असंभव को संभव में बदल दिया था।

लंका में जश्न मनाया जा रहा था कि अब लक्ष्मण नहीं बचेगा और राम अपनी हार मानकर लौट जाएगा। लेकिन रामजी के साथ हनुमानजी के होते यह कैसे हो सकता था। जैसे ही रावण को सूचना मिली कि हनुमान ओषधि ले आए और लक्ष्मण की मूर्च्छा दूर हो गई है, तो उसने अपना सिर पीट लिया।

याद रखिए, अगर बुराई समाप्त करनी है तो हनुमानजी हमारे बड़े मददगार हैं। लंका कांड में हनुमानजी की बड़ी विशेष भूमिका है। महाभारत के युद्ध में जो भूमिका कृष्णजी की थी, श्रीराम-रावण के युद्ध में वही भूमिका हनुमानजी की रही थी। जिन्होंने कई बार कुछ नहीं करते हुए भी जीत का मुँह रामजी की ओर मोड़ दिया था।

लक्ष्मणजी की मूर्च्छा दूर हो चुकी है, यह समाचार पाते ही रावण पहुँचा भाई कुंभकर्ण के पास। गहरी नींद में सो रहे कुंभकर्ण को उठाया और बोला—मेरा सबकुछ दाँव पर लग गया और तू अभी तक सो रहा है? बड़ी मुश्किल से उठा और उठते ही बोला—यह तुमने क्या किया, सीताजी को उठाकर ले आए? कहता है—है दससीस मनुज रघुनायक। जाके हनुमान से पायक॥

हे रावण! जिनके हनुमान जैसे सहायक हैं, वे रघुनाथजी क्या साधारण मनुष्य हैं। तुम उनसे लड़ने जा रहे हो। हनुमान के होते हुए तुम कैसे जीत पाओगे?

रावण समझ गया कि उठते ही ज्ञान की बात करने लगा है, यह ठीक नहीं है। कुछ करना पड़ेगा। सेवकों से कहा—मदिरा बुलाओ, मांसाहार लाओ, विलास के साधन जुटाओ और कुंभकर्ण का भेंट करो।

सेवक दौड़े, सारा इंतजाम कर दिया। जैसे ही कुंभकर्ण ने खाया-पीया, कुछ समय पहले जो नीति की बातें कर रहा था, अब उल्टी-उल्टी बातें बोलने लगा।

रावण जैसे लोग जानते हैं, किसी को बिगाड़ना हो तो क्या करना है? रावण जानता था कि कुंभकर्ण से मदहोशी में ही काम कराया जा सकता है। इसलिए अपना भाई जो इतनी अच्छी बात बोल रहा था, भोग-विलास में डुबोकर उसकी भी मति घुमा दी।

कुंभकर्ण नीति छोड़ अनीति के मार्ग पर चल दिया। कहने लगा—जैसा आप बोलोगे, वैसा मैं करूँगा भाई। और चल दिया युद्ध के मैदान की ओर।

## तीसरा दिन

तीसरे दिन कुंभकर्ण अपनी सेना के साथ युद्ध के मैदान में पहुँच गया। विभीषण ने प्रणाम किया तो देखकर कहने लगा—तू धन्य है भाई। तू हमारे राक्षस वंश का कुलभूषण है। तुने बहुत अच्छा काम किया कि इधर चला गया। मैं तो मदिरा पीकर अब पूरी तरह रावण के वश में हूँ।

एक बार एक राजा की सवारी निकली। मार्ग में एक आदमी मदमस्त पड़ा था। उसने देखा, राजाजी हाथी पर बैठकर आ रहे हैं। पी रखी थी तो बोला—राजाजी, हाथी बेचना है क्या? बोलो कितने रुपए चाहिए? नगद दूँगा। राजा चौंक गया। सैनिकों ने मारने के लिए तलवार निकाली तो राजा बोला—अभी इसको जाने दो, सुबह लाना दरबार में, तब बात करेंगे।

अगली सुबह उसको दरबार में लाया गया। राजा ने पूछा—कल हाथी खरीदने की बात कर रहे थे आप। खरीदना है क्या?

वह आदमी बोला—हुजूर, हाथी खरीदने वाली तो रात को ही उतर गई। अब तो बंदा हाजिर है, जो करना है कीजिए। हाथी तो जब चढ़ती है, तब ही खरीद सकते हैं।

याद रखिए, दुर्गुण हमको ऐसे ही घेरते हैं। बार-बार अंदर-ही-अंदर कई प्रलोभन देते हैं और फिर हम सत्य का मार्ग भूल जाते हैं।

कुंभकर्ण ने विभीषण से कहा—तू दूर हट जा। मेरे सामने रहेगा तो मैं तेरा ही वध कर दूँगा। कुंभकर्ण और हनुमानजी का युद्ध होता है। हनुमानजी बार-बार

विभीषण को बचाते हैं, अंगद को बचाते हैं, सुग्रीव को बचाते हैं।

जब कुंभकर्ण सबको परेशान करने लगा तो स्वयं श्रीराम मैदान सँभालते हैं। एक ही बाण से कुंभकर्ण के सिर को धड़ से अलग कर दिया और वह सिर सीधा रावण के सामने जाकर गिरा। देखकर रावण व्याकुल हो गया। देवता हर्षित हो उठे। तुलसीदसजी ने लिख दिया—

**सो सिर परेउ दसानन आगे। बिकल भयउ जिमि फनि मनि त्यागे॥**
**धरनि धसइ धर धाव प्रचंडा। तब प्रभु काटि कीन्ह दुइ खंडा॥**

कुंभकर्ण के वध के साथ ही तीसरे दिन का युद्ध समाप्त होता है। कुंभकर्ण की मृत्यु के बाद रावण को व्याकुल-रोता देख मेघनाद फिर से पिता को ढाढ़स बँधाता है कि कल देखना मेरा प्रताप।

## चौथा दिन

जब चौथे दिन का युद्ध शुरू हुआ तो मेघनाद बहुत जोश में था। उसने फिर नागपाश चलाया। यहाँ तक कि भगवान् राम को भी उसमें बाँध लिया। हालाँकि माना जाता है कि नागपाश का मान रखने के लिए भगवान् स्वयं ही उसमें बँध गए थे। कुछ देर के लिए रामजी की सेना में हाहाकार मच गया। तब जामवंत ने एक प्रहार किया तो मेघनाद मूर्च्छित हो गया। उसका सारथी उसे रथ में डालकर लंका में ले गया।

देखिए, जब भगवान् बंदी बना लिये गए तो जामवंत, यानी सेना के सबसे बुजुर्ग व्यक्ति को आगे आना पड़ा। उसने मेघनाथ पर प्रहार कर भागने पर मजबूर कर दिया।

समझने की बात यह है कि जब कभी जीवन में दुर्गुण नियंत्रण में न आएँ तो उस समय अनुभव, घर के माता-पिता या वरिष्ठ लोगों की भूमिका बड़ी महत्त्वपूर्ण हो जाती है। इसलिए परिवार में बड़े-बूढ़ों का मान-सम्मान बनाए रखिए।

जब रामजी मेघनाद के छोड़े नागपाश में बँध गए तो देवता भी चिंतित हो उठे। नारदजी ने गरुड़जी से कहा—जाओ, भगवान् को नागपाश से मुक्त कराओ। तब गरुड़जी आकर भगवान् का मुक्त कराते हैं।

(आगे जाकर गरुड़जी को यह भ्रम हो गया था कि जब रामजी को मैंने नागपाश से मुक्त किया तो फिर ये भगवान् कैसे हुए? उनके इस संदेह का निवारण उत्तर कांड की कथा में कागभुशुंडीजी करते हैं।)

भगवान् बंधन से मुक्त हुए और उन्हें सूचना दी जाती है कि अपनी विजय के

लिए मेघनाद यज्ञ कर रहा है, उसका विध्वंस करना होगा। कौन करेगा? भगवान् ने भाई लक्ष्मण को बुलाकर कहा—जाओ लक्ष्मण, यह काम तुम ही कर सकोगे।

इससे पहले जब लक्ष्मण युद्धभूमि में गए थे तो रामजी से अनुमति लेकर गए थे। इस बार लक्ष्मणजी ने अनुमति नहीं ली, उन्हें स्वयं राम ही भेज रहे हैं। रामजी का आदेश मिलते ही लक्ष्मण ने भगवान् को हृदय में रखा और निकल गए मेघनाद का यज्ञ विध्वंस करने के लिए।

लक्ष्मणजी वहाँ पहुँचे, जहाँ मेघनाद यज्ञ कर रहा था। दोनों के बीच भीषण युद्ध हुआ। कोई किसी से कम या पीछे रहने को तैयार नहीं। दो समानांतर महारथियों के बीच इतिहास का यह अद्‌भुत युद्ध था।

मेघनाद ने अपनी समस्त मायाओं का प्रयोग कर लिया, लेकिन सत्य तो लक्ष्मण के ही के साथ था। अंत में लक्ष्मण ने मेघनाद का यज्ञ विध्वंस किया और एक तीर ऐसा छोड़ा, जिसने मेघनाद का मस्तक धड़ से अलग कर दिया।

रावण का सबसे ताकतवर योद्धा आज मौत का वरण कर चुका था।

लक्ष्मण ने जैसे ही मेघनाद का वध किया, हनुमानजी ने उसको उठाया और सम्मान के साथ लंका के द्वार पर रखकर आ गए।

रामजी की सेना में यह मर्यादा थी कि मौत के तांडव के बीच कहीं ऐसा न हो कि शत्रुपक्ष के किसी योद्धा के शव का अपमान हो जाए, इसलिए मेघनाद के शव को हनुमानजी स्वयं लंका के द्वार पर रखकर आए।

जब रावण को पता चला कि उसका सबसे प्रिय, सबसे बलशाली पुत्र इंद्रजित् मेघनाद भी मारा गया तो उसका धैर्य टूट गया। अपने आपको नहीं रोक पाया और दहाड़ें मार-मारकर विलाप करने लगा।

एक-एक कर उसके सारे योद्धा निपटते जा रहे थे। कुंभकर्ण जैसा भाई, मेघनाद जैसा पुत्र भी चला गया। अब क्या करता रावण? अपने झूठे अहंकार को और किसकी बलि से शांत करता?

इस बार याद करता है अहिरावण को। अहिरावण जो पाताल में रहता था। रामचरितमानस में अहिरावण की कथा हम सबके लिए बड़े काम की है।

## चौथी रात

रावण अहिरावण की मदद लेता है। अहिरावण पाताल से आया और जिस शिविर में रामजी और लक्ष्मणजी विश्राम कर रहे थे, विभीषण का वेश धरकर वहाँ अंदर चला गया।

देखिए, बुराई क्या-क्या कर जाती है। वह रूप बदलने की कला भी जानती है। अहिरावण के रूप में आई बुराई ने तो स्वयं भगवान् का ही अपहरण कर लिया था। अहिरावण ने अपनी माया से विभीषण का रूप बनाया और रामजी तथा लक्ष्मणजी को उठाकर चला गया। हनुमानजी वहाँ पहरा दे रहे थे, परंतु वे भी चकमा खा गए। देखा, विभीषण है तो कुछ नहीं बोले, जाने दिया उन्हें।

जब असली विभीषण आए तो उन्होंने पूछा, भगवान् कहाँ हैं? हनुमानजी ने कहा, अभी तो आप ही के साथ थे। विभीषण चौंक गए, नहीं, मेरे साथ तो नहीं थे।

हनुमान बोले—आपके साथ नहीं थे! फिर वह कौन था, जिसके साथ दोनों भाई उधर गए हैं? दोनों दौड़े, इधर-उधर देखा, परंतु तब तक भगवान् का अपहरण हो चुका था।

देखिए, बुराइयाँ परमात्मा का भी अपहरण करा देती हैं तो फिर हमारी क्या बिसात है? हम अच्छी खासी पूजा करते हैं, जप-तप करते हैं, फिर भी ठिकाने लग जाते हैं। क्योंकि बुराई कब, किस रूप में आ जाए, पता ही नहीं चलता।

विभीषण बोले—अवश्य ही कुछ अनर्थ हुआ है। इस संसार में मेरा वेश एक ही प्राणी धर सकता है—अहिरावण। उस तक पहुँचने के लिए किसी को पाताल में जाना पड़ेगा। यहाँ हनुमानजी फिर सक्रिय हुए। बोले—मैं जाऊँगा पाताल में।

रास्ते में हनुमानजी ने देखा—एक गिद्ध दंपती आपस में बातचीत कर रहे थे। पत्नी कह रही थी—मुझे तो आज एकदम ताजा मांस चाहिए। गिद्ध बोला—चिंता मत करो। आज अहिरावण राम और लक्ष्मण नाम के राजकुमारों की बलि देगा, वह मांस मैं तुम्हें लाकर दूँगा। हनुमानजी ने सुना तो दौड़कर वहाँ पहुँचे।

जैसे ही अहिरावण के द्वार में प्रवेश किया, मकरध्वज नाम का एक छोटा सा वानर उनसे उलझ गया। हनुमानजी ने कहा—मुझे जाने दो भाई, मेरा मार्ग मत रोको। लेकिन मकरध्वज नहीं माना। दोनों में युद्ध हो गया। हनुमानजी ने उसकी पिटाई करना चाही तो बोला—सावधान! मुझसे उलझने का प्रयास मत करना। हनुमानजी ने पूछा—तू है कौन? बाल वानर बोला—मैं पवनसुत हनुमान का पुत्र हूँ। मकरध्वज नाम है मेरा।

हनुमानजी ने आश्चर्य से पूछा—मेरा पुत्र! मैं तो ठहरा ब्रह्मचारी, तू मेरा पुत्र कैसे हुआ? मुझे सच-सच बताओ। मैं ही हनुमान हूँ।

मकरध्वज ने बताया—लंका दहन के बाद जब आप पूँछ में लगी आग बुझाने के लिए समुद्र में कूदे थे, तब आपके पसीने की कुछ बूँदें मेरी माँ ने पी ली थीं। और फिर उसके गर्भ से मेरा जन्म हुआ है।

हनुमानजी कहते हैं—ठीक है, तुम मुझे अपना पिता मानते हो तो मेरी तरह सत्य का साथ दो और मुझे जाने दो। इसके बाद भी जब वह नहीं माना तो हनुमानजी ने उसकी पिटाई कर दी और बाँधकर आगे बढ़ गए।

अंदर गए और देखा तो देवी की प्रतिमा के सामने भगवान् राम-लक्ष्मण बँधे हुए हैं। बलि देने की तैयारी की जा रही है। लक्ष्मणजी भगवान् से कह रहे हैं—प्रभु कुछ करो। कुछ चमत्कार तो दिखाना ही पड़ेगा।

भगवान् कहते हैं—देखो लक्ष्मण, जब संसार पर संकट आता है तो लोग हमें याद करते हैं। लोग परेशान होते हैं तो हमें याद करते हैं। आज हम परेशान हैं तो हमें किसको याद करना चाहिए? लक्ष्मणजी ने पूछा—किसको याद करें?

भगवान् राम बोले—लक्ष्मण, मैं तो कर ही रहा हूँ, तुम भी हनुमान को याद करो। हमारा संकट वही दूर करेगा। लक्ष्मणजी को लगा, भगवान् को भी अंधा विश्वास है हनुमान पर। अब यहाँ हनुमान कैसे आएँगे। फिर भी भाई के साथ हनुमान को याद करने लगे।

हनुमानजी छोटे से बनकर फूल में प्रवेश कर गए। जैसे ही माला के रूप में फूल देवी पर चढ़ाए, हनुमानजी ने अपना विकट रूप धर लिया। देवी की प्रतिमा पाताल में समा गई और उनके स्थान पर हनुमानजी खड़े हो गए।

वहाँ मौजूद राक्षस बड़े प्रसन्न हो गए। अरे, देवी ने रूप बदल लिया। बलि देने से पहले ही प्रसन्न हो गई? लाओ, अब इनकी बलि दे ही देते हैं। जैसे ही दोनों भाई (राम-लक्ष्मण) को बलि के लिए लाए, हनुमानजी ने वार कर सारे राक्षसों को मार दिया। अहिरावण का भी वध कर राम-लक्ष्मण को मुक्त करा लिया।

भगवान् राम लक्ष्मण की ओर देखते हुए बोले—देखो लक्ष्मण। मेरा भरोसा, फिर जीत गया। देवी की जगह हनुमान आ गए। आज लक्ष्मणजी को भी विश्वास हो गया कि वास्तव में हनुमान संकट-मोचक हैं।

भगवान् लौटकर आते हैं। रावण को फिर सूचना मिली कि राम-लक्ष्मण को हनुमान अहिरावण के मुँह से बचा लाया है तो वह बहुत दुखी होता है, परेशान होता है, उसके मस्तक पर चिंता की लकीरें खिंच जाती हैं।

यहाँ हनुमानजी ने एक बार फिर विजय का मुँह रावण से राम की ओर मोड़ दिया।

## पाँचवाँ दिन

जब एक-एक कर रावण के सारे योद्धा युद्ध में मारे गए तो अब रावण के

सामने स्वयं युद्धभूमि में जाने के सिवाय अन्य कोई विकल्प नहीं था।

पाँचवें दिन जैसे ही रथ पर बैठकर रणक्षेत्र में प्रवेश किया, धरती काँपने लगी, समुद्र दिशाएँ छोड़ने लगे, पहाड़ों में दरार पड़ गई, वृक्ष सूख गए, पशु-पक्षियों ने चिंघाड़ना-चहचहाना बंद कर दिया। बड़े लंबे समय बाद आज विश्वविजेता रावण युद्ध के मैदान में उतरा है।

जब रथ और शस्त्रों से सुसज्जित होकर रावण रणांगन में आया, तब भगवान् राम वनवासी के वेश में एक धनुष-बाण लिये नीचे, पैदल खड़े थे।

विभीषण ने देखा तो बोला—प्रभु! यह कैसा युद्ध है? सामने शत्रु सुसज्जित रथ पर और आप पैदल?

भगवान् ने यहाँ बहुत अच्छी बात बोली थी। कहने लगे—विभीषण, एक बात याद रखना। जिस रथ से विजय होती है, वह कोई और रथ होता है। शत्रु पैदल है या रथ पर, इससे हमें कोई फर्क पड़ने वाला नहीं है। सामने रावण हो या कोई साधारण योद्धा, जय-पराजय तो नीतियाँ तय करती हैं। पैदल या रथ से क्या होना है।

देवताओं ने इंद्र का भेजा हुआ रथ श्रीराम को दिया और शुरू हो गया धर्म-अधर्म, सत्य-असत्य और नीति-अनीति का युद्ध। भगवान् राम और लंकापति रावण आमने-सामने हैं। रामजी के साथ हैं परम भक्त हनुमानजी।

हनुमानजी का रावण से सामना हुआ। रावण ने एक मुक्का मारा तो हनुमानजी थोड़ा सा हिल गए। उसके बाद हनुमानजी ने रावण को ऐसा जोरदार मुक्का टिकाया कि वह मूर्च्छित हो गया।

कुछ देर बाद जब उसकी मूर्च्छा टूटी तो तुलसीदासजी ने लिखा—

**'मुरुछा गै बहोरि सो जागा। कपि बल बिपुल सराहन लागा।**

रावण हनुमानजी को देखकर उनके बल की सराहना करने लगा।

याद रखें, रावण ने अपने जीवन में किसी की प्रशंसा नहीं की थी। और युद्ध के मैदान में तो कभी नहीं। लेकिन आज हनुमानजी का मुक्का खाने के बाद वह भी उनके बल की सराहना करने लगा। यह था हनुमानजी का प्रताप,, जो शत्रु को भी सराहना करने पर विवश कर देता है।

जब दुर्गुण आपकी प्रशंसा करने लगें तो समझो कोई और नई चाल चलने वाले हैं। दुर्गुणों का स्वभाव होता है कि जब पराजय सामने दिख रही हो तो प्रशंसा के शस्त्र से आपको घुमाने का प्रयास शुरू कर देते हैं।

प्रशंसा वह मदिरा है, जो कानों से पिलाई जाती है। अगर आप इसे पीकर बेहोश हो गए तो समझो, गए काम से। इसका नशा आपकी नैसर्गिक शक्ति को

कम या प्राय: समाप्त कर देता है।

पलटकर रावण पर प्रहार करके हनुमानजी हमें भी सिखा रहे हैं कि दुर्गुणों को अपने पर हावी होने का जरा भी मौका मत दीजिए। सही समय पर उन्हें उनकी हैसियत से परिचित करवा दीजिए।

देखिए, दुर्गुणों का काम ही है आपको बहकाना। इसलिए बार-बार हमारी प्रशंसा करने आ जाते हैं। यदि उनको मिटाना ही है तो प्राणायाम करना पड़ेगा। यही प्रयोग आपके मन को नियंत्रित कर सकेगा। और जैसे ही आपका मन नियंत्रित हुआ, आप आत्मा में प्रवेश कर जाएँगे। यहाँ से आत्मा की यात्रा शुरू हो जाती है।

हमारे यहाँ अष्टांग योग की परंपरा है। योग के माध्यम से हमें अपनी भीतरी बुराइयों को दूर करना होगा। बाहर की बुराई को तो समाज का अनुशासन दूर कर देता है। इसलिए बाहर आदमी बुराई नहीं पालता। कोई बहुत ही निर्लज्ज हो तो बात अलग है। झंझट तो भीतर का है। भीतर के अवगुणों को मारना है तो आपको अष्टांग योग के क्रम को समझना होगा।

## छठा दिन

हनुमानजी से मूर्च्छित रावण खड़ा होता है, फिर युद्ध होता है छठे दिन का। इतना युद्ध हुआ, इतना युद्ध हुआ और शाम को जब उसने विभीषण पर प्रहार किया तो एक बार फिर भगवान् ने विभीषण की रक्षा की, उसने भगवान् पर जब प्रहार किया तो विभीषण ने भगवान् की रक्षा की। भगवान् पर रावण ने शक्ति चलाई, विभीषणजी जाकर रावण से भिड़ गए। देखिए भगवान् की कृपा, जो भाई कभी रावण के सामने खड़ा नहीं हो सकता, वो आज उसी से युद्ध कर रहा है। आदमी को भगवान् की कृपा मिल जाए तो दुर्गुणों से युद्ध करना आ जाता है।

## सातवाँ दिन

यह श्रीराम-रावण युद्ध का अंतिम दिन माना जाता है। इस दिन रावण एक अलग ही अंदाज में रणभूमि में प्रवेश करता है। आते ही माया दिखाना शुरू कर दिया। बहुत सारे हनुमान उत्पन्न कर दिए।

दुर्गुण मरते-मरते भी ऐसी माया कर जाते हैं कि कभी-कभी अच्छे-अच्छे जानकार भी भ्रम में पड़ जाते हैं। रावण ने भी यही किया। हनुमान ही हनुमान बना दिए, इससे वानर सेना भ्रमित हो गई।

जीवन के ऐसे भ्रमों से बचाने में योग बड़ा मददगार होता है। इसीलिए मैं

आपसे निवेदन करता हूँ कि प्रतिदिन अष्टांग योग के क्रम से गुजरिए। आप पढ़ ही चुके हैं कि योग के आठ चरण हैं—यम, नियम, आसन, प्राणायाम, प्रत्याहार, धारणा, ध्यान और समाधि।

यहाँ हमारी यात्रा आत्मा की ओर चल रही है, जो ध्यान के बाद का क्रम है। रावण के समापन की ओर बढ़ने का मतलब है, हम अपनी आत्मा के निकट जा रहे हैं। बुराई समाप्त हुई कि समझो आप अपनी आत्मा में आए।

रामजी के आगे भी रावण लगातार माया फैलाए जा रहा था। भगवान् उसके मस्तक उतारते और वे फिर आ जाते।

यहाँ तुलसीदासजी ने दोहा लिखा है—

**काटे सिर भुज बार बहु मरत न भट लंकेस।**
**प्रभु क्रीड़त सुर सिद्ध मुनि ब्याकुल देखि कलेस॥**

सिर और भुजाएँ बहुत बार काटी गईं, परंतु रावण था कि मर ही नहीं रहा था। उस दृश्य को देखकर मुनि, सिद्ध और देवता व्याकुल हुए जा रहे थे।

'काटत बढ़हिं सीस समुदाई। जिमि प्रति लाभ लोभ अधिकाई।'

रामजी द्वारा बार-बार काटने पर भी रावण के मस्तक इस प्रकार बढ़ते जा रहे थे, जैसे प्रत्येक लाभ पर लोभ बढ़ता जाता है। तब भगवान् ने विभीषण की ओर देखा।

**'उमा काल पर जांकी ईछा। सो प्रभु जन कर प्रीति परीछा॥**

शिवजी माँ पार्वती से कहते हैं—हे उमा, जिसकी इच्छा मात्र से काल भी मर जाता है, वो ही प्रभु सेवक की परीक्षा ले रहे हैं।

धीरे से विभीषण ने भगवान् के पास जाकर कहा—भगवन्, यह ऐसे नहीं मरेगा। इसकी नाभि में अमृत कुंड है, वहीं प्रहार करना होगा।

ध्यान रखें, हमारे शरीर के जो सात चक्र हैं, उनमें नाभि में अमृत कुंड होता है। यह जगह ही ऐसी है। क्योंकि यहीं से मनुष्य जन्म के पहले अपनी माँ के गर्भ से जुड़ा होता है। यहीं से वह संसार में आता है। माँ से संतान को जो ऊर्जा मिलती है, उसका केंद्र नाभि होता है। इसलिए आप जितना अधिक नाभि पर केंद्रित होंगे, उतनी जल्दी अपनी ऊर्जा को पहचानेंगे।

विभीषण की बात सुन श्रीराम ने मन-ही-मन हर्षित होकर बाण साधा और रावण की नाभि पर साध लिया।

कहा जाता है कि श्रीराम द्वारा लक्ष्य साधते ही लंका में नाना प्रकार के अपशकुन होने लगे। गधे, सियार, कुत्ते रुदन करने लगे, आकाश में जहाँ-तहाँ केतु

प्रकट हो गए। दसों दिशाएँ दहकने लगीं, बिन अमावस के सूर्य ग्रहण जैसा नजारा हो गया। मूर्तियाँ नेत्रों से अश्रु बहाने लगीं और मंदोदरी का हृदय थर-थर काँपने लगा। धरती हिलने लग गई, आकाश से वज्रपात होने लगा। बादलों से रक्त और धूल की वर्षा होने लगी, देवता व्याकुल होकर जय-जय पुकार उठे। देवताओं को भयभीत देख श्रीराम ने तय कर लिया, अब तो रावण का वध करना ही होगा।

कानों तक धनुष तानकर भगवान् राम ने एक साथ 31 बाण छोड़ दिए। 10 बाणों ने दस मस्तक 20 से बीस भुजाएँ और एक से रावण की नाभि को छेद दिया।

यहाँ भगवान् राम रावण को मार रहे हैं, इधर आपको अपने भीतर छिपे बैठे दुर्गुणों को मारना है। और इनको मिटाने का सबसे अच्छा तरीका है प्राणायाम।

अपनी सुविधा अनुसार आप जो भी प्राणायाम करें, परंतु आपके सबसे नीचे का चक्र मूलाधार जो कि मल-मूत्र की इंद्रियों के ठीक ऊपर है, वहाँ से ऊर्जा ऊपर उठाइए। स्वाधिष्ठान पर लाइए, मणिपुर यानी नाभि पर लाइए और उसके बाद चौथे चक्र, जो कि हमारा हृदयचक्र है, यानी अनाहत चक्र पर लाइए। यहाँ ऊर्जा आते ही आपकी अनुभूति बदलने लगेगी।

यहाँ से विशुद्ध चक्र यानी कंठ पर, उसके बाद दोनों भौंहों के बीच में आज्ञा चक्र और अंत में सहस्रार चक्र यानी मस्तक पर लाइए। यहाँ ऊर्जा उठेगी, तब आपके भीतर के अवगुण समाप्त होंगे।

यह क्रम है। जितनी ऊर्जा नीचे यानी मूलाधार पर है, उतना आप दुर्गुणों में डूबेंगे। इसको अच्छे से समझते हुए दिमाग में बैठा लें। यह योग का विज्ञान है।

जब तक हमारी ऊर्जा नीचे पड़ी है, तब तक स्त्री-पुरुष का भेद है, तब तक दुर्गुण हैं। इसको थोड़ा सा ऊपर उठाते ही यह भेद समाप्त होता जाएगा। जितनी ऊर्जा ऊपर आएगी, एक-एक चक्र पर आएगी, उस चक्र के स्वभाव के अनुसार आपको परिणाम मिलना आरंभ हो जाएगा।

हर चक्र का अपना स्वभाव है। आज आधुनिक प्रबंधन के युग में तो यह भी कहा जाता है कि यदि मूलाधार पर आपकी ऊर्जा पड़ी है तो आप समूह के काम करेंगे। जिन्हें टीम वर्क करना हो, वे अपनी ऊर्जा को वहाँ से जाग्रत् करें। यहाँ से उठाकर स्वाधिष्ठान यानी नाभि के नीचे के चक्र पर लाएँगे तो आप संकल्प और उत्साह महसूस करेंगे।

जैसे ही आपकी ऊर्जा मणिपुर पर आएगी, आप में नेतृत्व के गुण आएँगे। यहीं से लीडरशिप की क्वालिटी विकसित होगी। लगातार पाँच दिन करके देखिए। आपमें नेतृत्व के गुण आना शुरू हो जाएँगे।

हमारे जितने चक्र हैं, उतने ही शरीर हैं। दुर्गुणों से लड़ना हो तो अपने शरीर को जानना होगा, और उसी के अनुसार ऊर्जा को प्रवाह देना होगा।

चलिए, पुनः प्रसंग में प्रवेश करते हैं।

भगवान् राम के छोड़े 31 बाणों ने अपना काम कर दिखाया और देखते-ही-देखते विश्वविजेता रावण बिना मस्तक और बिन भुजाओं का धड़ मात्र रह गया। तब रामजी ने एक बाण और मारकर उसके धड़ के दो टुकड़े कर दिए।

राम सेना के भालु और वानरों को दबाता हुआ भुजा-मस्तक विहीन शरीर धरती पर गिरा तो धरती हिल गई। आसमान से नगाड़ों की गूँज के साथ पुष्पवर्षा होने लगी।

इधर लंका में पति के कटे मस्तक देखते ही मंदोदरी मूर्च्छित होकर गिर पड़ी। बाल बिखर गए, शरीर की कोई सुध न रही। रोती हुई रावण के प्रताप का बखान करने लगी। अपने कुल की स्त्रियों को विलाप करती देख विभीषण भी व्याकुल हो गए। अपने आँसू नहीं रोक सके। तब श्रीराम की आज्ञा पाकर लक्ष्मणजी ने उनको ढाढ़स बँधाया और श्रीराम के पास ले आए।

भाई-भाई का रिश्ता होता ही ऐसा है। लाख लड़ लेंगे, बात करना छोड़ देंगे, परंतु एक-दूसरे का दुःख नहीं देखा जाता। उस दिन विभीषण के साथ भी ऐसा ही हुआ। रावण की मृत देह को देखकर अपना रुदन नहीं रोक सके।

तब श्रीराम बोले—

**'कृपादृष्टि प्रभु ताहि बिलोका। करहुं क्रिया परिहरि सब सोका॥'**

सारे शोक त्यागकर रावण की अंत्येष्टि कर दी जाए। रामजी की आज्ञा मानकर विभीषण ने सारा क्रिया-कर्म संपन्न किया।

इस बीच युद्ध के मैदान में एक और घटना घटती है। रावण की मृत्यु को अति निकट देख भगवान् राम लक्ष्मण से कहते हैं—लक्ष्मण, ऐसे लोग संसार में दोबारा नहीं आया करते। मरते समय आदमी झूठ नहीं बोलता है। इसलिए जाओ, अगर कुछ सीखना चाहते हो तो सीख लो। रावण के पास जीवन का निचोड़ है, यह तुम्हें बता सकेगा।

भगवान् के कहने पर लक्ष्मणजी जाते हैं, परंतु रावण उन्हें लौटा देता है। लक्ष्मणजी लौट आते हैं। भगवान् राम लक्ष्मण से पूछते हैं, तुम रावण के पास जाकर कहाँ खड़े थे? जब लक्ष्मणजी कहते हैं मस्तक के पास। तब भगवान् बोलते हैं—किसी से कुछ सीखना हो तो चरणों की ओर जाकर झुकना पड़ता है। बिना झुके कुछ नहीं सीखा जाता।

देखिए, क्या था रामजी का चरित्र। सबसे बड़ा दुश्मन, जो उनकी अर्धांगिनी का अपहरण कर ले गया था, मरते-मरते उस रावण को भी सम्मान देने की बात कर रहे हैं। यही हम-आपको भी सीखना है। अगर शत्रु में भी कुछ अच्छाइयाँ हों तो उनको ग्रहण करने में कभी कोई लज्जा या संकोच न करें।

लक्ष्मण दोबारा गए और रावण से पूछते हैं—राक्षसराज, तुम्हारी सारी इच्छाएँ पूरी हो गईं?

यहाँ रावण बड़ी अच्छी गहरी बात बोलता है। कहता है—इच्छाओं का क्या है लक्ष्मण। ये कब, किसकी पूरी हुई हैं? एक खत्म करो तो दूसरी जन्म ले लेती है। आदमी एक पैर उठाता है और दूसरा पैर रख देता है। इच्छा कभी किसी की खत्म नहीं होतीं। एक भोगता है और दूसरी पैदा होती है। इच्छाओं को समाप्त नहीं कर सकते, इन्हें मोड़ सकते हैं और मैं इसी में चूक गया।

हमारे लिए इशारा यही है कि इच्छाओं को परमात्मा की ओर मोड़ दीजिए। राग अनुराग बन जाएगा। दुनिया में राग है तो भगवान् की ओर मोड़ दीजिए। वह अनुराग हो जाएगा।

रावण से लक्ष्मणजी फिर पूछते हैं—तुम जो चाहते थे, वह तुम्हें मिल गया? रावण कहता है—कब, किसको मिला है इस दुनिया में। देने वाला देता है और वो ही लेने वाला बनकर ले लेता है। देखिए, रावण के माध्यम से क्या गहरी बात समझा रहा है रामचरितमानस।

आगे रावण कुछ और नीतिगत बातें बोलता है। कहता है—लक्ष्मण, कुछ बातें याद रखना।

**पहली** शत्रु को कभी कमजोर मत समझना।

**दूसरी** बात शुभ कार्य में कभी विलंब मत करना और अशुभ कार्य जितना टाल सकते हों, टाल देना। और

**तीसरी** बात अपने जीवन के कुछ गोपनीय तत्त्व और तथ्य कभी किसी को मत बताना। मैं इन्हीं तीनों बातों में चूक गया।

इसके बाद भगवान् की ओर देखते हुए रावण क्या कहता है, इसे जरा ध्यान से पढ़कर अपने हृदय में जरूर उतारना।

रावण कहता है—राम, तुम समझते हो तुम जीत गए। परंतु नहीं, जीत तो आज भी मेरी ही हुई है।

**अपने जीते जी जाने न दिया लंका में राम तुम्हारे को।**
**जा रहा तुम्हारे आगे ही, देखो मैं धाम तुम्हारे को॥**

राम मैंने अपने जीते जी तुमको तो अपनी लंका में नहीं आने दिया। परंतु आज तुम्हारे ही सामने तुमसे पहले मैं तुम्हारे धाम जा रहा हूँ। इसलिए जीत तुम्हारी नहीं, मेरी हुई है।

और इन्हीं शब्दों के साथ भगवान् राम को प्रणाम कर रावण प्राण छोड़ देता है।

रावण क्या था? संसार का एक बहुत बड़ा दुर्गुण था, जो श्रीराम के हाथों समाप्त हो गया। इसी तरह एक दिन हमारे दुर्गुण भी पराजित हो जाएँगे। बस, अपने भीतर का भगवान् बनाए रखें, हनुमान बनाए रखिए। नियम से योग कीजिए, ध्यान लगाइए और जीवन का आनंद उठाइए।

**विभीषण का राजतिलक :** रावण का विधिपूर्वक क्रिया-कर्म करने के बाद विभीषण पुनः श्रीराम के सम्मुख आते हैं। रामजी उनको गले लगाने के बाद भाई लक्ष्मण सहित सुग्रीव, जामवंत, हनुमान, अंगद सहित प्रमुख वानरों को बुलाकर आदेशित करते हैं कि विभीषण के साथ लंका में जाओ और उनका राज्याभिषेक कर दो। लंका का समस्त राज-दायित्व आज से विभीषण सँभालेंगे।

श्रीराम की आज्ञा पाकर सभी जाकर विधि अनुसार विभीषण का राजतिलक कर लंका की प्रजा को एक नया राजा देते हैं। जब विभीषण का राजतिलक कर सभी लोग रामजी के पास आते हैं, तब भगवान् पुनः हनुमानजी को याद करते हैं। बुलाकर कहते हैं—जाओ हनुमान, अब जानकी को आदर सहित ले आओ।

कथा में यह भी आता है कि यहाँ श्रीराम हनुमानजी से कहते हैं कि सीता को पैदल ही लेकर आना है। ऐसा न हो कि विभीषण राजा बन गए हैं तो उन्हें रथ में बैठाकर रवाना कर दें।

ऐसा क्यों कहा होगा भगवान् ने? इसलिए कि वे जानते थे कि उनके साथ जितने भी वानर हैं, जिन्होंने रावण की सेना से युद्ध किया है, ये सभी सीते को माता के रूप में देखना चाहेंगे। और यदि वे रथ में आएँगी तो ये लोग उन्हें ठीक से देख नहीं पाएँगे। पैदल आएँगी तो सभी अच्छे से अपनी माँ के दर्शन कर सकेंगे।

अपने परम प्रभु की आज्ञा मान हनुमानजी लंका में जाते हैं। सीताजी को रावण पर विजय का समाचार सुनाकर उन्हें सादर श्रीरामजी के पास चलने का आग्रह करते हैं। विभीषण आदि बारंबार प्रणाम कर सीताजी को विदा करते हैं।

इधर विभीषण का राजतिलक होने के बाद वे राजा के रूप में आकर भगवान् राम से उनके राज्य (लंका) में पधारने का आग्रह करते हैं।

इस पर बड़ी ही विनम्रता से भगवान् कहते हैं—अभी मेरी वनवास की अवधि पूरी नहीं हुई, इसलिए अभी मैं किसी राज्य में नहीं जा सकता।

यहाँ देखिए, विभीषण क्या कहते हैं और उसके जवाब में रामजी कितनी अच्छी बात बोलते हैं। विभीषण कहते हैं—मेरा क्या है भगवन्? यह सब आपका ही दिया हुआ है। लंका जो कुछ भी है आपकी ही है।

भगवान् ने बड़ी सुंदर बात कह दी। विभीषण के माध्यम से भगवान् हमें भी कुछ ऐसा ही संदेश देते हैं। कहते हैं—तेरा राज्य, तेरा कोष, तेरा घर, ये सब मेरा ही है विभीषण। सत्य वचन कह रहा हूँ, यह सब मेरा ही है।

भगवान् हमसे भी कहते हैं—यह सब मेरा है। तुम नहीं दोगे तो मैं अपने तरीके से ले लूँगा। सच है, हमारा क्या है इस धरती पर? हम तो खाली हाथ आए थे और खाली हाथ ही चले भी जाएँगे। जो कुछ है, सब उसी ईश्वर का है।

इसीलिए अपनी आय का कुछ भाग अवश्य दान कीजिए। जो भी आपकी आमदानी है, उसका दसवाँ हिस्सा दान कीजिए। यह भगवान् का होता है। नहीं देंगे तो वह अपने तरीके से किसी-न-किसी रूप में ले ही लेगा।

**भरतजी को हनुमान का संदेश :** रावण का विनाश हुआ, विभीषण को लंका का राजा बना दिया और सीताजी पुन: श्रीराम को मिल गईं। और इधर वनवास के चौदह बरस की अवधि भी पूरी होने वाली थी, सो घड़ी आ गई थी कि फिर से अयोध्या की ओर प्रस्थान किया जाए।

भगवान् राम हनुमानजी से कहते हैं—हनुमंत, एक और शुभ घड़ी आनेवाली है और तुम्हें इसका भी साक्षी बनना है। बटुक रूप धारण कर अवधपुर जाओ और भाई भरत को सूचित कर दो कि हम आनेवाले हैं। 'जो आज्ञा प्रभु' कहकर हनुमानजी पलटते हैं और यहीं लंका कांड समाप्त होता है।

लंका कांड की यह कथा बड़ी महत्त्वपूर्ण मानी जाती है। कहा जाता है कि जो लंकाकांड की कथा का श्रवण करेंगे, उनको भगवान् तीन चीजें देंगे—विजय, विवेक और विभूति यानी ऐश्वर्य। आपके दुर्गुणों का नाश हो जाएगा। जैसे ही भीतर के दुर्गुण मिटाएँगे, आप विजय प्राप्त करेंगे। आपके भीतर विवेक जागेगा तथा ऐश्वर्य की प्राप्ति होगी।

इसी के साथ रामकथा का छठा भाग, यानी लंका कांड पूर्ण होता है। इसके बाद क्या कुछ घटित होता है, जानने के लिए पढ़िए कथा का सातवाँ भाग यानी उत्तर कांड।

□

*भाग-7*

# उत्तर कांड

गोस्वामी तुलसीदासजी ने रामचरितमानस जैसा दिव्य ग्रंथ देकर हमारे ऊपर बड़ी कृपा की है। इसके माध्यम से हमें न सिर्फ भक्ति का सरल मार्ग दिखाया, बल्कि परिवार के राम और हमारे हनुमान दिए हैं।

एक बार फिर ध्यान में ले आइए कि देश-काल, परिस्थिति के अनुसार पूरी रामकथा को सात भागों में बाँटते हुए इन्हें सात सोपान या सात कांड नाम दिया गया है। रामायण में सात कांड हैं। बाल कांड, अयोध्या कांड, अरण्य कांड, किष्किंधा कांड, सुंदर कांड, लंका कांड तथा सातवाँ और अंतिम है उत्तार कांड।

**बाल कांड** में भगवान् की बाललीला आती है। यह सोपान हमें सिखाता है कि जीवन में सहजता का क्या मतलब है। मन, वचन और कर्म से सहज कैसे रहें, यह विभिन्न प्रसंगों के माध्यम से बाल कांड से सीख सकते हैं।

**अयोध्या कांड** में हम जीवन का दूसरा सूत्र यानी सत्य को देखते हैं। जीवन में पहले सहजता है, उसके बाद सत्य आता है।

**अरण्य कांड** में भगवान् का वनवास आरंभ होता है। पिता की आज्ञा का पालन कर श्रीराम सीता व लक्ष्मण के साथ वन में चले जाते हैं। रावण सीताजी का हरण कर लेता है। यह संतुलन का कांड है। इससे सीखा जा सकता है कि जीवन किस संतुलन का नाम है।

**किष्किंधा कांड** में संघर्ष की कहानी है, जो हमें बताती है कि दुःख या संघर्ष किसके जीवन में नहीं आता। स्वयं भगवान् राम को भी संघर्ष करना पड़ा था।

**सुंदर कांड** सफलता का सोपान है। इसके प्रसंग सिखाते हैं कि जीवन में सफलता कैसे अर्जित की जाए और किस प्रकार उसको बचाकर रखा जाए।

**लंका कांड** में संकल्प की कहानी आती है। श्रीराम और रावण के बीच

युद्ध होता है, राम यानी सत्य की विजय होती है और रावण का अहंकार उसे मौत दे जाता है।

**उत्तर कांड** समर्पण का कांड है। इसमें जीवन के तमाम प्रश्नों के उत्तर मिल जाते हैं।

इन सात सोपानों के आधार पर कथा को सात भागों में बाँटते हुए प्रत्येक भाग से एक-एक सूत्र को जोड़कर जीवन के सात सूत्रों को समझने, उन्हें आत्मसात् करने का प्रयास किया गया है।

पहले भाग का सूत्र है सहजता, दूसरे का सत्य, तीसरे संतुलन, चौथे का संघर्ष, पाँचवें भाग का सफलता, छठे का संकल्प और सातवें भाग यानी उत्तर कांड का सूत्र है समर्पण।

चूँकि सात भागों की बात की जा रही है, इसलिए आपसे निवेदन है कि जीवन में सात काम जरूर किए जाएँ। प्रयास कीजिए, इन सात कामों से जरूर गुजरा जाए। कौन से सात काम ? इन्हें समझिए—

1. प्रकृति से जुड़ाव बनाए रखिए। प्रकृति से बातचीत कीजिए।
2. जड़ वस्तुओं से जीवंत निकटता बनाएँ।
3. जिससे भी कोई बात करें, दिल से करें और दिल से ही सुनें।
4. ऐसा प्रयास कीजिए कि बिल्कुल अपेक्षा रहित हो जाएँ।
5. अपने भीतर अकर्ता का भाव ले आइए।
6. 24 घंटे में कुछ समय मौन साधा जाए और
7. किसी एक दिन को अपना अंतिम दिन मानकर चलें। इन सात कामों को सप्ताह के सात दिनों से जोड़कर हर दिन एक-एक काम कर सकते हैं। इसको इस प्रकार समझें—

**1. प्रकृति :** कोई एक दिन पूरी तरह प्रकृति के नाम कर दीजिए। सुबह घर से निकलें तो किसी पत्ती को, किसी पेड़ को स्पर्श करके एक मिनट के लिए खड़े रहिए। कुछ देर के बाद आपको लगेगा प्रकृति आपसे बात कर रही है। उसका रोम-रोम आपको जीवन जीने की कला सिखा रहा है।

**2. जड़ वस्तु :** जब आपको लगे कि जीवन में सबकुछ ठीक नहीं चल रहा है तो जड़ वस्तुओं से बातचीत कीजिए। जो भी जड़ वस्तु सामने आए, उसे इस प्रकार स्पर्श करें, जैसे किसी जीवित वस्तु को कर रहे हों।

यदि आपके पास पेन है तो उसे ऐसे खोलें, ऐसे रखें, जैसे किसी नवजात शिशु को सँभालकर रखा हो। यदि कोई बरतन है तो उसे इतने सलीके से, सावधानी से

रखिए कि आप किसी जीवित व्यक्ति से संपर्क कर रहे हैं।

किसी एक दिन प्रयोग करके देखिए, निश्चित रूप से आप अपने भीतर परिवर्तन पाएँगे।

**3. बातचीत :** जिस किसी से भी बातचीत करें, पूरे दिल से करें और उसे सुनें भी। अकसर जब हम किसी को सुन रहे होते हैं तो उस समय भीतर खुद ही दूसरे से बात कर रहे होते हैं।

विचार कीजिए, सुनने वाला कोई और होता है और भीतर बोलने वाला कोई और। प्रयास कीजिए, किसी से बात कर रहे हों तो फिर उसी से करें, उसी को सुनें।

**4. अपेक्षा रहित :** चौथा काम है अपेक्षा रहित हो जाएँ। अपेक्षा अशांति का कारण है। जीवन के सारे झंझट ही यहाँ से शुरू होते हैं। इसलिए जो हो रहा है, होने दीजिए। पूरी तरह अपेक्षा रहित हो जाइए।

**5. अकर्ता भाव :** अपने भीतर अकर्ता का भाव पैदा कीजिए। ऐसा विचार कीजिए कि जो कुछ भी हो रहा है, वह आप नहीं, भगवान् कर रहा है। आप निमित्त मात्र हैं। किसी एक दिन ऐसा मानकर देखिए। आनंद की एक अलग ही अनुभूति होगी।

**6. मौन :** जीवन में थोड़ा मौन भी साधा जाए। सच है कि बोलना हमारी जरूरत है, परंतु इतना ही बोलें जितना जरूरी हो। फुरसत के क्षणों में मौन हो जाइए। स्वयं से भी बातचीत बंद कर दीजिए।

**7. अंतिम दिन :** किसी एक दिन को अपना अंतिम दिन मानकर चलिए। सोचिए, यह दिन आपका आखिरी दिन है। कल का कोई भरोसा नहीं कि आप कहाँ रहें या रहें भी नहीं।

कहने, सुनने या पढ़ने में कुछ अटपटा लगता है, परंतु प्रयास कीजिए, जीवन का अलग ही आनंद महसूस होगा। चलिए, कथा के सातवें भाग यानी उत्तर कांड में प्रवेश करते हैं, जिसका सूत्र है समर्पण। रामकथा एक बड़ी दिव्य अनुभूति है। परंतु इसे मात्र सुन लेना या पढ़ लेना ही काफी नहीं है। इसकी सार्थकता तभी है, जब इसके सूत्र हमारे जीवन में उतरें। हम लोग संसार में रहते हैं और संसार की विशेषता ही यही है कि वह खींचता है।

हमारे मन के विस्तार का नाम ही संसार है। मन हमारे साथ लगा है तो संसार छूटता नहीं है। इसलिए प्रयास कीजिएगा, संसार भी बना रहे और परमात्मा भी नहीं छूटे। चलिए, कथा में प्रवेश से पहले एक छोटी सी कहानी के माध्यम से समझ लिया जाए कि कैसे मनुष्य संसार के चक्कर में परमात्मा को भूल जाता है। कहानी

से मिलने वाला सबक आपके जीवन में बड़ा काम आएगा।

एक देवीजी (महिला) थी। पक्षी पालने में उनकी बहुत रुचि थी। एक बार एक दुकान पर गई और एक तोता देखकर दुकानदार से बोली—हमें यह तोता दे दो।

दुकानदार समझदार था। बोला—माताजी, आप कोई दूसरा तोता ले लें, इसे नहीं लें। वो बोली—नहीं, मुझे तो ये ही बहुत अच्छा दिख रहा है। इसे ही दे दो।

दुकानदार ने आग्रह किया कि इस तोते को घर ले जाएँगी तो थोड़ी सी दिक्कत होगी। महिला ने पूछा, क्या बात है, क्या दिक्कत आएगी? दुकानदार बोला, इसकी वाणी ठीक नहीं है। कुछ ठीक नहीं बोलता है यह।

महिला बोली—मैं तो बहुत धर्म-कर्म करती हूँ। मेरे घर जाएगा तो अच्छा रामनाम लेना सीख जाएगा। दुकानदार ने फिर आग्रह किया, लेकिन वो देवीजी नहीं मानी और वही तोता ले लिया।

पिंजरे के साथ तोते को घर लेकर आईं। घर में प्रवेश करते ही तोता बोला—'तू मरेगी बुढ़िया।' महिला को उस दुकानदार की बात याद आ गई, परंतु सोचा अभी बच्चा है, नादान है। धीरे-धीरे सुधर जाएगा। लाकर पिंजरे को ऊपर टाँग दिया।

अब जब भी तोते को बोलने का मौका मिलता, वह ऐसी ही कुछ बोलता। कहता—डोकरी तू दुष्टा है, भूखी मरेगी। घर आनेवाले अतिथियों के सामने भी ऐसा ही बोलता।

सुन-सुनकर माताजी बड़ी परेशान हो गई। जाकर दुकानदार को बताया तो दुकानदार बोला—मैंने तो पहले ही आपको कहा था कि इसे मत ले जाइए। देखिए बहनजी, बात यह है कि पहले यह एक जेल में था। फिर एक वेश्यालय में गया और उसके बाद जुआघर में। और अब आप ले गईं इसे।

देवीजी के यहाँ एक पंडितजी का आना-जाना था। एक दिन जब वे आए तो जैसे ही घर में प्रवेश किया, तोता बोल उठा—'पंडित तेरा सत्यानाश हो।' पंडितजी ने सोचा, यह क्या है? माताजी, अपने घर तो भजन-पूजन होता है, पर यह क्या?

माताजी बोली—एक दिन बाजार गई थी और दिख गया तो इसे ले आई। दुकानदार ने तो कहा था कि वहाँ-वहाँ रहकर आया है और वाणी से शुद्ध नहीं है। फिर भी ले आई और बहुत प्रयास किया सुधारने का, परंतु यह नहीं सुधरा।

पंडितजी बोले—ठीक है, आप चिंता मत कीजिए। इसे मुझे दे दीजिए। मेरे यहाँ एक तोता है, दिनभर कंठी माला लेकर रामनाम जपता रहता है। इसको भी ले जाकर उसके साथ रख दूँगा तो उसकी संगत में यह भी सीख जाएगा।

माताजी तो किसी तरह पिंड छुड़ाना ही चाहती थी। बोली—देर मत कीजिए

पंडितजी, ले ही जाइए इसे। और पंडितजी उस तोते को अपने घर ले आए।

अब वह तोता पंडितजी के यहाँ रहने लगा। कोई छह महीने बाद वो देवीजी पंडितजी के घर गईं। और पूछा वह तोता कहाँ है? पंडितजी बोले—अरे हाँ, बहुत दिन से हमने भी नहीं देखा है। वो उधर है, चलिए देखते हैं।

भीतर जाकर देखा, एक पिजरें में दोनों तोते आराम से बैठे हैं और आज वह तोता उन देवीजी को देखकर कुछ नहीं बोला। देवीजी ने कहा—अरे वाह, यह तो सचमुच सुधर गया है। देवीजी ने उस तोते से पूछा, क्यों रे, अब कुछ नहीं बोलता तू। मेरे घर मैं तो इतने अपशब्द कहता था। अब क्या हो गया?

उस तोते ने देवीजी को देखा और बोला—अम्माँजी, दरअसल बात यह है कि मैं तोता नहीं तोती हूँ और बहुत दिनों से एक अदद तोते की तलाश में थी। अब यह मिल गया तो किस बात के अपशब्द? हो गया मेरा काम।

सुनकर पंडितजी घबराए और अपने तोते पर नजर डाली तो देखा, उसकी कंठी माला तो एक कोने में पड़ी है। बोले—क्यों रे, यह सब क्या है? तूने माला जपना क्यों छोड़ दिया? रोज तो बड़ा सीताराम···सीताराम करता था, आज क्यों चुप है?

तोता बोला—महाराज, मुझे भी एक अदद तोती की तलाश थी तो किए जा रहा था सीताराम···सीताराम···। जब मिल गई तो ये पड़ी तुम्हारी कंठी माला। अब किस बात का सीताराम···?

देखिए, तोते को तोती मिल गई, तोती को तोता मिल गया तो दोनों ने अपने भगवान् छोड़ दिए। यही हमारी कहानी है। हमको संसार मिल जाए तो परमात्मा छूट जाता है। परिवार और संसार एक साथ साधना भी एक कला है। दोनों के बीच संतुलन स्थापित करना पड़ता है। हमारी आयु के चार पड़ाव हैं—बचपन, जवानी, प्रौढ़ता और बुढ़ापा। सभी को इनसे गुजरना ही है।

बचपन अपनी सरलता के लिए जाना जाता है। जवानी सक्रियता के लिए जानी जाती है। प्रौढ़ता में समझ हो और बुढ़ापे में समर्पण आ जाए तो उम्र के चारों पड़ाव अपने-अपने उद्देश्य को प्राप्त कर लेते हैं। उत्तर कांड की कथा इसी पर केंद्रित है। चलिए, प्रवेश करते हैं।

रावण वध के बाद भगवान् राम हनुमानजी को अयोध्या जाकर भरतजी को राम आगमन की सूचना देने का निर्देश देते हैं। उत्तर कांड के आरंभ में तुलसीदासजी ने लिखा—

**रहा एक दिन अवधि···अति आदर पुर लोक।**
**जहं तहं सोचहि नारि नर क्रस्तन राम बियोग॥**

अयोध्या में लोग श्रीराम के इंतजार में बहुत दुःखी थे। सदैव इसी इंतजार में रहते थे कि कब आएँगे हमारे राम, कब आएँगे··· । तभी हनुमानजी ब्राह्मण का वेश धरकर भरतजी के पास पहुँचे और उनको भगवान् के आने की सूचना दी।

यहाँ हनुमानजी के चरित्र से पहली बात तो यह सीखें कि हम दूसरों को संसार में परमात्मा के आने की सूचना देने वाले लोग बनें। यह बहुत महत्त्वपूर्ण काम होता है। आपका जीवन जैसा भी हो, प्रयास कीजिए कि दूसरों को परमात्मा के आगमन की सूचना दे सकें।

जैसे ही हनुमानजी पहुँचे, भरतजी से मिले, वार्त्तालाप हुआ और भरतजी ने हनुमानजी को देखकर बड़ा सुंदर नेह दिया—

**कपि तव दरस सकल दुःख बीते। मिले आज मोहि राम पीरिते॥**

आपको देखकर मेरे सारे दुःख बीत गए। आज ऐसा लग रहा है, जैसे तुम्हारे रूप में मुझे मेरे प्यारे राम मिल गए।

हमारा व्यक्तित्व ऐसा ही होना चाहिए। जब किसी से मिलें तो सामने वाले को लगना चाहिए कि आपसे मिलकर शीतलता मिली, कुछ शुभ मिला, कुछ अच्छी अनुभूति हुई है।

भरतजी को राम आगमन की सूचना देकर हनुमानजी वहाँ से प्रस्थान करते हैं। इधर भरतजी ने सोचा, यह शुभ समाचार सभी को सुना दूँ। दौड़े और सबसे पहले गुरु के पास पहुँचे। गुरुजनों को बताया, भगवान् आ रहे हैं। याद रखें, घर में कोई भी शुभ काम हो, यदि कोई आपके गुरु हैं तो सबसे पहले उनको सूचित कीजिए।

गुरु को शुभ समाचार सुनाने के बाद घर की स्त्रियाँ, माताएँ, बहनें, परिवार के बाकी सब सदस्यों को एक-एक को चुन-चुनकर सूचना दी।

बात वही कि अगर कोई शुभ सूचना हो, कोई शुभ काम होने जा रहा हो तो उसकी सूचना घर में सभी को मिलनी चाहिए। जीवन की घटनाओं की सूचना जहाँ तक हो, प्रत्येक सदस्य को मालूम होनी चाहिए।

आज कई घरों में लोग शिकायत करते मिलते हैं कि हमें तो मालूम ही नहीं क्या हो रहा है। कौन आनेवाला है, कौन जानेवाला है ? कोई सूचना ही नहीं रहती। ऐसा नहीं होना चाहिए। भरतजी का चरित्र हमें यही सिखाता है।

इधर सुग्रीव, हनुमान, अंगद आदि प्रमुख वानरों के साथ भगवान् राम-सीता व लक्ष्मणजी अयोध्या के लिए प्रस्थान करते हैं। राह में ऊपर वायुयान से सभी को विभिन्न स्थान बताते हुए उनके प्रति अपनी भावनाएँ व्यक्त करते हैं।

दूर ही से दिखने पर अपने मित्र वानरों से कहते हैं, यह अयोध्या है। मेरी

मातृभूमि, मेरी जन्मभूमि, जो मुझे अति प्रिय है। यहाँ भगवान् अयोध्या के प्रति अपना प्रेम प्रकट करते हुए संदेश देते हैं कि अपना देश, अपनी मातृभूमि को पूरा मान और प्रेम दीजिए।

अयोध्या में चारों ओर अभूतपूर्व उत्साह छाया हुआ था। अपने भगवान् के स्वागत में पूरी नगरी को दुलहन सा रूप दे दिया गया। जगह-जगह वंदनवार, तोरण द्वार बनाए गए। दासियाँ सहित माताएँ दीप-आरती लिये राम के स्वागत में खड़ी हैं।

श्रीराम पहुँचे तो सबसे पहले गुरु वसिष्ठजी से मिले, उनको प्रणाम किया। माताओं, ब्राह्मणों से मिलने के बाद भरतजी को गले लगाते हैं। सभी भाई आपस में मिलते हैं। सीताजी कौशल्या सहित सभी माताओं को प्रणाम करती हैं। सभी देवर-देवरानियाँ सीताजी से मिलते हैं, प्रणाम करते हैं।

भगवान् संबंधों और रिश्तों की गरिमा का पूरा ध्यान रखते हैं। सभी से मिलकर जब घर में प्रवेश करते हैं तो सोचते हैं, अब सब लोगों को मेरे इन सखाओं से मिलाऊँ, जिनके कारण आज मैं सकुशल लौटा हूँ।

**रघुपति सब सखा बुलाए। मुनि पद लागउं सकल सिखाए॥'**

अपने मित्रों को बुलाया और सबसे पहले मुनि वसिष्ठजी को मिलाते हुए बोले—मुनिजी, ये सभी मेरे सखा हैं। रावण से मैंने जो युद्ध लड़ा, उसके सागर में ये मेरे लिए बेड़े जहाज की तरह बने। मैं इन्हीं के कारण युद्ध जीत सका हूँ।

प्रशंसा करने या कहें कि क्रेडिट देने में तो श्रीरामजी का कोई सानी नहीं। सभी को उसके हिस्से का श्रेय देने में कभी पीछे नहीं रहे। इसीलिए आज ऋषिवर के आगे वानरों की प्रशंसा करते हैं। उन्हें बारी-बारी सभी से मिलाते हैं।

यहाँ श्रीराम का आचरण हमें सिखाता है कि स्वभाव की सरलता कितनी महत्त्वपूर्ण होती है। उनकी सरलता देखकर लगता है, भगवान् किसी भी उम्र में हों, भीतर बचपन की सरलता समाप्त नहीं हुई थी। भगवान् हमें भी यही समझा रहे हैं कि भीतर से सरल रहिए। बिल्कुल बच्चों की तरह।

जब सभी लोग एक-दूसरे से मिल लिये तो भगवान् के राजतिलक की घोषणा कर दी गई। मुनि वसिष्ठ ने प्रथम तिलक कर श्रीराम को अवध का राज दायित्व सौंप दिया। लोगों की रामराज्य की इच्छा पूरी हो गई।

हमारी जो युवा अवस्था, जो जवानी होती है, उसमें अपने-अपने अनुसार सभी का राजतिलक होता ही है। उस समय रामराज्य अपने हृदय में आ जाना चाहिए। जवानी तब ही ठिकाने से रहेगी, जब आपके हृदय में रामराज्य होगा। अगर नहीं होगा तो समझो, रावण तैयार ही बैठा है। सत्ता भीतर बैठे रावण के पास चली

जाएगी और रावण राज कायम हो जाएगा।

14 वर्ष तक सांसारिक सुखों का त्याग कर भगवान् ने उसको समाप्त किया और हम 14 सेकंड नहीं लगाते दुर्गुणों के रूप में उसको अपने हृदय में बुलाने में। इससे सदैव सावधान रहिए। राजतिलक का अर्थ ही यही है कि आपको दायित्व दे दिया गया है तो आप अपनी सत्ता के, अपने हृदय के सिंहासन पर भगवान् श्रीराम को बिठाइए।

राम की आरती उतारकर माताएँ प्रसन्न हैं। आरती के रूप में आपकी बाधा, आपकी पीड़ा, आपके संकट उतारे जाते हैं। आज श्रीराम की माताएँ यही कर रही हैं। इसलिए अपनी माँ को ऐसा सुखद अवसर अवश्य दीजिए।

राजतिलक के बाद नए दायित्वों के साथ भगवान् का नया जीवन आरंभ होता है। राजा-प्रजा सभी अभूतपूर्व सुखों के बीच अपना जीवन बिताते हैं और देखते-ही-देखते छह माह बीत जाते हैं।

एक दिन रामजी को याद आया कि सारे वानर अब तक यहीं मेरी सेवा में हैं तो अब उन्हें अपने घर-परिवार के पास भेज दिया जाए। सभी को बुलाकर बोले—आप लोगों ने रावण से युद्ध से लेकर अब तक मेरी बड़ी मदद की है, मैं चाहता हूँ अब आप भी अपने-अपने घर पधारकर जीवन का आनंद उठाएँ।

एक-एक कर विभीषण, निषाद, सुग्रीव आदि सभी वानरों को भी विदा किया। जब हनुमानजी की बारी आई तो बड़े संकोच के साथ विनयपूर्वक सुग्रीव से बोले—आपकी आज्ञा हो तो मैं यहीं भगवान् की सेवा में रुक जाऊँ।

देखिए, हनुमानजी चाहते तो सीधे भी रुक सकते थे। रामजी उन्हें रखना भी चाहते हैं। लेकिन वे जानते थे कि मेरे राजा तो सुग्रीव ही हैं। इनसे अनुमति लिये बिना रामजी के पास कैसे रुक सकता हूँ। यह थी नेतृत्व के प्रति हनुमानजी की निष्ठा।

सुग्रीव ने कहा—हनुमान तुम पुण्य के पुंज हो। जाओ, यहीं रुककर भगवान् की सेवा में लग जाओ। बस, सुग्रीव ने हनुमानजी को भगवान् के पास यही कहकर छोड़ा कि इनकी सेवा करो और उसके बाद भगवान् ने आज तक हनुमानजी को हमारे लिए छोड़ दिया।

कहते हैं, आज भी हनुमानजी अजर-अमर हैं और यहाँ-वहाँ घूमकर भक्तों के दुख-दर्द या संकट के क्षणों में शामिल हो जाते हैं। उनकी पीड़ा हर लेते हैं।

इधर अयोध्या में पूरी तरह रामराज्य स्थापित हो चुका था। तुलसीदासजी ने श्री रामचरितमानस में रामराज्य की बड़ी सुंदर व्याख्या की है। विस्तार से रामचरितमानस पढ़िए। रामराज्य की व्यवस्थाएँ जानकर बड़ा आश्चर्य होगा।

रामराज्य में दंड नहीं होता था, अपराध नहीं होते। दंड अगर था, केवल संन्यासी लोग रखते थे। वे कहते हैं, रामराज्य में वैराग्य हर एक के भीतर रहता था। रामराज्य में भेद नहीं था। भेद यदि किसी बात में था तो सुर और ताल में ही हुआ करता था, बाकी कोई भेद नहीं था।

इस रामराज्य को तुलसीदासजी ने परिवार के साथ जोड़ा है। रामराज्य में भगवान् का परिवार कैसा था और हमारे भीतर जब रामराज्य आ जाए, हमारे हृदय के सिंहासन पर रामजी का राजतिलक हो जाए तो हमारे परिवार का जीवन कैसा होना चाहिए?

तुलसीदासजी ने सीताजी के लिए लिखा है कि सीताजी और रामजी ऐसे रहते थे कि एक-दूसरे को जितना अधिक-से-अधिक सुख दे सकें, दें। सीताजी सदैव ऐसा ही आचरण करती, जिससे श्रीरामजी को परम सुख मिले और ऐसा ही काम रामजी करते। कुल मिलाकर रामराज्य में सीता-राम का दांपत्य अत्यधिक दिव्य था। दोनों एक-दूसरे के सुख के लिए चिंतित थे।

यही हमारे जीवन में भी होना चाहिए। पति-पत्नी के बीच कोई मद या अहंकार नहीं हो। दोनों एक-दूसरे की भावनाओं को समझकर आचरण करें, एक-दूसरे की जरूरतों को समझें। दांपत्य अपने आप दिव्य हो जाएगा।

आगे तुलसीदासजी ने सास-बहू संबंधों पर भी लिखा है। अपना मान, मद छोड़कर सास और बहू एक-दूसरे के प्रति कैसा आचरण या व्यवहार रखे, इसका भी सूत्र दिया है। सास-बहू के संबंध खराब होने में मान और मद, ये दो बड़े झंझट हैं। इनसे बचना होगा। रामराज्य में इन तत्त्वों को कोई स्थान प्राप्त नहीं था। क्योंकि जहाँ मान और अहंकार हो, वहाँ सेवा और समर्पण का भाव नहीं हो सकता।

पति-पत्नी और सास-बहू के बाद तुलसीदासजी बताते हैं—भाई-भाई के संबंधों की दृष्टि से रामराज्य कैसा हो। लिखते हैं, राम अपने भाइयों पर नीति के साथ प्रीति करते थे। प्रीति और नीति साथ में यह राम करते थे। ऐसा नहीं कि केवल प्रेम कर लिया और बाकी सब भी हो गया। प्रीति के साथ वे नीति भी बरतते थे।

देखिए, रामराज्य का मतलब ही यह है कि हमारे भीतर राम का आचरण उतर जाए। अपने भाई, समकक्ष, हमउम्र लोगों से प्रेम तो करना ही चाहिए, जरूरत के अनुसार उनका मार्गदर्शन भी करना है। यही प्रीति और नीति है। राम अपने भाइयों के साथ ऐसा ही करते थे।

आगे रामराज्य को लेकर महत्त्वपूर्ण सूत्र आता है संतान को लेकर। तुलसीदासजी लिखते हैं—संतान ऐसी हो, जो माता-पिता के सुख का कारण बने। जो समाज

को, राष्ट्र को कुछ दे सके।

सीताजी ने दो बड़े सुंदर पुत्रों को जन्म दिया। लव और कुश, जिनकी चर्चा वेद और पुराणों में आती है। पुत्र के रूप में श्रीराम को ऐसे रत्न प्राप्त हुए, जिन्होंने रघुवंश की कीर्ति की वाहवाही करवा दी।

याद रखिए, जब आपके घर संतान प्राप्ति का अवसर आए तो अत्यधिक सावधान रहिए। गर्भाधान से लेकर उसके जन्म तक और उसके बाद उसके लालन-पालन में भी घर में ऐसा परिवेश तैयार करें कि समाज में उनकी प्रशंसा हो। आपके कुल का नाम हो। यही रामराज्य होगा।

हमारे परिवारों के केंद्र में जितने भी संबंध हैं, रिश्ते हैं उनकी सफलता में कहीं-न-कहीं मातृशक्ति का हाथ अवश्य होता है। उनका त्याग ही संबंधों और रिश्तों की गरिमा को परिष्कृत करता है।

इसमें कोई संदेह नहीं कि कौशल्याजी और सीताजी के त्याग के कारण ही आज रघुवंश जन-जन में पूजनीय है। रामराज्य की स्थापना में इन दो स्त्रियों की बड़ी भूमिका रही है। सीताजी तो त्याग की प्रतिमूर्ति थीं। राजसुख छोड़कर स्वयं के निर्णय से 14 बरस के लिए पति के साथ वन में भटकती रहीं। और खास बात यह कि सीताजी की इस इच्छा का सास कौशल्याजी ने भी सम्मान किया तथा उन्हें पति श्रीराम के साथ वन गमन की अनुमति दे दी।

सीता के वनवास में भी सीख है। रामराज्य के माध्यम से इन संबंधों की गरिमा को समझने का प्रयास कीजिए। अब एक दिन ऐसी घटना घटती है।

आपसे बार-बार यही आग्रह है कि जवानी इस प्रकार जी जाए कि हृदय पर रामराज्य हो। तभी आप अपनी जवानी को साध सकेंगे। और याद रखें, हर आदमी को जवानी से निकलकर प्रौढ़ावस्था में प्रवेश करना होता है। इस अवस्था के बड़े महत्त्वपूर्ण और दोहरे दायित्व होते हैं।

यह वह आयु होती है, जब आप-हम माता-पिता बन चुके होते हैं। एक ओर हमारे बच्चे हो चुके होते हैं और दूसरी ओर हमारे माता-पिता जीवित होते हैं। इस प्रकार यह गृहस्थी का सबसे चुनौतीपूर्ण काल होता है, जिसमें आदमी को दोहरे दायित्वों का निर्वहन करना पड़ता है।

जब प्रौढ़ता की आयु शुरू होती है, तब जीवन कैसा हो, इस पर भी उत्तर कांड में बड़ा अच्छा संकेत आया है, जब हनुमानजी, भरतजी और शत्रुघ्नजी सब आपस में बातचीत करते हैं और माध्यम बनाते हैं हनुमानजी को।

एक दिन सब साथ वन में गए। भगवान् का स्वभाव था, कुछ दिनों के

अंतराल पर सबको इकट्ठा कर घुमाने ले जाते थे। इस बार भी सभी साथ में गए। सभी वन में बैठे हैं, बातचीत चल रही है। तभी भरतजी, शत्रुघ्नजी ने हनुमानजी से पूछा—आप बताइए, भैया श्रीराम के वनवास के दौरान क्या-क्या हुआ? हमें सारा वृत्तांत सुनाइए।

देखिए, इन दोनों भाइयों ने लक्ष्मण से नहीं पूछा। जबकि वे हनुमानजी के प्रवेश से पहले से रामजी के साथ थे। इसलिए उनको ज्यादा अच्छे से मालूम था। लेकिन भरत और शत्रुघ्न दोनों ही जानते थे कि लक्ष्मणजी सुनाएँगे तो उनका अपना अलग ही तरीका होगा। उनका संपादन तो बहुत ही सख्त था। वे सुनाएँगे तो जरूर आलोचनात्मक विश्लेषण होगा।

हनुमानजी तो अद्‌भुत वक्ता हैं। यह बात ये दोनों भाई भी जानते थे, इसलिए हनुमानजी से पूछ रहे हैं कि कृपया बताइए, वन में भैया के साथ क्या-क्या हुआ?

आप भी ध्यान रखिए, भगवान् राम के चरित्र को जानना है तो इसके लिए सबसे अच्छे माध्यम हैं हनुमानजी।

इसके बाद हनुमानजी के माध्यम से ही भगवान् राम और भरतजी की बातचीत होती है। बड़ी सुंदर बातचीत होती है दोनों के बीच। रामजी कहते हैं—भैया भरत, परोपकार सर्वश्रेष्ठ धर्म और दूसरों के दु:ख में काम आ जाना सबसे अच्छी बात है। जो इन बातों को समझ गया, वह अपने सारे दायित्वों को समझ लेगा।

ऊपर बात प्रौढ़ता की हो रही थी, तो ध्यान रखें, प्रौढ़ता का अर्थ ही समझ है। जैसे-जैसे हम प्रौढ़ होते जाएँ, हमारी समझ बढ़ती जानी चाहिए। और जब बुढ़ापे की ओर चलें तो जीवन में समर्पण आ जाना चाहिए।

एक दिन भगवान् राम ऐसे ही अन्य भाइयों और अपने परम भक्त हनुमान के साथ बैठे तो हनुमानजी का सेवाभाव देख भगवान् मन-ही-मन सोचने लगे कि इसका उपकार कैसे चुकाऊँ? बाकी सब का तो चुका दिया, परंतु हनुमान का कैसे चुकाऊँ?

इस बारे में एक दिन माता कौशल्या से भी उनकी चर्चा हुई, एक दिन भरतजी से भी हुई। भरतजी ने कहा—आप तो सर्व समर्थ हैं भैया, हनुमान के लिए कुछ भी कर सकते हैं।

रामजी बोले—भरत, जीवन में उपकार चुकाने के जितने साधन हैं, उन सबसे यह मुक्त है। हनुमान का उपकार इतनी आसानी से नहीं चुकाया जा सकता। फिर क्या करूँ मैं इसके लिए?

भगवान् शंकर पार्वतीजी से कहते हैं, इस प्रकार रामजी बार-बार हनुमानजी

का, उनकी सेवा का गुणगान कर रहे हैं।

यहाँ आते-आते धीरे-धीरे कथाक्रम से जुड़े उत्तर कांड के प्रसंग समाप्त होते हैं। रामकथा से हनुमानजी की विदाई होती है। कथा फिर शिवजी और पार्वतीजी पर आती है और अब जो घटनाएँ आती हैं, उनमें जीवन का संदेश है, जीवन का दर्शन है, एक फिलॉसफी है।

सच बात है, हनुमान नहीं होते तो रामकथा आज इस स्थिति में नहीं होती। तो चलिए, उन हनुमंतलालजी को एक बार याद करते हैं, जो शंकर के अंश हैं, रावण को दंश हैं। केसरी के नंदन, वानरों के वंदन हैं। अंजनी के लाल, अंगद की ढाल, रावण के काल हैं। सुग्रीव के संग, विभीषण के अंतरंग हैं। लक्ष्मण को विशेष, भरत को संदेश हैं। श्रीराम के प्यारे हैं, सीता के दुलारे हैं। तुलसी के प्राण और विजयशंकर मेहता के प्राणाधार हैं। ऐसे हनुमंतलालजी को प्रणाम बारंबार है, प्रणाम बारंबार है…।

वह कथा से विदा ले रहे हैं। उनकी भूमिका प्रमुख कथा में पूरी होती है, जिनके कारण यह संभव नहीं है।

आइए, वहाँ चलते हैं, जहाँ शिव-पार्वती बैठकर आपस में बातचीत कर रहे हैं। शिवजी पार्वतीजी को कहते हैं—उमा, तुमने जो कुछ पूछा, मैंने सबका उत्तर दे दिया। अब मैं आपको वह कथा सुनाता हूँ, वह प्रसंग बताता हूँ, जिसमें कागभुशुंडीजी और गरुड़जी के बीच चर्चा हुई थी।

गरुड़जी को थोड़ा सा अहंकार जैसा हो गया था कि मैंने भगवान् राम के नागपाश के बंधन काटे थे। और जब मैंने ही बचाया तो वे भगवान् कैसे हुए? अहंकार जागा तो शिवजी के पास पहुँचकर उनसे पूछने लगे। शिवजी बोले, आप कागभुशुंडीजी के पास जाइए, वे आपको रामकथा क्या है, अच्छे से समझाएँगे।

जब गरुड़जी चले तो पार्वतीजी ने शिवजी से कहा—आप इतनी अच्छी रामकथा सुनाते हैं, मुझे सुना चुके हैं तो इनको भी सुना दीजिए।

शिवजी बोले—उमा, बात यह है कि ये हैं पक्षी, इसलिए मैं इनको कथा सुनाऊँ, इससे कोई मतलब नहीं है। चूँकि कागभुशुंडीजी भी पक्षी हैं, इसलिए वे इन्हें ज्यादा अच्छे से समझा सकते हैं। गरुड़ भी उन्हीं की भाषा समझ सकेंगे। जिसको जिसकी भाषा समझ में आती है, उसी के पास जाना चाहिए। जैसा श्रोता, वैसा ही वक्ता भी होना चाहिए।

देखिए, रामचरितमानस में कितने अच्छे सूत्र हैं। भगवान् शिव स्वयं कह रहे हैं कि जिसको जो भाषा समझ में आए, वही भाषा बोलनी चाहिए। इसलिए

हमें भी समझ लेना होगा कि जब किसी को समझाने का अवसर आए, बोलने का अवसर आए तो उसके स्तर को, मनोविज्ञान को समझकर ही अपनी बात कहिएगा।

गरुड़जी कागभुशुंडीजी के पास पहुँचते हैं, कागभुशुंडीजी कथा आरंभ करते हैं। कथा पूरी होने के बाद कुछ दार्शनिक बातें सुनाते हैं। गरुड़जी पूछते हैं—आप काग (कौआ) कैसे बन गए? तो कागभुशुंडीजी इसके पीछे की कथा भी सुनाते हैं।

रामचरितमानस में आप देखें तो उत्तर कांड के 63वें दोहे की दूसरी चौपाई से लेकर 68वें दोहे तक 41 चौपाई में पुनः संपूर्ण रामकथा कही गई है। इसमें वही बात आती है, जो गरुड़जी को काकभुशुंडीजी ने रामकथा के रूप में सुनाई थी।

कहा जाता है, रामकथा पूरी तभी होती है, जब कागभुशुंडीजी गरुड़जी को कथा सुनाते हैं। इसलिए इनके संवाद की वे 41 चौपाइयाँ बहुत महत्त्वपूर्ण मानी गई हैं।

चलिए, रामकथा के इस अंतिम भाग में एक बार फिर पिछले भागों की भी पुनरावृत्ति कर ली जाए। सबसे पहले प्रथम भाग (बाल कांड) की चर्चा आती है। बाल कांड लिखते हुए तुलसीदासजी ने स्पष्ट कर दिया कि इसका आधार ही सहजता है। मन, वचन और कर्म में सहजता होनी चाहिए। गुरु को याद करते हुए बाल कांड का आरंभ किया। रामकथा का आरंभ भी गुरु से हुआ है।

जीवन में जब तक गुरु की कृपा नहीं है, आप परमात्मा की ओर प्रवेश नहीं कर पाएँगे। रामकथा की रचना भगवान् शिव ने की, परंतु अपने मन में रख लिया था। मन से शुरुआत हुई। रामकथा के आरंभ में ही मन का संकेत आता है।

यह सारा खेल मन का है। इसलिए अपने मन को नियंत्रित करिए। मन को धोए बिना आप जीवन में शुद्धता नहीं ला सकते। मन बहुत जल्दी मैला हो जाता है, क्योंकि यह हमेशा ही विचार खाता रहता है। मन को धोने के लिए तुलसीदासजी ने आरंभ में ही लिख दिया है—भगवान् राम और सीता का यश उस जल के समान है, जिसमें आप अपने मन को धो लेंगे।

फिर प्रसंग आता है कि भगवान् शिव और सतीजी कथा सुनने गए। सतीजी ने संदेह किया और यहीं से इनके दांपत्य का बिखराव शुरू हो गया।

याद रखें, दांपत्य परस्पर समझ और विश्वास से ही चलता है। पति-पत्नी के बीच जरा सा संदेह आ जाए, समझ चली जाए तो दांपत्य बिखरने में देर नहीं लगती। पति और पत्नी का संबंध दूध और पानी की तरह होता है। दोनों मिल जाएँ तो पता ही नहीं चलता कि दूध में पानी मिलाया गया है या पानी में दूध। और यदि इसमें कपट और छल एक बूँद भी डाल दी जाए तो दूध और पानी अलग हो जाता है।

अहंकार रहित दांपत्य की दिव्यता ही अलग होती है। शिव और पार्वतीजी

का दांपत्य देखिए, दोनों एकांत में बैठे तो रामकथा फूट पड़ी। होता यह है कि जहाँ कहीं पति-पत्नी एकांत में हों तो कामकथा फूटती है। यहाँ रामकथा फूटी। यही तो है दांपत्य की दिव्यता। जिनका एकांत दिव्य होगा उनके घर में कार्तिकेय, गणेशजी और हनुमानजी जैसी संतानें होंगी। यदि हम चाहें कि हमारी संतानें अच्छी हों तो हमको भी अपना एकांत बचाना होगा।

रामकथा के कारण सुनाते-सुनाते शिवजी जब पाँच कारण सुना रहे थे तो नारद का कारण सुनकर पार्वतीजी एकदम चौंक गईं। पूछने लगीं—नारदजी ने भगवान् विष्णु को शाप क्यों दिया? क्या अपराध किया था भगवान् ने?

शिवजी ने मुसकराते हुए बड़ी सुंदर कथा सुना दी। जब नारदजी को अहंकार हो गया कि मैंने कामदेव को जीत लिया, इंद्र को जीत लिया। कामदेव ने नारदजी को परेशान करने, उनका तप भंग करने के लिए, सबसे पहले प्रणाम किया, उसके बाद पुष्प अर्पित करते हुए बोला—महाराज आप जीत गए। फिर भी नारदजी की आँख नहीं खुली तो प्रशंसा कर दी। बस, नारदजी गए काम से। प्रशंसा के शब्द सुनकर बावरे हो गए, सारी तपस्या भूल गए।

किसी को भी धराशायी करने के लिए प्रणाम, पुष्प और प्रशंसा, ये तीन आइटम पर्याप्त हैं। यह कला अगर आपको आती हो तो समझो बड़े-बड़े आपकी मुट्ठी में हैं। अच्छे-अच्छे औंधे हो गए इस चक्कर में।

प्रशंसा वह मदिरा है, जो शब्दों द्वारा कानों से पिलाई जाती है। इसे पीते ही आदमी लड़खड़ा जाता है। नारदजी भी लड़खड़ा गए। बड़े-बड़े सपने देखने लगे।

भगवान् ने नारदजी की परीक्षा ली। किसी राजकुमारी से स्वयंवर के जाल में फँसाया और सुंदरता के नाम पर वानर का मुँह दे दिया। जब पोल खुली तो नारदजी भगवान् पर नाराज हुए और भगवान् को ही पत्नी विरह का शाप दे दिया। यह सब भगवान् की माया है।

बड़ी रोचक घटना है। हमारी पुस्तकों की शृंखला में रामकथा के प्रथम भाग में इसको विस्तार से पढ़ा जा सकता है। उसके बाद रावण की चर्चा करते हुए शिवजी कहते हैं, रामकथा के जन्म का एक कारण रावण भी है। राम जन्म से पहले रावण जन्म की कथा आती है। सूर्यवंशी श्रीराम जीवन में आए, उसके पहले अंधकार से भी परिचय होता है।

जब आप अंधकार से परिचित हों तो प्रकाश का महत्त्व समझ लें। रावण एक अंधकार था और श्रीराम का जन्म एक प्रकाश पुंज के रूप में उस अंधकार का खात्मा।

एक ब्राह्मण पिता और राक्षसी माँ के यहाँ उत्पन्न हुए रावण ने अपने नाना

के कहने पर तप किया, पिता के कहने पर शास्त्र जाने। परंतु दोनों ही विधाओं का दुरुपयोग किया। रावण ने तप का अर्थ समझा दूसरों को पराजित करना, जबकि तप का अर्थ होता है स्वयं को जीतना। तप आपको सिखाता है कि सद्‌गुण क्या होते हैं, लेकिन रावण ने तप से दुर्गुणों का निर्माण किया। तप त्याग सिखाता है और रावण ने लूटना सीखा।

रावण ने शास्त्रों का भी दुरुपयोग किया। शास्त्र को उसने शस्त्र बना लिया। उसका लालन-पालन पूरी तरह गड़बड़ा गया था।

माता उसको सिखाती, विनम्रता, सदाचार, ये सब तेरा आवरण नहीं होना चाहिए। तू महत्त्वाकांक्षी है और मुझे संसार जीतना है। कोई सिद्धांत, नीति नहीं पालना। तेरा काम होना चाहिए, इसके लिए तुझे किसी को पराजित करना पड़े, प्राण लेना पड़े, किसी के साथ असिद्धांत की बात करना पड़े तो करना। तुझे तो सिर्फ जीत हासिल करना है।

दूसरी ओर पिता कहते—संसार त्यागना है। विरोधाभास देखिए, माँ कहती है लूट ले। पिता कहते हैं त्याग दे। माँ कहती है, शास्त्र छोड़ शस्त्र हाथ में ले। पिता कहते हैं, शस्त्र छोड़ शास्त्र को अपना। पिता कहते, प्रात:काल जल्दी उठो। माँ कहती, देर रात तक जागकर शस्त्र कला सीखो।

इस प्रकार माता-पिता की दोहरी मानसिकता का शिकार रावण देखते-ही-देखते महा अत्याचारी रावण बन गया।

ऐसा ही होता है, जिन परिवारों में बच्चे इस तरह की दोहरी नीति, दोहरी मानसिकता से पाले जाएँगे, वे एक दिन रावण बन जाएँगे। इसलिए बच्चों के लालन-पालन में घर का वातावरण इस प्रकार निर्मित किया जाए कि बच्चे कुछ अच्छा ही सीखें, रावण बनने से बच सकें।

रावण के आतंक से संपूर्ण पृथ्वी सहित देवलोक भी अकुला गया था। दूसरी विशेष बात यह कि उसने भगवान् शिव से वर प्राप्त कर लिया था कि वह किसी मनुष्य के हाथों नहीं मरे। तब भगवान् ने अपने अवतार की घोषणा की और अयोध्या नरेश दशरथ व कौशल्या के यहाँ पुत्र रूप में अवतरित हुए।

जब दशरथजी के यहाँ लंबे समय तक कोई संतान उत्पन्न नहीं हुई तो एक दिन दुखी होकर गुरु के पास पहुँचे। गुरु तो गुरु ही होते हैं। उनका तो काम ही शिष्य की परेशानी दूर करना है। दशरथजी पर भी ऐसी ही कृपा हुई और उनकी सारी परेशानियाँ दूर हो गईं।

संतान नहीं होने या होकर योग्य नहीं होने की स्थिति में, यदि बेचैन हों तो कहीं

और जाकर परेशान होने से अच्छा है गुरु के पास जाएँ। अपनी परेशानी संसार को सुनाने से कोई मतलब नहीं। संसार आपकी परेशानी दूर नहीं करेगा, उल्टा आपका परिहास ही करेगा। संसार का कायदा ही यही है। इसलिए परेशानी की स्थिति में गुरु के पास जाइए। गुरु अवश्य ही कोई निदान निकाल देते हैं।

दशरथजी गुरु के पास गए, अपनी परेशानी बताई तो गुरु ने उसका निदान भी निकाल दिया। बोले—विचलित न हों राजन, आपके यहाँ एक नहीं, चार-चार पुत्र होंगे। और गुरु की कृपा से श्रीराम सहित उनके चार पुत्र हुए।

भगवान् राम का जन्म हुआ। समय के साथ बड़े हुए तो गुरु रूप में वसिष्ठजी से शिक्षित हुए। उसके बाद राजा दशरथ से आज्ञा लेकर गुरु विश्वामित्रजी उनको वन में ले गए।

यहाँ याद रखें कि भगवान् राम के सैद्धांतिक गुरु वसिष्ठजी थे, परंतु व्यावहारिक शिक्षा उन्होंने मुनि विश्वामित्रजी से ली थी। वन में ले जाकर विश्वामित्रजी ने भगवान् को पदयात्रा कराई, संसार से परिचित कराया और कहा—दुनिया चार दीवारी का नाम नहीं है। दुनिया को जानने के लिए घर से बाहर निकलना होगा। इसी दौरान भगवान् की व्यावहारिक शिक्षा हुई और सीताजी के साथ विवाह हुआ।

राजा जनक की सभा में शिव धनुष के रूप में भगवान् राम ने संसार का अहंकार तोड़ा और सीताजी का वरण कर संतों के आशीर्वाद से दांपत्य में प्रवेश किया।

भगवान् का संदेश है कि अहंकार रहते कभी विवाह न करें। विवाह में कोई दो व्यक्ति नहीं मिलते बल्कि दो मानसिकता, दो महत्त्वाकांक्षा, दो अस्तित्व, दो अहंकार, दो अस्मिताएँ मिलती हैं।

दो हाथ नहीं मिलते। दो रेखाएँ, दो भविष्य मिलते हैं, दो तकदीरें मिलती हैं, जब जाकर घर बसते हैं और यह सब इतनी आसानी से नहीं मिल जाता। इसे पाने के लिए अहंकार छोड़ना पड़ता है।

भगवान् राम ने अग्नि के समक्ष में सात फेरे लेकर सीताजी से विवाह किया। सात फेरे क्या हैं ? जीवन के सात सूत्र हैं। सदैव सत्य बोलें, अहंकार न करें, किसी की निंदा न करें। इस प्रकार हर फेरे के साथ एक सूत्र जुड़ा है। यदि आप इन सात सूत्रों का पालन करेंगे तो फिर कोई कारण नहीं कि दांपत्य में कोई अवरोध उत्पन्न हो। दांपत्य की सफलता इन्हीं सूत्रों में छिपी हुई है।

दांपत्य में सत्य को सदैव बनाए रखें। जब भी बोलें, सत्य बोलें। सत्य बोलने का बड़ा फायदा यह है कि आपने कब, किससे, क्या बोला था, यह याद नहीं रखना पड़ता। क्योंकि आप स्वयं से ही आश्वस्त होंगे कि जब जो भी बोला होगा, सच

ही बोला होगा। इसलिए जहाँ तक संभव हो सके, सदैव सत्य ही बोलें।

**दूसरा** सूत्र है अहंकार न करें। अहंकार आपको कई प्रकार से नुकसान पहुँचाता है। इन्हीं में से एक बड़ा नुकसान यह है कि आप अच्छे लोगों की सलाह से वंचित रह जाते हैं। अहंकार अच्छे लोगों के सामने झुकने से रोकता है और परिणाम यह होता है कि आप उन अच्छे लोगों की संगत से दूर ही रह जाते हैं।

**तीसरा** सूत्र है किसी की निंदा न करें। निंदा मन को भारी करती है। लेकिन आज दिक्कत यह है कि यह कई लोगों की वृत्ति बन गई है। दूसरों की निंदा करने में बड़ा आनंद आता है उनको। कई लोग तो अपनों की निंदा से भी नहीं चूकते।

घर में एक ही छत में, एक ही कमरे में चार भाई-बहन, भाभी-देवर, सास-बहू, पिता-पुत्र बैठे हों और उनमें से दो उठकर चले जाएँ तो बाकी बचे लोग उन दोनों को निपटाना शुरू कर देते हैं। यही नहीं, जो दो उठकर गए हैं, वे भी उन भीतर बैठे लोगों के बारे में शुरू हो जाते हैं। बचे हुए की निंदा कर रहे होते हैं। इतना रस आता है निंदा करने में।

पर याद रखिए, लोगों की जितनी निंदा करेंगे, आप भीतर से भारी होते जाएँगे और भारी मन तरक्की में बड़ा बाधक होता है। यहाँ तक कि परनिंदा तो भगवान् को भी पसंद नहीं है। इसलिए निंदावृत्ति से बचिए, निंदा करना छोड़ दीजिए।

निंदावृत्ति से बचने या छोड़ने का सबसे अच्छा उपाय है, जो व्यक्ति सामने न हो, उसकी चर्चा नहीं करें। सिद्धांत ही बना लीजिए कि जो नहीं है, उसकी बात नहीं करेंगे। इससे आपकी आधी समस्या निपट जाएगी।

**चौथा** सूत्र है, नित्य पूजा करें। पूजा का एक निश्चित क्रम है, इसे अपनाएँ और प्रतिदिन नियम से करें। ऐसा नहीं कि जितनी फुरसत मिली, उतनी कर ली और जिस दिन नहीं मिली तो नहीं की। पूजा में कोई संडे-मंडे नहीं होता। यह तो साल के पूरे 365 दिन का मामला है।

पूजा का सात चरणों का एक निश्चित क्रम है। 1. सूर्य को अर्घ्य देना, 2. तुलसी को जल चढ़ाना, 3. गाय को रोटी देना (गो ग्रास), 4. भगवान् की स्वरूप पूजा, 5. शास्त्र का पाठ करना, 6. माता-पिता (जीवित या दिवंगत जैसे भी हों) व पितृजनों को प्रणाम तथा 7. मंदिर जाकर देव दर्शन।

सात चरणों के इस निश्चित क्रम से नित्य पूजा कीजिए।

**पाँचवाँ** सूत्र है मौन। 24 घंटे में कुछ समय मौन अवश्य रखें। यह भी जीवन प्रबंधन का सूत्र है, जो विवाह के सात फेरों से जुड़ा है। दिनभर में जब भी आपकी इच्छा और सुविधा हो, मौन साध लें।

ध्यान रखें, चुप्पी और मौन में फर्क है। कई बार हम मौन के नाम पर चुप्पी रख लेते हैं, लेकिन चुप्पी बाहर का मामला है और मौन भीतर का। पति-पत्नी में कोई खटपट हो जाए, आपस में बातचीत बंद हो जाए तो उसे मौन नहीं कह सकते। यह तो चुप्पी है। जब आप अपने आप से भी बात करना बंद कर दें, उसका नाम मौन है और यही आपको करना है।

**छठा** सूत्र है योग। दिनभर की दिनचर्या में योग को जरूर शामिल किया जाए। जो भी आपको सुविधाजनक लगे, प्रतिदिन नियमित रूप से ध्यान यानी मेडिटेशन जरूर कीजिए।

**सातवाँ** सूत्र है संपर्क वृत्ति। इसका मतलब है परिवार के सदस्यों, रिश्तेदारों से लगातार संपर्क बनाए रखें। सप्ताह में, दस दिन में, पंद्रह दिन में, महीने भर में कुछ समय अपने परिवार के साथ एकांत में बिताएँ। सत्संग करें, कोई अच्छी पुस्तक पढ़ें। कभी-कभी अकारण ही अपने परिचितों को फोन लगाकर उनकी कुशलक्षेम पूछते रहें।

आजकल तो बिना काम के कोई किसी को फोन नहीं करता। लेकिन ऐसा नहीं करें। बिना काम के ही फोन लगाएँ। सामने वाले को बड़ा अच्छा लगेगा। यह संपर्क की वृत्ति कहलाती है।

इस प्रकार ये सात सूत्र हैं दांपत्य के, जिनका संबंध विवाह के समय लिये जानेवाले सात फेरों से है।

बाल कांड की फलश्रुति में तुलसीदासजी लिखते हैं—आप सहज रहे तो सुखी हो जाएँगे। अपने भीतर भी सहजता लाएँ और दूसरों की सहजता का भी सम्मान करें। यही बाल कांड का सूत्र है।

चलिए, अब चलते हैं अयोध्या कांड में, जिसका सूत्र है सत्य।

श्रीरामचरितमानस के अयोध्या कांड में सारा खेल सत्य का हुआ है। सत्य के नाम पर कैकेयी ने दशरथ को विवश कर दिया, सत्य के नाम पर दशरथजी ने राम को वनगमन करा दिया।

जो कुछ भी चला, सत्य के आसपास चला। कैसा सत्य? देखिए, हमारे परिवार का सत्य है प्रेम, समाज का सत्य है सेवा, व्यवसाय का सत्य है परिश्रम और हमारे राष्ट्र का सत्य होना चाहिए ईमानदारी। यह सत्य है और इसके तमाम प्रसंग अयोध्या कांड में देखने-सुनने-पढ़ने को मिलते हैं।

अयोध्या कांड के आरंभ में ही प्रसंग आता है कि दशरथजी सभा में बैठे हुए थे और उन्होंने दर्पण में अपना चेहरा देखा। किसी ने पूछ लिया—महाराज, यह

क्या कर रहे हैं। दशरथजी बोले—सभी मेरी प्रशंसा कर रहे हैं, इसलिए दर्पण में देख रहा हूँ।

जैसे ही राजा ने दर्पण देखा तो दिखा कान के ऊपर के बाल सफेद होने लगे हैं। यह समय की उस माँग का संकेत था कि अब सत्ता का हस्तांतरण कर दिया जाए। और दशरथजी ने उसी समय मन-ही-मन तय कर लिया कि अब राम को अयोध्या का राज सौंप देने का समय आ गया है। यह समय का सत्य था।

देखिए, यदि संसार प्रशंसा करे तो सबसे पहले दर्पण देखें। कौन सा दर्पण? अपने मन का दर्पण। आपको पता लग जाएगा कि आप क्या हैं। आप स्वयं के अलावा आपको और कोई नहीं जान सकता।

दशरथजी ने शीघ्र ही घोषणा कर दी। श्रीराम के राज्याभिषेक की तैयारियाँ शुरू हो गईं और कैकेयी ने मंथरा का कुसंग कर लिया। श्रीराम के जीवन में एक संशय की रात आई और सुबह होते-होते सारा दृश्य ही बदल गया। राजगद्दी सँभालने के बजाय रामजी को तपस्वी वेश में चौदह बरस के लिए वन की ओर जाना पड़ा। यह सब सत्य का खेल था।

दशरथ की सबसे प्रिय रानी कैकेयी ने दासी मंथरा का कुसंग किया और देखते-ही-देखते रामराज्य चौदह वर्षों के लिए आगे खिसक गया। रामजी तो ठीक, उनके साथ सीता व लक्ष्मणजी को भी वन-वन भटकना पड़ा।

जीवन में कभी कुसंग मत कीजिए। हमेशा प्रयास करें, अच्छे लोगों में बैठें, अच्छे विचार ग्रहण करें तो ही आप लोगों के बीच वंदनीय हो पाएँगे। वरना कैकेयी जिसका सारी अध्योया में बड़ा मान था, सबकी वंदनीय थीं। जैसे ही मंथरा से जुड़ी निंदनीय हो गई। समझने की बात यह कि कुसंग वंदना को निंदा में बदल देता है।

दशरथजी की तीन रानियाँ थीं। दशरथजी वेद स्वरूप माने गए। कौशल्या ज्ञान, कैकेयी कर्म और सुमित्रा उपासना स्वरूप थीं। कर्म यदि राम से जुड़ा है तो वंदनीय है और मंथरा से जुड़ा है तो निंदनीय है। हमारे ही कर्म हमारी हैसियत तय करते हैं। इसलिए जीवन में कभी कुसंग न करें।

कैकेयी की जिद के आगे बेबस दशरथ कुछ नहीं कर सके और भगवान् राम को वनवास तय हो गया। देखिए, इतने बड़े निर्णय की सूचना माँ कौशल्या को स्वयं श्रीराम ही देते हैं। जब भगवान् अपनी माँ से मिलने गए तो कितनी गहन बात बोलते हैं कि माँ, अब अयोध्या का राजा मेरा प्रिय भाई भरत होगा। पिताजी ने मुझे जंगल का राज दिया है।

देखिए, जिस व्यक्ति का सबकुछ छिन रहा हो, वह वन गमन की आज्ञा

पाकर भी उतना ही शांत और प्रसन्न है, जितना कि राजा बनने की सूचना पर था।

यहाँ भगवान् ने हमें एक सीख देते हैं। संसार में उल्टा-सीधा होता रहता है। अपना मंथन धनात्मक रखिए, रचनात्मक रखिए, ठीक सोचिए।

भगवान् माँ कौशल्या को बता ही रहे थे कि उसी समय सीताजी भी आ पहुँचती हैं। पति के वन गमन का सुनते ही निर्णय ले लेती हैं, मैं भी साथ चलूँगी। रामजी समझाते हैं, कौशल्याजी रोकने का प्रयास करती हैं और यहाँ एक त्रिकोण की स्थिति निर्मित हो जाती है। यह रामचरितमानस का अद्‍भुत प्रसंग है। सास बहू से कह रही है रुक जा। बहू कह रही है पति के साथ जाना चाहती हूँ और बेटे को लगा, किसकी मानूँ। एक गजब का त्रिकोण बना है।

जैसी स्थिति उस समय रामजी के साथ बनी, वह आज भी कई लोगों के लिए बन जाती है। संसार के कई बेटों के सामने यह समस्या खड़ी हो जाती है। माँ की बात मान ले तो पत्नी उलाहने शुरू कर देती है। कभी-कभी तो यहाँ तक कह देती हैं कि अभी तक बाहर नहीं निकले माँ की गोद से?

दूसरी ओर पत्नी की बात मान ले तो माँ कहने लग जाती है कि गया यह तो काम से। इसके आगे अब मैं कहाँ? ऐसा त्रिकोण कई जगह देखा जा सकता है। कभी उस वार्त्तालाप को गौर से और विस्तार से पढ़िएगा, जो कौशल्याजी और सीताजी में हुआ था। जितने अच्छे तरीके से कौशल्याजी समझा रही हैं, उतने ही सटीक तर्क सीताजी दे रही हैं।

जब कौशल्याजी ने देखा कि बहू कह रही है कि संसार कहीं यह नहीं कह दे कि सुख के दिनों में तो सीता राम के साथ थीं और जब वन गमन के रूप में रामजी को दुखों का सामना करने की घड़ी आई तो साथ नहीं गई। इतिहास कभी यह न कह दें कि सीता ने पति को सुख में तो साथ दिया, दुःख में नहीं दिया।

सीता की बात कौशल्याजी को इतनी गहरी लगी कि उन्होंने कह दिया, सीता तुम्हें राम के साथ जाना चाहिए। यह थी समझ।

अगर उस दिन सीताजी अड़ गई होतीं, कौशल्याजी अड़ गई होतीं या रामजी चूक गए होते तो आज रघुवंश का इतिहास कुछ और होता। लेकिन इनकी आपसी समझ ने उस वंश को आज जन-जन में पूज्य बना दिया।

दशरथ तो रानी कैकेयी के कोपभवन में ही अचेत से हो गए थे। किसी तरह मंत्री सुमंत को बुलाया और कहा इन लोगों को चार दिन वन में घुमाकर पुनः ले आइए। सुमंत साथ जाते हैं। चार दिन बाद रामजी से कहते हैं—चार दिन बीत चुके हैं। महाराज की आज्ञा है, अब फिर से अवध नगरी को चलिए।

यहाँ रामजी सुमंत से बड़ी सुंदर बात कहते हैं—अपयश प्रतिष्ठित व्यक्ति के लिए मृत्यु के समान है। मैं ऐसा कोई काम नहीं करना चाहता, जिससे मुझे अपयश प्राप्त हो। चौदह वर्षों का वनवास मिला है तो मुझे जाने दीजिए।

रामजी द्वारा सुमंत को कही गई बात याद रखिए। यदि आप प्रतिष्ठित हैं, अच्छे परिवार से हैं तो ध्यान रखें, गलती से भी कोई काम ऐसा न हो जाए, जिससे आपको कभी अपयश का सामना करना पड़े। और यदि अकारण मिल भी जाए तो भरतजी से सीखिए, अपयश को यश में किस प्रकार बदलना।

भरतजी को तो अकारण ही अपयश मिल गया था। रामजी के वनवास के निर्णय में तो उनकी कोई भूमिका थी ही नहीं और थोड़ी देर के लिए तो सारी अयोध्या ने समझ लिया कि इसी व्यक्ति के कारण राम को वनवास हुआ है। देखते-ही-देखते भरतजी खलनायक बना दिए गए। परंतु अपने प्रेम, त्याग और वैराग्य के आचरण से भरतजी नायक बन गए।

अपयश कभी-कभी अकारण आ जाता है, दुर्भाग्यवश आ जाता है। ऐसी स्थिति में निराश न होते हुए उसको यश में बदल देने का प्रयास किया जाए।

रामजी आगे बढ़ जाते हैं और सुमंत खाली हाथ अयोध्या लौट आते हैं। यहाँ पति-पत्नी के बीच समझ की एक और घटना घटती है। केवट जब भगवान् को नदी पार करवाता है तो रामजी उसको कुछ देना चाहते हैं। परंतु दें क्या? उनके पास तो कुछ था नहीं। भगवान् सोच रहे हैं, क्या दें और सीताजी देखकर ही समझ गई कि ये कुछ देना चाहते हैं और शीघ्र ही अपनी मणि मुद्रिका उतारकर दे दी।

पति और पत्नी के बीच समझ पैदा हो जाने के बाद ऐसा हो जाता है कि संकेत की भाषा ही काम करती है। न राम ने कुछ कहा, न सीता ने कुछ सुना। परंतु समझ गई। संकेत की भाषा सफल दांपत्य में ही काम करती है। इशारे से समझ जाते हैं कि कौन क्या चाह रहा है।

संकेत तो आज के पति-पत्नी भी समझते हैं, परंतु इनकी समझ बहुत अलग है। आज के पतियों को पत्नियों की भावनाओं से कोई मतलब नहीं, उन्हें तो बस किसी तरह अपना काम बनना चाहिए। पत्नी की समस्या उसके साथ। उससे उनको कोई वास्ता नहीं।

चलिए, इस बात को एक छोटे से किस्से से समझते हैं।

एक बार एक बहनजी ने अपने पति से कहा—सुना है, बाबा महाकाल सबकी इच्छा पूरी करते हैं। तो आज मंदिर चलते हैं, मुझे भी कुछ माँगना है।

उन सज्जन को पुस्तकें पढ़ने का बहुत शौक था। जब जहाँ, जितना मौका

मिलता, किताब खोल पढ़ने लग जाते। पत्नी के साथ मंदिर के भीतर गए तो यहाँ भी किताब साथ में कि कहीं लाइन में लगना पड़ा तो खोलकर पढ़ना शुरू कर देंगे।

किताब सहित गए भगवान् के सामने। पत्नी बोली—आप महाकाल से मनौती माँगिए, मैं भी कुछ माँगती हूँ। वे जरूर पूरी करेंगे।

पत्नी ने माँगा—हे भोलेनाथ, मेरी एक ही इच्छा है, इसे जरूर पूरी कर देना। अगले जन्म में मुझे किताब बना देना। कम-से-कम सदैव इनके हाथ में तो रहूँगी। पति यह सुन रहा था।

पत्नी से पूछा—क्या माँगा तुमने? बोली—किताब बन जाऊँ तो अगले जन्म में तुम्हारे हाथों में लटकी तो रहूँगी। पति ने सोचा, बात तो ठीक है। मुझे भी कुछ माँग लेना चाहिए।

उसने कहा—भगवन्, मुझे तो नहीं मालूम कि भक्तों की इच्छाएँ पूरी करते भी हो या नहीं। फिर भी अगर इसकी इच्छा पूरी करो, इसे किताब ही बनाओ तो मेरा भी एक निवेदन है। इसे किताब बना देना, परंतु टेलीफोन डायरेक्ट्री बनाना, ताकि दो-चार साल में बदलता तो रहूँ…।

देखिए, इन दिनों ऐसा भी चल रहा है। एक-दूसरे का संकेत तो सब समझ रहे हैं, पर उसके पीछे के भाव बदल गए हैं। यह ठीक नहीं है। राम और सीता के दांपत्य से कुछ सीखिए और उसे अपने जीवन में उतारिए।

इधर अयोध्या में सारा दृश्य ही बदल जाता है। सुमंत जब राम के बिना अयोध्या में पहुँचते हैं तो राम के नहीं आने की सूचना पाकर दशरथजी प्राण त्याग देते हैं। अवधपुरी में हाहाकार मच जाता है।

भरत और शत्रुघ्न को ननिहाल से बुलाकर गुरु वसिष्ठ आदि द्वारा पिता का अंतिम संस्कार करवाया जाता है। भरत जो कि प्रेम और वैराग्य की प्रतिमूर्ति थे, कौशल्याजी से क्षमा माँगते हुए कहते हैं—माँ विश्वास रखो, इसमें मेरा कोई दोष नहीं है।

माँ कौशल्या समझाते हुए कहती हैं—भरत, जो होना था, सो हो गया। अब गुरु की आज्ञा लो और राज दायित्व सँभालते हुए प्रजा का पालन करो, परिजनों के दु:ख दूर करो।

भरतजी प्रजा का दु:ख क्या दूर करते, वे तो स्वयं रामजी के विरह में बहुत दुखी थे। गुरुजन, माताओं व समस्त प्रजा को लेकर निकल गए रामजी को मनाने। भगवान् राम ने देखा तो सबसे पहले माँ कैकेयी से भेंट की। यहाँ भी रामजी आप-हमको समझा रहे हैं कि परिवार में किसी से कोई भूल हो जाए, चूक हो जाए तो

उसे नकारना नहीं है। क्षमाभाव के साथ परिवार को बाँधे रखना है। भूल-चूक तो होती रहती है, क्योंकि यह मनुष्य का स्वभाव है।

रामजी ने सबसे पहले कैकेयी को प्रणाम किया और उनको आश्वासन दिया कि माँ जो हुआ वह विधाता की मरजी थी, अब आप स्वयं भी सँभल जाएँ और भरत को भी सँभालिए। अयोध्या की राजमाता के रूप में उनका मार्गदर्शन कीजिए।

वन में भरतजी प्रेम और त्याग की मूर्ति स्थापित करते हैं। वहीं जनकजी भी आ जाते हैं। उनको देखकर रामजी, कौशल्याजी सब संकोच करते हैं कि इनकी पुत्री को आज जंगल-जंगल भटकना पड़ रहा है।

सीताजी की माँ सुनयनाजी कहती हैं—हम धन्य हुए बेटी के आचरण से। जिसने दोनों कुल पवित्र कर दिए। जनक-सुनयनाजी ने सीताजी को पुत्री के रूप में मान देकर हमें यह बताया है कि जब परिवार में पुत्रियाँ आएँ तो उनको पूरा मान दीजिए। शास्त्र कहता है—पुत्रियाँ मान के लायक हैं, भगवान् का प्रसाद हैं बेटियाँ। उनका मान रखना होगा।

भरतजी के नगर वापसी के निवेदन को भगवान् राम प्रेमपूर्वक अस्वीकार कर देते हैं। तब भरतजी उनकी चरण पादुका लेकर अयोध्या में स्थापित कर स्वयं भी राज दायित्व का त्याग कर देते हैं।

माँ, भाई, गुरुजनों आदि को विदा करने के बाद भगवान् राम सीता व लक्ष्मण के साथ वन में आगे बढ़ जाते हैं और यहीं अयोध्या कांड समाप्त होकर कथा अरण्य कांड में प्रवेश करती है, जिसका सूत्र है संतुलन।

जीवन में संतुलन का बड़ा महत्त्व है। भूतकाल, वर्तमान और भविष्य काल में संतुलन बनाए रखिए। भूतकाल को छोड़ें, वर्तमान को पकड़ें और भविष्य से जोड़ें। जीवन में इनका संतुलन बनाना है।

भूतकाल स्मृतियों से छूटता है। पुरानी बातों की स्मृति का बोझ रख लिया तो जीवन ठीक से चल नहीं पाएगा। उसको भूलते हुए एकाग्रता से वर्तमान को और चिंतन से भविष्य को साधिए।

अरण्य कांड श्रीराम की फिलॉसफी का कांड है। इसमें भगवान्, जिससे भी बोले बहुत गहरा बोले। बड़ी सुंदर-सुंदर गूढ़ बातें आई हैं। जैसे-जैसे भगवान् आगे बढ़ते गए, ऋषि-मुनियों से उनकी भेंट होती गई, जिन्होंने किसी-न-किसी रूप में रामजी का मार्गदर्शन किया।

जीवन में जब कोई भी परेशानी आए तो संत की शरण में चले जाइए। वे आपकी रक्षा अवश्य करते हैं। रामजी ने भी ऐसा ही किया था। आगे का मार्ग पूछा

भरद्वाजजी से, रहने का स्थान पूछा वाल्मीकिजी से और शत्रु का विनाश कैसे करें, यह अगस्त्यजी से पूछते हैं।

इसके बाद लक्ष्मणजी से भी कुछ दार्शनिक संवाद होता है। लक्ष्मणजी ने उनसे कुछ प्रश्न पूछे, जिनके उत्तर राम ने दिए, उत्तर देते समय भगवान् कहते हैं—मन, बुद्धि, चित्त और अहंकार इन पर नियंत्रित करके बात सुनी जाए।

परिवार में सदस्य आपस में बात करें तो एक बात बहुत अच्छे से समझ लीजिए। मन को थोड़ा सा नियंत्रित करिए, बुद्धि को थोड़ा शून्य करिए। चित्त को शुद्ध और अहंकार को विसर्जित कीजिए। तब जाकर आप लोगों की बात सुन सकेंगे।

एक दिन रामजी सीता व लक्ष्मण के साथ बैठे ऐसे ही बात कर रहे थे कि रावण की बहन शूर्पणखा आ गई। वह काम बनकर आई थी। हमारे जीवन में काम कब आ जाता है, पता नहीं लगता। और जब आता है तो अच्छे-अच्छे डोल जाते हैं। जीवन में कभी ऐसा लगे कि काम के वशीभूत आप आचरण से गिर रहे हैं तो कमर सीधी रखते हुए पेट को धोंकनी की तरह धक्का देकर सिर्फ नाभि पर जोर मारिएगा। पाँच मिनट में आप काम से मुक्त हो जाएँगे।

शूर्पणखा ने भगवान् को भटकाने की बहुत कोशिश की, परंतु उन्होंने अपने योग से उसे जीत लिया। लक्ष्मणजी को संकेत दिया और उन्होंने उसकी नाक उड़ा दी। रोती-बिलखती रावण के पास पहुँची, झूठ का सहारा लिया और रावण ने सीता हरण का निर्णय ले लिया। मामा मारीच के पास पहुँचा, उसको तैयार किया और सीताजी के हरण का जाल फैला दिया। रामजी स्वर्णमृग के रूप में आए मारीच के पीछे दौड़े, मारीच ने रामजी की शैली में लक्ष्मणजी को आवाज लगाई। सीताजी को भ्रम हुआ। उन्हें राम के प्राण संकट में पड़ते प्रतीत हुए और लक्ष्मणजी को भी उनके पीछे भेज दिया।

लक्ष्मणजी रेखा खींचकर जाते हैं और सीताजी का अपहरण हो जाता है। जब सीताजी को लगा कि कोई अनहोनी हो गई है, अपहरण के बाद अपना एक संवाद बोलती हैं—'मैंने क्रोध किया, मुझे उसकी कीमत चुकानी पड़ी।'

देखिए, सीताजी ने लक्ष्मणजी पर अकारण क्रोध किया और इतनी बड़ी घटना हो गई। इसलिए क्रोध पर नियंत्रण रखिए। परिवार के सदस्यों पर क्रोध न करें। अगर उनकी कोई बात आपको ठीक नहीं लगे तो उन्हें समझाइए, बार-बार समझाइए।

क्रोध तो अंतिम विकल्प होना चाहिए। जब लगे कि अब तो कोई बहुत बड़ा नुकसान हो रहा है तो क्रोध आना थोड़ा स्वाभाविक है, बाकी स्थिति में तो क्रोध को त्यागना ही अच्छा है।

सीताहरण के बाद व्याकुल-परेशान दोनों भाई जंगल में उन्हें ढूँढ़ते हुए आगे बढ़ते हैं। ध्यान रखें, यह संपूर्ण रामकथा की पुनरावृत्ति है, जो तुलसीदासजी ने पाठकों की सुविधा के लिए की है। क्योंकि मनुष्य का स्वभाव होता है भूलना। और यदि कथा का कोई दृश्य, कोई प्रसंग विस्मृत हो जाए तो आनंद बिगड़ जाता है। इसलिए संक्षेप में पुनरावृत्ति की जा रही है।

काकभुशुंडीजी गरुड़जी को रामकथा सुना रहे हैं। मार्ग में रामजी को नारदजी मिले। उन्होंने पूछा, आप मेरे शाप के कारण वन-वन भटक रहे हैं? भगवान् बोले—ऐसा कुछ नहीं होता नारद! सच बात तो यह है कि मैं तो अपने भक्तों की इस तरह रक्षा करता हूँ, जैसे माँ बच्चे की करती है। तुम मेरे बच्चों की तरह हो।

जब नारदजी ने पूछा कि संतों के लक्षण बता दीजिए तो भगवान् कहते हैं—संत वह होता है, जो अपनी ही प्रशंसा सुनकर संकोच में आ जाए और दूसरे की प्रशंसा सुनकर प्रसन्न हो जाए। यह अरण्य कांड का भगवान् का अंतिम संदेश है।

अरण्य कांड की फलश्रुति में बताया गया है कि इसको सुनने से सत्संग प्राप्त होता है। सत्संग का अर्थ कथा सुनना मात्र ही मत समझ लीजिए। सत्संग का अर्थ है आपके जीवन में अच्छे लोग आ जाएँ। वे लोग बड़े भाग्यशाली होते हैं, जिनके जीवन में अच्छे लोग आ जाते हैं। इसलिए अच्छे लोग जहाँ भी, जिस भी भाव, जिस भी रिश्ते में मिलें, उन्हें लपक लीजिए। और यहाँ अरण्य कांड समाप्त होकर कथा किष्किंधा कांड में प्रवेश करती है।

किष्किंधा कांड का सूत्र है संघर्ष। ज्ञान, कर्म और उपासना के मार्ग पर संघर्ष है। इन तीनों मार्गों का संघर्ष किष्किंधा कांड में बताया है। यह वह महत्त्वपूर्ण सोपान है, जब हनुमानजी को भगवान् राम और रामजी को हनुमानजी पहली बार मिले थे। हनुमानजी और भगवान् के मिलन के पीछे की कथा में एक सूत्र निकलकर आता है। पहले परिश्रम कीजिए, फिर प्रार्थना और फिर प्रतीक्षा कीजिए, तब जीवन में भगवान् आते हैं।

हनुमानजी ने खूब परिश्रम किया था, फिर प्रार्थना की थी कि आएँ राम, आएँ राम···उसके बाद प्रतीक्षा की, तब जाकर उनके जीवन में रामजी का प्रवेश हुआ।

भगवान् मिले तो हनुमानजी ने दोनों भाइयों को कंधे पर बैठाया और ले गए सुग्रीव के पास। अग्नि को साक्षी रख दोनों की मैत्री करवाई। भगवान् ने सुग्रीव को बालि के भय से मुक्त करने का वचन दिया और सुग्रीव ने सीताजी की खोज में भगवान् की मदद का आश्वासन दिया।

हनुमानजी की मध्यस्थता में हुई मैत्री के बाद भगवान् सुग्रीव की परेशानी

समझकर बालि का वध कर सुग्रीव को किष्किंधा का राज सौंप देते हैं।

बालि मरते-मरते अपने पुत्र अंगद को भगवान् को सौंपकर हम सबको सिखा गया कि संसार से जाते-जाते अपनी संतानों को परमात्मा को सौंप देना चाहिए। समय रहते जो माता-पिता अपने बच्चों को परमात्मा के हवाले कर देंगे, समझो वे संतान का बड़ा हित कर गए।

बालि ने सौंप दिया यह तो ठीक था, परंतु अंगद को भी देखिए कि उसने इस बात का जरा भी विरोध नहीं किया और रामजी की शरण स्वीकार कर ली। अभी-अभी जिस व्यक्ति ने उसके पिता का वध किया, वह उन्हीं के पास चला गया।

इस प्रसंग में संतान के समझने की बात है कि माता-पिता के निर्णयों को मान्यता दीजिए। कोई भी पालक अपनी संतान का अहित नहीं चाहता, इसलिए उनकी भावनाओं का सम्मान कीजिए।

किष्किंधा का राजा बनने के बाद सुग्रीव ने भगवान् को विश्वास दिलाया कि वर्षा ऋतु के चार माह बीतने के बाद वे आकर सीताजी की खोज में उनकी मदद करेंगे। इसके बाद भगवान् प्रवर्षण पर्वत पर चले गए।

तुलसीदासजी यह पंक्ति लिखकर भगवान् के माध्यम से हमको कह रहे हैं—चरित्र बचाइएगा। जीवन में जब पति-पत्नी में दूरी हो जाए, जो विरह या बिछोह की, वह स्थिति बड़ी असहनीय होती है। सीताजी के विरह में स्वयं भगवान् भी बहुत व्याकुल हो गए थे।

बार-बार याद करते हुए भाई लक्ष्मण से कहते हैं—मेरी प्रिया सीता के बिना मेरा मन डर रहा है। किससे डर रहा है? काम, क्रोध और मोह से। भगवान् को डर है कि जीवन में कहीं ये तीनों विकार प्रवेश न कर जाएँ। आज के दौर में तो पति-पत्नी के बीच बात-बात पर अनबन हो जाती है। क्षणिक, अल्पकालीन बिछोह होता है और आदमी चरित्र से गिर जाता है। परस्त्रीगमन, परपुरुषगमन की बढ़ती घटनाएँ इसी का परिणाम हैं। प्रगति, विकास, आँकड़े, लक्ष्य, सफलता ये सब मिलकर चरित्र को लील गए हैं। भगवान् ने आज यही संकेत दिया है कि चरित्र हमारी सबसे बड़ी पूँजी है। इसे बचाकर रखिए।

चार मास की अवधि बीत जाती है, परंतु सुग्रीव रामजी के पास नहीं आता। राजकाज मिल गया तो रामकाज भूल गया। चिंतित होने के साथ ही भगवान् क्रोधित भी हो जाते हैं। भाई लक्ष्मण से यहाँ तक कह देते हैं कि जिस बाण से मैंने बालि का वध किया है, उसी बाण से सुग्रीव को भी मार दूँगा।

हनुमानजी जाकर सुग्रीव को रामजी को दिया वचन याद दिलाते हैं, तब सुग्रीव

अपने वानरों को सीताजी की खोज में भेजता है। सुग्रीव अपने वानरों को एक निश्चित अवधि बताते हुए समय सीमा में नहीं आने पर मृत्युदंड देने की बात कहता है।

यहाँ रामचरितमानस संकेत करता है कि किसी भी कार्य में समय और समय-सीमा का मान कीजिए। समय को बचाइए। हम चार तरीकों से समय को बचा सकते हैं। पहली बात अपने भीतर निरंतरता रखिए। दूसरी किसी की निंदा न करें। तीसरी नींद पर नियंत्रण रखें और चौथी बात है नकारना सीखिए।

जो लोग इनकार नहीं कर सकते, उनका समय दूसरे लोग खा जाते हैं। संकोची लोग बहुत समय बरबाद करते हैं। समय बचाना हो तो न करना सीखना होगा।

हनुमानजी के नेतृत्व में सुग्रीव के वानर सीताजी की खोज में निकलते हैं।

किष्किंधा कांड की फलश्रुति में कहा गया है कि इसको सुनने-पढ़ने और इसके सूत्रों को जीवन में उतारने से आपके मनोरथ पूर्ण होंगे। दु:ख मिट जाएँगे।

एक बात ध्यान रखिए। सुख और दु:ख कुछ नहीं होता। सब आपके होने के ढंग पर निर्भर होता है। अगर आप अपने ढंग में दु:खी हैं तो स्वर्ग में भी दु:ख का ही अनुभव करेंगे। और यदि अपने ढंग से सुखी हैं तो नर्क में भी सुख भोग लेंगे। सुख-दु:ख दोनों हमारे मन की अवस्था के खेल हैं।

चलिए, संक्षेप ही में श्री रामचरितमानस के सुंदर कांड में प्रवेश करते हैं। सुंदर कांड की कथा का सूत्र है सफलता। जीवन में सफलता अर्जित करनी सरल है, लेकिन सफलता के साथ शांति भी मिल जाए, यह बड़ी उपलब्धि है। जीवन सुंदर ही तब है, जबकि सफलता के साथ शांति भी मिल जाए। यह कैसे संभव है? सुंदर कांड में हनुमानजी का चरित्र इसी के सूत्र बताता है। श्रीरामचरितमानस का यह पाँचवाँ कांड हनुमानजी के पराक्रम का सोपान है। इसमें हनुमानजी बताते हैं कि जीवन में सफल होना हो तो छह काम कीजिए—

1. तन से सक्रिय रहिए, मन को विश्राम दें, 2. समय और ऊर्जा के प्रति सजग रहिए, 3. तन, मन और धन से सक्षम रहिए, 4. खूब संघर्ष कीजिए, 5. स्वभाव में संवेदनशीलता लाएँ और समर्पण का भाव रखिए।

ये छह बातें, छह गुण या छह विशेषताएँ हनुमानजी में कूट-कूटकर भरी थीं। इसीलिए असफलता उन्हें कभी छू भी नहीं सकी। देश-काल-परिस्थिति के अनुसार अपने इन्हीं गुणों का उपयोग कर वे बड़ी-से-बड़ी बाधाओं को पार कर आगे बढ़ते रहे।

जीवन में सफल हो जाना ही पर्याप्त नहीं है। महत्त्वपूर्ण यह भी है कि सफलता मिल जाने पर क्या करें? हनुमानजी बताते हैं कि सफलता मिल जाने के

बाद असावधान न रहें। भूलकर भी अहंकार न पालें। अहंकार किया तो भगवान् अपने पास खड़ा भी नहीं रहने देंगे। इस बात को लेकर हनुमानजी बहुत सावधान थे।

हनुमानजी ने हमको सिखाया कि जीवन में जब सफल हो जाएँ, उपलब्धि मिल जाए तो उस सफलता को माता-पिता, गुरु और ईश्वर के चरणों में अर्पित कर दीजिए। आप जो कुछ भी पाते हैं, वह सब उन्हीं का दिया हुआ और उन्हीं के आशीर्वाद से मिला होता है।

सफलता मिलने के बाद मन, वचन और कर्म से एक हो जाएँ। जो सोच रहे हैं, वही बोलें, जो कह रहे हैं, वही करें। हनुमानजी जो सोच रहे हैं, बोल रहे हैं, कर रहे हैं तो जो उन्होंने चाहा वह काम हुआ।

सफलता के बाद हमारे जो चार जीवन हैं, उसमें व्यावसायिक जीवन में परिश्रम हो, सामाजिक जीवन में पारदर्शिता हो, पारिवारिक जीवन में प्रेम हो और हमारे निजी जीवन में पवित्रता हो। ये चारों बातें हनुमानजी के चरित्र में थीं। देखिए सामान्य सा वानर, हनुमानजी जैसा जीव सुग्रीव के साथ रहते हुए कुछ नहीं थे, परंतु जैसे ही जीवन में भगवान् राम आए, हनुमानजी कुछ और ही बन गए। परमात्मा का स्पर्श आपकी खोई हुई शक्ति को उजागर करता है। राम मिले और हनुमानजी कुछ और ही हो गए।

जीवन में भगवान् जिस भी मार्ग से, जिस भी रीति से आ रहे हों, उन्हें आने का अवसर दीजिए। सुंदर कांड की कथा के बारे में अधिकतर लोग जानते हैं। क्योंकि यह एक ऐसा साहित्य है, जो सर्वाधिक गाया जाता है।

मैनाक, सुरसा, सिंहनी आदि बाधाओं को पार करते हुए हनुमानजी लंका में पहुँचते हैं। विभीषण से भेंट होती है, सीताजी के पास जाकर उन्हें रामजी की मुद्रिका देते हैं। फल खाने के बहाने अशोक वाटिका उजाड़ते हैं, लंका में आग लगाकर रावण पर रामजी का प्रभाव स्थापित करते हैं और पुन: आकर जामवंत के माध्यम से रामजी को सूचना देते हैं।

विभीषण रामजी की शरण में आते हैं। युद्ध का निर्णय लेकर लंका प्रस्थान की तैयारी में समुद्र से मार्ग के लिए विनय करते हैं। समुद्र युक्ति बताता है, जिसके अनुसार उस पर सेतु बंधन किया जाता है। और यहाँ से रामकथा लंका कांड में प्रवेश करती है, जिसकी संक्षिप्त पुनरावृत्ति यहाँ की जा रही है।

रामचरितमानस के लंका कांड का सूत्र है संकल्प। किस बात का संकल्प? शरीर, मन और आत्मा के लिए। यदि शरीर संकल्पित नहीं है तो बिगड़ जाएगा। मन संकल्पित नहीं है तो चरित्र दाँव पर लग जाएगा और आत्मा तक पहुँचे कि जीवन

सफल हुआ। आत्मा तक की यात्रा के लिए संयम की जरूरत होती है। इसलिए शरीर को संयम और सदाचार से साधिए।

जीवन में जैसे ही आपका परिचय आत्मा से होता है, व्यक्तित्व में सौम्यता आएगी, शुद्धता आएगी। यदि आपको ऐसा लगता हो कि शरीर से मन की और मन से आत्मा तक की यह यात्रा कठिन है तो एक छोटा सा प्रयोग करके देखिए।

आईने के सामने खड़े होकर अकारण दो-तीन मिनट मुसकराने का प्रयास कीजिए। अपने ही मुखड़े को देखकर अकारण हँसिएगा, महसूस होगा आपकी यह क्रिया आपको भीतर आत्मा तक ले जाएगी।

आत्मा तक पहुँचने के लिए मन को नियंत्रित करना होगा। मन सक्रिय है तो आत्मा से आपका साक्षात्कार नहीं हो पाएगा। मन भोजन के रूप में विचार खाता है। उसे विचारों का भोजन देना बंद करना होगा और यह संभव होगा ध्यान, यानी मेडिटेशन से। इसलिए ध्यान को जीवन में उतारिए।

चलिए, थोड़ा लंका कांड की कथावस्तु में प्रवेश करते हैं।

सेतु बंधन कर उसके माध्यम से भगवान् राम सेना सहित लंका के बाहर तक पहुँचते हैं। एक दिन शाम को बैठे-बैठे दूर से ही रावण की सभा में चल रहे भोग-विलास का नजारा दिखाई देता है। रामजी अपने बाणों से रावण का अहंकार गिराकर उसे चेतावनी देते हैं कि अब भी सँभल जाओ। यह ईश्वर का स्वभाव होता है। सीधे दंड न देते हुए मनुष्य को बार-बार सँभल जाने, सही मार्ग पर आ जाने का अवसर देते हैं। यदि फिर भी हम नहीं समझे तो दंड भोगना ही है।

ऐसा ही एक अवसर रावण को और दिया था भगवान् ने। निर्णय लिया कि अंगद को दूत बनाकर भेजते हुए रावण को अंतिम बार समझा दिया जाए। अंगद को भेजने के पीछे भी जीवन प्रबंधन का सूत्र छिपा है। भेजना तो हनुमानजी को था। एक बार वे रावण के आगे अपना प्रताप छोड़ आए थे। दूसरी बात लंका की व्यवस्था से भी परिचित थे। लेकिन इस बार रामजी ने अंगद को भेजा।

इसके पीछे सीख यह है कि हमें हमारी नई पीढ़ी को भी तैयार करना है। अंगद सबसे युवा वानर थे और भगवान् उनकी प्रतिभा की परीक्षा के साथ उनके बल की भी थाह लेना चाहते थे। भगवान् का संकेत है, जब तक नई पीढ़ी को अवसर नहीं दिया जाएगा, वह कैसे आगे बढ़ पाएगी। समय रहते हमें सेकंड लाइन भी तैयार कर लेनी चाहिए।

दूत के रूप में अंगद को भेजा। अंगद ने अपने बल के अनुरूप रावण को चुनौती दी, समझाया, लेकिन जब इसके बाद भी वह नहीं समझा तो भगवान् राम

ने युद्ध की घोषणा कर दी।

तुलसीदासजी के अनुसार सात दिन तक राम-रावण युद्ध चला। एक-एक कर रावण के सारे योद्धा मरते गए। कुछ परेशानियाँ रामजी को भी झेलनी पड़ीं। मेघनाद के शक्ति प्रहार से लक्ष्मण मूर्च्छित हो गए। तब वैद्य द्वारा बताई गई समय सीमा में हनुमानजी संजीवनी ओषधि लेकर आए और लक्ष्मण के प्राण बचाकर रावण की ओर जाती दिख रही जीत को रामजी की ओर मोड़ दिया।

इसके बाद लक्ष्मणजी और मेघनाद के बीच हुए भीषण युद्ध में मेघनाद मृत्यु को प्राप्त हुआ। मेघनाद की देह को छलनी कर लक्ष्मणजी के बाणों ने रामजी की जीत लगभग तय कर दी। हनुमानजी संकल्प की अद्‌भुत शक्ति हैं। जब लक्ष्मण मूर्च्छित हुए तो सुषैण वैद्य ने कह दिया था कि यदि सुबह सूर्योदय से पहले ओषधि नहीं आ पाती है तो लक्ष्मण के प्राण बचा पाना बहुत कठिन होगा। उस दिन रामजी बहुत दुखी थे। भाई लक्ष्मण को गोद में लिये बार-बार रुदन कर रहे थे। उन्हें किसी प्रकार की उम्मीद नहीं दिखाई दे रही थी। उस दिन हनुमानजी ने जो संकल्प लिया था, उसने रामकथा में एक नया अध्याय जोड़ दिया।

हनुमानजी ने संकल्प लिया कि अगले सूर्योदय से पहले ओषधि लेकर ही आऊँगा। यहाँ तक कह दिया था कि जब तक मैं ओषधि लेकर नहीं आ जाता, कल का सूर्योदय नहीं होगा।

ऐसा ही हुआ भी। सूरज उगने से पहले संजीवनी ले आए और लक्ष्मणजी के प्राण बचा लिये। इसे कहते हैं संकल्प। इसलिए जीवन में जिस किसी काम का संकल्प लें तो उसे हनुमानजी से जरूर जोड़ें।

सातवें दिन भगवान् राम और रावण के बीच भयंकर युद्ध हुआ। रावण ने कई तरह की माया फैलाई। रामजी उसके मस्तक काटते और फिर नए मस्तक तैयार हो जाते। देवता तक भयभीत हो गए।

तब विभीषण भगवान् के कानों में कहते हैं कि रावण की नाभि में अमृत कुंड है। जब तक वह नहीं छिद जाता, रावण का मरना संभव नहीं है। रामजी रावण की नाभि को लक्ष्य कर बाण छोड़ते हैं और अमृत कुंड फूटते ही रावण निष्प्राण सा धरती पर गिर जाता है। धरती से रावण राज का अंत हो जाता है। असत्य पर सत्य, अनीति पर नीति और अधर्म पर धर्म की जीत के साथ सीताजी भगवान् राम को मिल जाती हैं।

देखिए, रावण के रूप में दुर्गुण समाप्त हुए तो सीताजी के रूप में शक्ति की प्राप्ति हुई। जीवन में यदि शक्ति प्राप्त करनी है तो अपने भीतर के दुर्गुणों को समाप्त

करना होगा और इसके लिए अपनी ऊर्जा को ऊपर उठाना पड़ेगा।

ऊर्जा को ऊपर उठाना कोई बड़ा या कठिन काम नहीं है। बड़ा सरल काम है। इसको योग के माध्यम से उठाइए। आपको भक्ति के साथ शक्ति की प्राप्ति होगी।

लंका कांड की फलश्रुति में लिखा गया है कि इसको पढ़ने, सुनने व जीवन में उतारने से विजय, विवेक और ऐश्वर्य की प्राप्ति होती है। जीवन में अच्छे-बुरे, योग्य-अयोग्य, उचित-अनुचित, सही-गलत को पहचानने की शक्ति विकसति होती है। यहाँ श्रीरामकथा के छठे सोपान लंका कांड का समापन होता है।

गरुड़जी काकभुशुंडीजी से सारी रामकथा सुनते हैं। कथा पूरी होने के बाद गरुड़जी काकभुशुंडीजी से प्रश्न पूछते हैं कि ये मानस रोग क्या होते हैं? काकभुशुंडीजी ने 14 प्रकार के मानस रोग बताए। अंत में काकभुशुंडीजी को प्रणाम कर गरुड़जी वहाँ से उड़ान भरते हैं।

यहाँ कथा फिर शिवजी और उमाजी पर आ जाती है। दोनों आपस में बात करते हैं। कथा के समापन पर रामचरितमानस की, जो अंतिम पंक्तियाँ आती हैं, उनसे सप्ष्ट होता है कि यह वह चरित है, वह साहित्य है, जो पतितों को पवित्र करने का सिद्धांत बन गया। जो लोग अपने आचरण को बनाना चाहते हैं, जीवन में ऊँचा उठना चाहते हैं, जीवन को सही अर्थ में जीना चाहते हैं, उनके लिए रामकथा या रामचरितमानस एक सिद्धांत है।

देखिए, हम सब कोई-न-कोई काम करते हैं। तो सिद्धांत में उतारने की बात यह है कि हमारी कमाई क्या हो, हम खर्च क्या करें और हम बचाएँ क्या? ध्यान रखें, हमारी कमाई परमात्मा होना चाहिए, हमारा खर्च सेवा होनी चाहिए और हमारी बचत परिवार होना चाहिए। परमात्मा की कमाई का मतलब यह नहीं है कि संसार में न कमाएँ। धन, दौलत, संपत्ति, वैभव जो कमाना हो, सब कमाएँ, लेकिन उसके केंद्र में परमात्मा को रखें।

एक दिन अपने आप को जीवन के उस मोड़ पर पाएँगे, जब आपको यह पता लगेगा कि जो कुछ भी कमाया, वह काम नहीं आया और जो गँवाया, वह बहुमूल्य था। इसलिए जीवन में परमात्मा की कमाई जरूर करें, यही एक दिन काम आएगा।

दूसरी बात आती है, खर्च क्या करना है? तो सेवा खर्च कीजिए। समाज की सेवा कीजिए, राष्ट्र की सेवा कीजिए। किसी अनाथालय में, किसी शिक्षालय में बच्चों की सेवा कीजिए। अगर अवसर मिल जाए तो वृद्धों की, अपने माता-पिता की सेवा जरूर कीजिए।

बाहर से नहीं तो सेवा अपने परिवार से ही शुरू कर दीजिए। परमात्मा का

सीधा सिद्धांत है, किसी दिन आपके घर के किसी बूढ़े सदस्य को उसके असहाय होने पर अपने हाथों से भोजन कराना पड़े तो करा दीजिएगा। संतुष्टि परमात्मा को होती है। वह कहता है, आज तूने मुझे भोग लगा दिया।

जिस किसी दिन आपके परिवार का कोई सदस्य आयु के कारण लड़खड़ाकर चले और आप उसको हाथ पकड़कर सहारा देकर चला लें, भगवान् कहता है, तूने आज मुझे चलायमान कर दिया।

जब कभी ऐसा हो जाए कि हमारे घर के बड़े-बूढ़े उम्र के कारण शैया पर लाचार हो जाएँ और आपको उनका मल-मूत्र साफ करना पड़े तो कर दीजिए। भगवान् समझेंगे, आपने उनको स्नान करा दिया। ये सारी सेवाएँ ईश्वर को बहुत प्रिय हैं।

तीसरी बात आती है, बचाएँ क्या? याद रखें, यदि कुछ बचाना है तो परिवार बचाइए। इस समय हमारे देश की मुख्य समस्याएँ हैं, उनमें एक है, यहाँ परिवार जिनके कारण देश की पहचान है, वे बिखरते जा रहे हैं। उन्हें बचाना होगा।

मैंने दुनिया के कई देशों की यात्राएँ की हैं। और मेरा निजी अनुभव भी रहा है कि हमारे भारत के पास दूसरे देशों के मुकाबले तकनीक भले ही न हो, पर एक मामले में भारत दुनिया भर के मुल्कों से ऊपर बैठता है और वह है परिवार।

भारत के पास परिवार की जो व्यवस्था है, उसका जो ढाँचा है, वह दुनिया में किसी मुल्क के पास नहीं है। इस धरोहर को हम इस तरह टूटते, बिखरते या समाप्त होते नहीं देख सकते।

आज हमारी सबसे बड़ी चिंता होनी चाहिए कि परिवार किस प्रकार बचाए जाएँ। भारत में भी इस बात की चिंता है, परिवार कैसे बचाएँ। इसलिए संतानों को हम क्या स्थानांतरित करेंगे, यह बड़ा महत्त्वपूर्ण है।

जीवन जीने की सुख-सुविधाओं के अलावा अगर संतान को कुछ देना चाहें तो उन्हें संस्कार दीजिए, ताकि परिवार बच जाएँ। रामचरितमानस के जितने प्रसंग आए हैं, सभी हमारे जीवन से जुड़े हैं। तुलसीदासजी दृष्टांत के माध्यम से सिद्धांत देने वाले ऋषि थे। एक-एक शब्द, एक-एक घटना, एक-एक पात्र को जीते हुए बताया है कि जीवन कैसे जिया जाए।

एक बार पुनः ध्यान रखें, हमारी कमाई परमात्मा हो, खर्चा सेवा हो और बचत परिवार हो। प्रयास कीजिए, जैसे भी हो, अपना परिवार बचाएँ। अपने मन को नियंत्रित करें, उसे समझाएँ कि हे मन, कुटिलता को छोड़ श्रीराम की भक्ति में लग जा। काम, क्रोध, मद, लोभ छोड़ भगवान् को भज, तेरी शुद्धि होगी।

श्रीरामचरितमानस के माध्यम से तुलसीदासजी ने कई सिद्धांत प्रतिपादित किए

हैं। चलिए, एक छोटी सी घटना के माध्यम से उनके बड़े सिद्धांत को समझते हैं।

एक बार विदेश दौरे की मुझे किसी ने एक घटना सुनाई। जीवन के सत्य को लेकर बड़ी अच्छी घटना है यह।

अमेरिका में हर्बर्ट केसन नाम का एक बहुत बड़ा विचारक हुआ। जब वह 14-15 साल का था तो प्रतिदिन पिता से उसका झगड़ा हुआ करता था। पिता को कुछ भी बोलता तो पिता कहते—चुप रहो! तुम में कोई अक्ल नहीं है। हम जो कर रहे हैं, वह सही है।

केसन कुछ भी बोलने का प्रयास करता तो पिता कहते हैं—हम तुम्हारे पिता हैं कि तुम हमारे पिता हो? रोज-रोज का यही क्रम। कोई दिन ऐसा नहीं जाता कि वे दोनों आपस में नहीं झगड़ते।

एक दिन केसन घर से बाहर निकला और सड़क पर जाकर चिल्लाने लगा। फादर, लिसन···। 'फादर आर नॉट आलवेज करेक्ट एंड संस आर नॉट आल्वेज रॉन्ग।' मतलब ऐसा जरूरी नहीं है कि पिता हमेशा सही हो और पुत्र हमेशा गलत।

जोर-जोर से चिल्लाया तो सारे लोग घरों से बाहर आ गए। जितने भी युवा थे, सभी कहने लगे कि सही बोल रहा है केसन। उसके साथ युवाओं की भीड़ इकट्ठा हो ली और देखते-ही-देखते नेता हो गया। चुनाव लड़ा और मंत्री बन गया। खूब कामयाबी मिली। जब 48 साल का हो गया और चुनाव लड़ा तो हार गया।

केसन का चुनाव हार जाना यानी बहुत बड़ी घटना हो गई तो प्रेस वाले पीछे पड़ गए। पूछने लगे—आपकी हार के पीछे कोई मैसेज? उसने कहा—'मेजोरिटी इज नॉट ऑलवेज राइट एंड माइनॉरिटी इज नॉट आल्वेज रॉन्ग।' मतलब बहुमत सदैव सही नहीं होता और अल्पमत सदैव गलत नहीं हो सकता।

आज के समय में कोई नेता अगर इतनी बड़ी बात कर दे तो सबको आश्चर्य होता है। उसका यह वाक्य सिद्धांत बन गया और देखते-ही-देखते हर्बर्ट बड़ा फिलॉसफर हो गया। बड़ी-बड़ी किताबें लिखने लगा।

चौरासी साल की उम्र में जब बिल्कुल बूढ़ा हो गया तो एक दिन अपने डॉक्टर से पूछा—अब कितने घंटे बचे हैं मेरी जिंदगी के?

डॉक्टर ने कहा—यदि आपने यह पूछा होता कि कितने मिनट बचे हैं तो हम ज्यादा अच्छे से बता सकते थे।

केसन ने कहा, तुरंत प्रेस कॉन्फ्रेंस बुलाओ। मीडिया को इकट्ठा करो। मीडिया वाले आए। क्या बात है, आज ऐसी कौन सी बात, क्या कहना चाह रहे हैं केसन?

देखिए, जीवन के अंतिम क्षणों में चौरासी साल का बूढ़ा क्या बोलता है। क्या

कमाल की बात बोली केसन ने। बोला—सुनिए, एक मैसेज दे रहा हूँ। समरी ऑफ माइ लाइफ। जिंदगी जीने के बाद मुझे एक बात समझ में आई। 'राइट थिंग्स आर नॉट आल्वेज राइट एंड रॉन्ग आर नॉट आल्वेज रॉन्ग।'

मतलब, सही बात हमेशा सही नहीं होती और गलत बात हमेशा गलत नहीं होती। और इस तरह उसका अंतिम कहा एक बहुत बड़ा सिद्धांत बन गया, जो आज तक चल रहा है।

तुलसीदासजी ने रामचरितमानस इसी सिद्धांत पर लिखा है। गलत बात हमेशा गलत नहीं है, सही बात हमेशा सही नहीं है। कब कौन सी बात सही या गलत है, आपको निकालना पड़ेगा।

इसीलिए रावण मरने लगा, रामजी ने लक्ष्मण को भेजा उसके पास—क्यों? इसलिए कि रामजी भी जानते थे कि गलत बात हमेशा गलत नहीं होती। इसके भीतर कुछ सही है, तुम उसे ग्रहण कर लो। और मरते-मरते रावण ने लक्ष्मणजी को जो बातें बताईं, वे आज भी नीति के रूप में प्रचलित हैं, मान्य हैं।

अंत में ध्यान रखें, बाबा हनुमंतलालजी रामकथा का प्रसाद हैं, जिन्हें सुग्रीव ने भगवान् के पास छोड़ा और भगवान् ने कथा में छोड़ा है। हनुमानजी आपके जीवन में उतरने को, संकटों में आपके रक्षक बनने को सदैव आतुर हैं। उन्हें जीवन में उतारिए, इस जीवन को सफल बनाइए।

इस पुस्तक के माध्यम से आपने बड़ी तन्मयता से रामकथा पढ़ी है, इसका फल भी आपको मिलेगा ही। आप जीवन भर आनंद करें।

आपके पारिवारिक जीवन में सुख हो, निजी जीवन में शांति हो, समाज में आपकी प्रतिष्ठा स्थापित हो, जो काम आप कर रहे हैं, उसमें निरंतर विकास हो और आप हमेशा मुसकराते रहें।

**नहीं सीखी है हमने दास्ताँ आँसू बहाने की,**
**अपनी हार पर तकदीर का शिकवा सुनाने की।**
**तकदीर का हर तीर बहका हम पर इसीलिए,**
**कि हर चोट पर हमें आदत रही है मुसकराने की॥**
**जरा मुसकराइए, सदा मुसकराइए।**

इतिश्री रामकथा।

□□□